La sombra de la sirena

La sonata de la sierra

Camilla Läckberg

La sombra de la sirena

Por la autora de *La princesa de hielo*

Traducción:
CARMEN MONTES CANO

MAEVA

Título original:
SJÖJUNGFRUN

Diseño de cubierta:
ALEJANDRO COLUCCI

Fotografía de la autora:
BINGO RIMÉR

1.ª edición: abril de 2012
2.ª edición: mayo de 2012

© CAMILLA LÄCKBERG, 2008
    Publicado originalmente por Bokförlaget Forum, Suecia
    y con el acuerdo de Nordin Agency, Suecia
© de la traducción: CARMEN MONTES CANO, 2012
© MAEVA EDICIONES, 2012
    Benito Castro, 6
    28028 MADRID
    emaeva@maeva.es
    www.maeva.es

ISBN: 978-84-15532-00-2
Depósito legal: M-10.399-2012

Fotomecánica: Gráficas 4, S. A.
Impresión y encuadernación: Huertas, S. A.
Impreso en España / Printed in Spain

Para Martin,
I wanna stand with you on a mountain

Prólogo

Sabía que, tarde o temprano, todo volvería a salir a la luz. Era imposible ocultar algo así. Cada palabra lo había ido acercando a lo innombrable, a lo terrible. A aquello que tantos años llevaba tratando de reprimir.

Ya no podía seguir huyendo. Notó que el aire de la mañana le inundaba los pulmones mientras caminaba tan rápido como podía. El corazón le bombeaba en el pecho. No quería ir, pero tenía que hacerlo. De modo que decidió dejarlo al arbitrio del azar. Si encontraba allí a alguien, se lo contaría. De lo contrario, seguiría su camino hacia el trabajo como si nada hubiese ocurrido.

Pero, cuando llamó, le abrieron la puerta. Entró y entornó los ojos ante la luz sucia del interior. Quien tenía delante no era la persona que él esperaba encontrar. Era otra.

La larga melena de la mujer se balanceaba rítmicamente por su espalda mientras él la seguía a la habitación contigua. Empezó a hablar, hizo preguntas. Las ideas le rondaban la cabeza como un torbellino. Nada era lo que parecía. No estaba bien y, aun así, era lo correcto.

Enmudeció de repente. Algo lo había alcanzado en el diafragma con tal fuerza que le partió en dos las palabras. Miró hacia abajo. Vio manar la sangre mientras el cuchillo se deslizaba saliendo despacio de la herida. Luego, otra cuchillada, más dolor. Y aquel objeto afilado que se le movía por dentro.

Comprendió que ya había pasado todo. Que terminaría allí, aunque aún le quedaba tanto por hacer, por ver, por vivir. Al mismo tiempo, aquello entrañaba cierta proporción de justicia. No se había ganado la buena vida que había disfrutado. No después de lo que hizo.

Cuando el dolor le adormeció todos los sentidos, llegó el agua. El movimiento sinuoso de un barco. Y, cuando el agua fría lo rodeó, dejó de sentir por completo.

Lo último que recordaba era su pelo. Largo, oscuro.

—¡Pero si ya han pasado tres meses! ¿Cómo es que no lo encontráis?

Patrik Hedström observaba a la mujer que tenía delante. Se la veía más cansada y mustia cada vez que pasaba por allí. Y acudía a la comisaría de Tanumshede todas las semanas. Todos los miércoles. Desde un día de principios de noviembre en que desapareció su marido.

—Hacemos todo lo que está en nuestra mano, Cia. Ya lo sabes.

La mujer asintió sin pronunciar palabra. Le temblaban las manos levemente en el regazo. Luego lo miró con los ojos llenos de lágrimas. No era la primera vez que Patrik presenciaba aquella escena.

—No volverá, ¿verdad que no? —Ahora no solo le temblaban las manos, sino también la voz, y Patrik tuvo que combatir el impulso de levantarse, bordear la mesa y abrazar a aquella mujer tan frágil. Tenía la obligación de comportarse de un modo profesional, aunque tuviera que ir en contra de su instinto protector. Reflexionó sobre cómo debía responderle. Finalmente, respiró hondo y dijo:

—No, no creo que vuelva.

La mujer no hizo más preguntas, pero Patrik se dio cuenta de que sus palabras no habían hecho más que confirmar lo que Cia Kjellner ya sabía. Su marido no volvería a casa jamás. El 3 de noviembre, Magnus se levantó a las seis y media, se duchó, se vistió, se despidió de sus dos hijos y luego de su mujer. Poco después de las ocho, lo vieron salir de casa para ir al trabajo en Tanumsfönster. A partir de ahí, nadie sabía dónde se había metido. No se presentó en la casa del compañero que lo llevaría en coche al trabajo. En algún punto del trayecto entre su casa, situada en la zona próxima al estadio deportivo, y la casa del compañero, junto al campo de minigolf de Fjällbacka, Magnus había desaparecido.

Había repasado toda su vida. Habían enviado una orden de búsqueda, habían hablado con más de cincuenta personas, tanto del trabajo como con familiares y amigos. Buscaron deudas de las que hubiese querido huir, amantes, desfalcos en su lugar de trabajo, cualquier cosa que pudiera explicar que un hombre formal de cuarenta años, con dos hijos adolescentes, desapareciera un día así, de improviso. Pero nada. No había datos que indicasen que se hubiese marchado al extranjero, y tampoco habían sacado dinero de la cuenta que tenía con su mujer. Magnus Kjellner se había convertido en un espectro.

Cuando Patrik hubo acompañado a Cia a la salida, llamó discretamente a la puerta de Paula Morales.

—Adelante. —Se oyó enseguida la voz de su colega, y Patrik entró y cerró la puerta tras de sí.

—¿Otra vez la mujer?

—Sí —respondió Patrik tomando asiento en la silla, frente a Paula. Puso los pies en la mesa pero, ante la mirada iracunda de su colega, se apresuró a bajarlos otra vez.

—¿Crees que está muerto?

—Sí, eso me temo —admitió Patrik. Por primera vez, manifestó en voz alta el temor que había albergado desde los primeros días de la desaparición de Magnus—. Lo hemos revisado todo y el hombre no tenía ninguna de las razones habituales para desaparecer por voluntad propia. Todo parece indicar que, sencillamente, salió de casa y luego… ¡se esfumó!

—Pero no hay cadáver.

—No, no hay cadáver —confirmó Patrik—. ¿Y dónde vamos a buscar? No podemos dragar el mar, y tampoco peinar el bosque de las afueras de Fjällbacka. Solo podemos sentarnos a esperar que alguien lo encuentre. Vivo o muerto. Porque lo cierto es que ya no sé cómo seguir con este caso. Y tampoco sé qué decirle a

Cia cuando se presenta aquí cada semana con la esperanza de que hayamos progresado algo.

—No es más que su modo de sobrellevarlo. Así le parece que está haciendo algo, en lugar de quedarse sentada en casa esperando. Yo, por ejemplo, me volvería loca. —Paula echó una ojeada a la foto que tenía junto al ordenador.

—Sí, claro, ya lo sé —dijo Patrik—. Pero no por eso me resulta más fácil.

—No, claro.

Se hizo el silencio en el pequeño despacho, hasta que Patrik se levantó.

—Esperemos que aparezca. Sea como sea.

—Sí, esperemos —señaló Paula, pero con el mismo tono de abatimiento que Patrik.

–¡Gordi!

–¡Mira quién habla! –Anna miró a su hermana señalándole la barriga.

Erica Falck se retorcía para ponerse de perfil ante el espejo, exactamente igual que Anna, y tuvo que admitir que esta tenía razón. Madre mía, ¡estaba enorme! Parecía una barriga enorme con algo de Erica pegada alrededor, solo para disimular. Y se notaba. Cuando estaba embarazada de Maja, se sentía como un prodigio de agilidad en comparación con este embarazo. Pero claro, ahora llevaba dentro dos niños.

–De verdad que no te envidio –dijo Anna con la sinceridad brutal propia de una hermana menor.

–Vaya, gracias –respondió Erica dándole un empujón con la barriga. Anna le respondió con otro, de modo que las dos estuvieron a punto de perder el equilibrio. Agitaron los brazos en el aire para recuperarlo, pero empezaron a reírse de tal manera que tuvieron que sentarse en el suelo.

–¡Esto es una broma! –exclamó Erica secándose las lágrimas–. No puede una ir por la vida con este aspecto. Soy un cruce entre Barbapapá y el tipo ese de Monty Python que revienta mientras se está comiendo una galleta de menta.

–Pues sí, yo estoy terriblemente agradecida por tus gemelos, porque a tu lado me siento como una sílfide.

–Que aproveche –respondió Erica haciendo amago de levantarse, pero sin conseguirlo.

—Espera, ya te ayudo yo —le dijo Anna, pero también ella perdió la batalla contra la ley de la gravedad y cayó de nuevo sobre el trasero. Las dos hermanas se miraron compenetradas y gritaron al unísono:

—¡Dan!

—¿Sí? ¿Qué pasa? —se oyó gritar desde la planta baja.

—¡No podemos levantarnos! —respondió Anna.

—¿Qué has dicho? —preguntó Dan.

Lo oyeron subir la escalera en dirección al dormitorio donde se encontraban.

—Pero ¿qué estáis haciendo? —preguntó sonriendo al ver a su pareja y a su cuñada, las dos sentadas en el suelo, delante del espejo.

—Que no podemos levantarnos —dijo Erica extendiendo el brazo con tanta dignidad como pudo.

—Espera, que voy en busca de la grúa —bromeó Dan fingiendo que se daba media vuelta para bajar otra vez.

—Oye, oye —protestó Erica mientras Anna rompía a reír de tal modo que tuvo que volver a tumbarse boca arriba en el suelo.

—Bueno, vale, quizá funcione de todos modos. —Dan cogió la mano de Erica para tirar de ella—. ¡Aaaaaarriba!

—Deja los efectos de sonido, ten la bondad.

Erica se levantó con esfuerzo.

—Caray, qué gorda estás —exclamó Dan, que se ganó un manotazo en el hombro.

—A estas alturas lo habrás dicho ya unas cien veces, y no eres el único. Así que haz el favor de dejarlo ya y céntrate en tu propia gordi.

—Encantado. —Dan levantó también a Anna y aprovechó para darle un beso en la boca.

—Ya podéis iros a casa —dijo Erica dándole un codazo a Dan en el costado.

—Ya estamos en casa —respondió Dan besando a Anna de nuevo.

—Eso, pues a ver si podemos concentrarnos en por qué estoy yo aquí —replicó Erica dirigiéndose al armario de su hermana.

—No sé por qué crees que puedo ayudarte —dijo Anna acercándose bamboleante hacia Erica—. No creo que tenga nada que te quede bien.

—Ya, ¿y qué quieres que haga entonces? —Erica fue mirando la ropa que colgaba en las perchas—. Es la fiesta de la presentación del libro de Christian y la única opción que me queda es la tienda india de Maja.

—Vale, a ver, algo podremos encontrar. Esos pantalones que llevas no tienen mal aspecto y creo que tengo una blusa que quizá te quepa. Al menos a mí me quedaba grande.

Anna sacó una túnica bordada de color lila. Erica se quitó la camiseta y, con la ayuda de Anna, logró pasarse la túnica por la cabeza. Bajarla por la barriga fue como rellenar una salchicha navideña, pero lo consiguieron. Erica se volvió hacia el espejo y observó críticamente la imagen que le devolvía.

—Estás muy guapa —le comentó Anna, y Erica gruñó por respuesta. Con aquella mole que ahora tenía por cuerpo, lo de «muy guapa» sonaba a utopía, pero al menos tenía un aspecto decente y casi elegante.

—Funciona —dijo al fin tratando de quitarse la prenda ella sola, antes de rendirse y esperar a que Anna le ayudase.

—¿Dónde es la fiesta? —preguntó Anna mientras alisaba la túnica y volvía a colgarla en la percha.

—En el Hotel Stora.

—Qué detalle de la editorial, organizar una fiesta de presentación para un autor novel —dijo Anna dirigiéndose a la escalera.

—Están emocionadísimos. Y las ventas son increíblemente buenas, así que me parece que lo hacen encantados. Y parece que también irán periodistas, por lo que me dijo nuestro editor.

—¿Y a ti qué te parece el libro? Supongo que te habrá gustado, de lo contrario, no se lo habrías recomendado a la editorial, pero ¿es bueno?

—Es… —Erica reflexionaba mientras seguía a su hermana e iba bajando los peldaños con sumo cuidado—. Es mágico. Oscuro y hermoso, inquietante y poderoso y… bueno, mágico, es la mejor manera de describirlo.

—Christian debe de estar superfeliz.

—Sí, claro. —Erica tardaba en responder mientras se dirigía a la cocina con familiaridad y empezó a cargar la cafetera—. Sí, claro que lo estará. Pero al mismo tiempo… —Guardó silencio para no perder la cuenta de las cucharadas de café que iba poniendo en el filtro—. Se puso muy contento cuando aceptaron el manuscrito, pero tengo la sensación de que el trabajo con el libro ha removido algo. Es difícil… en realidad, no lo conozco tan bien. No estoy segura de por qué me lo pidió pero, como es natural, me presté a ayudarle. Es obvio, yo tengo experiencia en el trabajo con manuscritos, aunque no escriba novelas. Y al principio todo fue muy bien, Christian tenía una actitud positiva y abierta a todas las sugerencias pero, al final, lo veía retraído a veces, cuando yo quería ahondar en ciertos asuntos. No te lo puedo explicar mejor, pero es un poco excéntrico, quizá sea solo eso.

—Pues entonces ha dado con la profesión adecuada —dijo Anna muy seria, y Erica se volvió hacia ella.

—O sea, que ahora no solo estoy gorda, sino que además soy excéntrica, ¿no?

—Y distraída, no lo olvides. —Anna señaló la cafetera que Erica acababa de encender—. Resulta más fácil si, además, le pones agua.

La cafetera empezó a saltar confirmando sus palabras y Erica la apagó dirigiendo una mirada sombría a su hermana.

Ejecutaba todas las tareas domésticas de forma mecánica. Colocaba la vajilla en el lavaplatos tras haber enjuagado los platos y los cubiertos, recogía los restos de comida del fregadero con la mano y lavaba el cepillo de fregar con un poco de detergente. Luego enjuagaba la bayeta, la estrujaba y la pasaba por la mesa de la cocina para retirar las migas y los pegotes.

—Mamá, ¿puedo ir a casa de Sandra? —Elin entró en la cocina con una expresión de rebeldía quinceañera que denotaba que se había preparado para recibir un no por respuesta.

—Ya sabes que esta noche no puede ser, que vienen tus abuelos.

—Pero últimamente vienen tan a menudo... ¿por qué tengo que estar aquí siempre que vienen? —El tono de voz iba subiendo y ya empezaba a adoptar aquel tono chillón que tan mal sobrellevaba Cia.

—Porque vienen a veros a ti y a Ludvig. Comprenderás que, si no estáis en casa, se llevarán una decepción.

—¡Pero es que es tan aburrido! Y la abuela siempre termina llorando y el abuelo le dice que no llore. Quiero irme a casa de Sandra. Va a ir todo el mundo.

—Me parece que estás exagerando, ¿no? —dijo Cia enjuagando la bayeta antes de colgarla de nuevo en el grifo—. No creo que vaya «todo el mundo». Ya irás otra noche, cuando no estén aquí los abuelos.

—Papá me habría dejado ir.

Fue como si a Cia se le encogieran los pulmones. No lo aguantaba más. No aguantaba la ira ni la rebeldía en aquellos momentos. Magnus habría sabido afrontarlo. Él habría podido manejar la situación con Elin. Ella, en cambio, no lo conseguía. Sola, no.

—Pero papá no está.

—¿Y dónde está? —gritó Elin llorando a lágrima viva—. ¿Se ha largado? Seguro que se cansó de ti y de tus rollos. So... so arpía.

A Cia se le quedó la mente en blanco. Era como si todos los sonidos hubiesen desaparecido de pronto, y todo a su alrededor se convirtió en una bruma gris.

—Está muerto. —La voz sonaba como si surgiera de otra parte, como si hablara un extraño.

Elin se la quedó mirando atónita.

—Está muerto —repitió Cia. Se sentía extrañamente tranquila, como flotando en el aire por encima de su hija y estuviese contemplando la escena con ánimo apacible.

—Estás mintiendo —replicó Elin hinchando el pecho, como si acabase de correr varias millas.

—No, no estoy mintiendo. Es lo que cree la Policía. Y sé que es verdad. —Cuando se oyó pronunciar aquellas palabras, comprendió lo ciertas que eran. Se había negado a tomar conciencia de ello, se había aferrado a la esperanza. Pero la verdad era que Magnus estaba muerto.

—¿Cómo puedes estar segura? ¿Cómo puede estar segura la policía?

—Él no nos habría dejado sin más.

Elin meneó la cabeza, como si quisiera impedir que la idea se anclase en su mente. Pero Cia notó que su hija también lo sabía. Magnus no los habría dejado así, sin más.

Recorrió los pocos pasos que la separaban de ella en la cocina y la abrazó. Elin quiso zafarse pero, finalmente, se relajó y se dejó abrazar y convertirse en una niña pequeña. Cia le acarició el pelo mientras el llanto arreciaba.

—Chist… —La tranquilizó sintiendo que su fuerza interior se revitalizaba a medida que se iba minando la de Elin—. Anda, vete a casa de Sandra, ya se lo explicaré a los abuelos.

Acababa de comprender que, a partir de aquel momento, ella sería quien tomase todas las decisiones.

Christian Thydell se observaba en el espejo. A veces no sabía qué postura adoptar ante su aspecto. Tenía cuarenta años. En cierto modo, el tiempo había pasado volando y ahora tenía delante a un hombre que no solo era adulto, sino que incluso empezaba a lucir algunas canas en la sien.

—¡Qué elegante estás! —Christian se sobresaltó cuando Sanna apareció a su espalda y le rodeó la cintura con los brazos.

—Perdón —se disculpó sentándose en la cama.

—Tú también estás muy guapa —señaló aún con más remordimientos al ver cómo aquel cumplido sin importancia le imprimía brillo en los ojos. Al mismo tiempo, sintió un punto de irritación. Detestaba que se condujese como un cachorro meneando la cola ante el menor gesto de atención por parte de su dueño. Su mujer era diez años más joven y a veces tenía la sensación de que podrían ser veinte.

—¿Me ayudas con la corbata? —Christian se acercó y ella se levantó y le anudó la corbata con mano experta. Un nudo perfecto al primer intento, y Sanna dio un paso atrás para contemplar su obra.

—¡Esta noche vas a triunfar!

—Mmm… —dijo él, sin saber muy bien qué esperaba ella que dijera.

—¡Mamá! ¡Nils me ha pegado! —Melker entró a la carrera, como si lo persiguiera una manada de lobos salvajes y, con los dedos pringados de comida, se agarró al primer recurso seguro que tenía a mano: la pierna de Christian.

—¡Melker! —Christian apartó bruscamente a su hijo de cinco años. Pero ya era tarde. Las dos perneras presentaban manchas patentes de kétchup a la altura de las rodillas, y Christian se esforzó por conservar la calma. Últimamente, cada vez le costaba más.

—¿Es que no puedes vigilar a los niños? —le espetó a Sanna mientras, con movimientos exagerados, empezaba a desabotonar el pantalón para cambiarse.

—Seguro que puedo limpiarlo —dijo Sanna persiguiendo a Melker, que iba camino de la cama con las manos embadurnadas de comida.

—¿Y cómo, si tengo que estar allí dentro de una hora? Tendré que cambiarme.

—Pero… —Sanna estaba a punto de romper a llorar.

—Mejor vete a cuidar de los niños.

Sanna acompañó cada sílaba de un parpadeo, como si la estuviese golpeando con ellas. Sin replicar palabra, cogió a Melker de la mano y lo sacó del dormitorio.

Cuando Sanna se hubo marchado, Christian se desplomó en la cama. Se veía en el espejo con el rabillo del ojo. Un hombre sereno. Con chaqueta, camisa, corbata y calzoncillos. Hundido como si llevase sobre los hombros todos los problemas del mundo. Irguió la espalda y sacó el pecho. Y enseguida le pareció que tenía mejor aspecto.

Aquella era su noche. Y nadie podría arrebatársela.

–¿Alguna novedad? –Con gesto inquisitivo, Gösta Flygare levantó la cafetera hacia Patrik, que acababa de entrar en la pequeña cocina de la comisaría.

Patrik asintió y dijo sí, gracias, antes de sentarse a la mesa. *Ernst* oyó que se preparaban para tomar un tentempié, entró en la cocina caminando pesadamente y se tumbó debajo de la mesa con la esperanza de que le cayera algún que otro bocado que él pudiese pescar de un lametón.

–Aquí tienes. –Gösta puso delante de Patrik una taza de café solo y se sentó enfrente–. Te veo un poco pálido –observó escrutando a conciencia a su joven colega.

Patrik se encogió de hombros.

–Algo cansado, eso es todo. Maja ha empezado a dormir mal y está muy rebelde. Y Erica está agotada por razones más que comprensibles, así que la cosa está bastante complicada en casa.

–Y peor que se va a poner –constató Gösta secamente.

Patrik soltó una carcajada.

–Sí, Gösta, tú siempre tan alentador, peor que se va a poner.

–Pero no has averiguado nada más sobre Magnus Kjellner, ¿no?

Gösta pasó discretamente una galleta por debajo de la mesa y *Ernst* tamborileó feliz con la cola sobre los pies de Patrik.

–No, nada –dijo Patrik antes de tomar un sorbo de café.

–Ya he visto que hoy ha venido otra vez.

–Sí, acabo de estar en el despacho de Paula hablando del tema. Para Cia es como una suerte de ritual pero, claro, no es de extrañar, ¿cómo procesa uno el hecho de que su marido desaparezca sin más?

–¿Y si interrogamos a alguno más? –dijo Gösta pasando con disimulo otra galleta bajo la mesa.

–¿A quién? –Patrik oyó la irritación que destilaba–. Ya hemos hablado con la familia, con los amigos, hemos ido de puerta en puerta preguntando por todo el barrio, hemos puesto carteles y hemos pedido la colaboración de la prensa local. ¿Qué más podemos hacer?

–Tú no sueles rendirte.

—Pues no, pero si tienes alguna sugerencia, ya puedes proponerla. —Patrik lamentó inmediatamente el tono tan agrio con que le había hablado, aunque Gösta no parecía habérselo tomado a mal—. Suena horrible decirlo, pensar que aparecerá muerto —añadió en tono más amable—, pero estoy convencido de que solo entonces averiguaremos lo que ha ocurrido. Te apuesto lo que quieras a que no ha desaparecido voluntariamente, y si encontramos el cadáver, tendremos algo sobre lo que investigar.

—Sí, tienes razón. Es un horror pensar que el tipo aparecerá en la orilla arrastrado por las mareas o en algún rincón del bosque. Pero yo tengo la misma sensación que tú. Y debe de ser horrible…

—¿Te refieres a no saber? —preguntó Patrik desplazando un poco los pies, que ya empezaban a sudarle bajo el peso cálido del trasero del perro.

—Pues sí, te lo puedes imaginar. No tener ni idea de dónde se habrá metido la persona a la que quieres. Como los padres cuyos hijos desaparecen. Hay una página web americana de niños desaparecidos. Página tras página con fotos y anuncios de búsqueda. Qué horror, digo yo.

—Yo no sobreviviría a una situación así —aseguró Patrik. Recreó la imagen del torbellino de su hija y la sola idea de que se la arrebataran se le antojó insufrible.

—¿De qué habláis? Menudo ambiente funerario tenéis aquí. —La voz alegre de Annika interrumpió el silencio, y la recepcionista entró y se les unió a la mesa. El miembro más joven de la comisaría, Martin Molin, no tardó en aparecer tras ella, atraído por las voces que se oían en la cocina y por el olor a café. Estaba de baja paternal a media jornada y aprovechaba cualquier oportunidad de relacionarse con sus colegas y de participar en conversaciones de adultos, para variar.

—Estábamos hablando de Magnus Kjellner —explicó Patrik en un tono que indicaba que la conversación había concluido. Y, para subrayarlo, cambió de tema.

—¿Qué tal va lo de la niña?

—¡Ay, nos llegaron más fotos ayer! —exclamó Annika sacando unas fotografías que llevaba en el bolsillo de la chaqueta.

—Mira, mira cuánto ha crecido. —Dejó las instantáneas en la mesa y Patrik y Gösta se turnaron para verlas. Martin ya les había echado un vistazo en cuanto llegó aquella mañana.

—Anda, qué bonita es —dijo Patrik.

Annika asintió.

—Ya tiene diez meses.

—¿Y cuándo os dijeron que podríais ir a buscarla? —preguntó Gösta con interés sincero. Era consciente de que había contribuido a que Annika y Lennart empezasen a hablar en serio de adopción, así que, en cierto modo, tenía la sensación de que la pequeña de las fotos también era suya.

—Pues la verdad, cada vez nos dicen una cosa —confesó Annika. Recogió las fotos y se las guardó de nuevo en el bolsillo—. Dentro de un par de meses, creo yo.

—Supongo que la espera es muy dura. —Patrik se levantó y colocó la taza en el lavaplatos.

—Sí, lo es, pero al mismo tiempo… Estamos en ello. Y la niña existe.

—Sí, claro —convino Gösta. En un impulso, le puso a Annika la mano en el hombro, pero la retiró con la misma rapidez—. Ahora tengo que trabajar. No tengo tiempo de quedarme aquí desbarrando —masculló levantándose algo turbado.

Los tres colegas le dedicaron una mirada jocosa mientras salía de la cocina.

—¡Christian! —La directora de la editorial se le acercó y le dio un abrazo impregnado de un denso perfume.

Christian contuvo la respiración para no tener que aspirar aquel aroma tan empalagoso. Gaby von Rosen no era célebre por sus maneras discretas. Todo en ella era excesivo: demasiado pelo, demasiado maquillaje, demasiado perfume y, además de todo eso, una manera de vestir que, para ser amable, podía describirse como sorprendente. En honor de la celebración, llevaba un traje de un rosa impactante y una enorme rosa de tela verde en la solapa, y, como de costumbre, unos tacones de alto riesgo. Sin embargo, pese a lo ridículo de su aspecto, nadie dejaba de tomar en serio a la directora de aquella editorial nueva y tan de moda. Tenía más de treinta años de experiencia en el sector y el intelecto tan agudo como afilada tenía la lengua. Aquellos que, alguna vez, cometieron el error de despreciarla como adversario, jamás repitieron.

—¡Cómo nos vamos a divertir! —Gaby lo sujetaba por los hombros con los brazos estirados y le sonreía—. Lars-Erik y Ulla-Lena, los del hotel, han sido fantásticos —continuó—. ¡Qué personas más encantadoras! Y el bufé tiene un aspecto maravilloso. Verdaderamente, es el lugar perfecto para el lanzamiento de ese libro tuyo tan brillante. Y tú ¿cómo te sientes?

Christian se zafó con cuidado de las manos de Gaby y dio un paso atrás.

—Pues mira, un poco en una nube, si he de ser sincero. He pensado tanto en lo de la novela y… bueno, aquí estoy. —Miró de reojo la pila de libros que había en la mesa, junto a la salida. Podía leer desde allí su propio nombre, y el título: *La sombra de la sirena.* Se le encogió el estómago: aquello era real.

—Habíamos pensado lo siguiente —dijo Gaby tirándole de la manga de la camisa, y él la siguió abúlico—. Empezamos con una reunión con los periodistas que acudan, así podrán hablar contigo tranquilamente. Estamos muy satisfechos con la respuesta de los medios. Vendrían el *GP,* el *GT,* el *Bohusläningen* y *Strömstads Tidning.* Ninguno de los periódicos nacionales, pero la reseña tan estupenda que ha sacado hoy el *Svenskan* lo compensa con creces.

—¿Qué reseña? —preguntó Christian mientras lo arrastraban a una pequeña tarima junto al estrado donde, al parecer, recibirían a la prensa.

—Ya te enterarás luego —dijo Gaby sentándolo en la silla más próxima a la pared.

Christian intentó recuperar el control sobre la situación, pero era como si lo hubiera absorbido una secadora y no tuviese la menor oportunidad de salir, y ver que Gaby se alejaba reforzó aquella sensación. Dentro de la sala el personal corría de un lado para otro poniendo las mesas. Nadie se fijaba en él. Se permitió cerrar los ojos un instante. Pensó en el libro, en *La sombra de la sirena,* en tantas horas como había pasado delante del ordenador. Cientos, miles de horas. Pensó en ella, en la sirena.

−¿Christian Thydell?

Aquella voz lo arrancó de su cavilar y Christian alzó la vista. El hombre que tenía delante aguardaba tendiéndole la mano, como esperando que él la cogiera. Así que Christian se levantó y se la estrechó.

−Birger Jansson, del *Strömstads Tidning.* −El hombre colocó en el suelo una gran cámara.

−Claro, bienvenido. Siéntate −dijo Christian, inseguro de cómo debía comportarse. Echó un vistazo a su alrededor en busca de Gaby, pero no vio más que un destello rosa chillón que aleteaba de acá para allá cerca de la entrada.

−Vaya, vaya, sí que apuestan fuerte −dijo Birger Jansson mirando a su alrededor.

−Sí, eso parece −contestó Christian. Luego se hizo el silencio y ambos se retorcieron en la silla.

−¿Empezamos? ¿O prefieres que esperemos a los demás?

Christian miró abstraído al reportero. ¿Cómo iba a saberlo él? Era la primera vez que hacía aquello. Jansson pareció interpretarlo como un sí, colocó una grabadora encima de la mesa y la puso en marcha.

−Bien… −dijo mirando alentador a Christian−. Esta es tu primera novela.

Christian se preguntaba si el reportero esperaba de él más que una afirmación.

−Sí, es la primera −contestó carraspeando un poco.

−Me ha gustado mucho −aseguró Birger Jansson con un tono agrio que casaba mal con el elogio.

−Gracias −respondió Christian.

−¿Qué has querido decir con ella? −Jansson comprobó la grabadora para cerciorarse de que la cinta iba pasando.

−¿Qué he querido decir? No lo sé exactamente. Es una historia, un relato que tenía en la cabeza y que tenía que salir.

—Es muy serio. Incluso diría que es lúgubre —aseguró Birger observando a Christian como si quisiera ver hasta lo más recóndito de su ser—. ¿Es esa tu visión de la sociedad?

—No sé si es mi visión de la sociedad lo que he intentado reflejar en el libro —confesó Christian, buscando como un loco algo inteligente que decir. Jamás había pensado en su obra de aquel modo. El relato llevaba allí mucho tiempo, existía en su interior y, finalmente, se vio obligado a plasmarlo en el papel. Pero si quería decir algo sobre la sociedad… ni se le había pasado por la cabeza.

Finalmente, Gaby acudió en su auxilio. Llegó con una tropa de periodistas y Birger Jansson apagó la grabadora mientras todos se saludaban y se sentaban a la mesa. Transcurrieron unos minutos y Christian aprovechó la ocasión para serenarse.

Gaby intentaba captar la atención de todos.

—Bienvenidos a este encuentro con la nueva estrella del firmamento literario, Christian Thydell. En la editorial nos sentimos terriblemente orgullosos de haber podido publicar su novela *La sombra de la sirena* y creemos que será el principio de una larga y fructífera carrera literaria. Christian no ha tenido tiempo de leer las reseñas, de modo que es para mí un placer inmenso comunicarte que has recibido críticas maravillosas en el *Svenskan*, *DN* y *Arbetarbladet,* por mencionar algunos diarios. Permitid que lea una selección de fragmentos muy significativos.

Se puso las gafas y extendió el brazo en busca de un montón de papeles que había en la mesa. Sobre el fondo blanco destacaban, aquí y allá, los subrayados en rosa.

—«Un virtuoso de la lengua que narra la indefensión del ser humano sin perder la profundidad de la perspectiva», dice el *Svenskan* —explicó Gaby con un gesto de asentimiento hacia Christian, antes de pasar al siguiente documento—. «Leer a Christian Thydell resulta a un tiempo placentero y doloroso pues, con su prosa desnuda, desvela la vacuidad de las esperanzas que sobre la seguridad y la democracia abriga la sociedad. Sus palabras cortan como un cuchillo la carne, los músculos y la conciencia y me impulsan a seguir leyendo con ansiedad febril para, como un faquir, experimentar más en profundidad ese dolor tormentoso pero, al mismo tiempo, catártico.» Esto era del *DN* –continuó Gaby quitándose las gafas al mismo tiempo que le entregaba a Christian el montón de recensiones.

Christian las cogió incrédulo. Oía las palabras y resultaba agradable dejarse envolver por los elogios pero, sinceramente, no entendía de qué hablaban. Lo único que él había hecho era escribir sobre ella, contar su historia. Sacó a la luz las palabras y lo que ella era en una operación de descarga que, en ocasiones, lo dejaba totalmente vacío. Él no quería decir nada de la sociedad. Quería hablar de ella.

Pero las protestas no pasaron de la garganta. Nadie más lo comprendería y tal vez debiera ser así. Él no podría explicarlo jamás.

—Estupendo —dijo al fin, consciente de lo vacías que habían sonado sus palabras.

Siguieron más preguntas, más elogios e ideas sobre su libro. Y él tenía la sensación de que no podía responder con sensatez a una sola pregunta. ¿Cómo describir aquello que lo ha colmado a uno hasta el más mínimo resquicio? ¿Que no solo era un relato, sino que era una cuestión de supervivencia? De dolor. Hacía lo que podía. Intentó responder con claridad y sesudamente. Y era obvio que lo consiguió, porque Gaby asentía de vez en cuando con una expresión aprobatoria.

Una vez concluida la entrevista, Christian solo pensaba en volver a casa. Se sentía totalmente vacío. Sin embargo, tuvo que quedarse en el hermoso comedor del Hotel Stora, y respiró hondo y se preparó para recibir a los invitados que ya empezaban a llegar. Sonreía, pero con una sonrisa que le costaba mucho más de lo que nadie podía sospechar.

—¿Podrás mantenerte sobria esta noche? —le espetó Erik Lind a su esposa, tan alto que todos los que hacían cola para entrar en la fiesta pudieran oírlo.

—¿Podrás tú controlar las manos esta noche? —replicó Louise sin molestarse en bajar la voz.

—No sé de qué hablas —dijo Erik—. Y haz el favor de bajar el volumen, anda.

Louise observó a su marido con frialdad. Era atractivo, eso era innegable. Y hubo un tiempo en que a ella le gustaba. Se habían conocido en la universidad y muchas chicas la miraban con envidia porque había cazado a Erik Lind. Desde entonces, se dedicó a destruir su amor, su respeto y su confianza, lento pero seguro, a base de follar. No con ella, no, por Dios. Sin embargo, no parecía tener absolutamente ningún problema en hacerlo fuera del lecho matrimonial.

—¡Hola! ¡Habéis venido! ¡Qué bien! —Cecilia Jansdotter se abrió paso hasta ellos y los besó en la mejilla. Era la peluquera de Louise y también la amante de Erik del último año. Claro que ellos creían que Louise no lo sabía.

—Hola, Cecilia —la saludó Louise con una sonrisa. Era una chica encantadora; si hubiese estado resentida contra todas las mujeres con las que se había acostado su marido, no habría podido seguir viviendo en Fjällbacka. Por lo demás, hacía muchos años que aquello había dejado de importarle. Tenía a las niñas. Y aquel invento maravilloso del vino en cartones de varios litros con espita. ¿Para qué necesitaba a Erik?

—¿No es emocionante que tengamos a otro escritor en Fjällbacka? Primero Erica Falck y ahora Christian. —Cecilia hablaba casi dando saltos—. ¿Habéis leído el libro?

—Yo solo leo periódicos de economía —respondió Erik.

Louise puso los ojos en blanco. Muy propio de Erik hacerse el interesante diciendo que él nunca leía libros.

—Confío en que podamos hacernos con un ejemplar —continuó Cecilia, cerrándose bien el abrigo. A ver si la cola empezaba a moverse un poco más y entraban pronto en calor.

—Sí, Louise es la lectora de la familia. Por otro lado, no hay mucho más que hacer cuando uno no trabaja. ¿A que no, querida?

Louise se encogió de hombros y dejó que tan vitriólico comentario le resbalara. De nada servía señalar que fue Erik quien insistió en que ella se quedara en casa mientras las niñas eran pequeñas. O que era ella quien trabajaba desde la mañana hasta la noche para que funcionase la maquinaria de aquella existencia tan ordenada que él daba por hecha.

Continuaron con la charla mientras seguían avanzando. Finalmente, llegaron a la recepción y pudieron quitarse los abrigos para luego subir los escasos peldaños que conducían al salón del restaurante.

Con la mirada de Erik ardiéndole en la espalda, Louise puso rumbo al bar.

—Procura no hacer esfuerzos —dijo Patrik besando a Erica en la boca antes de que ella cruzara el umbral para salir precedida por aquella barriga enorme.

Maja protestó al ver que su madre se marchaba, pero se calmó en cuanto su padre la sentó delante del televisor a ver *Bolibompa,* que precisamente empezaba con la aparición del dragón verde que tanto le gustaba. Los últimos meses se había vuelto más quejica y los arrebatos temperamentales que ahora solían suceder a cualquier negativa harían morirse de envidia a cualquier diva. Patrik la comprendía, en cierta medida. Maja también debía de notar la expectación y la tensión que, mezcladas con algo de angustia, provocaba la llegada de los hermanitos. Madre mía, ¡gemelos! Pese a que se lo dijeron desde la primera ecografía, cuando estaba de dieciocho semanas, aún no había logrado digerirlo. A veces se preguntaba cómo iban a resistir. Ya había resultado bastante difícil con un solo bebé, ¿cómo iban a hacerlo con dos? ¿Cómo arreglárselas con las tomas y el sueño y todo eso? Y además, tendrían que comprarse un coche nuevo donde cupieran los tres niños y otros tantos carritos. Solo eso…

Patrik se sentó en el sofá al lado de Maja y se quedó mirando al vacío. Se encontraba tan cansado últimamente. Era como si estuviese siempre a punto de agotársele la energía y había mañanas en que apenas era capaz de levantarse de la cama. Claro que quizá no fuese tan raro. Aparte de todo lo que tenía en casa, con Erica siempre cansada y con Maja convertida en un monstruo rebelde, estaba abrumado con el trabajo. Desde que conoció a Erica, se habían enfrentado a varios casos de asesinato y, la lucha permanente con su jefe, Bertil Mellberg, también lo tenía muy cansado.

Y ahora, la desaparición de Magnus Kjellner. Patrik no sabía si era experiencia o instinto, pero estaba convencido de que le había pasado algo. Un accidente o un crimen, imposible saberlo, pero apostaba la placa de policía a que Magnus Kjellner no seguía con vida. Ver todos los miércoles a su mujer, que parecía más menuda y más consumida cada semana que pasaba, lo tenía absolutamente agobiado. Habían hecho todo lo que estaba en su mano, aun así, no podía quitarse de la cabeza la expresión de Cia Kjellner.

—¡Papá! —Maja lo sacó de sus cavilaciones con unos recursos vocales insospechados. Dirigía el índice diminuto hacia la pantalla del televisor y Patrik comprendió enseguida cuál era el origen de la crisis. Seguramente había pasado más tiempo del que creía sumido en sus pensamientos porque *Bolibompa* se había terminado y lo que ahora daban era un programa para adultos en el que Maja no tenía el menor interés.

—Papá lo arregla, ya verás —dijo con las manos en alto—. ¿Qué te parece Pippi?

Puesto que Pippi era, por el momento, el personaje favorito, Patrik sabía perfectamente cuál sería la respuesta. Cuando la película *Pippi por los siete mares* comenzó a verse en la pantalla, se sentó al lado de su hija y le pasó el brazo por los hombros. Maja se acomodó feliz en el hueco como un animalito cálido de peluche. Cinco minutos después, Patrik se había dormido.

Christian había empezado a sudar. Gaby acababa de comunicarle que pronto sería su turno de subir al estrado. La sala no estaba abarrotada, pero sí había allí unas sesenta personas expectantes, con su plato de comida y su copa de vino o de cerveza. Christian, por su parte, no había sido capaz de tragar nada, salvo algo de vino tinto. En aquellos momentos, precisamente, estaba dando cuenta de la tercera copa, pese a que sabía que no debería beber tanto. No sería del todo adecuado que se pusiera a tartamudear al micrófono mientras lo entrevistaban. Pero, sin el vino, no lo conseguiría.

Estaba inspeccionando la sala con la mirada cuando notó una mano en el brazo.

—¡Hola! ¿Qué tal estás? Pareces un poco tenso. —Erica lo miraba un tanto preocupada.

—Estoy un poco nervioso —admitió él sintiéndose aliviado de ver a alguien a quien poder confesárselo.

—Te entiendo perfectamente —aseguró Erica—. Mi primera presentación fue en Estocolmo y créeme que, después, tuvieron que despegarme del suelo con rascador. Y no recuerdo absolutamente nada de lo que dije en la tarima.

—Tengo la sensación de que en mi caso también van a necesitar un rascador —dijo Christian pasándose la mano por el cuello. Por un instante, pensó en las cartas y sintió el azote poderoso del más puro pánico. Se tambaleó y no se desplomó en el suelo gracias a Erica, que logró sujetarlo a tiempo.

—¡Cuidado! —exclamó Erica—. Sospecho que te has pasado un pelín. No creo que debas beber más antes del acto. —Con suma delicadeza, le retiró la copa de la mano y la colocó en la mesa más próxima—. Te prometo que irá bien. Gaby empezará por presentaros a ti y el libro, luego yo te haré las preguntas que ya hemos repasado. Tú confía en mí. El único problema lo tendremos a la hora de subirme a mí a la tarima.

Erica se echó a reír y Christian la secundó. No de corazón, y con una risa un tanto chillona, pero funcionó. Se relajó un poco y notó que empezaba a respirar otra vez. Acorraló el recuerdo de las cartas en lo más recóndito de la memoria. No debía permitir que aquello le afectase en una noche tan importante. Le había dado a la sirena la oportunidad de expresarse en el libro y, por lo que a él se refería, el asunto estaba zanjado.

—Hola, cariño. —Sanna se les unió contemplando la sala con ojos chispeantes. Sabía que aquel era un momento de capital importancia para ella. Quizá incluso más que para él.

—¡Qué guapa estás! —le comentó Christian mientras ella disfrutaba del cumplido. Sanna era guapa. Y él sabía que había tenido suerte al conocerla. Le aguantaba muchas de sus rarezas, más de lo que aguantaría la mayoría. Pero no era culpa suya, Sanna no podía llenar el vacío que sentía dentro. Seguramente, nadie podía. Le pasó el brazo por los hombros y le besó la melena.

—¡Qué monos! —Gaby se les acercó esquivando a la gente y haciendo resonar los tacones—. Aquí tienes, Christian, te han regalado unas flores.

Se quedó mirando el ramo que Gaby sostenía en el regazo. Era muy bonito, aunque sencillo. Todo de lirios blancos.

Con la mano temblándole descontrolada, fue a coger el sobre blanco que había prendido en el ramo. Era tal el temblor que lo abrió a duras penas, consciente solo a medias de las miradas de extrañeza que le dirigían las dos mujeres.

También la tarjeta era sencilla. Blanca, de papel grueso, con el mensaje en negro escrito con letra elegante, la misma que en las cartas. Se quedó mirando fijamente aquellas líneas. Acto seguido, todo se volvió negro a su alrededor.

*E*ra lo más hermoso que había visto nunca. Olía bien y llevaba la melena larga peinada hacia atrás con una cinta blanca. Brillaba tanto que casi tenía que entrecerrar los ojos. Dio un paso indeciso hacia ella, dudando de que le estuviera permitido participar de tanta belleza. Ella extendió los brazos en señal de que así era y él se arrojó en ellos con paso rápido. Lejos de lo negro, lejos de la maldad. En cambio, se veía ahora envuelto en lo blanco, en luz, en el aroma floral y la suavidad sedosa del cabello en la mejilla.

—¿Ahora sí eres mi madre? —preguntó por fin dando un paso atrás, aunque a su pesar. Ella asintió—. ¿Seguro? —Él temía que alguien entrase de pronto y lo destrozara todo con un comentario brusco, que le desvelara que estaba soñando, que alguien tan maravilloso no podía ser la madre de alguien como él.

Pero no se oyó ninguna voz. Y ella volvió a asentir y él no pudo contenerse. Se arrojó en sus brazos y sintió que no quería dejarlo nunca, nunca jamás. En algún lugar recóndito de su cabeza se hallaban otras imágenes, otros aromas y sonidos que querían aflorar, pero se sumergían en el perfume floral y el rumor de su ropa. Intentó ahuyentarlos. Los obligó a esfumarse y los sustituyó por lo nuevo, lo fantástico. Lo increíble.

Alzó la vista hacia aquella nueva madre y el corazón se le aceleró de felicidad. Cuando le cogió la mano y se lo llevó de allí, él la siguió lleno de alegría.

$-$Tengo entendido que anoche la cosa terminó en un pequeño drama. ¿En qué estaría pensando Christian? Mira que emborracharse en un momento así... $-$Kenneth Bengtsson llegaba tarde a la oficina tras una mañana tremenda en casa. Dejó la chaqueta en el sofá pero, tras la mirada reprobatoria de Erik, la cogió y la colgó en el perchero de la entrada.

$-$Sí, desde luego, fue un final lamentable $-$respondió Erik$-$. Por otro lado, Louise parecía dispuesta a zambullirse en la niebla de la bebida, al menos eso me lo ahorré al largarme.

$-$Pero ¿tan grave es? $-$preguntó Kenneth observando a Erik. No era frecuente que Erik le confiase nada personal. Siempre había sido así. Cuando eran niños y jugaban juntos, y ahora que ya eran adultos. Erik trataba a Kenneth como si apenas lo tolerase, como si le estuviese haciendo un favor rebajándose a relacionarse con él. De no haber sido porque Kenneth tenía algo que ofrecerle a Erik, habrían perdido la amistad hace tiempo. Como así fue durante los años en que Erik estudiaba en la universidad y trabajaba en Gotemburgo. Kenneth se quedó en Fjällbacka y puso en marcha su modesta asesoría fiscal. Un negocio que había ido ganando popularidad con los años.

Porque Kenneth tenía talento. Era consciente de que no podía considerarse ni guapo ni atractivo, y tampoco se hacía ilusiones de que su nivel de inteligencia se hallase por encima de la media. Pero tenía una habilidad extraordinaria para trabajar con los números. Y era capaz de hacer malabares con las diversas cantidades de las cuentas de beneficios y los balances como un David

Beckham de la contabilidad. Aquello, en combinación con su capacidad para poner al fisco de su parte, hacía que, de repente y por primera vez en su vida, fuese un ser de capital importancia para Erik. Y Kenneth se convirtió en la pareja imprescindible cuando Erik decidió aventurarse en el mundo de la construcción en la Costa Oeste, que tan lucrativo venía siendo últimamente. Claro que Erik le dejó bien claro cuál era su sitio, y Kenneth no poseía más que un tercio de la empresa, no la mitad que le correspondía en razón de sus aportaciones al negocio. Pero eso no era tan importante. Kenneth no aspiraba a hacerse rico ni a acumular poder. Estaba satisfecho haciendo aquello que tan bien se le daba y siendo el socio de Erik.

—Pues sí, la verdad es que no sé qué hacer con Louise —confesó Erik al tiempo que se levantaba de la silla—. Si no hubiera sido por las niñas… —Meneó la cabeza y cogió el abrigo.

Kenneth asintió comprensivo. En realidad, sabía a la perfección dónde le apretaba el zapato. Y no era por las niñas, precisamente. Lo que le impedía a Erik separarse de Louise era el hecho de que ella se quedaría con la mitad del dinero y las propiedades.

—Me largo a comer. Estaré fuera un buen rato. Almuerzo largo.

—Vale —dijo Kenneth—. Almuerzo largo, claro.

—¿Está en casa? —Erica se encontraba en la escalinata de la casa de los Thydell.

Sanna pareció dudar unos segundos pero, finalmente, se hizo a un lado y la invitó a entrar.

—Está arriba, en el despacho. Sentado ante el ordenador mirando la pantalla.

—¿Puedo subir?

Sanna asintió.

—No parece oír nada de lo que le digo. A ver si tú tienes más suerte.

Erica percibió cierta amargura en el tono y la observó detenidamente. Parecía cansada. Cansada y algo más que Erica no logró identificar.

—Veré lo que puedo hacer. —Erica subió como pudo la escalera, con una mano a modo de apoyo en la barriga. Hasta un esfuerzo nimio como aquel la dejaba exhausta últimamente.

—Hola. —Dio unos golpecitos en la puerta abierta y Christian se volvió. Estaba sentado en la silla, delante de la pantalla negra del ordenador—. Ayer nos diste un susto —dijo Erica sentándose en el sillón que había en un rincón.

—Es que estoy extenuado, eso es todo —explicó Christian. Pero tenía unas arrugas profundas alrededor de los ojos y le temblaban las manos ligeramente—. Y luego está lo de Magnus, que me tiene preocupado.

—¿Seguro que no hay nada más? —Sonó más seria de lo que pretendía—. Ayer me encontré esto y te lo he traído. —Rebuscó en el bolsillo de la chaqueta y sacó la tarjeta del ramo de lirios blancos—. Se te debió caer.

Christian se quedó mirando la tarjeta.

—Quítala de mi vista.

—¿Qué significa? —Erica miraba extrañada a aquel hombre, al que había empezado a considerar un amigo.

Él no respondió. Erica repitió, en tono más suave:

—Christian, ¿qué significa esto? Ayer reaccionaste de forma exagerada. No intentes hacerme creer que es solo porque estás cansado.

Él seguía guardando un silencio que interrumpió de pronto la voz de Sanna, que resonó desde la puerta:

—Háblale de las cartas.

Se quedó en el umbral, esperando a que su marido respondiera. Christian continuó en silencio un instante más, antes de abrir el último cajón del escritorio y sacar un pequeño fajo de cartas.

—Llevo un tiempo recibiendo cartas como estas.

Erica las cogió y las hojeó con cuidado. Folios blancos con tinta negra. Y, sin duda, la misma letra que en la tarjeta que ella le había llevado. Aunque las palabras le resultaban familiares. Expresiones diferentes, pero el tema era el mismo. Leyó en voz alta la primera misiva:

—«Ella camina a tu lado, ella te acompaña. No tienes derecho sobre tu vida, lo tiene ella.»

Erica levantó la vista claramente perpleja.

—¿Qué quiere decir? ¿Tú entiendes algo?

—No —respondió rápido y resuelto—. No, no tengo ni idea. No conozco a nadie que quiera hacerme daño. Y tampoco sé quién es «ella». Debería haberlas tirado —dijo extendiendo la mano hacia las cartas, pero Erica no hizo amago de devolvérselas.

—Lo que deberías hacer es ir a la Policía.

Christian meneó la cabeza.

—No, seguro que es alguien que se está divirtiendo a mi costa.

—Pues esto no suena a broma. Y tampoco parece que tú pienses que tiene la menor gracia.

—Eso mismo le he dicho yo —intervino Sanna—. A mí me parece muy desagradable, y con los niños y todo. Imagínate que es algún trastornado que... —Hablaba con la mirada clavada en Christian y Erica comprendió que no era la primera vez que discutían aquel tema, pero él negó tozudo con la cabeza.

—No quiero darle tanta importancia.

—¿Cuándo empezó todo esto exactamente?

—Fue cuando empezaste con el libro —respondió Sanna, que se ganó una mirada iracunda de su marido.

—Sí, más o menos entonces —admitió Christian—. Hace un año y medio.

—¿Habrá alguna relación? ¿Hay en el libro alguna persona o suceso real? ¿Alguien que pudiera sentirse amenazado por lo que has escrito? —Erica miraba con firmeza a Christian, que parecía extremadamente incómodo. Era obvio que no deseaba mantener aquella conversación.

—No, es una obra de ficción —dijo, y apretó los labios—. Nadie puede sentirse aludido. Tú has leído el manuscrito. ¿A ti te parece que es autobiográfico?

—No, yo no diría eso —respondió Erica encogiéndose de hombros—. Pero sé por experiencia que uno trenza fragmentos de su realidad con lo que escribe, consciente o inconscientemente.

–Pues no, yo no –estalló Christian retirando la silla y levantándose. Erica comprendió que había llegado el momento de irse, e intentó levantarse del sillón. Pero las leyes de la física estaban en su contra y de sus esfuerzos solo resultaron resoplidos y jadeos. A Christian se le dulcificó el semblante y le tendió la mano.

–Seguro que no es más que un loco que oyó que estaba escribiendo un libro y se le llenó la cabeza de ideas raras. Nada más –añadió, ya más tranquilo.

Erica dudaba de que aquella fuera toda la verdad, pero se trataba más bien de una sensación sin fundamento. Se encaminó al coche con la esperanza de que Christian no notase que, en lugar de seis cartas, ahora solo había cinco en el cajón del escritorio. Al salir, se había guardado una en el bolso. No se explicaba cómo se había atrevido, pero si Christian no quería contárselo, tendría que investigar por su cuenta. Las cartas tenían un tono claramente amenazador y su amigo podía hallarse en peligro.

–¿Has tenido que cancelar a alguien? –preguntó Erik olisqueando el pezón de Cecilia. Ella dejó escapar un gemido y se estiró en la cama de su apartamento. Tenía la peluquería a una cómoda distancia, en la planta baja de la casa.

–Eso quisieras tú, que empezara a cancelar clientes para hacerte hueco en mi agenda. ¿Qué te hace pensar que eres tan importante?

–No creo que haya nada más importante que esto –dijo lamiéndole el pecho. Incapaz de esperar, Cecilia lo atrajo hasta que lo tuvo encima.

Después, se quedó tumbada con la cabeza apoyada en su brazo, sintiendo el cosquilleo del vello en la mejilla.

–Me resultó un poco extraño toparme ayer con Louise. Y contigo.

–Ummm –respondió Erik con los ojos cerrados. No tenía el menor interés en hablar de su mujer, ni de su matrimonio, con su amante.

–A mí Louise me cae bien –Cecilia jugaba enredando los dedos en el vello del pecho–. Y si ella supiera…

–Ya, pero no lo sabe –la interrumpió Erik bruscamente incorporándose a medias–. Y no lo sabrá nunca.

Cecilia levantó la vista, lo miró a los ojos y él supo, por experiencia, adónde los llevaría aquella conversación.

–Tarde o temprano lo sabrá.

Erik suspiró para sus adentros. Que siempre tuvieran que andar discutiendo sobre el después y sobre el futuro… Se levantó de la cama y empezó a vestirse.

–¿Ya te vas? –preguntó Cecilia. Se le notaba en la cara que se sentía herida, lo que irritó más aún a Erik.

–Tengo mucho trabajo –respondió él sin muchas explicaciones mientras se abotonaba la camisa. Notaba el olor a sexo en la nariz, pero ya se ducharía cuando llegase a la oficina, donde tenía una muda para ocasiones como aquella.

–O sea, que vamos a seguir así, ¿no? –Cecilia estaba medio tumbada en la cama y Erik no pudo evitar fijarse en aquel cuerpo desnudo. Los pechos apuntaban hacia arriba y tenía los pezones oscuros y otra vez duros por el fresco que hacía en la habitación. Hizo una estimación rápida. En realidad, tampoco tenía tanta prisa por volver a la oficina y no tenía nada en contra de otra ronda. Claro que ahora la cosa exigiría cierta persuasión y delicadeza sugestiva, pero la tensión que ya sentía en el cuerpo le decía que valdría la pena el esfuerzo. Se sentó en el borde de la cama, suavizó la voz y la expresión y le acarició la mejilla.

–Cecilia –le dijo, y continuó con aquel discurso que tan fácilmente le rodaba por la lengua, como en tantas otras ocasiones. Cuando ella respondió apretándose contra él, sintió los pechos a través de la camisa. Y volvió a desabotonarla.

Tras un almuerzo tardío en el restaurante Källaren, Patrik aparcó delante de aquel edificio bajo de color blanco que nunca ganaría ningún premio de arquitectura y entró en la recepción de la comisaría de Tanumshede.

—Tienes visita —dijo Annika mirándolo por encima de las gafas.

—¿De quién?

—No lo sé, pero es una belleza. Más bien rellenita, quizá, pero me parece que te va a gustar.

—¡¿Pero qué dices?! —exclamó Patrik desconcertado, preguntándose por qué habría empezado Annika a buscar pareja a colegas felizmente casados.

—Bueno, tú ve y mira, está en tu despacho —respondió Annika con un guiño.

Patrik se encaminó a su despacho y se detuvo en la puerta.

—¡Hola, cariño! ¿Qué haces tú por aquí?

Erica estaba sentada delante del escritorio, hojeando distraída un ejemplar de la revista *Polis*.

—¡Qué tarde llegas! —observó ella sin responder a su pregunta—. ¿Ese es todo el estrés del poder policial?

Patrik resopló por toda respuesta: sabía que a Erica le encantaba chincharle.

—Bueno, ¿qué te trae por aquí? —preguntó mientras se sentaba en su sitio. Se inclinó hacia delante y observó a su mujer. Una vez más, tomó conciencia de lo guapa que era. Recordó la primera vez que lo visitó en la comisaría, cuando el asesinato de su amiga Alexandra Wijkner, y pensó que, desde entonces, se había puesto más guapa todavía. A veces se le olvidaba, con el trajín de la vida cotidiana, cuando pasaban los días, uno tras otro, entre el trabajo, ir y venir de la guardería, la compra y las noches en el sofá, agotados delante del televisor. Pero de vez en cuando caía en la cuenta, con toda lucidez, de hasta qué punto el amor que sentía por ella estaba lejos de ser mediocre y cotidiano. Y ahora que la tenía allí, en el despacho, con el sol del invierno realzando el rubio de su melena y embarazada de sus dos hijos, lo sentía tan fuerte que supo que aquellos instantes durarían toda la vida.

Patrik se dio cuenta de pronto de que no había oído la respuesta de Erica y le pidió que la repitiera.

—Pues eso, te decía que he estado hablando con Christian esta mañana.

—¿Qué tal está?

—Parecía que estaba bien, un poco afectado aún. Pero… —Guardó silencio y se mordió el labio.

—Pero ¿qué? Yo creía que había bebido un poco de más y que estaba nervioso, simplemente.

—Bueno… esa no es toda la verdad. —Con sumo cuidado, Erica sacó una bolsa de plástico y se la entregó a Patrik—. La tarjeta venía con las flores que le mandaron ayer. Y la carta es una de las seis que ha recibido este último año y medio.

Patrik miró largamente a su mujer y empezó a abrir la bolsa.

—Creo que es mejor que intentes leerlas sin sacarlas de ahí. Christian y yo ya las hemos tocado. No creo que hagan falta más huellas.

Patrik volvió a lanzarle otra mirada de reprobación, pero siguió su consejo y leyó el texto de la tarjeta y la carta a través del plástico.

—¿A ti qué te parece? —Erica se sentó más cerca del borde de la silla, que estuvo a punto de volcar, obligándola a repartir bien el peso de nuevo.

—Bueno, suena como una amenaza, aunque no sea muy directa.

—Sí, así lo veo yo. Y, desde luego, así es como lo ve Christian, aunque intente quitarle hierro al asunto. Si hasta se niega a enseñarle las cartas a la Policía.

—O sea, que esta… —Patrik sostenía la bolsa delante de Erica.

—Vaya, parece que me la llevé sin querer. Qué torpeza la mía. —Ladeó la cabeza e intentó parecer adorable, pero su marido no se dejó convencer tan fácilmente.

—Vamos, que se la has robado a Christian, ¿no?

—Robar, lo que se dice robar… La tomé prestada por un tiempo.

—¿Y qué quieres que haga con este material… prestado? —preguntó Patrik, aun sabiendo cuál era la respuesta.

—Pues es obvio que alguien está amenazando a Christian. Y que él tiene miedo. Hoy también me he dado cuenta. Él se lo toma de lo más en serio. No me explico por qué no quiere contárselo a la Policía, pero ¿quizá tú podrías indagar discretamente si hay algo de utilidad en la carta y en la tarjeta? –le dijo con voz suplicante. Patrik ya sabía que iba a capitular. Cuando Erica se ponía así, se volvía intratable, lo sabía por experiencia duramente adquirida.

–Vale, vale –dijo levantando las manos en son de paz–. Me rindo. Ya veré si podemos encontrar algo. Pero que sepas que no encabeza la lista de prioridades.

Erica sonrió.

–Gracias, cariño.

–Anda, vete a casa a descansar un rato –respondió Patrik, que no pudo evitar inclinarse y darle un beso.

Cuando Erica se hubo marchado, empezó a dar vueltas distraído a aquella bolsa llena de amenazas. Tenía el cerebro lento y como embotado, pero algo empezaba a moverse, pese a todo. Christian y Magnus eran amigos. ¿Podría…? Desechó la idea enseguida, pero se le imponía una y otra vez y miró la foto que tenía enfrente clavada en la pared. ¿Existiría alguna conexión?

Bertil Mellberg paseaba empujando el carrito. Leo iba sentado como siempre, feliz y contento y, de vez en cuando, le sonreía mostrándole dos dientecillos en la mandíbula inferior. Había dejado a *Ernst* en la comisaría, pero cuando lo llevaba consigo, el animal solía caminar tranquilo junto al carrito y vigilar que nadie amenazase a quien se había convertido en el centro de su mundo. Y, desde luego, en el centro del mundo de Mellberg.

Él jamás sospechó que pudieran abrigarse tales sentimientos por una persona. Leo conquistó su corazón nada más nacer; Mellberg fue el primero que lo cogió en brazos en la sala de partos. Bueno, la abuela de Leo no se quedaba atrás, pero el primero de la lista de las personas más importantes de su vida era aquel pilluelo.

Muy a su pesar, Mellberg se encaminó de nuevo hacia la comisaría. En realidad, Paula iba a encargarse de Leo durante el almuerzo, mientras Johanna, su pareja, hacía unos recados. Sin embargo, Paula tuvo que acudir a la casa de una mujer cuyo anterior marido estaba resuelto a matarla a palos, de modo que Mellberg se apresuró a ofrecerse como voluntario para darle un paseo al pequeño. Y ahora lo disgustaba la idea de llevarlo de vuelta. Mellberg le tenía una envidia recalcitrante a Paula, que pronto se tomaría la baja maternal. A él no le importaría lo más mínimo pasar más tiempo con Leo. Por cierto, tal vez fuese una buena idea, como buen jefe y guía, quizá debiera ofrecer a sus subordinados la oportunidad de evolucionar sin su vigilancia. Además, Leo necesitaba desde el principio un modelo masculino fuerte. Con dos madres y sin padre a la vista, Paula y Johanna deberían pensar en el bien del pequeño y procurar que tuviese la oportunidad de aprender de un hombre hecho y derecho, de un hombre de ley. Por ejemplo, de alguien como él.

Mellberg empujó la pesada puerta de la comisaría con la cadera y tiró del carrito. A Annika se le iluminó la cara al verlos, Mellberg estaba henchido de orgullo.

—Vaya, hemos estado fuera dando un buen paseo, ¿no? —dijo Annika levantándose para ayudar a Mellberg con el carrito.

—Sí, las chicas necesitaban que les echara una mano —contestó Mellberg mientras le quitaba al pequeño las diversas capas de ropa. Annika lo observaba divertida. La era de los milagros aún no había pasado a la historia.

—Ven aquí, campeón, vamos a ver si encontramos a mamá —dijo Mellberg con voz infantil y cogiendo en brazos al pequeño.

—Paula no ha vuelto todavía —advirtió Annika antes de sentarse de nuevo en su puesto.

—Vaya, qué pena, pues entonces tendrás que pasar un rato más con el vejestorio de tu abuelo —señaló Mellberg satisfecho, dirigiéndose a la cocina con Leo en brazos. Fue idea de las chicas cuando Mellberg se mudó a casa de Rita, ya hacía un par de meses: lo llamarían el abuelo Bertil. A partir de aquel momento, él

41

aprovechaba toda ocasión para utilizar el título, habituarse a él y alegrarse de llevarlo. El abuelo Bertil.

Era el cumpleaños de Ludvig, y Cia se esforzaba por fingir que se trataba de un cumpleaños más. Trece años. Todo ese tiempo había transcurrido desde el día en que lo tuvo y se reía en el hospital ante el parecido casi ridículo entre padre e hijo. Un parecido que no había disminuido con los años, sino todo lo contrario. Y que ahora, con lo deprimida que se encontraba, hacía que le resultara casi imposible mirar a Ludvig a la cara. La combinación de aquellos ojos castaños salpicados de verde y el cabello rubio que, ya a principios de verano, se aclaraba tanto que casi se veía blanco. Ludvig tenía también la constitución física de su padre, los mismos movimientos que Magnus. Alto, desgarbado y con unos brazos que le recordaban a los de su padre cuando la abrazaba. Si hasta tenían las mismas manos…

Con pulso vacilante, Cia intentó escribir el nombre de Ludvig en la tarta Princesa. Otro punto que tenían en común: Magnus era capaz de engullir una tarta Princesa él solito y, por injusto que pudiera parecer, sin que se le notase en la barriga. Ella, en cambio, solo tenía que mirar un bollo de canela para engordar medio kilo. En cualquier caso, ahora estaba tan delgada como siempre soñó. Desde que Magnus desapareció, había perdido varios kilos sin querer. Cada bocado le crecía en la boca. Y el nudo en el estómago, desde que se despertaba hasta que se acostaba y caía en un sueño inquieto, parecía admitir solo porciones pequeñísimas de alimento. Aun así, apenas se miraba al espejo. ¿Qué importaba, si Magnus no estaba allí?

A veces deseaba que hubiese muerto delante de ella. De un ataque al corazón o atropellado por un coche. Cualquier cosa, con tal de saber y poder ocuparse de los detalles prácticos del entierro, el testamento y todo lo que había que atender cuando alguien moría. Entonces quizá el dolor habría empezado torturando y ardiendo para luego palidecer, dejando tan solo un sentimiento de añoranza mezclada con recuerdos preciosos.

Ahora, en cambio, no tenía nada. Todo era como un inmenso espacio vacío. Magnus había desaparecido y no había nada con lo que mitigar el dolor y ningún modo de seguir adelante. Ni siquiera era capaz de trabajar e ignoraba cuánto tiempo seguiría de baja.

Miró la tarta. El glaseado era un desastre. Resultaba imposible leer nada en los pegotes irregulares que cubrían el mazapán, y fue como si aquello le absorbiera los últimos restos de energía. Apoyó la espalda en la puerta del frigorífico y comprendió que el llanto surgía de dentro, de todas partes, que quería salir.

—Mamá, no llores. —Cia notó una mano en el hombro. Era la mano de Magnus. No, la de Ludvig. Cia meneó la cabeza. La realidad se le escapaba de las manos y ella quería dejarla ir y perderse en la oscuridad que sabía la aguardaba. Una oscuridad cálida y agradable que la envolvería para siempre si ella se lo permitía. Pero a través de las lágrimas vio los ojos castaños y el pelo rubio de Ludvig, y supo que no podía rendirse.

—La tarta —sollozó haciendo amago de incorporarse. Ludvig le ayudó y cogió cariñosamente el tubo de glaseado que su madre tenía en la mano.

—Ya lo hago yo, mamá. Tú ve y échate un rato que yo termino la tarta.

Luego le acarició la mejilla: tenía trece años, pero ya no era un niño. Ahora era su padre, era Magnus, la roca de Cia. Sabía que no debía cargarlo con tal responsabilidad, que aún era pequeño. Pero no tenía fuerzas para hacer otra cosa que, llena de gratitud, intercambiar con él los papeles.

Se secó las lágrimas con la manga del jersey mientras Ludvig sacaba un cuchillo, y, con mucho cuidado, retiraba los pegotes de la tarta de cumpleaños. Lo último que vio Cia antes de salir de la cocina fue a su hijo que, concentrado, trataba de formar la primera letra de su nombre. La ele de Ludvig.

—Tú eres mi hijo precioso, ¿lo sabes? —dijo su madre peinándolo despacio.

Él asintió sin más. Sí, claro que lo sabía. Él era el hijo precioso de mamá. Ella se lo había repetido una y otra vez desde que se fue con ellos a casa, y nunca se cansaba de oírlo. A veces pensaba en el pasado. En la oscuridad, la soledad. Pero le bastaba con mirar un instante la hermosa figura de la que ahora era su madre para que todo se esfumara, desapareciera, se desvaneciera. Como si nunca hubiera existido.

Estaba recién bañado y su madre lo había envuelto en el albornoz verde de flores amarillas.

—¿Qué quiere mi niño? ¿Un poco de helado?

—Lo estás malcriando —se oyó la voz de su padre desde el umbral.

—¿Y qué hay de malo en malcriarlo? —preguntó su madre.

Él se acurrucó en el albornoz y se puso la capucha para esconderse del tono duro de aquellas palabras que rebotaron contra los azulejos; de lo negro, que emergía de nuevo a la superficie.

—Lo único que digo es que no le haces ningún favor consintiéndoselo todo.

—¿Insinúas que no sé cómo educar a nuestro hijo? —Los ojos de su madre se volvieron oscuros, abismales. Se diría que quisiera destruir a su padre solo con la mirada. Y, como de costumbre, aquella ira casi derretía el enojo del padre. Cuando ella se levantó para acercarse, él pareció encoger. Se hizo un ovillo. Un padre pequeño y gris.

—Sí, tú sabrás lo que haces, seguramente —murmuró antes de marcharse con la mirada clavada en el suelo. Luego, el sonido al ponerse los zapatos y la puerta, que cerró despacio. Su padre iba a dar un paseo, una vez más.

—No le haremos caso —le susurró su madre al oído enterrado en la capucha verde—. Somos tú y yo y nos queremos. Solo tú y yo.

Él se apretó como un cachorro contra aquel pecho cálido y se dejó consolar.

—Solo tú y yo —repitió él también con un susurro.

–¡Que no! ¡No quiero! –Maja liberaba gran parte de su escaso vocabulario aquella mañana de viernes mientras Patrik hacía intentos desesperados por dejarla en la guardería, en brazos de Ewa. La pequeña se aferraba chillando a su pernera, hasta que tuvo que despegarle los dedos uno a uno. Se le rompía el corazón al ver que se la llevaban llorando con los brazos extendidos hacia él. Aún le resonaba en la cabeza aquel lacrimoso «¡papá»! cuando se dirigía al coche. Se quedó un buen rato sentado mirando por la ventanilla, con la llave en la mano. Así llevaban dos meses y, seguramente, era una más de las formas que Maja tenía de protestar por el embarazo de Erica.

Era él quien tenía que encarar aquello todas las mañanas. Porque él mismo se había ofrecido. A Erica le resultaba demasiado trabajoso vestir y desvestir a Maja, y lo de agacharse a atarle los zapatos era un imposible. De modo que no quedaba otra alternativa. Pero era agotador. Y comenzaba mucho antes de que llegaran a la guardería. Desde el momento en que iba a vestirla, Maja se le colgaba y enredaba, y lo avergonzaba mucho admitirlo pero, en algunas ocasiones, se desesperaba tanto y la agarraba con tanta brusquedad que Maja gritaba a pleno pulmón. Después, Patrik se sentía como el peor padre del mundo.

Se frotó los ojos con gesto cansado, respiró hondo y puso el coche en marcha. Pero en lugar de poner rumbo a Tanumshede, tuvo el impulso de girar hacia las casas que había detrás del barrio de Kullen. Aparcó ante la casa de la familia Kjellner y se dirigió indeciso hacia la puerta. En realidad, debería haberles avisado de su visita, pero ya que estaba allí… Levantó la mano y golpeó con el puño la puerta de madera pintada de blanco, de la que aún colgaba la corona navideña. Nadie había caído en la cuenta de quitarla o de cambiarla.

Del interior de la casa no se oía nada, así que Patrik llamó una vez más. Tal vez no hubiera nadie, pero entonces oyó unos pasos y Cia le abrió la puerta. Se le tensó el cuerpo entero al verlo y Patrik se apresuró a negar con la cabeza.

—No, no vengo por eso —dijo. Ambos sabían a qué se refería. A Cia se le hundieron los hombros. Se apartó y lo invitó a pasar.

Patrik se quitó los zapatos y colgó la cazadora en una de las pocas perchas que no estaba cargada de abrigos de adolescentes.

—Solo venía a veros y a charlar un rato —explicó, aunque enseguida se sintió inseguro de cómo abordar aquel asunto, basado en especulaciones suyas.

Cia asintió y se dirigió a la cocina, que estaba a la derecha del recibidor. Patrik la siguió. Había estado allí antes, en unas cuantas ocasiones. Los días que sucedieron a la desaparición de Magnus, se reunieron allí, en torno a la mesa de pino, a repasar todos los detalles una y otra vez. Le hizo preguntas sobre temas que deberían ser siempre privados, pero que dejaron de serlo en el instante en que Magnus Kjellner salió por la puerta para nunca más volver.

La casa parecía la misma. Agradable y normal, un tanto desordenada, salpicada aquí y allá de indicios de la presencia adolescente. Pero la última vez que estuvo allí con Cia, aún quedaba un ápice de esperanza. Ahora, en cambio, la resignación lo ahogaba todo. También a Cia.

—Aún queda un poco de tarta. Ayer fue el cumpleaños de Ludvig —dijo Cia ausente, se levantó y sacó del frigorífico el resto de una tarta Princesa. Patrik intentó protestar, pero Cia ya había empezado a poner los platos y los cubiertos, y Patrik asumió que aquella mañana tendría que desayunar tarta.

—¿Cuántos cumplía? —Patrik cortó un trozo tan delgado como permitía la decencia.

—Trece —respondió Cia, y le afloró a los labios una sonrisa mientras también ella se ponía un trocito de tarta. A Patrik le habría gustado ser quién para obligarla a comer un poco más, teniendo en cuenta lo delgada que se había quedado últimamente.

–Una edad estupenda. O no –comentó Patrik, consciente del tono forzado de su voz. La nata le crecía en la boca.

–Se parece tanto a su padre –dijo Cia. La cucharilla tintineó al chocar contra el plato. Cia la dejó junto a la tarta y miró a Patrik–. ¿Qué querías?

Patrik carraspeó.

–Puede que esté totalmente equivocado, pero sé que quieres que hagamos todo lo posible y tendrás que perdonarme si…

–Ve al grano –lo interrumpió Cia.

–Pues sí, estaba pensando… Magnus era amigo de Christian Thydell. ¿De qué se conocían?

Cia lo miró extrañada, pero no le respondió con otra pregunta, sino que se puso a pensar.

–La verdad es que no lo sé. Creo que se conocieron al principio, cuando Christian se mudó aquí con Sanna. Ella es de Fjällbacka. Hará unos siete años, más o menos. Sí, eso es, porque Sanna se quedó embarazada de Melker al poco tiempo, y el pequeño tiene ahora cinco años. Recuerdo que comentamos que se habían dado mucha prisa.

–¿Se conocieron por tu relación con Sanna?

–No, no, Sanna es diez años más joven que yo, así que nosotras no éramos amigas. Si he de ser sincera, no recuerdo cómo se conocieron. Solo que, un día, Magnus sugirió que los invitáramos a cenar y, a partir de ahí, empezaron a verse bastante. Sanna y yo no tenemos mucho en común, pero es una chica encantadora y tanto a Elin como a Ludvig les gusta jugar con sus hijos. Y, desde luego, a mí me gusta más Christian que otros amigos de Magnus.

–¿A quién te refieres?

–A los amigos de la infancia, Erik Lind y Kenneth Bengtsson. En realidad, yo los veía, a ellos y a sus mujeres, por Magnus. Son demasiado diferentes, me parece a mí.

–¿Y Magnus y Christian? ¿Son muy amigos?

Cia sonrió.

—No creo que Christian tenga ningún amigo íntimo. Es demasiado serio y no resulta fácil intimar con él. Con Magnus, en cambio, se comportaba de un modo totalmente distinto. Mi marido provocaba en la gente esa reacción, le caía bien a todo el mundo. Conseguía que la gente se relajara. —Cia tragó saliva y Patrik se dio cuenta de que estaba hablando de su marido como si ya estuviera muerto.

—¿Por qué me preguntas por Christian, si puede saberse? No habrá ocurrido nada, ¿verdad? —añadió preocupada.

—No, no, nada grave.

—Ya me he enterado de lo que pasó en la presentación. Me habían invitado, pero me habría resultado rarísimo estar allí sin Magnus. Espero que Christian no se haya tomado a mal que no acudiera.

—Me costaría creer que así fuera —aseguró Patrik—. Pero parece ser que alguien lleva más de un año enviándole cartas de amenaza. Y puede que esté hilando demasiado fino, pero quería preguntarte si a Magnus le había pasado algo parecido. Puesto que se conocían, quizá exista ahí una conexión…

—¿Cartas de amenaza? —preguntó Cia—. ¿Y no crees que, de ser así, ya lo habría contado? ¿Por qué iba a reservarme información que podría seros útil para averiguar qué le ha sucedido a Magnus? —añadió con voz chillona.

—Estoy convencido de que nos lo habrías dicho si lo hubieras sabido —se apresuró a añadir Patrik—. Pero pudiera ser que Magnus no te lo hubiera dicho por no preocuparte.

—¿Y entonces cómo iba a poder contártelo?

—La experiencia me ha enseñado que las mujeres se dan cuenta de casi todo sin necesidad de que uno se lo cuente. O, al menos, a la mía le pasa.

Cia volvió a sonreír.

—Sí, en eso tienes razón. Es cierto, si Magnus hubiese tenido alguna preocupación, yo lo habría notado. Pero estaba como siempre, despreocupado. Era la persona más estable y fiable del mundo, casi siempre alegre y optimista. A mí a veces me sacaba de quicio por eso, hasta el punto de que, en alguna ocasión, he

49

intentado provocar una reacción por su parte cuando estaba molesta e irritada. Jamás lo conseguí. Así era Magnus. Si hubiese tenido alguna preocupación, para empezar, me lo habría contado y si, contra todo pronóstico, no lo hubiera hecho así, yo lo habría notado. Él lo sabía todo de mí y yo lo sabía todo de él. Nos lo contábamos todo. –Hablaba con voz firme y Patrik comprendió que estaba convencida de lo que decía. Aun así, dudaba. Nunca lo sabe uno todo acerca de otra persona. Ni siquiera de la persona con la que vivimos y a la que queremos.

La miró con serenidad.

–Tendrás que perdonarme si te parece un exceso, pero ¿te importaría que echara un vistazo? Es para hacerme una idea más clara de qué clase de persona era Magnus. –Pese a que ya habían hablado de él como si estuviera muerto, Patrik lamentó la forma en que había formulado la pregunta. Sin embargo, Cia no hizo el menor comentario al respecto, sino que, con un gesto hacia la puerta, le respondió:

–Puedes mirar todo lo que quieras. Te lo digo de verdad. Haz lo que quieras, preguntad lo que queráis, con tal de que lo encontréis –dijo secándose la lágrima que le corría por la mejilla con un gesto casi agresivo de la mano.

Patrik tuvo la sensación de que quería quedarse sola un rato y aprovechó para levantarse. Empezó por la sala de estar. Era como la de tantas otras casas suecas. Un sofá de Ikea, grande y de color azul oscuro. Una estantería Billy con iluminación incorporada. Un televisor plano sobre un mueble de la misma madera clara que la mesa de centro. Pequeños adornos y recuerdos de viajes, fotos de los niños colgadas en las paredes. Patrik se acercó a una gran fotografía de boda enmarcada y colgada encima del sofá. No era el típico retrato de boda rígido y serio, sino que en ella aparecía Magnus, embutido en un frac, tumbado sobre el césped con la cabeza apoyada en la mano. Cia estaba inmediatamente detrás de él, con un vestido de novia lleno de pliegues y volantes. Lucía una amplia sonrisa y, con gesto resuelto, había colocado el pie encima de Magnus.

—Nuestros padres por poco se mueren al ver la foto de bodas —dijo Cia a su espalda. Patrik se volvió.

—Es... diferente —comentó Patrik mientras se giraba de nuevo. Claro que se había cruzado con Magnus en alguna ocasión desde que este se mudó a Fjällbacka, pero jamás intercambió con él más que las frases de cortesía habituales. Ahora, al ver su expresión alegre y espontánea, se dijo que, seguramente, le habría caído bien.

—¿Puedo subir? —preguntó Patrik. Cia asintió, apoyada en el quicio de la puerta.

También a lo largo de las paredes de la escalera había fotografías y Patrik se detuvo a examinarlas. Eran testimonio de una vida rica en acontecimientos, centrada en la familia, que hallaba felicidad en las cosas sencillas. Y quedaba más que claro que Magnus Kjellner se sentía terriblemente orgulloso de sus hijos. Una imagen en particular le provocó un nudo en el estómago. Una instantánea de unas vacaciones. Magnus sonreía entre Elin y Ludvig, rodeándoles los hombros con los brazos. Era tal la felicidad que irradiaba aquella mirada que Patrik no fue capaz de seguir mirando. Apartó la vista y subió los últimos peldaños hacia la primera planta.

Las dos primeras habitaciones eran los dormitorios de los niños. En el de Ludvig reinaba un orden sorprendente. Nada de ropa tirada por el suelo, la cama hecha y en el escritorio había lapiceros y demás, todo en perfecto orden. Le interesaba el deporte, de eso no cabía duda. Una camiseta del equipo nacional sueco con el autógrafo de Zlatan ocupaba el lugar de honor sobre el cabecero de la cama. Y también había pósters del IFK Göteborg.

—Ludvig y Magnus solían ir a sus partidos siempre que podían.

Patrik se sobresaltó. Una vez más, lo sorprendió la voz de Cia. Debía de tener un don para caminar sin hacer ruido, porque no la había oído subir la escalera.

—Un chico ordenado.

—Pues sí, igual que su padre. Siempre era Magnus quien ordenaba y limpiaba la casa. Yo soy la más dejada de los dos. Y si miras en el otro dormitorio, comprenderás enseguida quién lo ha heredado de mí.

Patrik abrió la puerta siguiente, pese al aviso que colgaba en la puerta, donde podía leerse en letras mayúsculas: ¡LLAMA ANTES DE ENTRAR!

—Ay. —Patrik dio un paso atrás.

—Sí, yo diría que «ay» es la palabra adecuada para describir esto —suspiró Cia cruzándose de brazos, como para reprimirse el impulso de empezar a poner orden en aquel caos. Porque la habitación de Elin era un verdadero caos. Y rosa.

—Siempre pensé que cuando creciera, superaría la fase rosa, pero ha sido más bien al contrario. Ha pasado del rosa princesa al rosa chillón.

Patrik parpadeaba perplejo. ¿Tendría la habitación de Maja aquel aspecto dentro de unos años? Y si los gemelos también eran niñas… Acabaría ahogado en el color rosa.

—He desistido. Pero la obligo a tener la puerta cerrada, así no tengo que ver este desastre. Lo único que hago es un control de olores, por si empieza a apestar a cadáver. —Se sobresaltó al oír sus propias palabras, pero continuó enseguida—: Magnus no soportaba ni siquiera saber el estado en que se hallaba la habitación, pero yo lo convencí de que la dejara. Puesto que yo soy igual, sé que no habría conseguido más que andar siempre con dimes y diretes interminables. Yo empecé a ser más ordenada en cuanto me mudé a un apartamento propio, y creo que a Elin le ocurrirá otro tanto. —Cerró la puerta y señaló la última habitación.

—Ese es nuestro dormitorio. No he tocado nada de las cosas de Magnus.

Lo primero que llamó la atención de Patrik fue que tenían las mismas sábanas que él y Erica. De cuadros azules y blancos, compradas en Ikea. Por alguna razón, aquello lo hizo sentirse incómodo. Se sintió vulnerable.

—Magnus dormía en el lado de la ventana.

Patrik se acercó a ese lado de la cama. Habría preferido poder mirar tranquilamente. Tenía la sensación de estar hurgando en algo que no le incumbía, sensación que reforzaba la supervisión de Cia. No tenía ni idea de lo que estaba buscando. Sencillamente, necesitaba acercarse a la persona de Magnus Kjellner, convertirlo en un ser de carne y hueso y no solo una fotografía en la pared de la comisaría. La mirada de Cia seguía perforándole la espalda y terminó por darse media vuelta.

—No te lo tomes a mal, pero ¿podría seguir mirando un rato a solas? —Esperaba de verdad que lo comprendiera.

—Perdón, sí, por supuesto —respondió Cia y sonrió como disculpándose—. Comprendo que debe de ser molesto tenerme aquí pisándote los talones. Bajaré a hacer un par de cosas y así podrás moverte libremente.

—Gracias —dijo Patrik sentándose en el borde de la cama. Empezó por echar una ojeada a la mesilla de noche. Unas gafas, un montón de papeles que resultaron ser el manuscrito de *La sombra de la sirena,* un vaso vacío y un blíster de Alvedon era todo lo que había. Abrió el cajón de la mesilla y miró el interior. Pero tampoco allí vio nada que le llamara la atención. Un libro de bolsillo, *Aurora boreal,* de Åsa Larsson, una cajita de tapones para los oídos y una bolsa de pastillas para la garganta.

Patrik se levantó y se acercó al armario que cubría la pared más corta. Se echó a reír cuando corrió las puertas y vio una clara muestra de lo que Cia le había dicho acerca de sus diferencias en cuanto al orden. La mitad del armario que daba a la ventana era un prodigio de organización. Todo estaba perfectamente doblado y colocado en cestos de aluminio: calcetines, calzoncillos, corbatas y cinturones. Encima colgaban camisas planchadas y chaquetas junto con polos y camisetas. Camisetas colgadas de perchas: la sola idea le resultaba vertiginosa. Él, a lo sumo, solía meterlas en algún cajón hechas una bola, para quejarse de lo arrugadas que estaban cuando iba a ponerse alguna.

De modo que la mitad de Cia se parecía más a su sistema. Todo estaba mezclado, todo manga por hombro, como si alguien hubiese abierto las puertas y arrojado al interior las prendas y hubiese cerrado otra vez rápidamente.

Cerró el armario y observó la cama. Había algo desgarrador en la estampa de una cama con uno de los lados sin hacer. Se preguntó si sería posible acostumbrarse a dormir en una cama de matrimonio medio vacía. La sola idea de dormir solo, sin Erica, se le antojaba imposible.

Cuando bajó a la cocina, Cia estaba retirando los platos de la tarta. Lo miró interrogante y él le dijo en tono amable:

—Gracias por dejarme curiosear un poco. No sé si llegará a servir de algo, pero ahora tengo la sensación de que sé algo más de Magnus y de quién era… de quién es.

—Sí sirve. Para mí.

Se despidió y salió a la calle. Se detuvo en la escalinata y observó la corona ajada que colgaba de la puerta. Tras dudar unos segundos, la quitó. Con el sentido del orden que tenía Magnus, seguro que no le habría gustado verla allí a aquellas alturas.

Los niños gritaban a pleno pulmón. El ruido rebotaba entre las paredes de la cocina de tal manera que creyó que le estallaría la cabeza. Llevaba varias noches sin dormir bien. Dando vueltas y vueltas a un montón de ideas, como si tuviera que procesarlas meticulosamente una a una antes de pasar a la siguiente.

Incluso había pensado ir a la cabaña y sentarse a escribir un rato. Pero el silencio y la oscuridad de la noche que reinaba fuera darían rienda suelta a los espectros, y se veía incapaz de acallarlos con su retórica. De modo que se quedó en la cama mirando al techo, traspasado de desesperanza.

—¡Ya está bien! —Sanna separó a los niños, que estaban peleándose por el paquete de cacao O'boy. Luego se volvió hacia Christian, que miraba al infinito con la tostada y el café aún sin probar.

—¡No estaría mal que ayudaras un poco!

—Es que he dormido mal —respondió tomando un sorbo del café ya frío. Acto seguido, se levantó y lo vertió en el fregadero, se sirvió otro y le añadió un poco de leche.

—Comprendo perfectamente que te encuentras en un momento de mucho trajín y sabes que te he apoyado siempre mientras has estado trabajando en el libro. Pero yo también tengo un límite. —Sanna le arrebató a Nils una cuchara un segundo antes de que se la estampara en la frente a su hermano mayor, y la tiró ruidosamente al fregadero. Respiró hondo para hacer acopio de fuerzas antes de seguir dando vía libre a todo lo que había ido acumulando. A Christian le habría gustado poder darle a un botón y detenerla. No podía más.

—No he dicho una palabra cuando, directamente del trabajo, te has ido a escribir a la cabaña y te has pasado allí toda la noche. He ido a recoger a los niños a la guardería, he preparado la cena y he procurado que se la coman, he recogido la casa, les he cepillado los dientes, les he leído el cuento, los he acostado. He hecho todo eso sin refunfuñar para que tú pudieras dedicarte a tu maldita *labor creadora*.

Las últimas palabras destilaban un sarcasmo que no le había oído nunca. Christian cerró los ojos y trató de que aquellas palabras no le alcanzaran la conciencia. Pero ella continuó implacable.

—Y, de verdad, me parece estupendo que la cosa vaya bien. Que hayas podido publicar el libro y que te hayas convertido en una nueva estrella. Me encanta y te mereces cada minuto que puedas disfrutar. Pero ¿y yo qué? ¿Dónde entro yo en todo esto? Nadie me elogia, nadie me mira y me dice: «Vaya, Sanna, eres genial, qué suerte tiene Christian contigo». Ni siquiera tú me lo dices. Tú simplemente das por hecho que yo tenga que vivir como una esclava, con los niños y la casa, mientras que tú haces «lo que tienes que hacer» —dijo describiendo en el aire el signo de las comillas—. Y desde luego, claro que lo hago, que cargo gustosa con todo. Sabes que me encanta cuidar de los niños, pero no por ello se me hace menos cuesta arriba. ¡Y por lo menos quiero que me des las gracias! ¿A ti te parece que es mucho pedir?

—Sanna, ahora no, nos están oyendo los niños… —protestó Christian, aunque comprendió que era inútil.

—Ya, siempre tienes una excusa para no hablar conmigo, ¡para no tomarme en serio! O estás muy cansado, o no tienes tiempo porque debes ponerte a escribir, o no quieres discutir delante de los niños, o, o, o…

Los pequeños estaban sentados en silencio y miraban aterrados a Sanna y a Christian, que notó cómo el cansancio daba paso a la ira.

Detestaba aquella actitud de Sanna y era algo que habían discutido infinidad de ocasiones. Que no se cortase a la hora de involucrar a los niños en los conflictos que surgiesen entre ellos. Sabía que trataría de convertir a los niños en sus aliados en aquella guerra cada vez más declarada que había estallado entre ellos. Pero ¿qué podía hacer él? Sabía que todos sus problemas se debían a que no la quería y nunca la había querido. Y ella lo sabía, aunque no quería reconocerlo. Si hasta la había elegido por esa razón, porque era alguien a quien no podría llegar a querer. No como a…

Dio un fuerte puñetazo contra el borde de la mesa. Sanna y los niños dieron un respingo por lo inesperado de aquel gesto. La mano le dolía muchísimo, y eso era lo que pretendía, precisamente. El dolor ahuyentaba todo aquello en lo que no podía permitirse pensar, y notó que estaba recuperando el control.

—No vamos a discutir este asunto ahora —dijo secamente evitando mirar a Sanna a los ojos. Notó sus miradas en la espalda mientras se dirigía al recibidor, se ponía la cazadora y los zapatos y salía a la calle. Lo último que oyó antes de cerrar la puerta fue que Sanna les decía a los niños que su padre era un idiota.

Lo peor era el aburrimiento. Llenar las horas que las niñas pasaban en la escuela con algo que tuviese, al menos, un atisbo de sentido. No era que no tuviese cosas que hacer. Conseguir que la vida de Erik transcurriese sin preocupaciones no era tarea para una persona perezosa. Las camisas debían estar siempre colgadas en su sitio, lavadas y planchadas, había que planificar y preparar cenas para los socios y la casa debía estar siempre reluciente. Verdad era que contaban con una asistenta sin contrato que limpiaba una vez a la semana, pero siempre había cosas que atender.

Millones de pequeños detalles que debían funcionar y estar en su lugar, sin que Erik tuviera que notar que alguien se había esforzado para que así fuera. El único problema era que resultaba condenadamente aburrido. Le encantaba todo lo relacionado con las niñas cuando eran pequeñas, incluso los pañales, algo a lo que Erik jamás dedicó un segundo siquiera. Pero a ella no le importaba, se sentía necesaria. Útil. Ella era el centro del mundo para sus hijas, la que se levantaba antes que ellas por las mañanas para hacer que brillara el sol.

Esa época era ya historia. Las niñas iban a la escuela. Se dedicaban a sus amigos y a sus actividades y ahora la veían más bien como el sector servicios. Exactamente igual que Erik. Por si fuera poco, veía con dolor que empezaban a convertirse en dos seres bastante insoportables. Erik compensaba su falta de implicación comprándoles todo lo que pedían, y les había contagiado el desprecio que sentía por ella.

Louise pasó la mano por la encimera de la cocina. Mármol italiano, importado expresamente. Lo había elegido Erik en uno de sus viajes de negocios. A ella no le gustaba. Demasiado frío y demasiado duro. Si hubiera podido elegir, a ella le habría gustado algo de madera, quizá roble oscuro. Abrió una de las puertas lisas y relucientes de los armarios. Más frío, buen gusto sin sentimientos. Para aquella encimera de roble oscuro ella habría elegido puertas blancas de estilo rústico, pintadas a mano, para que se notasen las pinceladas y diesen cuerpo a la superficie.

Rodeó con la mano una de las grandes copas de vino. Regalo de boda de los padres de Erik. De vidrio soplado, naturalmente. El día de su boda su suegra le soltó un discurso sobre la fábrica danesa, pequeña pero exclusiva, en la que habían encargado tan costosa cristalería.

Algo se estremeció en su interior, se le abrió la mano como por voluntad propia. El vidrio estalló en mil pedazos contra el suelo de guijarro. Un suelo que, naturalmente, también era italiano. Era una de las muchas cosas que Erik parecía tener en común con sus padres: lo sueco nunca era lo bastante bueno. Cuanto más remoto era el origen, tanto mejor. Bueno, siempre y cuando no fuese de Taiwán, naturalmente. Louise soltó una risita. Cogió otra copa y, pisando los cristales con las zapatillas, se encaminó decidida hacia la caja de vino que había en la encimera. Erik se burlaba de aquella caja. Él solo se conformaba con vino embotellado de varios cientos de coronas la botella. No se le pasaría por la cabeza mancillarse las papilas gustativas con un vino de doscientas coronas la caja. A veces, solo por chincharle, le llenaba la copa con su vino, en lugar de aquellas botellas francesas o sudafricanas tan finolis cuya especial naturaleza él alababa en largas peroratas. Curiosamente, la misma especial naturaleza de su vino barato, puesto que Erik jamás notó la diferencia.

Y solo gracias a aquellas pequeñas venganzas podía soportar su existencia y que volviera a las niñas contra ella, que la tratase como a un trapo y que se acostase con una vulgar peluquera.

Louise puso la copa debajo de la espita y lo llenó hasta el borde. Luego, brindó con el reflejo de su imagen en la puerta de acero inoxidable del frigorífico.

Erica no lograba dejar de pensar en las cartas. Andaba en casa de un lado para otro, hasta que se vio obligada a sentarse a la mesa de la cocina al cabo de un rato, cuando empezó a notar el dolor en los riñones. Cogió un bloc y un bolígrafo que había en la mesa y empezó a escribir rápidamente lo que recordaba de las cartas que había visto en casa de Christian. Tenía buena memoria para retener textos y estaba casi segura de haber reproducido la mayor parte.

Leía lo que había escrito una y otra vez y, cuanto más lo leía, más amenazador se le antojaba el contenido. ¿Quién tendría motivos para sentir tanta rabia contra Christian? Erica meneó la cabeza, como hablando consigo misma. En realidad, resultaba imposible decir si el autor de las cartas era hombre o mujer. Pero había algo en el tono, en la construcción de las frases y las expresiones, que la hacían pensar en un odio de mujer. No de hombre.

Hecha un mar de dudas, cogió el teléfono inalámbrico. Pero lo dejó otra vez. Sería una tontería. Pero, tras haber leído las palabras del bloc una vez más, cogió el aparato y marcó un número de móvil que sabía de memoria.

—Gaby —respondió la editora jefe después de un solo tono de llamada.

—Hola, soy Erica.

—¡Erica! —La voz chillona de Gaby se elevó una octava y Erica apartó el auricular de la oreja—. ¿Cómo va todo, querida? ¿No vienen todavía esos bebés? Ya sabes que los gemelos suelen adelantarse. —Parecía que Gaby estuviese andando por la calle.

—No, todavía no —contestó Erica esforzándose por ocultar la irritación que sentía. No comprendía por qué la gente tenía que recordarle a todas horas que los gemelos solían nacer antes de tiempo. En todo caso, ya lo descubriría ella misma llegado el momento—. Te llamo por Christian.

—Ah, sí, ¿cómo está? —preguntó Gaby—. Lo he llamado varias veces, pero su mujercita se limita a decirme que no está en casa, lo cual no me creo ni por un momento. Fue horripilante verlo desplomarse así. Mañana tiene la primera sesión de firmas y deberíamos avisar cuanto antes si hubiera que cancelarlo, lo cual sería una verdadera lástima.

—Yo lo he visto hoy y diría que está en forma para firmar mañana. Por eso no tienes que preocuparte —dijo Erica tomando impulso para poder hablar de lo que realmente le interesaba. Respiró tan hondo como le permitían las actuales limitaciones de su cavidad pulmonar y continuó—: Quería hacerte una pregunta.

—Claro, adelante, pregunta.

—¿Habéis recibido en la editorial algo relacionado con Christian?

—¿A qué te refieres?

—Sí, verás, me preguntaba si ha llegado alguna carta o algún mensaje para Christian. Alguna amenaza.

—¿Una carta de amenaza?

Erica empezaba a sentirse como un niño delatando a un compañero de clase, pero ya era demasiado tarde para dar marcha atrás.

—Pues sí, verás, resulta que Christian lleva año y medio recibiendo cartas de amenaza, más o menos desde que empezó con el libro. Y lo he visto preocupado, aunque no quiere admitirlo. Pensaba que quizá también hubiese llegado alguna a la editorial.

—¡Pero, qué me dices! Qué va, aquí no hemos recibido nada de eso. ¿Se sabe de quién son? ¿Lo sabe Christian? —Gaby hablaba atropelladamente y ya no se oía el ruido de los tacones sobre el asfalto, así que debía de haberse parado.

—Son anónimas y no creo que Christian sepa quién se las envía. Pero ya lo conoces, tampoco es seguro que dijera nada aunque lo supiera. De no haber sido por Sanna yo no lo habría averiguado. Y el desmayo que sufrió el miércoles pasado fue a causa de la tarjeta que llevaba el ramo de flores, porque parecía escrita por la misma persona.

—Me parece una verdadera locura. ¿Guarda alguna relación con el libro?

—Eso mismo le pregunté yo a Christian, pero él insiste en que nadie puede sentirse aludido en lo que narra.

—Bueno, pues es terrible. Ya me avisarás si averiguas algo más.

—Lo intentaré —respondió Erica—. Y no le digas a Christian que te lo he contado, por favor.

—Por supuesto que no. Esto queda entre nosotras. Estaré atenta al correo que nos llegue a nombre de Christian. Seguro que empieza a llegar ahora que la novela está en las librerías.

—Las reseñas, estupendas —dijo Erica para cambiar de tema.

—¡Sí, es maravilloso! —exclamó Gaby con tanto entusiasmo que Erica tuvo que apartar de nuevo el auricular de la oreja—. Ya he oído el nombre de Christian en la misma frase que el premio Augustpriset. Por no hablar de los diez mil ejemplares que ya van camino de las librerías.

—Increíble —respondió Erica con el corazón henchido de orgullo. Ella, mejor que nadie, sabía cuánto había trabajado Christian con aquel manuscrito, y se alegraba muchísimo de que tanto esfuerzo diera su fruto.

—Desde luego —gorjeó Gaby—. Querida, no puedo seguir hablando, tengo que hacer una llamada.

Hubo algo en la última frase de Gaby que sembró en Erica cierto malestar. Debería habérselo pensado un poco antes de llamar a la editora. Debería haberse calmado. Y como para confirmar que tenía razón, uno de los gemelos le atizó una patada tremenda en las costillas.

Era una sensación tan extraña. Felicidad. Anna había ido aceptándola gradualmente y había aprendido a vivir con ella. Pero hacía tanto tiempo, si es que alguna vez la había experimentado.

—¡Dámelo! —Belinda corría detrás de Lisen, la hija menor de Dan, que, entre gritos, buscó refugio detrás de Anna. La pequeña agarraba fuertemente el cepillo de Belinda.

—¡Que no me cojas el cepillo! ¡Trae!

—Anna… —dijo Lisen suplicante, pero Anna la hizo salir del refugio tirando de ella con suavidad.

—Si has cogido el cepillo de Belinda sin permiso, ya puedes estar devolviéndoselo.

—¡Para que veas! —gritó Belinda.

Anna la reconvino con la mirada.

—Y tú, Belinda, no tienes por qué perseguir a tu hermana por toda la casa.

Belinda se encogió de hombros.

—Si coge mis cosas, que se prepare.

—Espera a que nazca el pequeño —dijo Lisen—. ¡Te lo romperá todo!

—Yo no tardaré en independizarme, así que lo que romperá serán tus cosas —contestó Belinda antes de sacarle la lengua.

—Oye, pero ¿tú cuántos años tienes, dieciocho o cinco? —preguntó Anna, que se echó a reír sin poder evitarlo—. ¿Y cómo estáis tan seguras de que será un niño?

—Porque mamá dice que cuando el trasero se pone tan rollizo como el tuyo, va a ser niño.

—¡Chist! —saltó Belinda mirando con furia a Lisen, que no comprendía cuál era el problema—. Perdona.

—No pasa nada —respondió Anna, aunque se sentía un tanto ofendida. O sea, que la exmujer de Dan pensaba que le habían engordado las posaderas. Pero ni siquiera comentarios como aquel, que, además, tenía que admitir que encerraba cierta dosis de verdad, eran capaces de arruinar su buen humor. Había tocado el fondo más absoluto, y no era exageración, y sus hijos con ella. Emma y Adrian eran hoy, a pesar de todo lo que habían sufrido, dos niños seguros y equilibrados. A veces le costaba creerlo.

–¿*Te portarás bien, ahora que tenemos visita?* –*preguntó su madre mirándolo muy seria.*

Él asintió. Jamás se le ocurriría portarse mal y avergonzar a su madre. Nada deseaba más que agradarle en todo, para que siguiera queriéndolo.

Sonó el timbre de la puerta y ella se levantó bruscamente.

–*Ya están aquí.* –*Oyó la expectación en la voz de su madre, un tono que lo llenaba de inquietud. A veces su madre se transformaba en otra persona, precisamente después de que él advirtiera aquel tono que ahora vibraba entre las paredes de su dormitorio. Claro que no tenía por qué ser así en esta ocasión.*

–¿*Te guardo el abrigo?* –*Oyó la voz de su padre abajo, en el recibidor, y el murmullo de voces de los invitados.*

–*Baja tú primero, yo iré enseguida.* –*Su madre lo apremió con un gesto de la mano y él percibió una ráfaga de su perfume. La vio sentarse delante del tocador y comprobar una vez más el pelo y el maquillaje, y cómo admiraba su propia figura en el gran espejo de la pared. Él se quedó allí fascinado, observándola. Sus miradas se cruzaron en el espejo y ella frunció el ceño.*

–¿*No te había dicho que fueras bajando?* –*preguntó enojada. Él sintió que la negrura se apoderaba de él por un instante.*

Avergonzado, bajó la cabeza y se encaminó hacia el rumor procedente del pasillo. Debía portarse bien. Su madre no tendría por qué avergonzarse de él.

El aire frío le rasgaba la garganta. Le encantaba aquella sensación. Todos pensaban que estaba loco cuando salía a correr en pleno invierno, pero él prefería salir a correr las millas que se proponía con el frío del invierno, que hacerlo con el agobiante calor estival. Y así, en fin de semana, aprovechaba para correr una vuelta más.

Kenneth echó una ojeada al reloj de pulsera. Tenía incorporado todo lo que necesitaba para que el entrenamiento le rindiera al máximo. Pulsómetro, contador de pasos, incluso tenía allí almacenados los tiempos de los últimos entrenamientos.

El objetivo era ahora la Maratón de Estocolmo. Había participado ya dos veces con anterioridad, en la Maratón de Copenhague. Llevaba veinte años entrenándose y, si le daban a elegir, le gustaría morirse dentro de veinte o treinta años, en plena carrera. Porque la sensación de estar corriendo, de que le volaban los pies por encima del suelo con un golpeteo acompasado, a un ritmo constante que al final parecía fundirse con los latidos del corazón, esa sensación no se parecía a ninguna otra. Incluso el cansancio, la sensación muda de las piernas cuando el ácido láctico se dejaba notar, era algo que había aprendido a apreciar cada vez más a medida que pasaban los años. Cuando corría, sentía la vida dentro de sí. No se le ocurría otra forma mejor de explicarlo.

Al acercarse a su casa, empezó a aminorar el ritmo. Siguió dando saltitos sin moverse del sitio justo delante de la escalinata y luego se agarró a la barandilla para estirar los músculos de las piernas. El vaho se le quedaba suspendido delante de la cara y se sintió limpio y fuerte después de dos millas a un ritmo más o menos rápido.

−¿Eres tú, Kenneth? −se oyó la voz de Lisbet desde el cuarto de invitados cuando entró y cerró la puerta.

−Sí, querida, soy yo. Voy a darme una ducha rápida y enseguida estoy contigo.

Ajustó la rosca del grifo y puso el agua ardiendo antes de colocarse bajo los afilados rayos de agua. Casi podía decirse que aquello era lo más agradable de todo. Tanto que le costaba alejarse de allí. Tiritó de frío al salir de la ducha. El resto del baño parecía un iglú.

−¿Podrías traerme el periódico?

−Por supuesto, querida. −Vaqueros, una camiseta y un jersey, y ya estaba listo. Metió los pies en un par de zuecos de goma que había comprado el verano anterior, salió y fue corriendo hasta el buzón. Al coger el periódico, descubrió un sobre blanco atascado en la juntura del fondo. Debió de pasarlo por alto el día anterior. Al ver su nombre escrito con tinta negra sintió un pinchazo en el estómago. ¡No, otra no!

No había acabado de entrar en la casa cuando abrió el sobre y sacó la tarjeta que contenía, cuyo mensaje leyó de pie, en el recibidor. Era breve y extraño.

Kenneth le dio la vuelta a la tarjeta para ver si había algo en el reverso, pero no. Solo aquellos dos renglones de significado críptico.

−Kenneth, ¿dónde te has metido?

Se guardó la carta rápidamente.

−Estaba mirando una cosa, eso es todo. Ya voy.

Se encaminó a la puerta de la habitación de Lisbet con el periódico en la mano. La tarjeta blanca, escrita con letra elegante, le quemaba en el bolsillo.

Se había convertido en algo así como una droga. Estaba enganchada al subidón que experimentaba cada vez que leía su correo, le registraba los bolsillos, leía a escondidas la factura del teléfono.

Y cada vez que no encontraba nada, notaba que se le relajaba todo el cuerpo. Claro que no le duraba mucho. La angustia no tardaba en fermentar de nuevo y la tensión iba aumentando gradualmente en todos los músculos hasta que el razonamiento lógico de no hacerlo, de que debía contenerse, perdía fuerza. Y entonces volvía a sentarse al ordenador. Escribía la dirección de su cuenta de correo y la contraseña, que había adivinado sin problemas. Era la misma para todo, su fecha de nacimiento, así la recordaba fácilmente.

En realidad, aquella sensación que le desgarraba el pecho, que le destrozaba las entrañas hasta que lo único que deseaba era gritar con todas sus fuerzas, no tenía fundamento alguno. Christian jamás había hecho nada que le proporcionase el menor motivo de sospecha. Durante los años que llevaba vigilándolo, jamás encontró el menor indicio de nada que no estuviese a la vista. Christian era como un libro abierto, y, al mismo tiempo, no lo era. A veces, ella notaba que se hallaba en un lugar completamente distinto, en un lugar al que a ella le estaba negado el acceso. ¿Y por qué no contaba nunca casi nada de su pasado? Según él, hacía ya mucho que sus padres habían fallecido, y jamás habían hablado de visitar a la familia que sin duda tendría. Tampoco tenía amigos de la infancia ni lo llamaba nunca ningún viejo conocido. Era como si hubiese empezado a existir en el mismo momento en que la conoció a ella y se mudó a Fjällbacka. Ni siquiera pudo ir con él al apartamento de Gotemburgo cuando se conocieron, sino que fue él solo con un camión de mudanzas a recoger sus escasas pertenencias.

Sanna recorría con la vista los mensajes de la bandeja de entrada. Algunos de la editorial, varios periódicos que querían entrevistarlo, información municipal relacionada con su trabajo en la biblioteca. Eso era todo.

Experimentó la misma sensación maravillosa de siempre cuando cerró el servidor. Antes de apagar el ordenador, comprobó por pura rutina el historial de visitas de páginas web, pero allí tampoco había nada extraordinario. Christian había entrado en el *Expressen,* en el *Aftonbladet* y en la página de la editorial, y había estado mirando una nueva silla infantil para el coche en Blocket.

Pero estaba lo de las cartas. Él insistía con pertinacia incansable en que ignoraba quién le enviaba aquellas líneas misteriosas. Aun así, había algo en su tono de voz que lo contradecía. Sanna no era capaz de poner el dedo en la llaga, de decir exactamente qué era lo que la estaba volviendo loca. ¿Qué era lo que Christian no le contaba? ¿Quién le escribía aquellas cartas? ¿Sería una mujer, una antigua amante? ¿Una amante actual?

Abrió y cerró los puños varias veces y se obligó a respirar de nuevo con normalidad. El alivio había sido pasajero y ahora trataba en vano de convencerse de que todo era normal. Seguridad. Era lo único que pedía. Quería saber que Christian la quería.

Sin embargo, en el fondo de su corazón, sabía que él nunca le había pertenecido. Que él siempre, todos aquellos años que llevaban juntos, había buscado otra cosa, a otra persona. Sabía que jamás la había querido. No de verdad. Y un día, Christian encontraría a la persona con la que en realidad quería estar, la persona a la que quería, y ella se quedaría sola.

Se quedó un rato sentada en la silla de escritorio, con los brazos cruzados. Luego se levantó. La factura del móvil de Christian había llegado el día anterior. Le llevaría un rato revisarla.

Erica deambulaba sin rumbo por toda la casa. Aquella espera eterna la desquiciaba. Ya había terminado el último libro y no tenía fuerzas para iniciar un nuevo proyecto. Y tampoco podía trajinar mucho en casa sin oír la protesta de la espalda y las articulaciones. De modo que se dedicaba a leer o ver la tele. O, como ahora, a vagar un rato por la casa, muerta de frustración. Pero hoy, al menos, era sábado y Patrik estaba en casa. Se había llevado a Maja a dar un paseo para que le diese un poco el aire y Erica contaba los minutos que faltaban para que volvieran a casa.

El timbre de la puerta la sobresaltó y el corazón le dio un vuelco. No tuvo tiempo de reaccionar cuando la puerta se abrió y entró Anna.

—¿Tú también empiezas a desesperarte? —dijo quitándose la bufanda y el chaquetón.

—¿Tú qué crees? —respondió Erica, aunque mucho más contenta.

Entraron en la cocina y Anna soltó encima de la encimera una bolsa llena de vaho.

—Recién salidos del horno. Los ha hecho Belinda.

—¿Que los ha hecho Belinda? —preguntó Erica intentando imaginarse a la hijastra mayor de Anna amasando con el delantal puesto y las uñas pintadas de negro.

—Está enamorada —declaró Anna, como si eso lo explicase todo. Lo cual, por cierto, quizá fuese verdad.

—Vaya, pues yo no recuerdo haber sufrido nunca ese efecto secundario —dijo Erica poniendo los bollos en una bandeja.

—Al parecer, el joven le dijo ayer que le gustaban las chicas hacendosas. —Anna enarcó una ceja y miró a Erica.

—Vaya, no me digas.

Anna se echó a reír mientras cogía uno de los bollos.

—Tranquila, tranquila, no tienes que ir a su casa a castigarlo. Conozco al chico y, créeme, Belinda tardará una semana en cansarse de él, luego volverá con esos cerdos vestidos de negro que tocan en bandas dudosas y pasan completamente de que sea hacendosa.

—Eso espero. Pero la verdad es que los bollos no están nada mal. —Erica cerró los ojos para dar un mordisco. Los bollos recién hechos eran lo más parecido a un orgasmo que podía experimentar en aquel estado.

—Pues sí, la ventaja de que tengamos la pinta que tenemos es que podemos zamparnos todos los bollos que queramos —dijo Anna hincándole el diente al segundo.

—Ya, pero luego nos pasará factura —le advirtió Erica, que no pudo evitar seguir el ejemplo de Anna y coger otro bollo. Belinda tenía auténtico talento natural.

—Yo creo que, con los gemelos, lo perderás todo y más —rio Anna.

—Sí, supongo que tienes razón. —Erica se quedó pensando abstraída y su hermana adivinó en qué.

—Todo irá estupendamente. Además, esta vez no estás sola. Yo te haré compañía. Podemos colocar dos sofás delante de *Oprah* y pasarnos los días enteros dando el pecho.

—Y turnarnos para llamar y pedir la comida por teléfono cuando nuestros señores lleguen a casa.

—Exacto, ya lo ves. Será genial. —Anna se chupó los dedos y se repantigó con un lamento—. Ay, estoy llena. —Subió las piernas hinchadas, las colocó en la silla de enfrente y cruzó las manos encima de la barriga—. ¿Has hablado con Christian?

—Sí, estuve en su casa el jueves. —Erica siguió el ejemplo de Anna y subió las piernas ella también. El bollo solitario que quedaba en la bandeja la llamaba a gritos y, tras oponer una breve resistencia, estiró el brazo para cogerlo.

—¿Y qué pasó?

Erica dudó un segundo, pero no estaba acostumbrada a tener secretos para su hermana y al final le contó todo lo relativo a las cartas de amenaza.

—Qué horrible —dijo Anna meneando la cabeza—. Y también es raro que empezaran a llegarle antes de que el libro estuviera publicado siquiera. Habría sido más lógico que todo hubiera comenzado ahora que la prensa se ha fijado en él. Quiero decir… bueno, parece que se trata de alguien que no está bien de la cabeza.

—Sí, eso parece. Pero el caso es que Christian no quiere tomárselo en serio. O, al menos, eso dice él. Pero me di cuenta de que Sanna está preocupada.

—Me lo imagino —asintió Anna mojándose el dedo para poder pescar los granos de azúcar que habían quedado en la bandeja.

—Bueno, hoy tiene su primera firma —dijo Erica con cierto orgullo. Por más de una razón, se sentía responsable del éxito de Christian y, gracias a él, estaba reviviendo su propio debut. Las primeras firmas. Un gran acontecimiento, grande de verdad.

—¡Qué bien! ¿Dónde será?

—Primero en Blad, en Torp. Y luego en Bokia, en Uddevalla.

—Espero que vaya gente. Sería una pena que tuviera que verse allí solo —comentó Anna.

Erica hizo una mueca al recordar su primera firma, celebrada en una librería de Estocolmo. Durante una hora entera se esforzó por parecer indiferente mientras la gente pasaba por delante de ella como si no existiera.

—Ha salido tanto en la prensa que seguro que alguien va, si no por otra razón, al menos por curiosidad —dijo, deseando de verdad estar en lo cierto.

—Sí, pero qué suerte que la prensa no se haya enterado de lo de las amenazas —opinó Anna.

—Pues sí, una suerte —contestó Erica cambiando de tema. Aunque el desasosiego no terminaba de abandonarla del todo.

*S*e iban de vacaciones y él no podía esperar más. No sabía exactamente qué implicaba, pero el solo nombre sonaba prometedor. Vacaciones. Y se irían en la caravana que tenían aparcada en la parcela.

No solían dejarlo jugar allí dentro. En alguna que otra ocasión había intentado mirar por las ventanas, por si veía algo detrás de las cortinas marrones. Pero nunca conseguía distinguir nada y siempre estaba cerrada con llave. Ahora su madre la estaba limpiando. La puerta estaba abierta de par en par, para que estuviera «bien ventilada», como ella decía, y los almohadones estaban en la lavadora, para quitarles el olor a invierno.

Todo era como una aventura inverosímil y fantástica. Se preguntaba si podría ir en la caravana mientras viajaban, como en una pequeña casa rodando hacia algo nuevo y desconocido. Pero no se atrevía a preguntar. Su madre llevaba un tiempo de un humor raro. El tono hiriente y afilado se dejaba oír claramente y su padre salía de paseo con más frecuencia si cabe, cuando no se escondía detrás del periódico.

En alguna ocasión la había sorprendido mirándolo de un modo extraño. Tenía en los ojos algo distinto que lo llenaba de temor y lo retrotraía a lo oscuro que había dejado atrás.

—¿Piensas quedarte ahí mirando o vas a ayudarme? —le preguntó poniéndose en jarras.

Él se sobresaltó al notar que la dureza volvía a resonar en su voz y corrió hacia ella.

—Cógelas y llévalas al lavadero —le dijo arrojándole un montón de mantas malolientes con tal fuerza que casi perdió el equilibrio.

—Sí, madre —respondió apresurándose a entrar.

71

Si supiera qué había hecho mal. Si él obedecía a su madre en todo. Nunca la contradecía, se comportaba bien y nunca se manchaba la ropa. Aun así, era como si a veces no fuese capaz ni de mirarlo.

Había intentado preguntarle a su padre. Se armó de valor en una de las pocas ocasiones en que se quedaban solos y le preguntó por qué su madre ya no lo quería. Su padre apartó el periódico un instante y le respondió que aquello no eran más que tonterías y que no quería oírlo hablar de ello. Su madre se pondría muy triste si oyera lo que le había dicho. Tendría que estar agradecido de que le hubiera tocado una madre así.

No preguntó más. Entristecer a su madre era lo último que deseaba. Solo quería que estuviera contenta y que volviese a acariciarle el pelo y a llamarlo su niño precioso. Era todo lo que pedía.

Dejó las mantas delante de la lavadora y desechó el recuerdo de lo triste y lo oscuro. Se iban de vacaciones. En la caravana.

Christian tamborileaba con el bolígrafo en la mesita que le habían preparado. A su lado se alzaba una pila de ejemplares de *La sombra de la sirena*. No se hartaba de mirarlos, tan irreal se le antojaba ver su nombre en un libro. Un libro de verdad.

Todavía no podía hablarse de gran afluencia de público y tampoco confiaba en que acudieran en masa. Solo escritores como Marklund y Guillou atraían a grupos verdaderamente numerosos. Él, por su parte, se sentía bastante satisfecho de los cinco ejemplares que había firmado hasta el momento.

Pese a todo, se sentía un tanto fuera de lugar en aquella silla. La gente pasaba de largo con premura, lo miraba con curiosidad, pero sin detenerse. Y él ignoraba si debía llamarles la atención cuando miraban o quizá fingir que estaba ocupado con algo.

Gunnel, la propietaria de la librería, vino en su auxilio. Se le acercó y señaló con un gesto de cabeza el montón de libros.

—¿Te importaría firmar unos cuantos? Es estupendo tener algunos firmados para venderlos después.

—Por supuesto. ¿Cuántos quieres? —preguntó Christian, satisfecho de tener algo que hacer.

—Pues… no sé, unos diez, quizá —respondió Gunnel alineando bien unos libros de la torre que se habían torcido.

—Sin problemas.

—Hemos difundido a fondo la noticia —dijo Gunnel.

—Estoy convencido de ello —contestó Christian sonriendo, consciente de que Gunnel temía que él pensara que la falta de público se debiera a la escasa promoción por parte de la librería—. No

73

soy nada conocido, precisamente, así que no abrigaba grandes esperanzas.

—Bueno, pero algunos ejemplares sí que has vendido —dijo Gunnel amable, antes de alejarse para atender la caja.

Christian cogió un ejemplar y le quitó el capuchón al bolígrafo para empezar a firmar. Pero entonces vio de reojo que alguien se había colocado justo delante de la mesa y, cuando levantó la vista, se encontró con un micrófono gigantesco de color amarillo en plena cara.

—Nos encontramos en la librería donde Christian Thydell firma esta tarde su novela *La sombra de la sirena*. Christian, hoy eres noticia de primera página. ¿Estás muy preocupado por las amenazas? Y la Policía, ¿se ha implicado ya?

El reportero, que aún no se había presentado pero que, a juzgar por el logotipo del micrófono, pertenecía a la emisora local, lo miraba apremiante.

A Christian se le quedó la mente en blanco.

—¿Noticia de primera página? —preguntó.

—Sí, en el *GT,* ¿no lo has visto? —El reportero no aguardó la respuesta de Christian, sino que continuó y repitió la pregunta que acababa de formular—: ¿Estás preocupado por las amenazas? ¿Cuentas hoy con la protección de la Policía?

El reportero echó una ojeada al interior del local, pero volvió a centrarse enseguida en Christian, que se había quedado con el bolígrafo en alto, encima del libro que se disponía a firmar.

—No sé cómo… —balbució.

—Pero, es cierto, ¿no? Has recibido amenazas mientras escribías el libro y te viniste abajo el miércoles, al recibir otra carta en la presentación, ¿no?

—Pues sí… —respondió Christian sintiendo que se quedaba sin respiración.

—¿Sabes quién te ha estado amenazando? ¿Lo sabe la Policía? —De nuevo tenía el micrófono a apenas un centímetro de la boca y Christian tuvo que contenerse para no apartarlo de un manotazo. No quería contestar a aquellas preguntas. No se explicaba cómo había averiguado aquello la prensa. Y pensaba en la carta que tenía en el bolsillo de la cazadora. La que había recibido el día anterior y que había logrado pescar del correo del día, antes de que Sanna la descubriese.

Presa del pánico, buscó una salida por donde huir. Se topó con la mirada de Gunnel, que comprendió en el acto que algo no iba bien.

Se acercó a ellos.

—¿Qué está pasando aquí?

—Le estoy haciendo una entrevista.

—¿Le habéis preguntado si quiere que lo entrevisten? —preguntó Gunnel mirando a Christian, que negó con la cabeza.

—Pues entonces… —Clavó la mirada en el reportero, que ya había bajado el micrófono—. Además, está ocupado. Está firmando ejemplares. Así que tengo que pedirles que lo dejen en paz.

—Sí, pero… —comenzó el periodista, aunque enmudeció en el acto. Pulsó uno de los botones del equipo de grabación—. ¿Y no podríamos hacer una pequeña entrevista después…?

—Esfúmate —le espetó Gunnel, y Christian no pudo contener una sonrisa.

—Gracias —le dijo una vez que el periodista se hubo marchado.

—¿De qué se trataba? Insistía tanto…

El alivio que sintió ante la desaparición del periodista se esfumó tan rápido como él y Christian tragó saliva antes de responder:

—Dice que hablaban de mí en la primera página del *GT*. He recibido algunas cartas de amenaza y, al parecer, los medios están ya al tanto.

—Vaya. —Gunnel lo miró consternada primero y preocupada después—. ¿Quieres que vaya a comprar el periódico, para que veas lo que han escrito?

—¿No te importa? —preguntó con el corazón latiéndole con fuerza.

—Claro, ahora mismo te lo traigo. —Gunnel lo animó con una palmadita en el hombro antes de marcharse.

Christian se quedó sentado mirando al frente. Luego cogió el bolígrafo y empezó a estampar su firma en los libros, tal y como

Gunnel le había pedido que hiciera. Al cabo de un rato, decidió que debía ir al aseo. Seguía sin haber gente rondando la mesa, así que podría escaquearse un momento sin problemas.

Cruzó a toda prisa el local de la librería hasta la sala de personal, que estaba al fondo y, al cabo de unos minutos, ya estaba de vuelta en su puesto. Gunnel aún no había regresado con el periódico, y Christian ya se estaba preparando para lo que le esperaba.

Fue a coger el bolígrafo cuando, desconcertado, se fijó en los libros que debía firmar. ¿Los había dejado así? Algo había cambiado, no estaban así cuando se fue al aseo, y pensó que alguien habría aprovechado para birlar un ejemplar durante su ausencia. Sin embargo, no le pareció que el montón hubiese disminuido, así que decidió que, seguramente, eran figuraciones suyas y abrió el primer libro dispuesto a escribirle unas palabras al lector.

La página ya no estaba en blanco. Y la letra era de sobra conocida. Había estado allí.

Gunnel se le acercaba con un ejemplar del *GT* en la mano, cuya primera página ocupaba una foto de Christian. Y él sabía lo que aquello significaba. El pasado estaba a punto de darle alcance. Ella jamás se rendiría.

—¡Por Dios santo! ¿Sabes cuánto dinero te fundiste la última vez que estuviste en Gotemburgo? —Erik miraba espantado la suma que aparecía en el extracto de la tarjeta de crédito.

—Sí, bueno, unas diez mil —dijo Louise sin dejar de pintarse las uñas tranquilamente.

—¡Diez mil! ¿Cómo pueden gastarse diez mil coronas en un solo día de compras? —Erik blandía el papel, que terminó arrojando sobre la mesa de la cocina.

—Si me hubiera lanzado a comprar el bolso que pensaba, habrían sido cerca de treinta mil —replicó contemplando con satisfacción el rosa de sus uñas.

—¡Estás como una cabra! —Erik cogió la factura y se quedó mirándola como si pudiera reducir la suma con su sola voluntad.

—¿Es que no podemos permitírnoslo? —preguntó su mujer con una sonrisa.

—No se trata de que podamos permitírnoslo o no. Se trata de que yo me paso las veinticuatro horas del día trabajando para ganar dinero, y tú te dedicas a despilfarrarlo en... estupideces.

—Claro, como yo no hago nada en casa... —respondió Louise al tiempo que se levantaba, sin dejar de agitar las manos para que se secara el esmalte—. Yo me paso la vida sentada comiendo bombones y viendo culebrones. Y seguro que la educación y crianza de las niñas también ha sido cosa tuya, ahí tampoco he tenido yo nada que ver, ¿verdad? Tú te has dedicado a cambiar pañales, dar de comer, limpiar, llevar y traer y tenerlo todo ordenado aquí en casa. ¿A que sí? —Pasó por delante de él sin mirarlo siquiera.

Aquella era una discusión que habían mantenido miles de veces. Y, a menos que sucediera algo drástico, se repetiría seguramente otras mil. Eran como dos bailarines expertos en el baile de parejas, que conocían bien los pasos y los abordaban con elegancia.

—Esta es una de las gangas que encontré en Gotemburgo. Bonita, ¿no? —De la percha que tenía en la mano colgaba una cazadora de piel—. Estaba rebajada, solo costaba cuatro mil. —Se la probó por encima y volvió a colgarla antes de subir la escalera hacia la planta alta.

Probablemente, ninguno de ellos ganaría tampoco aquella ronda. Eran contrincantes muy igualados y todos los enfrentamientos de su vida habían terminado en empate. Por irónico que pudiera parecer, tal vez habría sido mejor que uno de los dos hubiese sido más débil. De ese modo, aquel desgraciado matrimonio habría terminado hacía tiempo.

—La próxima vez te cancelo la tarjeta —le gritó Erik desde el pie de la escalera. Las niñas estaban en casa de una amiga, de modo que no había razón para moderar el tono de voz.

—Mientras sigas gastando dinero con tus amantes, deja en paz mi tarjeta. ¿Es que crees que eres el único que sabe mirar los movimientos de las tarjetas?

Erik soltó una maldición. Sabía que debería haber cambiado la dirección por la de la oficina. Era innegable que se portaba con suma generosidad con aquella que, por ahora, disfrutaba del privilegio de tenerlo en su cama. Volvió a proferir otra maldición y se puso los zapatos, consciente de que, al menos aquella ronda, la había ganado Louise. Y ella también lo sabía.

—Salgo a comprar el periódico —gritó cerrando de un portazo.

La grava chisporroteaba bajo los neumáticos cuando aceleró con el BMW y el pulso no empezó a normalizarse hasta que vio que se acercaba al centro. Si hubiese firmado las capitulaciones matrimoniales… De haberlo hecho, a aquellas alturas Louise no sería más que un mero recuerdo. Pero por aquel entonces eran estudiantes con pocos medios y, hacía un par de años, cuando mencionó el asunto, Louise se rio en su cara. Ahora se negaba a permitir que se marchara con la mitad de lo que él había conseguido, aquello por lo que tanto había luchado y por lo que tan duramente había trabajado. ¡Jamás en la vida! Dio un puñetazo en el volante, pero se calmó al entrar en el aparcamiento del supermercado Konsum.

Hacer la compra era cosa de Louise, de modo que pasó de largo ante las estanterías de comida. Se detuvo un instante junto al expositor de golosinas, pero al final decidió abstenerse. Cuando se dirigía hacia el expositor de prensa, que se encontraba al lado de la caja, se paró en seco. La tinta negra de los titulares lo dejó perplejo: «¡La nueva estrella literaria, Christian Thydell, vive amenazado de muerte!». Y debajo, en letra más pequeña: «Recibió una amenaza durante la presentación: sufrió un colapso».

Erik tuvo que obligarse a seguir caminando. Se sintió como si se hundiera en un mar profundo. Cogió un ejemplar del *GT* y lo hojeó temblando hasta las páginas en cuestión. Una vez leída la noticia en su totalidad, se dirigió corriendo a la salida. No había pagado el periódico y, como un sonido de fondo, oyó que la cajera le gritaba algo. Pero él continuó corriendo. Tenía que llegar a casa.

—¿Cómo demonios se ha enterado la prensa?

Patrik y Maja habían estado haciendo la compra y Patrik dejó el *GT* en la mesa antes de seguir colocando los alimentos en el frigorífico. Maja se había subido a una de las sillas y le ayudaba ansiosa a sacarlos de las bolsas.

—Eh… —Fue cuanto Erica logró articular.

Patrik se detuvo en mitad de un movimiento. Conocía lo bastante bien a su mujer como para ser capaz de interpretar las señales.

—¿Qué has hecho, Erica? —preguntó con un paquete de margarina Lätt & Lagom en la mano, pero mirándola fijamente a los ojos.

—Pues puede que yo sea responsable de la filtración.

—¿Cómo? ¿Con quién has hablado?

Hasta Maja captó la tensión que reinaba en la cocina, así que la pequeña se quedó muy quieta mirando también a su madre. Erica tragó saliva y tomó impulso.

—Con Gaby.

—¡¿Con Gaby?! —Patrik por poco se ahoga—. ¿Se lo has contado a Gaby? Pues igual podrías haber llamado a la redacción del *GT* directamente.

—No pensé…

—No, claro, eso no hace falta que lo jures, que no pensaste. ¿Y qué opina Christian de todo esto? —preguntó Patrik señalando aquellos titulares tan escandalosos.

—No lo sé —admitió Erica. Todo su ser se retorcía por dentro ante la sola idea de cuál sería la reacción de Christian.

—Pues, como policía, te diré que esto es lo peor que podía suceder. El revuelo y la atención que ha merecido la noticia pueden estimular no solo al autor de las cartas, sino a nuevos autores de nuevas amenazas.

—No me riñas, ya sé que fue una estupidez. —Erica estaba a punto de llorar. Ya lo estaba en condiciones normales, y las hormonas del embarazo no mejoraban la situación—. Es que no me paré a pensar. Llamé a Gaby para preguntar si a la editorial había llegado alguna amenaza y, en cuanto lo dije, supe que había sido un error contárselo a ella. Pero ya era demasiado tarde… —Se le ahogó la voz en llanto y notó que ya empezaba a gotearle la nariz.

Patrik le ofreció un trozo de papel y la abrazó y empezó a acariciarle la melena, antes de decirle dulcemente al oído:

—Cariño, no te pongas triste. No era mi intención parecer enfadado. Sé que no tenías la menor idea de que la cosa acabara así. Vamos… —Patrik la meció sin dejar de abrazarla y Erica empezó a calmarse.

—No creí que Gaby fuese capaz de…

—Ya lo sé, ya lo sé. Pero ella no es como tú ni de lejos. Y tienes que aprender que todo el mundo no piensa igual. —La retiró un poco para verle los ojos.

Erica se secó las lágrimas de las mejillas con el papel que Patrik acababa de darle.

—¿Y qué voy a hacer ahora?

—Pues tendrás que hablar con Christian. Pedirle perdón y explicarle lo ocurrido.

—Pero…

—Nada de peros. No hay otra salida.

—Tienes razón —admitió Erica—. Pero te diré que me espanta la idea. Y además, pienso mantener una seria conversación con Gaby.

—Ante todo, debes reflexionar sobre qué le dices a quién. Gaby piensa únicamente en su negocio y vosotros sois secundarios. Así es como funciona esto.

—Sí, sí, ya lo sé. No tienes que insistir —replicó Erica mirando airada a su marido.

—Bueno, dejémoslo por ahora —dijo Patrik retomando la tarea de colocar la compra.

—¿Has podido examinar las cartas más de cerca?

—No, no he tenido tiempo —confesó Patrik.

—Pero ¿lo harás? —insistió Erica.

Patrik asintió mientras empezaba a cortar verduras para la cena.

—Sí, claro, pero nos habría facilitado las cosas que Christian hubiese colaborado. Por ejemplo, me gustaría ver las otras cartas.

—Pues habla con él. Quizá logres convencerlo.

—Ya, pero se imaginará que tú has hablado conmigo.

—He logrado que lo crucifiquen en uno de los diarios vespertinos más importantes de Suecia, de modo que puedes aprovechar, de todas formas, ya querrá verme muerta.

—Bueno, no creo que sea para tanto.

—Si hubiera sido al revés, no creo que hubiese vuelto a dirigirle la palabra.

—Vamos, no seas tan pesimista —le aconsejó Patrik cogiendo a Maja de la encimera. A la pequeña le encantaba estar con ellos cuando preparaban la comida y siempre estaba dispuesta «a ayudar»—. Ve a verlo mañana y explícale lo que pasó, dile que nada más lejos de tu intención que las cosas salieran así. Luego iré yo a hablar con él y trataré de que colabore con nosotros. —Patrik le dio a Maja un trozo de pepino, que la pequeña empezó a procesar con aquellos dientes suyos, escasos, pero tanto más afilados.

—Mañana mismo, ¿no? —suspiró Erica.

—Mañana —confirmó Patrik inclinándose para darle a su mujer un beso en los labios.

Se sorprendió mirando una y otra vez hacia el lateral del campo de fútbol. Sin él, no era lo mismo.

Siempre había acudido a cada entrenamiento, con independencia del tiempo que hiciera. El fútbol era su rollo. Lo que hacía que se mantuviera su amistad, pese al deseo de liberarse de sus padres. Porque su padre y él eran amigos. Claro que discutían a veces, como todos los padres con sus hijos, pero, en el fondo, eran amigos.

Ludvig cerró los ojos y se lo imaginó allí mismo. Con los vaqueros y la sudadera con el nombre de Fjällbacka en el pecho, la que siempre llevaba puesta, para disgusto de su madre. Las manos en los bolsillos y los ojos en la pelota. Y en Ludvig. Pero él nunca le reñía. No como algunos de los otros padres, que acudían a los entrenamientos y los partidos y que se dedicaban a gritarles a sus hijos todo el rato. «¡Espabílate, Oskar!» O «¡Vamos, Danne, ya puedes currártelo un poco!» Nada de eso hacía su padre, nunca. Tan solo «¡Bien, Ludvig!», «¡Buen pase!», «¡Ya los tenéis, Ludde!».

Vio con el rabillo del ojo que le enviaban un pase y lanzó a su vez la pelota mecánicamente. Había perdido la alegría de jugar al fútbol. Intentaba encontrarla de nuevo, por eso estaba allí, corriendo y luchando pese al frío del invierno. Podría haberse escudado en todo lo ocurrido y haber abandonado. Haber dejado los entrenamientos, haber pasado del equipo. Nadie se lo habría echado en cara, todos lo habrían comprendido. Salvo su padre. Rendirse no entraba dentro de sus posibilidades.

De modo que allí estaba. Uno más del equipo. Pero le faltaba la alegría y el banquillo lateral estaba vacío. Su padre no estaba ya, ahora tenía la certeza. Su padre no estaba ya.

No lo dejaron ir en la caravana. Y esa fue una de las muchas decepciones que se llevó durante aquello que llamaban vacaciones. Nada resultó como él esperaba. El silencio, roto tan solo por la dureza de las palabras, parecía solidificarse ahora que no tenía toda la casa para moverse libremente. Era como si «vacaciones» implicase más tiempo para las disputas, más tiempo para los ataques de su madre. Su padre parecía más pequeño y gris que de costumbre.

Era la primera vez que él los acompañaba, pero sabía que su madre y su padre solían ir todos los años con la caravana a aquel lugar de nombre extraño. Fjällbacka. Él no veía allí montañas, como indicaba el nombre del lugar, tan solo algunas lomas. Sobre todo en el camping, allí donde plantaron la caravana encajada entre otras muchas, el terreno era totalmente plano. No estaba seguro de si le gustaba o no. Pero su padre le había explicado que la familia de su madre era de allí y que por eso ella quería ir a aquel pueblo de vacaciones.

Eso también era raro, porque él no veía allí a ningún familiar. Durante una de las discusiones en aquel espacio tan reducido, comprendió por fin que debía de existir allí alguien llamado La bruja, y que ella era aquel familiar. Era un nombre gracioso, Käringen. Aunque no parecía que a su madre le gustara aquella mujer, porque su voz se endurecía cuando hablaba de ella y, además, jamás iban a verla. Entonces ¿por qué tenían que estar allí?

Lo que más odiaba de Fjällbacka y de las vacaciones era, pese a todo, lo de bañarse. Él jamás se había bañado en el mar. Al principio no estaba seguro de qué le parecería, pero su madre lo animó, le dijo que no quería que su hijo fuese un miedica, que tenía que dejarse de remilgos.

Así que respiró hondo y entró temeroso en las frías aguas, pese a que al notar en las piernas la sal y la baja temperatura se quedó sin respiración. Se detuvo cuando el agua le llegaba por la cintura. Estaba demasiado fría, no podía respirar. Y tenía la sensación de que había cosas moviéndose alrededor de los pies, de las pantorrillas, como si algo trepara por sus piernas. Su madre se acercó hasta donde se encontraba, se rio, lo cogió de la mano y lo llevó consigo hacia el fondo. Se sintió tan feliz. Con la mano de su madre en la suya, con aquella risa tintineando sobre la superficie del agua y sobre él. Era como si los pies se le movieran solos, como si fueran flotando y alejándose del fondo. Finalmente, dejó de sentir el suelo, pero no importaba, porque su madre lo sujetaba, lo llevaba de la mano, lo quería.

Luego lo soltó. Notó cómo la palma de la mano se deslizaba por la suya, luego por los dedos, luego por las yemas, hasta que no solo los pies, sino también las manos se agitaban a tientas en el vacío. De nuevo sintió aquel frío en el pecho y era como si el nivel del agua subiese. Le llegaba por los hombros, por la garganta, y él levantaba la barbilla para que no le llegara a la boca, pero se acercaba demasiado rápido y no tuvo tiempo de cerrarla, se le llenó de sal, de un frío que le bajó por la garganta, y el agua seguía subiendo, hasta las mejillas, hasta los ojos, y notó que le cubría la cabeza como una tapadera hasta que desaparecieron todos los sonidos y lo único que oía era el rumor de lo que se arrastraba y le trepaba por el cuerpo.

Manoteó a su alrededor combatiendo aquello que tiraba de él hacia abajo, pero no podía con aquella pared densa de agua y, cuando por fin notó la piel de alguien en la suya, una mano en el brazo, su primera reacción fue la de defenderse. Luego lo subieron y la cabeza atravesó la superficie. El primer suspiro fue brutal y doloroso, respiraba con ansia y con avidez. Su madre le apretaba el brazo con fuerza, pero no importaba, porque el agua ya no le daría alcance.

La miró agradecido de que lo hubiera salvado, de que no lo hubiese dejado desaparecer. Pero lo que vio en sus ojos era desprecio. Sin saber cómo, había cometido un error, la había decepcionado de nuevo. Y si él supiera cómo…

Los moretones del brazo le duraron varios días.

–¿Tenías que arrastrarme hasta aquí, hoy, precisamente? –No era frecuente que Kenneth dejase traslucir la irritación que sentía. Creía firmemente que había que conservar la calma y la concentración en todas las situaciones. Pero Lisbet parecía tan apenada cuando le dijo que Erik lo había llamado y que tenía que ir a la oficina un par de horas, pese a que era domingo… Ella no protestó, y casi fue peor. Lisbet sabía que les quedaban muy pocas horas para estar juntos. Lo importantes que eran aquellas horas, su valor incalculable. Aun así, no protestó. En cambio, reunió fuerzas para sonreír cuando le dijo: «Claro, ve, ya me las arreglaré».

Kenneth casi deseaba que se hubiese enfadado y le hubiese gritado. Que le hubiese dicho que, qué demonios, que tendría que empezar a distinguir las prioridades. Pero ella no era así. Kenneth no recordaba una sola ocasión, durante sus cerca de veinte años de matrimonio, en que ella le hubiese levantado la voz. Ni a él ni a ninguna otra persona, por cierto. Lisbet había encajado cada revés y cada dolor con serenidad e incluso lo consolaba cuando él se venía abajo. Cuando no tenía fuerzas para seguir siendo fuerte, ella lo fue por él.

Y ahora la dejaba allí para ir al trabajo. Despilfarraba un par de horas de su precioso tiempo juntos, y se odiaba a sí mismo por salir corriendo en cuanto Erik chasqueaba los dedos. No lo comprendía. Se trataba de un comportamiento que se había fijado hacía tantos años, que casi formaba parte de su personalidad. Y Lisbet era quien tenía que sufrir siempre por ello.

Erik ni siquiera le respondió. Se quedó mirando la pantalla del ordenador, como si se encontrara en otro mundo.

—¿De verdad era necesario que viniera hoy? —repitió Kenneth—. ¿En domingo? ¿No podía esperar hasta mañana?

Erik se volvió despacio hacia Kenneth.

—Soy consciente y respeto al máximo tu situación personal —respondió Erik al fin—. Pero si no dejamos la cosa controlada antes de la ronda de ofertas de esta semana, podemos cerrar el negocio. Aquí cada uno tiene que hacer el sacrificio que le corresponde.

Kenneth se preguntó para sus adentros a qué sacrificios aludía Erik por lo que a él se refería. Y tampoco era tan urgente como le daba a entender. Habrían podido ordenar la documentación a lo largo del día siguiente, y que el negocio dependiese de ello y peligrase era una exageración. Probablemente, Erik solo buscaba un subterfugio para salir de casa, pero ¿por qué tenía que arrastrar también a Kenneth? La respuesta era, probablemente, «porque podía».

Ambos volvieron en silencio a sus obligaciones y continuaron trabajando un rato más. La oficina se componía de una única habitación bastante amplia, de modo que no existía la menor posibilidad de cerrar la puerta y quedarse a solas. Kenneth miraba a Erik a hurtadillas. Tenía algo diferente. No resultaba fácil decir qué era, pero Erik tenía un aspecto como más borroso. Más desaliñado, no llevaba el pelo impecable como de costumbre, la camisa se veía un tanto arrugada. No, no era el Erik de siempre. Kenneth sopesó la posibilidad de preguntarle si todo iba bien en casa, pero renunció enseguida. En cambio, le dijo con tanta tranquilidad como pudo:

—¿Viste ayer la noticia sobre Christian?

Erik dio un respingo.

—Sí.

—Menuda historia. Amenazado por un chiflado —dijo Kenneth en tono relajado, casi festivo. Aunque el corazón le latía desacompasado en el pecho.

—Ummm… —Erik no apartaba la mirada de la pantalla, aunque sin tocar siquiera el teclado ni el ratón.

—¿A ti te ha mencionado Christian algo al respecto? —Era como tratar de no rascarse la costra de una herida. No quería hablar del tema y tampoco Erik parecía animado a comentarlo. Aun así, no pudo contenerse—. ¿Te lo ha mencionado?

—No, a mí no me ha dicho nada de ninguna amenaza —respondió Erik, y empezó a revolver los documentos que tenía sobre la mesa—. Pero claro, ha estado más que ocupado con el libro, así que no nos hemos visto ni nos hemos llamado mucho últimamente. Y son cosas que uno no anda comentando por ahí.

—¿No debería hablar con la Policía?

—¿Y cómo sabes que no lo ha hecho? —Erik continuaba removiendo papeles sin ton ni son.

—Claro, claro… —Kenneth guardó silencio un instante—. Pero ¿qué puede hacer la Policía, si las amenazas son anónimas? Quiero decir que puede tratarse de cualquier desquiciado.

—¿Y yo cómo iba a saberlo? —preguntó Erik maldiciendo al cortarse con el filo de un folio—. ¡Joder! —exclamó chupándose la herida del dedo.

—¿Tú crees que van en serio?

Erik dejó escapar un suspiro.

—¿Por qué tenemos que especular con eso? Ya te digo que no tengo ni idea. —Subió el tono de voz y se le quebró un poco al final, y Kenneth lo miró perplejo. Erik estaba rarísimo, desde luego. ¿Tendría que ver con la empresa?

Kenneth nunca había confiado en Erik, ¿habría cometido alguna tontería? Enseguida desechó la idea. Llevaba demasiado bien las cuentas, habría notado enseguida si a Erik se le hubiese ocurrido alguna tontería. Seguro que se debía a algún tropiezo con Louise. Era un misterio que llevasen juntos tanto tiempo y, salvo ellos mismos, todo el mundo veía claramente que se harían un gran favor si se dijeran «adiós y gracias» y se fueran cada uno por su lado. Claro que eso no era de su incumbencia. Y él ya tenía bastante con lo suyo.

—Bueno, solo preguntaba —dijo Kenneth.

Hizo clic sobre un fichero de Excel con el último informe mensual, pero tenía la mente en otro sitio.

El vestido aún tenía su olor. Christian se lo puso en la nariz y aspiró los restos microscópicos de su perfume, incrustados en el tejido. Cuando cerraba los ojos y notaba el aroma en las fosas nasales, era capaz de recrear su imagen con todo detalle. El pelo negro que le llegaba por la cintura y que solía llevar recogido en una trenza o en un moño en la nuca. En cualquiera habría quedado anticuado y de señora mayor, menos en ella.

Se movía como una bailarina, pese a que abandonó la carrera. Carecía de la voluntad necesaria, decía. Tenía el talento, pero no la voluntad para poner la danza por encima de todo, para sacrificar el amor, el tiempo, la risa y los amigos. Le gustaba demasiado vivir.

De modo que dejó de bailar. Pero desde que se conocieron y hasta el final, siempre llevó la danza en el cuerpo. Él era capaz de quedarse mirándola durante horas. Observarla mientras caminaba por la casa, mientras trajinaba tarareando y moviendo los pies con tanta elegancia que parecía que estuviese flotando.

Volvió a acercarse el vestido a la cara. Notó la tela fresca en la mejilla, cómo se le quedaba levemente prendida a la barba, le refrescaba las mejillas, ardientes y febriles. La última vez que lo llevó fue un solsticio de verano. La tela azul reflejaba el color de sus ojos y la trenza oscura que le colgaba a la espalda brillaba tanto como el lustre del vestido.

Fue una tarde fantástica. Una de las pocas celebraciones del solsticio en que hizo sol y pudieron sentarse en el jardín. Arenque y patatas recién cocidas. Prepararon la comida entre los dos. El bebé estaba a la sombra, con la mosquitera bien extendida, para que no pudiera entrar ningún insecto. El bebé estaba protegido.

Le pasó por la mente el nombre del bebé y Christian se estremeció, como si se hubiera pinchado con un objeto puntiagudo. Se obligó entonces a pensar en copas empañadas, en los amigos que las levantaban para brindar por el verano, por el amor, por ellos. Pensó en las fresas que ella sacó en un gran frutero. La recordaba sentada ante la mesa de la cocina, limpiándolas, y cómo él la hizo rabiar porque, a cada tanto, una fresa iba a parar a la boca de ella en lugar de al frutero. El que ofrecerían a los invitados, junto con un cuenco de nata montada con una pizca de azúcar, tal y como le había enseñado su abuela. Ella se rio de sus comentarios, lo atrajo hacia sí y le dio un beso con el sabor de fruta madura en los labios.

Christian sollozó allí sentado, con el vestido en la mano. No pudo evitarlo. Las lágrimas salpicaron el vestido de manchas oscuras y él se apresuró a secarlas con la manga del jersey. No quería mancharlo, no quería manchar lo poco que conservaba de ella.

Volvió a colocar el vestido en la maleta. Era lo único que le quedaba. Lo único que había sido capaz de conservar. Cerró la tapa y la empujó hasta el rincón. Sanna no debía encontrarla. La sola idea de que pudiera abrirla, mirar dentro y coger el vestido le revolvía las entrañas. Sabía que no estaba bien, pero en realidad había elegido a Sanna por una sola razón: porque no se parecía a ella, porque no le sabían a fresa los labios y porque no se movía como una bailarina.

Pero no había servido de nada. El pasado lo había alcanzado, por fin. Tan malvado como cuando la alcanzó a ella con aquel vestido azul. Y Christian no veía ya salida alguna.

—¿Podéis cuidar de Leo un momento? —Paula se dirigió a su madre, pero, en realidad, miraba de reojo a Mellberg, esperanzada. Tanto ella como Johanna comprendieron poco después del nacimiento del pequeño que la nueva pareja de la madre de Paula sería un canguro perfecto. Mellberg era totalmente incapaz de decir que no.

—Pues no, es que íbamos… —comenzó Rita, pero su pareja la interrumpió y se apresuró a decir:

—Por supuesto, sin problemas, la abuela y yo podemos quedarnos con el pequeño, así que ya podéis largaros.

Rita lanzó un suspiro de resignación, pero le dedicó una mirada tierna al diamante en bruto con quien había decidido compartir la vida. Sabía que muchos lo consideraban un majadero, un hombre desaseado e impertinente. Pero ella vio en Mellberg desde el principio otras cualidades, que una buena mujer sería capaz de sacar a la luz.

Y tenía razón. La trataba como a una reina. Bastaba verlo contemplar a su nieto para comprender los recursos que aquel hombre escondía. Era increíble lo que quería a aquel niño. El único problema era que ella había pasado rápidamente a ocupar el segundo lugar, aunque no le importaba. Además, había empezado a ponerlo a punto en la pista de baile. Nunca llegaría a ser el rey de la salsa, claro, pero Rita ya no se veía obligada a sopesar la posibilidad de utilizar zapatos con refuerzos de acero.

—Si te arreglas con él tú solo un rato… Así quizá mamá podría venirse con nosotras, ¿no? Johanna y yo pensábamos ir a Torp a comprar alguna cosa para la habitación de Leo.

—Trae al niño —dijo Bertil moviendo las manos ansiosamente para que le entregaran al pequeño, que Paula tenía en brazos—. Por supuesto que nos arreglamos un par de horas. Un biberón o dos, cuando le entre hambre, y luego un ratito de compañía de primera con el abuelo Bertil. ¿Dónde iba a estar mejor este pillín?

Paula le dio al niño y Bertil lo cogió en brazos. ¡Madre mía, vaya pareja más desigual! Pero existía entre ellos una relación muy estrecha, imposible negarlo. Aunque Bertil Mellberg siguiera siendo a sus ojos el peor jefe que pudiera imaginarse, había demostrado ser el mejor abuelo del mundo.

—Entonces ¿no te importa? —preguntó Rita un tanto preocupada. Aunque les ayudaba mucho con Leo, su experiencia en todo lo relativo a los bebés y su cuidado era como mínimo bastante limitada. A Simon, su hijo, lo conoció cuando era ya un adolescente.

—Por supuesto —afirmó Bertil ofendido—. Comer, cagar, dormir. ¿Tan difícil había de ser? Yo llevo más de sesenta años haciéndolo. —Con estas palabras, poco menos que las puso en la calle y cerró la puerta. El pequeño y él iban a pasar un rato en calma y tranquilidad.

Dos horas después, se encontraba totalmente empapado de sudor. Leo lloraba a lágrima viva y el olor a caca parecía poder cortarse en la sala de estar. El abuelo Bertil trataba de calmarlo desesperadamente, pero el pequeño gritaba cada vez más. El pelo de Mellberg, por lo general perfectamente peinado alrededor de la coronilla, se había desplazado y le colgaba ahora por la oreja derecha, y el pobre notaba bajo el brazo unas manchas de sudor tan grandes como platos.

Estaba al borde del colapso y miraba de reojo el móvil que tenía en la mesa de la sala de estar. ¿Y si llamaba a las chicas? Seguro que seguían en Torp y les llevaría más de tres cuartos de hora llegar a casa, aunque volvieran enseguida. Y si llamaba pidiendo ayuda, tal vez no se atrevieran a encomendarle al pequeño otra vez. No, tenía que llegar a buen puerto él solito. Se las había visto en su vida con un montón de tipos sucios y drogadictos chiflados armados de cuchillos y también había participado en tiroteos. Así que debía de poder afrontar aquella situación. Después de todo, el niño no era más grande que una hogaza de pan, aunque con los recursos vocálicos de un hombre hecho y derecho.

—Venga, pequeño, a ver si arreglamos esto —dijo Mellberg al tiempo que acostaba al niño—. Veamos, te has cagado de arriba abajo. Y seguro que tienes hambre. En otras palabras, una crisis en cada agujero. Y la cuestión es, por tanto, a cuál de los dos damos prioridad. —Mellberg hablaba demasiado alto para acallar el llanto—. Y bueno, comer siempre es lo primordial, al menos para mí. De modo que vamos a prepararte un buen biberón de leche.

Bertil cogió a Leo otra vez y se lo llevó a la cocina. Había recibido instrucciones precisas de cómo preparar la leche, y con el microondas la tuvo lista en un suspiro. La probó chupando un trago para ver si estaba muy caliente.

—Puaj, hijo mío, no puede decirse que sepa a gloria. Tendrás que esperar a crecer para probar las cosas ricas de verdad.

Leo empezó a llorar aún más al ver el biberón y Bertil se sentó a la mesa de la cocina y se colocó bien al pequeño en el brazo izquierdo. Se lo puso en la boca, que empezó a chupar ávidamente el contenido. Hasta la última gota desapareció en un periquete y Mellberg notó que el pequeño estaba más relajado. Sin embargo, no tardó en empezar a retorcerse de malestar, y el olor era ya tan penetrante que ni siquiera Mellberg aguantaría mucho más. El problema era que el cambio de pañal era una tarea de la que, hasta el momento, había logrado escabullirse con éxito.

—Bueno, pues este agujero ya está listo. Ahora solo queda el otro —dijo con un tono desenvuelto que no se correspondía en absoluto con los sentimientos que la empresa le suscitaba.

Llevó a un Leo quejumbroso hasta el cuarto de baño, en cuya pared había montado un cambiador, y allí tenía cuanto pudiera necesitar para la operación «pañal de caca».

Colocó al niño en el cambiador y le quitó los pantalones. Intentaba respirar por la boca, pero el olor era tan intenso que ni siquiera así se libraba de él. Mellberg retiró el adhesivo de los laterales del pañal y estuvo a punto de desmayarse cuando aquella plasta se desplegó delante de sus narices.

—Por Dios bendito. —Buscó desesperado con la mirada hasta que encontró un paquete de toallitas. Estiró el brazo y soltó las piernas del pequeño para cogerlo, ocasión que Leo aprovechó para meter los pies en el pañal hasta el fondo.

—No, no, eso no —rogó Mellberg agarrando un puñado de toallitas para limpiarlo. Pero solo consiguió embadurnarlo de caca más aún, hasta que se dio cuenta de que lo que tenía que hacer era retirar la fuente del problema. Levantó a Leo cogiéndolo por los pies y sacó el pañal que, muerto de asco, dejó caer en el cubo de basura que había en el suelo.

Medio paquete de toallitas más tarde, empezó a ver la luz. Había logrado limpiar la mayor parte y Leo se había calmado. Mellberg le retiró los últimos indicios con mucho cuidado y cogió un pañal limpio de la estantería que había sobre el cambiador.

—Eso es, fíjate, ahora sí que vamos por el buen camino —dijo ufano mientras Leo pataleaba como satisfecho de poder airear un poco el trasero—. ¿Para qué lado se pone esto? —Mellberg estuvo dando vueltas al pañal hasta que decidió que los dibujos de animalitos deberían quedar detrás, exactamente igual que la etiqueta de una prenda de ropa. La forma resultaba un tanto extraña, y la cinta adhesiva quedaba regular. ¿Tan difícil era fabricar las cosas como es debido? Suerte que él era un hombre de acción que veía los problemas como retos.

Mellberg levantó a Leo, fue con él a la cocina y lo sujetó como pudo con un brazo mientras rebuscaba con el otro en el último cajón. Y allí encontró lo que buscaba. El rollo de cinta adhesiva. Se dirigió a la sala de estar, tumbó a Leo en el sofá y, tras un par de vueltas de cinta alrededor del pañal, contempló su obra satisfecho.

—Eso es, mira. Y las chicas preocupadas por si no era capaz de cuidar de ti. ¿Qué me dices? ¿No nos hemos ganado un descanso en el sofá?

Bertil cogió a aquel bebé tan bien embalado y se tumbó cómodamente en el sofá, con el niño en el regazo. Leo enredó un poco al principio, pero terminó por hundir la nariz, complacido, en el cuello del comisario.

Media hora después, cuando las mujeres de sus vidas llegaron a casa, los dos dormían profundamente.

—¿Está Christian en casa? —Erica habría preferido darse media vuelta y echar a correr cuando Sanna abrió la puerta. Pero Patrik tenía razón, no le quedaba otra opción.

—Sí, pero está en el desván. Espera, voy a llamarlo. —Sanna se dirigió a la escalera que conducía a la planta de arriba—. ¡Christian! Tienes visita —gritó antes de volverse a mirar a Erica de nuevo—. Entra, no tardará en bajar.

—Gracias. —Erica se encontraba un tanto turbada en el recibidor y en compañía de Sanna, pero enseguida oyó pasos en la escalera. Cuando Christian apareció, Erica se dio cuenta enseguida de lo cansado que estaba, y de repente sintió la punzada dura y cruel de los remordimientos.

—¿Hola? —dijo extrañado antes de acercarse a saludarla dándole un abrazo.

—Tengo que hablar contigo de un asunto —anunció Erica, sintiendo de nuevo el impulso de darse la vuelta y salir corriendo.

—Ajá, bueno, pues pasa —dijo Christian invitándola a entrar con un gesto de la mano. Erica se quitó el abrigo y lo colgó.

—¿Quieres algo de beber?

—No, gracias. —Erica meneó la cabeza. Lo único que quería era acabar cuanto antes—. ¿Cómo han ido las firmas? —preguntó mientras se sentaba en un rincón del sofá, donde se hundió hasta el fondo.

—Bien —respondió Christian en un tono que no invitaba a más preguntas—. ¿Has visto el periódico de hoy? —preguntó cambiando de tema, y Erica le vio la cara gris a la luz invernal que se filtraba por las ventanas.

—Pues sí, de eso quería hablar contigo. —Erica se armó de valor para continuar. Uno de los gemelos le atizó una patada en las costillas y jadeó descompuesta.

—Anda, ¿dan patadas?

—Sí, podría decirse que sí. —Respiró hondo antes de continuar—: Fue culpa mía que se filtrara a la prensa.

—¿A qué te refieres? —Christian se irguió en el sofá.

—Bueno, no fui yo quien les dio el soplo —se apresuró a añadir Erica—. Pero fui lo bastante tonta como para contárselo a la persona equivocada. —No era capaz de mirar a Christian a la cara, así que bajó la vista y se concentró en sus manos.

—¿A Gaby? —preguntó Christian en tono cansino—. Pero ¿no te das cuenta de que ella…?

Erica lo interrumpió.

—Patrik me dijo exactamente lo mismo. Y tenéis razón. Debí comprender que no podía confiar en ella, que lo vería como un medio para darse publicidad. Me siento como una idiota. No debí ser tan ingenua.

—No, pero ya no tiene remedio —dijo Christian.

Tanta resignación hizo que Erica se sintiera peor aún. Casi deseaba que le soltara una filípica, antes que verlo así, con aquella expresión de cansancio y decepción.

—Perdón, Christian, me siento fatal.

—Bueno, esperemos que al menos tenga razón.

—¿Quién?

—Gaby. Y que, después de esto, venda más libros.

—No comprendo cómo se puede ser tan cínico. Exponerte a ti de esa manera solo para que el negocio vaya mejor.

—No ha llegado a donde está siendo buena con todos.

—Ya, pero aun así… Que esas cosas merezcan la pena… —Erica estaba desesperada por su traición, por el error que había cometido y por haber sido tan ingenua y, desde luego, no se explicaba que nadie pudiera hacer algo así a conciencia. Y por ganar algo a cambio.

—Ya pasará — afirmó Christian, aunque sin convicción.

—¿Te han llamado hoy los periodistas? —Erica se retorcía en el sofá, en un intento de hallar una posición que fuera cómoda. Como quiera que se sentara, siempre le parecía tener algún órgano aplastado.

—Después de la primera conversación de ayer, apagué el móvil. No pienso darles más combustible.

—¿Y cómo va lo de…? —Erica dudó un instante—. ¿Has recibido más amenazas? Comprendería que no volvieras a confiar en mí, pero, créeme, he aprendido la lección.

La expresión de Christian se volvió hermética. Tenía la vista clavada en la ventana, tardó en responder y, cuando lo hizo, le resonó la voz débil y cansada.

—No quiero remover ese asunto. Ha adquirido unas proporciones descomunales.

Algo retumbó en el piso de arriba y, un segundo después, un niño empezó a gritar desaforadamente con voz chillona. Christian no hizo amago de levantarse, pero Erica oyó que, a su espalda, Sanna salía como un rayo escaleras arriba.

—¿Se llevan bien? —preguntó Erica señalando hacia arriba.

–No demasiado. El hermano mayor no aprecia la competencia, así podríamos sintetizar la cuestión –sonrió Christian.

–Sí, supongo que tenemos tendencia a centrarnos demasiado en el primer hijo –dijo Erica.

–Sí, supongo que sí –respondió Christian y se le borró la sonrisa. Tenía una expresión extraña que Erica era incapaz de interpretar. En el piso de arriba gritaban ahora los dos niños y ya se les unía la voz irritada de Sanna.

–Tienes que hablar con la Policía –dijo Erica–. Como comprenderás, yo he hablado con Patrik del asunto, y de eso no me arrepiento. Él piensa, desde luego, que debes tomártelo en serio, y el primer paso consiste en denunciarlo a la Policía. Puedes empezar por verlo solo a él, de un modo extraoficial, si quieres. –Erica se oyó suplicando, pero las cartas la tenían preocupadísima y, en realidad, sospechaba que Christian se sentía igual.

–No quiero seguir hablando de esto –afirmó poniéndose de pie–. Sé que, cuando hablaste con Gaby, no pretendías que la cosa se disparase de este modo, pero creo que debes respetar el hecho de que yo no quiera darle mayor importancia.

Los gritos del piso de arriba alcanzaban nuevas cotas y Christian se encaminó a la escalera.

–Tendrás que perdonarme, pero debería subir a ayudar a Sanna antes de que los niños se maten. No te importa que no te acompañe a la puerta, ¿verdad? –Dicho esto, apremió el paso escaleras arriba sin despedirse de Erica. Y ella tuvo la sensación de que lo que Christian hacía era huir.

¿No regresarían a casa jamás? La caravana le resultaba cada día más pequeña y pronto habría escudriñado todos los rincones del camping. En casa, quizá volverían a prestarle atención. Allí, en cambio, era como si no existiera.

Su padre hacía crucigramas y su madre estaba enferma. O, al menos, esa era la explicación que le daban cuando intentaba entrar a verla en la caravana, donde se pasaba los días tumbada en el catre. No había vuelto a bañarse con él. Pese a que recordaba el miedo y aquello que se le había enroscado en las piernas cuando se adentró en las aguas, lo habría preferido a aquel destierro permanente.

—Tu madre está enferma. Ve a jugar.

De modo que él se iba y llenaba los días por su cuenta y riesgo. Al principio, los demás niños del camping intentaron jugar con él, pero a él no le interesaba. Si no podía estar con su madre, no quería estar con nadie.

Como su madre no se curaba, empezó a preocuparse cada vez más. A veces la oía vomitar. Y estaba tan pálida… ¿Y si tenía algo peligroso? ¿Y si se le moría? Igual que le había pasado a su mamá.

La sola idea lo impulsaba a esconderse en un rincón. A cerrar los ojos fuertemente, tanto que lo oscuro no hallase anclaje dentro de él. No podía permitirse pensar de aquel modo. Su madre, tan hermosa, no podía morir. Ella también, no.

Había encontrado un lugar propio. En la cumbre de la colina, con vistas al camping y al mar. Incluso podía ver el techo de la caravana si se empinaba un poco. Allí pasaba los días ahora, allí lo dejaban en paz. Cuando se hallaba allí arriba, podía hacer que volasen las horas.

97

Su padre también quería volver a casa. Se lo había oído decir. Pero su madre no quería. No pensaba darle a La bruja aquella satisfacción, decía su madre tumbada en la camilla, pálida y más delgada que de costumbre. La bruja tenía que saber que ellos pasaban allí todo el verano, como siempre, tan cerca, y sin ir a visitarla. No, no volverían a casa. Antes prefería morirse allí mismo.

Y no había más que hablar. Se hacía lo que su madre decía. De modo que él continuó visitando su lugar secreto. Continuó pasando los días allí sentado, rodeándose las rodillas con los brazos, con la cabeza llena de ideas y fantasías.

En cuanto llegaran a casa, todo volvería a ser como antes. Así sería, sí.

–¡No te alejes demasiado, *Rocky!* –Göte Persson gritaba, pero, como de costumbre, el perro no parecía prestarle atención. Solo le veía la cola cuando el golden retriever giró a la izquierda desapareciendo detrás de una roca. Göte apremió el paso todo lo que pudo, pero la pierna derecha se lo impedía. Desde que sufrió el ictus, aquella pierna no podía seguir el ritmo. Aun así, él se consideraba afortunado. Los médicos no le dieron demasiadas esperanzas de que pudiera volver a moverse más que con muchas limitaciones después de que se le colapsara todo el lado derecho. Claro que ellos no contaban con su enorme obstinación. Gracias a una perseverancia de padre y muy señor mío y a su fisioterapeuta, que le insistía como si lo estuviera preparando para los Juegos Olímpicos, había ido mejorando cada semana con el entrenamiento. A veces sufría una recaída, y, por supuesto, en varias ocasiones estuvo a punto de darse por vencido. Pero siguió luchando y haciendo progresos que, paulatinamente, lo acercaban al objetivo.

Así, ahora era capaz de salir con *Rocky* y dar un paseo diario de una hora. Iban un poco a trompicones y él cojeaba claramente, pero lo conseguían. Salían con independencia del tiempo que hiciera, y cada metro era una victoria.

El perro apareció de nuevo ante su vista. Iba olisqueando el suelo por la playa de Sälvik y, de vez en cuando, levantaba la vista para asegurarse de que su amo no se hubiese extraviado. Göte aprovechó para detenerse y descansar un poco. Por enésima vez, comprobó que llevaba el teléfono en el bolsillo. Y sí, allí estaba.

Para más seguridad, lo cogió para ver si estaba encendido y que no lo hubiese puesto en silencio y tuviese alguna llamada perdida. Pero no lo había llamado nadie, así que volvió a guardarlo con impaciencia.

Sabía que era ridículo mirar el teléfono cada cinco minutos, pero habían prometido llamarlo cuando fuesen al hospital. El primer nieto. Su hija Ina había salido de cuentas hacía dos semanas y Göte no comprendía cómo ella y su yerno podían estar tan tranquilos. Y sí, para ser sincero, había notado incluso cierta irritación cuando llamaba hasta diez veces al día para preguntar si había novedades, pero es que tenía la sensación de que él estaba mucho más preocupado que ellos. Las últimas noches se las había pasado casi en blanco, mirando ya el reloj, ya el teléfono. Esas cosas tenían tendencia a ocurrir por la noche. ¿Y si se dormía profundamente y no oía su llamada?

Bostezó. Tanta vigilia nocturna había empezado a minarle las fuerzas. Fueron tantos los sentimientos que despertó en él la noticia, cuando Ina y Jesper le contaron que iban a tener un hijo... Se lo dijeron un par de días después de que él sufriera el ataque y la ambulancia lo llevara al servicio de urgencias de Uddevalla. En realidad, habían pensado esperar un poco, era muy pronto y ellos mismos acababan de enterarse. Pero nadie creía que Göte fuese a sobrevivir. Ni siquiera estaban seguros de que pudiese oírlos en la cama del hospital, conectado a un montón de tubos y aparatos.

Pero sí los oyó, oyó todas y cada una de las palabras que dijeron. Y en ellas halló su tozudez el apoyo que necesitaba. Algo por lo que vivir. Iba a ser abuelo. Su única hija, la luz de su vida, iba a tener un bebé. ¿Cómo iba a perderse algo así? Sabía que Britt-Marie estaba esperándolo y, en realidad, no habría tenido nada en contra de dejarse ir para reencontrarse con ella. La había echado de menos cada día, cada minuto de todos los años que transcurrieron desde que él y su hija se quedaron solos. Sin embargo, ahora iban a necesitarlo, y así se lo explicó a Britt-Marie. Le dijo que aún no podía ir con ella, que su pequeña iba a necesitarlo en este mundo.

Britt-Marie lo comprendió. Tal y como él esperaba. Se había despertado de nuevo, había abandonado aquella ensoñación tan diferente y tan atractiva por tantos motivos. Salió de la cama y cada paso que fue dando a partir de aquel momento, lo daba por el pequeño, o la pequeña. Tenía tanto que dar y pensaba usar cada minuto de más que le había tocado vivir para mimar a su nieto. Por mucho que Ina y Jesper protestaran, era el privilegio de todo abuelo.

El teléfono resonó chillón en el bolsillo y Göte dio un respingo, sumido como estaba en sus cavilaciones. Cogió el aparato con tal ansia que a punto estuvo de caérsele de las manos. Miró la pantalla y sufrió una gran decepción al ver en ella el nombre de un buen amigo. No se atrevía a responder, no quería que les diera la señal de ocupado si llamaban.

De nuevo había perdido de vista al perro, así que se guardó el teléfono en el bolsillo y se fue cojeando hacia el lugar donde lo había atisbado por última vez. Con el rabillo del ojo vio algo brillante que se movía, y Göte dirigió la mirada hacia el mar.

—¡*Rocky!* —gritó aterrado. El perro se había adentrado en el hielo. Se encontraba a casi veinte metros de la orilla, con la cabeza gacha. Sin embargo, al oír la voz de Göte, empezó a ladrar y a arañar la capa de hielo con las patas. Göte contuvo la respiración. Si hubiera sido un invierno de los crudos, no se habría preocupado tanto. En cuántas ocasiones, sobre todo años atrás, no habían ido Britt-Marie y él paseando por el hielo, con unos bocadillos y el termo de café, a merendar a cualquiera de las islas cercanas. Ahora, en cambio, el hielo ya se derretía, ya se congelaba de nuevo, y sabía que debía de ser muy traicionero en aquellas condiciones.

—¡*Rocky!* —volvió a gritar—. ¡Ven aquí! —Intentó sonar tan firme como pudo, pero el animal no le hizo el menor caso.

Göte solo tenía una idea en la cabeza. No podía perder a *Rocky.* El animal no sobreviviría si el hielo llegaba a quebrarse y caía en las aguas heladas, y Göte no podría soportarlo. Llevaban diez años juntos y conservaba en la retina tantas imágenes del futuro nieto jugando con el perro que le resultaba impensable sin *Rocky.*

Se acercó a la orilla. Puso el pie y tanteó el hielo. Enseguida se formaron en la superficie miles de grietas delgadas como alfileres, pero no a través de toda la capa. Al parecer, era lo bastante gruesa para aguantar su peso. Göte continuó avanzando. *Rocky* seguía ladrando enloquecido y raspando el hielo con las patas.

—¡Ven aquí! —insistió Göte tratando de que el perro obedeciera, pero el animal no se inmutó, como dispuesto a no moverse del sitio.

El hielo parecía más resistente en la orilla, pero Göte decidió minimizar el riesgo y tumbarse. Con muchísimo esfuerzo, se tendió boca abajo intentando no pensar en el frío que sentía pese a las muchas capas de ropa que llevaba.

Le costaba avanzar así, boca abajo. Se resbalaba cada vez que intentaba darse impulso con los pies, y se arrepintió de haber sido tan vanidoso y no haberse puesto los clavos en los zapatos, como hacía todo jubilado sensato cuando helaba.

Miró a su alrededor y descubrió dos ramas que quizá le sirvieran. Logró arrastrarse hasta ellas y empezó a usarlas como crampones. Ahora iba más rápido y, decímetro a decímetro, se fue desplazando hacia donde se encontraba el perro. De vez en cuando, intentaba llamarlo de nuevo, pero *Rocky* había encontrado algo y, fuera lo que fuera, parecía demasiado interesante como para apartar la vista ni un segundo siquiera.

Cuando casi había llegado, oyó que el hielo empezaba a protestar bajo su peso, y se permitió una reflexión sobre lo irónico que sería que hubiese dedicado meses y más meses a la rehabilitación para luego colarse por una grieta en el hielo de Sälvik y ahogarse. Por el momento, el hielo parecía aguantar y ya estaba tan cerca que podía extender la mano y rozar el pelaje de *Rocky*.

—Pero hombre, aquí no puedes estar —le dijo en tono sereno al tiempo que se impulsaba un poco más para poder alcanzar la correa del animal. Si bien no tenía ningún plan para arrastrarse hasta la orilla con un perro tan terco. Pero en fin, ya lo arreglaría.

—¿Tan interesante es lo que has encontrado? —Cogió la correa. Luego miró al fondo.

Y, en ese momento, empezó a sonar el teléfono en el bolsillo.

Como de costumbre, resultaba difícil trabajar un lunes por la mañana. Patrik estaba sentado en el despacho con los pies sobre la mesa. Observaba atentamente la fotografía de Magnus Kjellner, como si pudiera hacerlo hablar y sonsacarle dónde se hallaba. O mejor dicho, dónde se encontraban sus restos mortales.

Por si fuera poco, estaba preocupado por Christian. Patrik abrió el cajón de la derecha y sacó la bolsa de plástico que contenía la carta y la tarjeta. En realidad, le habría gustado enviarlo a analizar, sobre todo, por si detectaban alguna huella, pero tenía tan poca cosa... no había sucedido nada en concreto. Ni siquiera Erica que, a diferencia de él, había leído todas las cartas, podía decir con certeza que el autor estuviese decidido a causar algún daño a Christian. Aun así, su sexto sentido, como el de Patrik, le decía otra cosa. Los dos tenían la sensación de que había algo maligno en aquellas cartas. Patrik sonrió para sus adentros. Vaya manera de expresarlo. Maligno. No resultaba demasiado científico. Pero las cartas transmitían una suerte de voluntad de hacer daño, no se le ocurría una forma mejor de decirlo. Y aquella sensación lo tenía muy preocupado.

Cuando Erica volvió de su visita a Christian, lo comentó con ella. Habría preferido ir y hablar con él personalmente, pero Erica se lo desaconsejó. No creía que Christian se mostrase receptivo y le pidió a Patrik que esperase hasta que los titulares de la prensa hubiesen caído un poco en el olvido. Y él aceptó, pero ahora, al contemplar aquella letra elegante, se preguntaba si había hecho lo correcto.

El teléfono sonó y Patrik se llevó un sobresalto.

—Hedström. —Dejó la bolsa en el cajón y lo cerró. Luego se quedó paralizado—. ¿Perdón? ¿Cómo dice? —Escuchó cada vez más tenso y no acababa de colgar cuando ya se había puesto en alerta. Hizo varias llamadas antes de asomarse al pasillo y llamar al despacho de Mellberg. No aguardó respuesta, sino que entró directamente. Y despertó tanto al perro como al dueño.

—¡Qué demonios…! —Mellberg se incorporó adormilado, abandonó la posición relajada que tenía en la silla y se quedó mirando a Patrik fijamente—. ¿No te han enseñado que hay que llamar a la puerta antes de entrar? —El comisario se encajó bien el pelo—. ¿Y bien? ¿No ves que estoy ocupado? ¿Qué quieres?

—Creo que hemos encontrado a Magnus Kjellner.

Mellberg se irguió aún más.

—Ajá. ¿Y dónde está? ¿En una isla del Caribe?

—No exactamente. Debajo de una capa de hielo, cerca de Sälvik.

—¿Debajo del hielo?

Ernst notó la tensión en el aire y puso la oreja tiesa.

—Acaba de llamar un hombre que andaba paseando al perro. Naturalmente, todavía no sabemos con certeza si se trata de Magnus Kjellner, aún no está certificado, pero es bastante probable.

—¿Y a qué estamos esperando? —dijo Mellberg levantándose como un rayo. Cogió la cazadora y pasó por delante de Patrik—. ¡Tiene narices que todo el mundo sea tan lento en esta comisaría! ¿Tanto tiempo necesitabas para soltarlo? ¡Al coche! Conduces tú.

Mellberg salió corriendo hacia el garaje y Patrik se apresuró a volver al despacho para coger la cazadora. Lanzó un suspiro. Habría preferido no ir con el jefe pero, al mismo tiempo, sabía que Mellberg no perdería aquella oportunidad de encontrarse en el ojo del huracán. Con tal de no tener que trabajar, era un lugar en el que solía encantarle estar.

—Vamos, ¡písale! —Mellberg ya estaba sentado en el asiento del acompañante. Patrik se acomodó ante el volante y giró la llave de encendido.

—¿Es la primera vez que sales en la tele? —gorjeó la maquilladora.

Christian la miró en el espejo y asintió. Tenía la boca seca y las manos húmedas. Dos semanas atrás, había aceptado una entrevista en Nyhetsmorgon, de TV4, pero ahora lo lamentaba profundamente. Se había pasado toda la noche de viaje a Estocolmo combatiendo el impulso de coger un tren de vuelta.

Gaby se mostró absolutamente encantada cuando llamaron del Canal 4. Habían oído decir que una nueva estrella alumbraría en breve el parnaso literario, y querían ser los primeros en pedirle una cita para una entrevista. Gaby le explicó que no había mejor publicidad que aquella, que vendería montañas de libros solo por aparecer unos minutos.

Y él se dejó seducir. Pidió el día libre en la biblioteca y Gaby le reservó los billetes de tren y el hotel en Estocolmo. En un principio, sintió cierta expectación ante la idea de aparecer en la televisión con el libro. Con *La sombra de la sirena*. Lo presentarían como «autor» en un canal nacional y le preguntarían sobre la novela. Pero los titulares del fin de semana lo habían estropeado todo. ¿Cómo pudo engañarse de aquel modo? Llevaba tantos años en la sombra que había llegado a creerse que podía salir a la luz otra vez. Incluso desde que empezó a recibir las cartas, continuó viviendo la fantasía de que ya había pasado todo, de que estaba salvado.

Pero con los titulares se esfumó aquel espejismo. Alguien vería, alguien recordaría. Y todo volvería. Se estremeció en el asiento y la maquilladora lo miró sorprendida.

—¿Tiene frío, con el calor que hace aquí? ¿No estará pillando un resfriado?

Christian asintió con una sonrisa. Era mejor así. Sin explicaciones.

La gruesa capa de maquillaje le otorgaba un aspecto antinatural. Incluso en las orejas y las manos le habían puesto una capa de aquella crema de color piel ya que, al parecer, la piel natural se veía de un tono pálido verdoso en la pantalla. En cierto modo, era un alivio. Era como llevar una máscara. Detrás de la cual podría esconderse.

—Pues ya está, listo. La presentadora vendrá a buscarle enseguida. —La maquilladora examinó su trabajo satisfecha. Christian se miró en el espejo. La máscara le devolvió la mirada.

Unos minutos más tarde, lo condujeron a la cafetería que había delante del estudio. El bufé del desayuno era impresionante, pero él se contentó con un poco de zumo de naranja. La adrenalina le bombeaba en el cuerpo y, cuando se llevó el vaso a la boca, comprobó que la mano le temblaba un poco.

–Muy bien, pues ya puedes venir conmigo. –La presentadora le hizo una señal y Christian dejó en la mesa el zumo a medio beber. Le temblaban las piernas cuando la siguió hasta el estudio que estaba un piso más abajo.

–Puedes sentarte –le susurró la presentadora al tiempo que le indicaba cuál era su asiento. Christian se sobresaltó al notar que alguien le ponía una mano en el hombro.

–Perdón, iba a ponerle el micrófono –susurró un hombre con unos auriculares. Christian asintió. Tenía la boca más seca aún que antes y apuró de un trago el vaso de agua que tenía delante.

–Hola, Christian, es un placer conocerte. He leído tu libro y, de verdad, me parece fantástico. –Kristin Kaspersen le ofreció la mano, que Christian le estrechó tras un segundo de vacilación. La tenía tan sudorosa que, seguramente, le parecería una esponja empapada. También el presentador se les había acercado y ya se había sentado en su puesto. El hombre lo saludó y se presentó como Anders Kraft.

Allí, sobre la mesa, estaba el libro. Y detrás de donde se encontraban, el meteorólogo hablaba del tiempo. Tenían que conversar entre susurros.

–No estarás nervioso, ¿verdad? –dijo Kristin sonriendo–. No tienes por qué. Tú míranos a nosotros y todo irá bien.

Christian asintió de nuevo sin pronunciar palabra. Le habían llenado el vaso de agua, que otra vez bebió de un solo trago.

–Ahora nos toca a nosotros, dentro de unos veinte segundos –señaló Anders Kraft guiñándole un ojo. Christian notó que la serenidad que irradiaba aquella pareja lo tranquilizaba un poco, e hizo cuanto pudo por no pensar en las cámaras que lo rodeaban y que lo enviarían en directo a buena parte de la población sueca.

Kristin empezó a hablar dirigiéndose a un punto que había detrás de él y Christian comprendió que estaban transmitiendo.

Se le aceleró el corazón, le zumbaban los oídos y tuvo que hacer un esfuerzo para prestar atención a lo que decía Kristin. Tras una breve introducción, le hizo la primera pregunta:

—Christian, la crítica ha elogiado ampliamente tu primera novela, *La sombra de la sirena*. Y también el número de lectores ha sido mayor de lo normal para un escritor hasta ahora desconocido. ¿Cómo te sientes?

Le temblaba un poco la voz cuando empezó a hablar, pero Kristin lo miraba con firmeza y serenidad y Christian se concentró en ella, no en la cámara que veía con el rabillo del ojo, de modo que al cabo de un par de frases balbucientes, él mismo oyó cómo se le estabilizaba la voz.

—Pues, naturalmente, es fantástico. Siempre abrigué el sueño de ser escritor, y verlo hecho realidad y, además, con esta acogida, es algo con lo que ni había soñado.

—La editorial ha hecho una gran apuesta. Te vemos anunciado en grandes carteles en los escaparates de las librerías y se habla de una primera edición de quince mil ejemplares. Además, se diría que, en las páginas de cultura, los críticos compiten por compararte con los grandes nombres de la literatura. ¿No te supera un poco todo esto? —Anders Kraft lo miraba amablemente.

Christian empezaba a sentirse más seguro, el corazón había recobrado el ritmo habitual.

—Desde luego, que la editorial confíe en mí y se haya atrevido a hacer semejante apuesta significa mucho para mí, pero el que me comparen con otros escritores me resulta un tanto extraño. Cada uno tiene una manera de escribir y todas son únicas. —Ahora se sentía en su terreno. Se relajó un poco más y, un par de preguntas más tarde, pensó que podría haber seguido hablando allí durante horas.

Kristin Kaspersen cogió algo que había sobre la mesa y lo mostró a la cámara. Christian empezó a sudar otra vez. Era el *GT* del sábado, con su nombre en grandes letras negras. Las palabras AMENAZA DE MUERTE acapararon su atención. Ya no quedaba agua en el vaso y Christian intentaba tragar una y otra vez, para humedecer la boca.

—Se ha convertido en un fenómeno cada vez más habitual en nuestro país: los famosos se convierten en blanco de amenazas, sin embargo, en tu caso comenzó antes de que el público te conociera. ¿Cuál crees que es el origen de las amenazas?

En un primer momento no consiguió emitir más que una especie de graznido, pero después logró emitir una respuesta:

—Es algo que se ha sacado de contexto y ha adquirido unas proporciones descomunales. Siempre hay gente envidiosa, gente con problemas psíquicos y… bueno, no tengo mucho más que decir al respecto. —Estaba tenso de pies a cabeza y se secó las manos en la pernera del pantalón, por debajo de la mesa.

—Bien, pues muchas gracias por venir a hablarnos de esta novela tan elogiada, *La sombra de la sirena*. —Anders Kraft sostenía el libro ante la cámara y sonreía. Christian sintió un alivio inmenso, pues comprendió que la entrevista había terminado.

—Ha ido bastante bien —dijo Kristin Kaspersen recogiendo sus papeles.

—Desde luego que sí —confirmó Anders poniéndose de pie—. Perdona, tengo que irme al espacio de lotería.

Cuando el hombre de los auriculares lo hubo liberado del micrófono, Christian se levantó. Dio las gracias y salió del estudio en compañía de la presentadora. Aún le temblaban un poco las manos. Subieron la escalera, pasaron por delante de la cafetería y luego bajaron otra vez y salieron al frío invernal. Se sentía aturdido y mareado, no exactamente en condiciones de verse con Gaby en la editorial, tal y como habían acordado.

Fue mirando por la ventanilla mientras el taxi lo llevaba al centro de la ciudad. Sabía que, a partir de aquel momento, había perdido el control por completo.

—Ajá, ¿y cómo resolvemos esto? —preguntó Patrik oteando la capa de hielo.

Torbjörn Ruud parecía tan tranquilo, como de costumbre. Siempre conservaba la calma, por difícil que se les presentara la tarea. En su trabajo en la Científica de Uddevalla estaba acostumbrado a solucionar los problemas más dispares.

—Tendremos que practicar un agujero en el hielo e izarlo con una cuerda.

—¿Aguantará el hielo vuestro peso?

—Si los hombres llevan el equipo adecuado, no habrá ningún problema. El mayor riesgo es, en mi opinión, que cuando hagamos el agujero, el tipo se suelte y la corriente lo arrastre bajo el hielo.

—¿Y cómo podemos evitarlo? —quiso saber Patrik.

—Tendremos que hacer un agujero pequeño al principio y luego sujetarlo con ganchos antes de seguir cavando.

—¿Lo habéis hecho ya en alguna ocasión? —Patrik aún no se sentía del todo tranquilo.

—Pues… —Torbjörn tardó en contestar, como si estuviera reflexionando—. No, me parece que nunca se nos ha presentado el caso de un cadáver congelado bajo el hielo. Supongo que lo recordaría.

—Pues sí —dijo Patrik volviendo de nuevo la vista al lugar en que se suponía que estaba el cadáver—. Bien, haced lo que debáis, entre tanto yo iré a hablar con el testigo. —Patrik se dio cuenta de que Mellberg estaba hablando muy interesado con el protagonista del hallazgo. Nunca era buena idea dejar a Bertil mucho tiempo solo con nadie, ni con los testigos ni con la gente en general.

—Hola, Patrik Hedström —se presentó cuando llegó al lugar donde se encontraban Mellberg y el desconocido.

—Göte Persson —respondió el hombre y le estrechó la mano mientras trataba de controlar a un golden retriever que saltaba agitadísimo.

—*Rocky* quiere volver al sitio, me ha costado lo mío traerlo a tierra otra vez —explicó Göte tirando un poco de la correa del perro, para marcar quién tenía el mando.

—¿Lo encontró el perro?

Göte asintió.

—Sí, se adentró en el hielo y se negaba a volver. Se quedó allí parado ladrando. Temía que el hielo se quebrase y que se ahogara, así que me arrastré hasta él. Y cuando lo vi… –El hombre se puso pálido, seguramente al recordar la cara del muerto bajo la superficie escarchada. Sacudió los hombros y el color empezó a volverle a las mejillas–. ¿Tengo que quedarme aquí mucho tiempo? Mi hija va camino de la maternidad. Es mi primer nieto.

Patrik sonrió.

–En ese caso, comprendo que quiera irse. Espera solo unos minutos y le dejaremos ir para que no se pierda nada.

Göte se conformó con aquella respuesta y Patrik continuó haciendo preguntas, aunque pronto comprendió que el testimonio de aquel hombre no les aportaría mucho más. Sencillamente, había tenido la mala suerte de encontrarse en el lugar equivocado y en un mal momento, o quizá en el lugar acertado y en el mejor momento, según el punto de vista. Tras haber tomado nota de su dirección y datos de contacto, Patrik dejó marchar al futuro abuelo que, medio renqueando, se alejó presuroso rumbo al aparcamiento.

Patrik regresó al punto de la orilla que se hallaba más próximo al lugar del hallazgo, donde un hombre trabajaba ya concienzudamente para, a través de un pequeño agujero practicado en el hielo, sujetar el cadáver con una especie de garfio. Por si acaso, se había tumbado boca abajo y se había atado una cuerda alrededor de la cintura. La cuerda llegaba hasta tierra, al igual que la que sujetaba el gancho. Torbjörn no exponía a sus hombres a ningún riesgo.

–En cuanto lo tengamos enganchado, perforaremos hasta conseguir un agujero más grande y lo izaremos. –La voz de Torbjörn le resonó por la izquierda y, como estaba tan concentrado observando el trabajo con el hielo, Patrik se llevó un buen sobresalto.

–¿Lo arrastraréis a tierra una vez lo tengáis fuera?

–No, podríamos perder huellas que haya en la ropa, así que intentaremos meterlo en la bolsa ahí mismo, en el hielo. Y luego lo arrastramos hasta aquí.

—Pero ¿de verdad que puede quedar algún rastro después de tanto tiempo como ha permanecido en el agua? —preguntó Patrik incrédulo.

—Bueno, no creo, la mayoría habrán desaparecido, pero nunca se sabe. Puede que tenga algo en los bolsillos o en los pliegues de la ropa, y más vale no correr riesgos.

—Sí, en eso tienes razón. —Patrik no creía en la posibilidad de que encontrasen algo. Sabía por experiencia que si el cadáver llevaba un tiempo en el agua no solían quedar muchas huellas.

Se hizo sombra con la mano. El sol estaba un poco más alto y, al reflejarse en el hielo, le lloraban los ojos. Los entornó y vio enseguida que ya habían enganchado el garfio al cadáver, porque estaban practicando un gran agujero en el hielo. Poco a poco fueron izando el cuerpo a través del agujero. Estaban demasiado lejos para que Patrik pudiese verlo con detalle, y la verdad, se alegraba de ello.

Otro hombre se acercaba arrastrándose por el hielo. Cuando el cadáver estuvo fuera del agua, dos pares de manos lo metieron con mucho cuidado en un saco negro de plástico que cerraron cuidadosamente. Un gesto de asentimiento a los hombres que esperaban en tierra y la cuerda se estiró. Palmo a palmo, fueron trasladando el saco a tierra. Patrik retrocedió instintivamente cuando lo tuvo demasiado cerca, pero luego se reprendió mentalmente por ser tan melindroso. Les pidió a los técnicos que abrieran el saco y se obligó a mirar la cara del hombre que habían hallado bajo el hielo. Vio confirmadas sus sospechas. Estaba casi completamente seguro de que se trataba de Magnus Kjellner.

Patrik se sintió vacío por dentro mientras sellaban el saco, lo levantaban y lo llevaban a la planicie que había encima de la playa y que servía de aparcamiento. Diez minutos más tarde, el cadáver ya iba camino del instituto forense de Gotemburgo, donde le practicarían la autopsia. Por un lado, eso quería decir que hallarían respuestas, indicios que seguir. Podrían cerrar el caso. Por otro, tendría que informar a la familia en cuanto le confirmaran la identidad. Y aquella tarea no despertaba en él ningún entusiasmo.

Por fin se terminaron las vacaciones. Su padre había recogido todo el equipaje y lo había metido en el coche y en la caravana. Su madre estaba en cama, como siempre. Se la veía más menuda, más pálida si cabe. Y solo ansiaba volver a casa.

Finalmente, su padre le contó por qué ella se encontraba tan mal. En realidad no estaba enferma, sino que tenía un bebé en la barriga. Un hermanito o una hermanita. Él no comprendía cómo podía uno encontrarse tan mal por esa razón pero, al parecer, sucedía, le dijo su padre.

En un primer momento, se alegró muchísimo. Un hermano, alguien con quien jugar. Luego oyó hablar a sus padres y comprendió. Ahora sabía por qué había dejado de ser el niño precioso de su madre, por qué no le acariciaba el pelo como antes ni lo miraba como solía. Ahora sabía quién se la había arrebatado.

La víspera había llegado a la caravana como un indio. Se acercó agazapado y silencioso, caminando de puntillas con los mocasines y con una pluma de ave en el pelo. Era Nube Furiosa, y su madre y su padre eran unos rostros pálidos. Los veía moverse detrás de la cortina de la caravana. Su madre no estaba en la cama, se había levantado y estaba hablando, y Nube Furiosa se alegró de que ella estuviese mejor, de que el bebé ya no la pusiera tan enferma. De hecho, parecía feliz. Nube Furiosa avanzó sigilosamente unos pasos, quería oír mejor la voz jubilosa de los rostros pálidos. Se fue aproximando paso a paso y se acuclilló bajo la ventana abierta y, con la espalda pegada a la pared, aguzó el oído con los ojos cerrados.

Pero los abrió en cuanto la oyó hablar de él. Luego, la negrura lo arrolló con toda su intensidad. Estaba de nuevo con ella, notaba en las fosas nasales aquel olor repugnante, oía el silencio resonándole en la cabeza.

La voz de su madre penetraba el silencio, penetraba lo oscuro. Porque, aun siendo tan pequeño, comprendió a la perfección lo que le había oído decir. Se arrepentía de haberse convertido en su madre. Ahora iban a tener un hijo propio y, de haberlo sabido, jamás lo habría llevado a casa. Y su padre, que, con aquella voz suya gris y cansina, le decía: «Ya, pero ahora lo tenemos con nosotros, de modo que tendremos que hacer lo que podamos».

Nube Furiosa se quedó inmóvil y, en aquel preciso instante, nació el odio. No era capaz de ponerle nombre a aquel sentimiento, pero sabía que era agradable y, al mismo tiempo, doloroso.

De modo que mientras su padre guardaba en el coche la cocina de camping y la ropa y las latas de conserva y el resto de los bártulos, él guardó su odio. Llenaba todo el asiento trasero en el que él iba sentado. Pero no odiaba a su madre, no. ¿Cómo podría hacer tal cosa? Si él la quería.

Odiaba a aquel que se la había arrebatado.

Erica había ido a la biblioteca de Fjällbacka. Sabía que Christian tenía el día libre. Había estado muy bien en el programa Nyhetsmorgon, al menos al final. Luego, cuando empezaron a preguntarle por las amenazas, se puso muy nervioso. Erica lo pasó tan mal viendo cómo sudaba y se ruborizaba hasta las orejas que apagó el televisor antes de que acabase el programa.

Y ahora se encontraba allí, fingiendo que buscaba un libro, mientras pensaba en cómo alcanzar su verdadero objetivo: hablar con May, la compañera de trabajo de Christian. Y es que, cuanto más reflexionaba sobre las cartas, tanto más se convencía de que quien estaba amenazando a Christian no era ningún desconocido. No, tenían algo personal, y la respuesta debía de existir en el entorno de Christian, o en su pasado.

El problema era que siempre se había mostrado extremadamente reservado en lo referido a lo personal. Aquella mañana se levantó con la intención de poner por escrito cuanto le hubiese oído decir sobre su pasado, pero se quedó sentada, bolígrafo en ristre y con el folio en blanco. Tomó conciencia de que no sabía nada, pese a que habían pasado juntos mucho tiempo mientras él trabajaba en la novela y, pese a que, al parecer de Erica, habían intimado y se habían hecho amigos, él jamás le reveló nada. Ni de dónde era, ni cómo se llamaban sus padres ni a qué se dedicaban. Ni dónde había estudiado, ni si había practicado algún deporte de joven, ni quiénes eran sus amigos de juventud ni si aún tenía algún contacto con ellos. No sabía nada en absoluto.

Y solo eso hizo sonar la alarma. Porque uno siempre desvela algún detalle sobre su persona en las conversaciones, siempre ofrece información fragmentaria sobre su pasado y sobre cómo se ha convertido en la persona que es. Y el hecho de que Christian se hubiese sujetado la lengua de aquel modo terminó de persuadir a Erica de que ahí se encontraba la respuesta. La cuestión era, desde luego, si Christian había logrado mantenerse en guardia con todo el mundo. Quizá la colega que trabajaba con él a diario se hubiese enterado de algo.

Erica miraba de reojo a May, que estaba escribiendo algo en el ordenador. Por suerte, estaban solas en la biblioteca, de modo que podrían hablar sin que las molestaran. Finalmente, se decantó por una táctica viable. No podía empezar preguntando directamente acerca de Christian, tenía que actuar con prudencia.

Se llevó la mano a la espalda, exhaló un suspiro y se desplomó pesadamente en una de las sillas que había delante del mostrador de May.

—Sí, debe de ser duro. Son gemelos, tengo entendido —dijo May con una mirada maternal.

—Así es, dos ejemplares llevo aquí dentro —respondió Erica pasándose la mano por la barriga, tratando de dar la impresión de que necesitaba descansar un poco. Aunque no era necesario tanto disimulo: en cuanto se sentó, notó que la zona lumbar se lo agradecía.

—Tú descansa mucho.

—Sí, si ya lo hago —dijo Erica sonriendo—. ¿Has visto a Christian en la tele esta mañana? —añadió al cabo de un instante.

—Por desgracia, me lo he perdido, estaba aquí trabajando. Pero programé el DVD para que lo grabara. O eso creo. No consigo hacerme del todo con esos chismes. ¿Qué tal lo hizo?

—Fenomenal. Es estupendo lo del libro.

—Sí, aquí estamos muy orgullosos de él —aseguró May radiante de alegría—. No tenía la menor idea de que escribiera hasta que oí que su libro saldría publicado. Y menudo libro. ¡Y menudas críticas!

—Sí, es fantástico. —Erica guardó silencio un instante—. Todos los que conocen a Christian deben de estar contentísimos por él. Incluso sus antiguos colegas, supongo. ¿Dónde dijo que trabajaba antes de mudarse a Fjällbacka? —Intentó fingir que lo sabía, solo que no lo recordaba.

—Ummm… —A diferencia de Erica, May sí que parecía estar rebuscando en su memoria de verdad—. Pues sabes qué te digo, ahora que lo pienso, no me lo ha dicho nunca. Qué raro. Pero claro, Christian llegó aquí antes que yo y seguramente no hemos hablado nunca de a qué se dedicaba antes.

—¿Y tampoco sabes de dónde es ni dónde vivía antes de venir a Fjällbacka? —Erica se dio cuenta de que dejaba traslucir un interés excesivo y se esforzó por adoptar un tono más neutro—. Lo estaba pensando esta mañana, mientras veía la entrevista. Siempre me pareció que hablaba el dialecto de Småland, pero esta mañana me pareció oírle un tono de otro dialecto que fui incapaz de reconocer. —No era una mentira sensacional, pero tendría que valer.

May pareció aceptarla.

—No, de Småland no es, eso es seguro. Pero la verdad, yo tampoco tengo ni idea. Claro que él y yo hablamos en el trabajo, y Christian se muestra siempre agradable y solícito. —May parecía estar sopesando cómo formularía la siguiente frase—. Aun así, tengo la sensación de que existe un límite, hasta aquí, ni un paso más. A lo mejor te resulta ridículo, pero nunca le he preguntado por detalles personales porque, de alguna manera, él me ha enviado el mensaje de que no le gustaría.

—Entiendo lo que quieres decir —aseguró Erica—. ¿Y nunca te ha dicho nada así, como de pasada?

May volvió a hacer memoria.

—Pues no, la verdad es que no… Bueno, espera, sí…

—¿Sí? —preguntó Erica maldiciendo su impaciencia.

—Bueno, fue algo insignificante. Pero tuve la sensación… Verás, fue un día que estábamos hablando de Trollhättan, porque yo acababa de volver de visitar a mi hermana, que vive allí. Y parecía conocer la ciudad. Luego reaccionó y empezó a hablar de otra cosa. Y lo recuerdo muy bien porque me extrañó que cambiara de tema de aquella manera tan brusca.

—¿Te dio la sensación de que hubiese vivido allí?

—Sí, eso creo. Aunque ya te digo que no lo puedo asegurar. No era mucho, pero por ahí se podía empezar. Trollhättan.

—¡Pasa, Christian! —Gaby le dio la bienvenida en la puerta y él entró un poco en guardia a aquel paisaje blanco que era la sede de la editorial. Igual de colorido y extravagante que su jefa, así de refinado y luminoso era el despacho. Y quizá fuera esa la idea, porque constituía un fondo en agudo contraste con Gaby, que resaltaba más aún.

—¿Café? —Señaló un perchero que había a la izquierda de la puerta y Christian colgó la cazadora.

—Sí, gracias —respondió siguiendo el repiqueteo de los tacones por el largo pasillo. La cocina era tan blanca como el resto del local, pero las tazas que sacó del armario eran rosa chillón y no parecía haber otros colores entre los que elegir.

—¿*Latte*? ¿*Cappuccino*? ¿*Espresso*? —Gaby señalaba una máquina de café gigante que dominaba la encimera y Christian reflexionó un instante sobre su elección.

—*Latte,* por favor.

—Pues ahora mismo. —La editora alargó el brazo para coger la taza y empezó a pulsar los botones. Cuando la máquina dejó de resoplar, Gaby le hizo a Christian una señal para que la siguiera.

—Nos sentaremos en mi despacho. Aquí hay demasiado tránsito de gente. —Saludó con indiferencia a una chica de unos treinta años que entró en la cocina. A juzgar por el temor que Christian advirtió en los ojos de la mujer, Gaby ataba corto a sus colaboradores.

—Siéntate. —El despacho de Gaby, contiguo a la cocina, era elegante pero impersonal. Ni fotos familiares ni objetos personales peculiares. Nada que pudiera dar una pista de quién era ella en realidad, lo que, según Christian sospechaba, era precisamente el objetivo.

—¡Qué bien has estado esta mañana! —dijo sentándose detrás del escritorio con una sonrisa radiante.

Él asintió, aun sabiendo que ella había notado lo nervioso que estaba. Se preguntaba si tendría algún tipo de remordimiento por haberlo expuesto de aquella manera y por haberlo dejado indefenso ante lo que pudiera suceder.

—Tienes tanto carisma. —Gaby mostró una hilera de dientes blancos. Demasiado blancos, blanqueados, seguramente.

Christian apretaba la taza rosa con las manos empapadas de sudor.

—Vamos a intentar colocarte en más sofás de canales de televisión —continuó parloteando la editora—. Con Carin a las 21:30, con Malou en la Cuatro, quizá en alguno de los programas de concurso. Creo que…

—No voy a salir más en la tele.

Gaby se quedó mirándolo perpleja.

—Perdón, he debido de oír mal. ¿Has dicho que no saldrás más en la tele?

—Me has oído perfectamente. Ya has visto lo que ha pasado esta mañana. Y no me expondré a lo mismo otra vez.

—La tele vende. —A Gaby le aleteaban las fosas nasales—. Esos minutos que has salido en la Cuatro esta mañana darán un nuevo impulso a las ventas. —Repiqueteaba nerviosa con aquellas uñas tan largas sobre la mesa.

—Seguro que sí, pero no me importa. No pienso salir más. —Lo decía de verdad. Ni quería ni podía dejarse ver más de lo que ya lo había hecho. Y ya era mucho, suficiente para provocar. Quizá aún podría evitar el destino si lo detenía todo ahora. Ahora.

—Tú y yo colaboramos, y no puedo vender tu libro, hacer que llegue a los lectores, si no colaboras. Y esa colaboración incluye que participes en la comercialización del libro. —Le habló con un tono frío como el hielo.

A Christian le zumbaba la cabeza. Miraba las uñas rosa de Gaby en contraste con la mesa de color claro y se esforzaba por detener el murmullo, que resonaba cada vez con más fuerza. Se rascó briosamente la palma de la mano izquierda. Sentía un hormigueo bajo la piel. Como un eccema invisible que empeoraba con el roce.

–No pienso salir otra vez –repitió. No era capaz de mirarla a los ojos. El nerviosismo que sintió en un principio ante la idea de la reunión se había convertido ya en pánico. No podía obligarlo. ¿O sí podía? ¿Qué decía, en realidad, aquel contrato que él ni siquiera había leído, eufórico como estaba de que hubiesen aceptado su libro?

La voz de Gaby cortó el zumbido como un cuchillo.

–Esperamos que colabores, Christian. Yo espero que lo hagas. –La irritación de la editora alimentaba el hormigueo y el picor interior. Se rascó con más fuerza aún la palma de la mano, hasta que notó que le escocía. Se miró la mano y vio las líneas sanguinolentas que se había hecho con las uñas. Levantó la vista.

–Tengo que irme a casa.

Gaby lo observó con el ceño fruncido.

–Oye, ¿estás bien? –Y más extrañeza aún le causó ver la palma de la mano llena de sangre–. Christian… –Gaby parecía insegura de cómo continuar y él no pudo más. Las voces le resonaban cada vez más alto, con mensajes que él no quería oír. Todos los interrogantes, todos los vínculos, todo se mezcló hasta que lo único de lo que podía ser consciente era del hormigueo bajo la piel.

Se levantó y salió corriendo del despacho.

Patrik miraba el teléfono. El informe completo del cuerpo que habían encontrado bajo el hielo llevaría mucho más tiempo, pero sabía que podría contar en breve con la confirmación de que en verdad se trataba de Magnus Kjellner. Seguramente, el rumor ya habría empezado a circular por Fjällbacka y no quería que Cia lo supiese por otra vía.

Pero el teléfono no había sonado, por ahora.

–¿Nada? –preguntó Annika asomando la cabeza y mirándolo inquisitiva.

Patrik meneó la cabeza.

—No, pero Pedersen estará a punto de llamar.

—Pues esperemos —dijo Annika y, en el preciso instante en que se daba media vuelta para volver a la recepción, se oyó el timbre. Patrik se abalanzó sobre el auricular.

—Hedström. —Prestó atención y le hizo a Annika una señal. Era Tord Pedersen, del instituto forense—. Sí... Vale... Comprendo... Gracias. —Colgó y respiró aliviado—. Pedersen acaba de confirmarme que se trata de Magnus Kjellner. No puede establecer la causa de la muerte antes de practicarle la autopsia, pero lo que sí puede decir es que Kjellner sufrió agresiones y presenta cortes graves en el cuerpo.

—Pobre Cia.

Patrik asintió. Notaba que le pesaba el corazón en el pecho ante la tarea que tenía por delante. Pese a todo, quería ir a comunicar la noticia personalmente. Se lo debía a Cia, después de todas las veces que había estado en la comisaría, más triste y más consumida cada vez, pero aún abrigando algo parecido a la esperanza. Ya no cabía esperanza alguna y lo único que Patrik podía ofrecerle era la certeza.

—Más vale que vaya y hable con ella de inmediato —dijo poniéndose de pie—. Antes de que se entere por otra vía.

—¿Vas a ir solo?

—No, le diré a Paula que me acompañe.

Fue a avisar a su colega y dio unos golpecitos en la puerta, que estaba abierta.

—¿Es él? —Paula fue al grano, como de costumbre.

—Sí. Voy a ir a hablar con su mujer. ¿Me acompañas?

Paula pareció dudar, pero no era de las que rehuían el deber.

—Sí, por supuesto —dijo antes de ponerse la cazadora y salir detrás de Patrik, que ya iba camino de la salida.

Mellberg les dio el alto en recepción.

—¿Alguna noticia? —preguntó exaltado.

—Sí, Pedersen ha confirmado que se trata de Magnus Kjellner. —Patrik se dio media vuelta para continuar camino del coche policial que había aparcado delante de la comisaría. Pero Mellberg aún no había terminado.

—Se tiró al agua, ¿verdad? Lo sabía, sabía que se había suicidado. Seguro que por problemas con las mujeres o por jugar al póquer por Internet. Lo sabía.

—Pues no parece que sea suicidio. —Patrik sopesaba sus palabras con medida de oro. Sabía por experiencia que Mellberg trataba la información como le venía en gana y que era capaz de generar una catástrofe a partir de unos datos muy sencillos.

—¡Joder! O sea, ¿asesinato?

—Todavía no sabemos mucho. —La voz de Patrik resonó cautelosa—. Lo único que ha podido decir Pedersen hasta el momento es que Magnus Kjellner presenta numerosas heridas de arma blanca.

—Joder —repitió Mellberg—. Como es lógico, eso implica que la investigación recibirá una atención muy distinta. Tenemos que acelerar el ritmo, tenemos que mirar con lupa todo lo que hemos hecho y lo que no hemos hecho. Es verdad que yo no he participado mucho hasta el momento, pero a partir de ahora tenemos que poner al servicio del caso los principales recursos de la comisaría, naturalmente.

Las miradas de Patrik y Paula se cruzaron. Como de costumbre, Mellberg no advirtió el menor indicio de falta de confianza, sino que continuó con el mismo entusiasmo:

—Un repaso general de todo el material, eso es lo que debemos hacer. A las 15:00, quiero que todos se presenten hambrientos y despiertos. Hemos perdido demasiado tiempo. Por Dios santo, ¿cómo habéis podido tardar tres meses en encontrar al tipo? Es una vergüenza. —Miraba severamente a Patrik, que tuvo que reprimir un impulso pueril para no darle a su jefe una patada en las espinillas.

—A las 15:00, claro. Entendido. Pero sería bueno que pudiéramos irnos ya. Paula y yo íbamos a ver a la mujer de Magnus Kjellner.

—Sí, sí —respondió Mellberg impaciente despachándolos entre aspavientos. Luego pareció sumirse en sesudas cavilaciones

121

sobre cómo delegar los cometidos de lo que había resultado ser una investigación de asesinato.

Erik había tenido el control toda su vida. Siempre era el que decidía, el cazador. Ahora, por el contrario, alguien quería darle caza a él, alguien desconocido a quien no podía ver. Y eso lo asustaba más que nada. Todo sería más fácil si comprendiera quién lo perseguía. Pero, sinceramente, lo ignoraba.

Había dedicado un tiempo considerable a reflexionar sobre ese asunto, a inventariar su vida. Había repasado todas las mujeres, los contactos laborales, los amigos y enemigos. No podía negar que había dejado tras de sí ira y amargura. Pero ¿odio también? De eso no estaba tan seguro. Sin embargo, las cartas que recibía destilaban odio puro y un deseo innegable de venganza. Ni más ni menos.

Por primera vez en su vida, Erik se sentía solo en el mundo. Por primera vez, comprendió lo fina que era la capa de barniz, lo poco que, a la hora de la verdad, significaban el éxito y las palmaditas en la espalda. Incluso había considerado la posibilidad de confiárselo a Louise. O a Kenneth. Pero nunca encontraba un momento en que ella no lo mirase con desprecio. Y Kenneth era siempre tan servil… Ni la actitud de ella ni la de él eran propicias para confidencias. Ni para ayudarle con el desasosiego que llevaba sintiendo desde que empezó a recibir las cartas.

No tenía con quien contar. Y sabía que él era el artífice de su aislamiento y se conocía lo bastante bien como para saber que no habría actuado de otra forma de haber tenido la oportunidad. El éxito tenía un sabor demasiado dulce. La sensación de ser superior, de saberse admirado, era demasiado embriagadora. No se arrepentía de nada, pero sí le habría gustado poder contar con alguien.

A falta de otra cosa, decidió buscar lo que consideraba casi lo mejor. Sexo. Nada lo hacía sentirse más invencible como fuera de control. Y no tenía nada que ver con la pareja, que había ido cambiando a lo largo de los años hasta el punto de que ya no podía relacionar los nombres con las caras. Recordaba que había una mujer que tenía unos pechos perfectos, pero por más que se esforzara, no lograba evocar la imagen de la cara que les correspondía. Y a otra que tenía un sabor increíble, que lo hacía desear usar la lengua, aspirar el aroma. Pero ¿cuál era el nombre? No tenía ni idea.

En aquellos momentos era Cecilia y no creía que fuese a recordarla por nada en particular. Era un instrumento. En todos los sentidos. Totalmente aceptable en la cama, pero no como para hacer cantar a los ángeles. Un cuerpo lo bastante bien formado como para que se le levantara, pero nada que echase de menos cuando se hallaba en su cama, cerraba los ojos y se lo hacía solo. Cecilia existía, era accesible y complaciente. Ahí radicaba su principal atracción, y Erik sabía que no tardaría en cansarse de ella.

Pero en aquellos momentos era más que suficiente. Llamó impaciente al timbre con la esperanza de no tener que darle demasiada conversación antes de poder penetrarla y sentir cómo se relajaban las tensiones.

Comprendió que sus esperanzas se verían frustradas en cuanto ella le abrió la puerta. Le había enviado un mensaje al móvil preguntándole si podía pasarse por allí y ella le había contestado con un «sí». Ahora se dijo que debería haberla llamado para comprobar de qué humor estaba. Porque la veía resuelta. Ni enfadada ni disgustada, no. Solo resuelta y serena. Y aquella actitud lo inquietaba más que si hubiese estado enfadada.

—Pasa, Erik —le dijo invitándolo a entrar.

Erik. Nunca era buena cosa que utilizara su nombre de aquella manera. Significaba que pretendía imprimir más peso a lo que dijera. Que quería atraer toda su atención. Y se preguntó si aún podría darse media vuelta, decir que tenía que irse a casa y evitar por todos los medios entrar en su juego.

Pero la puerta ya estaba de par en par y Cecilia iba camino de la cocina. No tenía elección. Muy a su pesar, cerró la puerta, se quitó el abrigo y fue tras ella.

—Qué bien que hayas venido. Estaba pensando en llamarte –le dijo Cecilia.

Erik se puso de espaldas a la encimera, se echó hacia atrás y se cruzó de brazos. Esperando. Ahora empezaría, como siempre. Aquel baile. En el que ellas querían llevar la voz cantante, tomar el mando y avanzar, cuando empezaban a imponer condiciones y a exigir promesas que él nunca podría hacer. A veces, aquellos momentos le proporcionaban cierta satisfacción. Disfrutaba al ir pulverizando aquellas esperanzas tan patéticas. Pero hoy no. Hoy necesitaba sentir piel desnuda y olores dulces, trepar hasta la cima y experimentar aquella dulce pérdida agotadora. Era lo que habría necesitado para mantener a distancia a aquel que lo perseguía. Que aquella mujer estúpida hubiese elegido precisamente ese día para que le destrozara sus sueños…

Erik permaneció inmóvil, mirando fríamente a Cecilia que, muy serena, le sostuvo la mirada. Aquello era una novedad. Solía ver nerviosismo, mejillas que se encendían ante el esfuerzo de la carrera que pensaban emprender, euforia al haber encontrado en su fuero interno «el valor» para exigir aquello a lo que se creían con derecho. Pero Cecilia se quedó allí, delante de él, sin bajar la vista.

Abrió la boca en el instante en que a Erik empezó a sonarle el teléfono en el bolsillo. Abrió el mensaje y lo leyó. Una única frase. Una frase que hizo que se le doblaran las piernas. Y al mismo tiempo, en algún lugar lejano, oía la voz de Cecilia. Le hablaba a él, le decía algo. Eran palabras imposibles de asimilar, pero ella lo obligó a escucharlas, obligó a su cerebro a dotar las sílabas de significado.

—Erik, estoy embarazada.

Recorrieron en silencio todo el camino hasta Fjällbacka. Paula le preguntó si quería que lo hiciera ella, pero él negó con la cabeza. Habían ido a buscar a Lena Appelgren, la pastora, que iba en el asiento trasero. Tampoco ella había dicho nada desde que se enteró de los detalles que necesitaba conocer.

Cuando entraron en el acceso a la casa de los Kjellner, Patrik lamentó haber cogido el coche policial en lugar de su Volvo. Al verlo, Cia solo podía interpretarlo de un modo.

Llamó al timbre. Cinco segundos más tarde, Cia les abrió la puerta y Patrik comprendió por la expresión de su cara que había visto el coche y había sacado sus conclusiones.

—Lo habéis encontrado —dijo abrigándose con la chaqueta cuando notó el frío invernal que entraba por la puerta abierta.

—Sí —confirmó Patrik—. Lo hemos encontrado.

Cia pareció serena por un instante, pero luego fue como si las piernas hubiesen cedido bajo su peso y se desplomó en el suelo del recibidor. Patrik y Paula la levantaron y, apoyada en ambos, la condujeron a la cocina, donde pudo sentarse.

—¿Quieres que llamemos a alguien? —preguntó Patrik sentándose a su lado y cogiéndole la mano.

Cia reflexionó un segundo. Tenía la mirada quebrada y Patrik supuso que le costaba enlazar las ideas.

—¿Quieres que vayamos a buscar a los padres de Magnus? —le sugirió amablemente, y Cia asintió.

—¿Ellos lo saben?

—No —respondió Patrik—. Pero en estos momentos están hablando con ellos otros dos policías. Puedo llamar y preguntarles si quieren venir.

Pero no hizo falta. Otro coche policial aparcó al lado del de Patrik, que comprendió que Gösta y Martin ya se lo habían comunicado a los padres de Magnus, a los que vio salir del coche. Entraron sin llamar y Patrik oyó que Paula, que había salido al pasillo, hablaba en voz baja con Gösta y Martin. Luego, por la ventana de la cocina, los vio salir de nuevo al frío invernal, antes de subir al coche y alejarse de allí.

Paula volvió a la cocina, seguida de Margareta y Torsten Kjellner.

—Me parecía que cuatro policías éramos demasiados, de modo que les dije que volvieran a la comisaría. Espero haber acertado —dijo la agente. Patrik asintió.

Margareta se acercó a Cia y la abrazó. Y en el abrazo de su suegra, dejó escapar el primer sollozo y después fue como si el dique hubiera cedido dando paso a las lágrimas, que acudían entre largos hipidos. Torsten estaba pálido y ausente, y la pastora se acercó y se presentó.

–Siéntese usted también, voy a poner café –dijo Lena. Solo la conocían de vista y ella sabía que ahora su cometido consistía en mantenerse en un segundo plano e intervenir solo si era necesario. Ningún comunicado de aquel tipo se parecía a los demás y a veces no tenía más que infundir serenidad y preparar algo caliente para beber. Empezó a rebuscar en los armarios y, al cabo de unos minutos, encontró lo que necesitaba.

–Venga, Cia –decía Margareta acariciándole la espalda. Al mirar por encima de la cabeza de su nuera, su mirada se cruzó con la de Patrik, que tuvo que vencer el impulso de apartarla del dolor tan profundo que halló en los ojos de una madre que acaba de saber que ha perdido a su hijo. Aun así, era lo bastante fuerte para consolar a su nuera. Había mujeres tan fuertes que nada podía quebrarlas. Vencerlas sí, pero quebrarlas, nunca.

–Lo siento. –Patrik se volvió al padre de Magnus, que estaba allí sentado con la mirada perdida. Torsten no respondió.

–Aquí viene el café. –Lena le sirvió una taza y le puso la mano en el hombro unos segundos. Al principio, el hombre no reaccionó, pero luego dijo con voz débil:

–¿Azúcar?

–Ahora mismo. –Lena empezó a rebuscar de nuevo, hasta que encontró un paquete de azucarillos.

–No lo comprendo… –dijo Torsten cerrando los ojos. Luego volvió a abrirlos–: No lo comprendo. ¿Quién querría hacer daño a Magnus? No creo que nadie quisiera hacerle daño a nuestro hijo, ¿verdad? –Miró a su mujer, pero ella no lo oía. Seguía agarrada a Cia, a cuyo jersey gris se extendía cada vez más la mancha húmeda de las lágrimas.

–No lo sabemos, Torsten –confesó Patrik, y asintió agradecido a la pastora, que le ofreció también a él una taza de café, antes de sentarse con ellos.

—Y entonces ¿qué sabéis? —A Torsten se le hizo un nudo de ira y de dolor en la garganta.

Margareta le advirtió con la mirada: «Ahora no, no es momento».

Él se doblegó ante la severidad de su mujer y alargó el brazo para coger unos terrones que removió despacio.

Se hizo el silencio en torno a la mesa. Cia empezaba a serenarse, pero Margareta seguía abrazándola, dejando a un lado, por ahora, su propio dolor.

Cia levantó la cabeza. Tenía las mejillas surcadas de lágrimas y casi se le quebró la voz cuando dijo:

—Los niños. Ellos no saben nada. Están en la escuela, tienen que venir a casa.

Patrik asintió. Luego se levantó y Paula y él se encaminaron al coche.

*S*e tapaba los oídos. No comprendía cómo alguien tan pequeño podía armar tanto jaleo, ni cómo algo tan feo podía atraer tanta atención.

Todo había cambiado tras las semanas de vacaciones en el camping. Su madre se había ido poniendo cada vez más gorda, hasta que se marchó una semana de casa, para luego volver con una hermanita. Él había hecho algunas preguntas, pero nadie se preocupó por contestarlas.

En realidad, nadie se preocupaba ya por él en general. Su padre estaba como siempre. Y su madre solo tenía ojos para aquel bulto arrugado. A todas horas llevaba en brazos a la hermanita, que no dejaba de llorar. A todas horas andaba dándole de comer, cambiándola, haciéndole carantoñas y cantándole. Él, en cambio, era un estorbo y, cuando su madre se fijaba en él, era para reñirle. A él no le gustaba, pero cualquier cosa era mejor que cuando ignoraba su presencia como si fuera aire.

Lo que más la irritaba era que comiera demasiado. Era muy estricta con la comida. «Uno tiene que pensar en su aspecto», solía decir cuando su padre quería un poco más de salsa.

Él, en cambio, últimamente repetía siempre. No solo una vez, sino dos o tres. Al principio, su madre intentó impedírselo, pero él la miraba y, con movimientos excesivamente lentos, se ponía más salsa o más puré. Y ella terminó por rendirse y ya solo lo miraba irritada. Y las raciones eran cada vez más grandes. Una parte de él disfrutaba observando la repugnancia que reflejaba la mirada de su madre cuando él abría la boca y engullía la comida. Al menos entonces lo miraba. Ya nadie lo llamaba mi niño precioso. Ya no era precioso, era feo. Por fuera y por dentro también. Pero ella no lo desatendía.

Su madre solía acostarse cuando el bebé dormía en la cuna. Entonces se acercaba a la hermanita. Si no, no lo dejaban tocarla. Desde luego, no cuando su madre lo veía. «Quita esas manos, las tendrás sucias.» Pero cuando su madre dormía, él podía mirarla. Y tocarla también.

Ladeó la cabeza observándola. Tenía la cara como la de una viejecilla. Un poco enrojecida. Dormía con los puños cerrados y se movía. Se había quitado la manta pataleando en sueños, pero él no la tapó. ¿Por qué iba a hacerlo? Ella se lo había arrebatado todo.

Alice. Hasta el nombre le parecía odioso. Odiaba a Alice.

—Quiero que mis joyas sean para las niñas de Laila.

—Lisbet, por favor, ¿no podemos dejarlo por ahora? —Le cogió la mano, que descansaba flácida sobre el edredón. Él la apretó y notó la fragilidad de sus huesos. Como los de un pajarillo.

—No, Kenneth, no puede esperar. No estaré tranquila sabiendo que te lo dejo todo hecho un auténtico lío —sonrió.

—Pero… —Kenneth carraspeó e hizo un nuevo intento—. Es tan… —Se le quebró la voz una vez más y notó que se le llenaban los ojos de lágrimas. Se las enjugó rápidamente. Tenía que aguantar, debía ser fuerte. Pero el llanto terminó por humedecer las sábanas estampadas, de las primeras que tuvieron, ahora desgastadas y descoloridas de tantos lavados. Él las ponía siempre, porque sabía que a ella le encantaban.

—Delante de mí no tienes que fingir —le dijo Lisbet acariciándole la cabeza.

—Acariciándome la calva, ¿no? —preguntó Kenneth intentando sonreír, y ella le guiñó un ojo.

—Siempre he pensado que eso de tener pelo en la cabeza estaba sobrevalorado, ya lo sabes. Es mucho más elegante cuando la calva brilla un poco.

Kenneth se echó a reír. Ella siempre había sabido hacerlo reír. ¿Quién lo haría en adelante? ¿Quién le daría un beso en la calva y le diría que era una suerte que Dios hubiese previsto una pista de aterrizaje para besos en mitad de su cabeza? Kenneth sabía que no era el hombre más guapo del mundo pero, a los ojos de Lisbet, siempre lo fue. Y todavía le resultaba extraordinario que él hubiese conseguido una mujer tan guapa. Incluso ahora que el cáncer se había llevado todo y la había devorado por dentro. La entristeció mucho perder el pelo y él intentaba recurrir a la misma broma que ella, que Dios había construido una pista de aterrizaje para sus besos. Ella sonreía, pero la sonrisa no afloraba a los ojos.

Siempre se sintió orgullosa de su pelo. Rubio y rizado. Y él la había visto llorar delante del espejo, cuando se pasaba la mano por los escasos mechones que le quedaron después del tratamiento. A él le seguía pareciendo guapa, pero era consciente de lo mucho que ella sufría. De modo que lo primero que hizo cuando le surgió un viaje a Gotemburgo fue entrar en una *boutique* y comprarle un fular Hermès. Lisbet se moría por un pañuelo de esos, pero siempre protestaba cuando Kenneth quería comprárselo. «No se puede pagar tanto dinero por un trozo de tela tan pequeño», le decía cuando él intentaba convencerla.

Pero en esta ocasión lo compró de todos modos. El más caro que tenían. Ella se incorporó en la cama con esfuerzo y abrió el paquete, sacó el fular del hermoso envoltorio y se acercó al espejo. Y, sin apartar la vista de la cara, se anudó en la cabeza el rectángulo de seda brillante con estampado en amarillo y oro, que ocultó los mechones, las zonas sin pelo. E hizo aflorar de nuevo a los ojos el brillo que tan duro tratamiento le había arrebatado junto con el pelo.

Lisbet no dijo una palabra, únicamente se acercó a Kenneth, que estaba sentado en el borde de la cama, y le dio un beso en plena calva. Luego, volvió a acostarse. Se apoyó en el almohadón blanco que hacía resplandecer el dorado del pañuelo. A partir de aquel día, siempre lo llevó en la cabeza.

—Quiero que Annette se quede con aquella cadena de oro tan gruesa y Josefine, con las perlas. El resto pueden repartírselo como quieran, y esperemos que no discutan. —Lisbet se echó a reír, a sabiendas de que las hijas de su hermana no tendrían ningún problema para ponerse de acuerdo en el reparto de las joyas que tenía.

Kenneth se estremeció. Se había perdido en los recuerdos y aquello lo arrancó del pasado de un modo brutal. Comprendía a su mujer y su necesidad de dejarlo todo arreglado antes de abandonar esta vida. Al mismo tiempo, no soportaba nada de aquello que le recordaba lo inevitable, lo que, según los entendidos, ya no se demoraría en llegar. Habría dado cualquier cosa por no tener que estar así, con aquella mano frágil entre las suyas, oyendo cómo la mujer a la que quería repartía sus bienes materiales.

—Y no quiero que te quedes solo el resto de tu vida. Procura salir de vez en cuando, para que veas el panorama, pero ni se te ocurra poner uno de esos anuncios de Internet, porque yo creo que...

—Venga ya, déjalo —le dijo acariciándole la mejilla—. ¿De verdad crees que habría alguna mujer que pudiera compararse contigo? Pues lo mejor es no intentarlo siquiera.

—Pero es que no quiero que te quedes solo —respondió muy seria, apretándole la mano tanto como podía—. ¿Me oyes? Hay que seguir adelante. —La frente se le perló de sudor y Kenneth se la secó dulcemente con el pañuelo que había en la mesita.

—Ahora estás aquí. Y eso es lo único que me importa.

Guardaron silencio un instante, mirándose a los ojos. Allí estaba toda la vida que habían compartido. La gran pasión del comienzo, que nunca desapareció del todo, por más que el día a día la menoscabara a veces. Todas las risas, la camaradería, la intimidad. Todas las noches que pasaron juntos, muy juntos, cuando ella reposaba con la mejilla en el pecho de él. Tantos años pensando en hijos que no llegaron, las esperanzas que arrastraban ríos de color rojo, pero que al final desembocaron en la serenidad de quien acepta las cosas como son. Aquella vida llena de amigos, de aficiones, de amor mutuo.

El móvil de Kenneth sonó en el recibidor. Se quedó sentado, sin soltarle la mano. Pero el aparato seguía sonando y, finalmente, ella le hizo un gesto de asentimiento.

—Más vale que contestes. Quien sea parece tener mucho interés en hablar contigo.

Kenneth se levantó a disgusto y, una vez en el recibidor, cogió el teléfono de la cómoda. «Erik», leyó en la pantalla. Una vez más, notó que lo inundaba una oleada de irritación. Incluso en aquellas circunstancias invadía su tiempo.

−¿Sí? −respondió sin esforzarse por esconder su reacción. Sin embargo, esta fue cambiando mientras escuchaba. Tras formular varias preguntas breves, colgó y volvió con Lisbet. Respiró hondo, sin apartar la mirada de la cara de su mujer, tan marcada por la enfermedad pero, a sus ojos, tan hermosa, ribeteada por aquel halo dorado y amarillo.

−Parece que han encontrado a Magnus. Está muerto.

Erica había intentado llamar a Patrik varias veces, pero no obtuvo respuesta. Debía de tener mucho trabajo en la comisaría.

Estaba en casa, delante del ordenador, buscando información en Internet. Ponía todo su empeño en concentrarse, pero no había forma, era obvio que resultaba imposible, con dos pares de piececillos dando patadas en la barriga. Y le costaba controlar sus pensamientos. La inquietud. Los recuerdos de la primera época con Maja, que tan lejos estuvo de la felicidad de color de rosa que ella había imaginado. Cuando Erica pensaba en aquellos meses, tenía la sensación de que era como un agujero negro en el tiempo, y ahora le esperaba el doble de lo mismo. Dos que alimentar, que se despertaban, que exigían toda su atención, todo su tiempo. Quizá fuese egoísta, quizá por eso le costaba tanto poner todo su ser, toda su existencia, en manos de otra persona. En manos de sus hijos. Aquello la angustiaba y, al mismo tiempo, le daba cargo de conciencia. Porque ¿con qué derecho se preocupaba por tener dos hijos más, dos regalos al mismo tiempo? Pero se preocupaba. Tanto que se rompía por dentro. Al mismo tiempo, ahora sabía cuál era el resultado. Maja era una alegría tan inmensa que Erica no lamentaba un solo segundo de aquel tiempo tan difícil. Aun así, ahí estaba el recuerdo, un recuerdo que dolía.

De repente notó una patada tan fuerte que se quedó sin respiración. Alguno de los pequeños, o tal vez los dos, tenía sin duda talento futbolístico. El dolor la devolvió al presente. Era consciente de que las cavilaciones en torno a Christian y las cartas eran seguramente algo con lo que prefería ocuparse para no pensar ni preocuparse tanto, pero, si era así, bien estaba.

Entró en Google y tecleó su nombre: «Christian Thydell». Aparecieron varias páginas de resultados, todas ellas sobre el libro, ninguna relativa a algún hecho del pasado. Lo intentó añadiendo la palabra Trollhättan. Ningún resultado. Si había vivido allí, debió de dejar algún rastro. Debía ser posible averiguar algo más. Erica pensaba, mordiéndose la uña del pulgar. ¿Estaría totalmente desencaminada? En realidad, nada indicaba que el remitente de las cartas fuese alguien que conociera a Christian antes de que este llegara a Fjällbacka.

Aun así, Erica siempre volvía a la pregunta de por qué se mostraba tan celoso de mantener en secreto su pasado. Era como si hubiera borrado la época anterior a su traslado a Fjällbacka. ¿O quizá era solo con ella con quien no quería hablar? La idea le molestaba, pero no podía quitársela de la cabeza. Claro que tampoco parecía haberse sincerado mucho en el trabajo, pero no era lo mismo. Ella tenía la sensación de que Christian y ella habían alcanzado cierto grado de intimidad mientras estuvieron trabajando en la novela, dando vueltas a ideas y reflexiones, discutiendo los tonos y matices de las palabras. Pero en realidad, tal vez estuviese equivocada por completo.

Erica comprendió que debería hablar con algún otro amigo de Christian antes de dejar volar la imaginación. Pero ¿con cuál? Solo tenía una vaga idea de con quiénes se relacionaba Christian. El primero que se le ocurrió fue Magnus Kjellner, pero a menos que ocurriera un milagro, él no constituía una alternativa. Parecía que Christian y Sanna se relacionaban también con Erik Lind, el dueño de la constructora, y con su socio Kenneth Bengtsson. Erica no tenía la menor idea del grado de intimidad ni de cuál de los dos le proporcionaría más información. Además: ¿cómo reaccionaría Christian si averiguase que estaba interrogando a sus amigos y conocidos?

Finalmente, decidió dejar a un lado sus reparos. Su curiosidad era mayor. Y, sobre todo, lo hacía por el bien de Christian.

Si él no quería enterarse de quién le enviaba aquellas amenazas, ella tendría que averiguarlo por él.

De repente, tuvo clarísimo con quién debía hablar.

Ludvig miró otra vez el reloj. Pronto sería la hora de la pausa. Las mates eran la peor asignatura con diferencia y, como de costumbre, el tiempo transcurría a paso de tortuga. Faltaban cinco minutos. Hoy su descanso coincidía con el del grupo 7A, lo que implicaba que coincidía con el de Sussie. Ella tenía la taquilla en la hilera detrás de la suya y, con un poco de suerte, llegarían al mismo tiempo a guardar los libros después de clase. Llevaba más de seis meses enamorado de ella. Nadie lo sabía, salvo Tom, su mejor amigo. Y Tom sabía que sufriría una muerte lenta y dolorosa si se chivaba.

Sonó el timbre y Ludvig cerró despacio el libro de mates y salió corriendo del aula. Iba mirando a su alrededor mientras se dirigía a las taquillas, pero no vio a Sussie. Tal vez ellos no hubiesen terminado aún.

Pronto se atrevería a hablar con ella. Lo tenía decidido. Solo que no sabía cómo empezar ni qué decir. Había intentado convencer a Tom de que se hiciese el encontradizo con alguna de sus amigas, por si él podía acercársele así, pero Tom se negó, así que Ludvig tenía que ingeniar otro método.

Cuando llegó a las taquillas no vio a nadie. Abrió la puerta, dejó los libros y volvió a cerrar. Quizá hoy no hubiese ido a la escuela. Tampoco la había visto a lo largo de la mañana, podría estar enferma o no tener clase. La idea lo hundió de tal modo que incluso llegó a pensar en saltarse la última clase. Alguien le dio un golpecito en el hombro y Ludvig dio un respingo.

—Perdona, Ludvig, no era mi intención darte un susto.

Era la directora. Estaba pálida y muy seria y Ludvig comprendió en una fracción de segundo para qué lo buscaba. Sussie y todo lo que hacía un momento le parecía tan importante se esfumó de pronto y en su lugar apareció un dolor tan profundo que pensó que no cesaría jamás.

—Quisiera que me acompañaras a mi despacho. Elin ya está allí.

Ludvig asintió. No tenía sentido preguntar el motivo, él ya lo sabía. El dolor le irradiaba hasta las yemas de los dedos y no sentía los pies, que seguían los pasos de la directora. Los movía hacia delante, porque sabía que era lo que debía hacer, pero no sentía nada.

Algo más al fondo del pasillo, a medio camino hacia el despacho de la directora, se cruzó con Sussie, que lo miró directamente a los ojos. Era como si hubiera pasado un siglo desde que ese gesto le importara. Nada había, salvo el dolor. A su alrededor, todo resonaba vacío.

Elin rompió a llorar en cuanto lo vio. Seguramente habría estado tratando de combatir el llanto y, tan pronto como Ludvig cruzó el umbral, salió corriendo hacia él y se le echó en los brazos. Él la abrazó fuerte y empezó a acariciarle la espalda mientras lloraba.

El policía al que había visto en varias ocasiones aguardaba algo apartado en tanto que ellos se daban consuelo. Hasta ahora no había dicho una palabra.

—¿Dónde lo encontraron? —preguntó Ludvig al fin, sin ser consciente de haber formulado la pregunta. Ni siquiera estaba seguro de querer oír la respuesta.

—En Sälvik —dijo el policía que, según creía recordar, se llamaba Patrik. Su colega se hallaba unos pasos atrás y parecía un tanto indecisa. Ludvig la comprendía. Él tampoco sabía qué decir. Ni qué hacer.

—Habíamos pensado llevaros a casa. —Patrik le hizo un gesto a Paula para que se adelantara. Elin y Ludvig los siguieron. En la puerta, Elin se detuvo y se dirigió a Patrik:

—¿Se ahogó?

Ludvig también se paró, pero se dio cuenta de que el policía no pensaba decir nada más por el momento.

—Vamos a casa, Elin. Ya hablaremos de eso —respondió Ludvig en voz baja, cogiéndola de la mano. En un primer momento, ella se resistió. No quería irse, no quería saber. Luego echó a andar.

–Pues oye… –Mellberg hizo una pausa de efecto. Señaló el corcho en el que Patrik había clavado cuidadosamente con chinchetas todo el material relativo a la desaparición de Magnus Kjellner–. Aquí he colgado lo que tenemos, y no es que sea para tirar cohetes. Después de tres meses, esto es lo que habéis conseguido. Pues os diré solo una cosa, tenéis una suerte loca de estar aquí, en un pueblo, y no en la vorágine de Gotemburgo. ¡Allí habríamos terminado el trabajo en una semana!

Patrik y Annika intercambiaron una mirada elocuente. El período que Mellberg estuvo prestando servicio en Gotemburgo se había convertido en un tema recurrente desde que llegó a Tanumshede como jefe de Policía. Ahora al menos parecía haber perdido la esperanza de que volvieran a darle el traslado, una esperanza que solo él creía que pudiera cumplirse un día.

–Hemos hecho cuanto hemos podido –replicó Patrik con tono cansino. Era consciente de lo vano que resultaría el intento de rebatir las acusaciones de Mellberg–. Además, hasta hoy no era una investigación de asesinato. Lo hemos llevado como una desaparición.

–Bueno, bueno. ¿Podrías exponer brevemente lo ocurrido, dónde apareció el cadáver y cómo, y la información que haya proporcionado Pedersen hasta ahora? Naturalmente, lo llamaré luego, hasta ahora no he tenido tiempo. Entretanto, nos apañaremos con lo que tengas tú.

Patrik refirió los sucesos del día.

–¿De verdad que estaba atrapado en el hielo? –Martin Molin miró a Patrik con un escalofrío.

–Luego podremos ver fotografías del lugar, pero sí, se había congelado en el agua. Si el perro no se hubiese adentrado por la capa helada, habríamos tardado bastante en encontrar a Magnus Kjellner. Si es que lo encontrábamos. En cuanto el hielo hubiera empezado a derretirse, se habría soltado y se lo habría llevado la corriente. Podría haber aparecido en cualquier parte. –Patrik meneó la cabeza.

—Lo que significa que no podemos establecer dónde y cuándo lo arrojaron al agua, ¿no? —preguntó Gösta sombrío, acariciando distraído a *Ernst,* que se le había pegado a la pierna.

—El hielo no cuajó hasta diciembre. Tendremos que esperar el dictamen de Pedersen para saber cuánto tiempo calcula que lleva muerto Magnus Kjellner, pero yo diría que murió poco después de que denunciaran su desaparición. —Patrik hizo un gesto de advertencia con el dedo—. Pero, como decía, no disponemos de datos que apoyen esa hipótesis, de modo que no podemos trabajar basándonos en ella.

—Ya, pero parece lógico —observó Gösta.

—Has mencionado que presentaba varias heridas, ¿qué sabemos al respecto? —Paula entornó los ojos castaños mientras tamborileaba impaciente con el bolígrafo en un bloc que tenía en la mesa.

—Pues tampoco me dio mucha información sobre ese particular, ya sabéis cómo es Pedersen. No le gusta nada revelar ningún detalle antes de haber efectuado un examen exhaustivo. Solo me dijo que lo habían agredido y que presentaba cortes profundos.

—Lo que probablemente signifique que lo hirieron con una navaja —completó Gösta.

—Sí, probablemente.

—¿Cuándo tendremos la información de Pedersen? —Mellberg se había sentado a un extremo de la mesa y llamó al perro chasqueando los dedos. *Ernst* se alejó enseguida de Gösta y apoyó la cabeza en la rodilla de su dueño.

—Le hará la autopsia a finales de esta semana —dijo—. Así que para el fin de semana, con un poco de suerte, o a principios de la semana que viene. —Patrik dejó escapar un suspiro. Había ocasiones en que aquella profesión no casaba bien con su carácter impaciente. Quería las respuestas ya, no dentro de una semana.

—¿Y qué sabemos de la desaparición? —Mellberg sostenía la taza de café vacía delante de Annika, que fingió no darse cuenta. El jefe hizo otro intento con Martin Molin, y esta vez sí funcionó.

Martin no había adquirido aún el carisma necesario para resistir. Mellberg se retrepó en la silla satisfecho, mientras el más joven de sus colegas se encaminaba a la cocina.

—Sabemos que salió de casa poco después de las ocho de la mañana. Cia trabaja en Grebbestad y se fue hacia las siete y media. Trabaja media jornada en una inmobiliaria. Los niños tienen que marcharse a eso de las siete para poder coger el autobús. —Patrik hizo una pausa para tomar un sorbo del café que Martin les iba sirviendo a todos, y Paula aprovechó el inciso para hacer una pregunta.

—¿Y cómo sabes que se fue de su casa poco después de las ocho?

—Porque un vecino lo vio salir a esa hora.

—¿En coche?

—No, Cia había cogido el único coche que tienen y, según cuenta, Magnus iba siempre a pie.

—Ya, pero a Tanum no, ¿verdad? —intervino Martin.

—No, iba en el coche de un colega, Ulf Rosander, que vive cerca del campo de minigolf. Y hasta allí sí iba caminando. Pero la mañana en cuestión, llamó a Rosander para decirle que llevaba un poco de retraso y que se fuera sin él, así que no se presentó en su casa.

—¿Y estamos seguros de eso? —intervino Mellberg—. ¿Hemos investigado a fondo a ese Rosander? En realidad, solo tenemos su palabra.

—Gösta estuvo hablando con Rosander y nada, ni lo que dijo ni su conducta, indica que esté mintiendo —aseguró Patrik.

—O quizá no lo hayáis presionado lo suficiente —insistió Mellberg anotando algo en el bloc. Alzó la vista y la clavó en Patrik—. Tráelo y apriétale las tuercas un poco más.

—¿No te parece una medida un tanto drástica? La gente podría empezar a mostrarse reacia a hablar con nosotros si nos dedicamos a traer a los testigos a comisaría —objetó Paula—. ¿No podríais ir Patrik y tú a verlo a Fjällbacka? Aunque sé que ahora tienes mucho que hacer, de modo que, si quieres, puedo ir yo en tu lugar —dijo guiñándole un ojo a Patrik discretamente.

—Ummm… pues tienes razón. Tengo la mesa atestada. Muy bien pensado, Paula. Patrik y tú iréis a visitar de nuevo al tal… Rosell.

—Rosander —lo corrigió Patrik.

—Pues eso he dicho —replicó Mellberg mirando a Patrik con encono—. De todos modos, Paula y tú hablaréis con él. Creo que podemos sacar algo más. —Hizo un gesto de impaciencia con la mano—. Bueno, ¿y además? ¿Qué más habéis hecho?

—Hemos hablado con todos los vecinos de la calle que Magnus debería haber recorrido si hubiera ido a casa de Rosander como de costumbre. Pero nadie lo vio. Claro que de ahí no podemos sacar conclusiones, la gente tiene más que de sobra con el trajín propio de las mañanas —observó Patrik.

—Es como si se hubiera esfumado en el preciso instante en que salió por la puerta de su casa… hasta que lo encontramos en el hielo. —Martin miraba con resignación a Patrik, que se esforzó por sonar más optimista de lo que realmente se sentía.

—Nadie se esfuma sin más. Habrá huellas en algún lugar. Y lo único que debemos hacer es encontrarlas. —Patrik comprendió que empezaba a soltar futilidades, pero, por el momento, no tenía nada más que ofrecer.

—¿Y su vida privada? ¿Hemos indagado lo suficiente? ¿Hemos sacado del armario todos los cadáveres? —Mellberg se echó a reír con su propia broma, pero nadie lo secundó.

—Los mejores amigos de Magnus y Cia eran Erik Lind, Kenneth Bengtsson y Christian Thydell. Y sus mujeres. Hemos hablado con ellos y con la familia de Magnus, y lo único que hemos sacado en claro es que Magnus Kjellner era un padre abnegado y un buen amigo. Nada de chismorreos, nada de secretos, nada de rumores.

—¡Tonterías! —resopló Mellberg—. Todo el mundo tiene algo que ocultar, se trata de desenterrarlo. Es obvio que no os habéis esforzado lo suficiente.

—Hemos… —comenzó Patrik. Pero guardó silencio al comprender que probablemente Mellberg tuviera razón, para variar, tal vez no hubiesen indagado lo bastante a fondo, quizá no hubiesen formulado las preguntas adecuadas–. Por supuesto, ahora emprenderemos otra ronda con la familia y los amigos –prosiguió. Enseguida le vino a la cabeza la imagen de Christian Thydell y la carta que tenía en el primer cajón del escritorio. Pero no quiso mencionarlo por el momento, hasta no tener algo más concreto que lo que le decía su sexto sentido.

–Bueno, pues entonces repetimos y, esta vez, lo hacemos bien. –Mellberg se levantó tan rápido que *Ernst,* cuya cabeza seguía apoyada en la rodilla de su dueño, estuvo a punto de caer al suelo. El jefe de la comisaría casi había llegado a la puerta cuando se volvió y, mirando con severidad a los subalternos allí reunidos, añadió–: Y a ver si aceleramos un poco el ritmo, ¿vale?

Ya estaba oscuro al otro lado de la ventanilla del tren. Se había levantado tan temprano que tenía la sensación de que fuera de noche, pese a que el reloj indicaba que era la primera hora de la tarde. El móvil le sonaba en el bolsillo una y otra vez, pero él no se había inmutado. Llamara quien llamase, seguro que quería pedirle algo, perseguirlo y exigirle lo que fuera.

Christian miraba el paisaje. Acababan de dejar atrás Herrljunga. Había dejado el coche en Uddevalla. Y le quedaban unos cuarenta y cinco minutos en coche hasta Fjällbacka. Apoyó la frente en la ventanilla y cerró los ojos. Notaba la frialdad del cristal en la piel. La negrura del exterior lo presionaba, se le pegaba. Tomó aire ansiosamente y retiró la cara del cristal, donde había dejado una impresión inequívoca de la frente y la nariz. Levantó la mano y la borró con la palma. No quería dejarla allí, no quería dejar rastro de su persona.

Llegó a Uddevalla tan cansado que apenas veía con claridad. Había tratado de dormir la última hora de viaje, pero las imágenes le desfilaban por la cabeza como destellos veloces, impidiéndole el descanso. Se detuvo en el McDonald's de Torp y pidió un café grande, que apuró de un trago para que la cafeína surtiese efecto enseguida.

Volvió a sonar el móvil, pero no era capaz ni de sacarlo del bolsillo, mucho menos de hablar con quien tan insistentemente lo llamaba. Sanna, seguramente. La encontraría enojada cuando llegase a casa, pero qué le iba a hacer.

Empezaba a sentir un hormigueo por todo el cuerpo y se retorció en el asiento. Los faros del coche que circulaba detrás de él se reflejaban en el retrovisor y quedó cegado momentáneamente. Pero había algo en los faros, en la distancia siempre idéntica y en el resplandor que lo movió a mirar de nuevo por el retrovisor. El mismo coche lo seguía desde que salió de Torp. ¿O no lo era? Se frotó los ojos con la mano. Ya no estaba seguro de nada.

La luz lo siguió cuando giró para salir de la autovía a la altura del indicador de Fjällbacka. Christian entornó los ojos en un intento por distinguir qué coche era. Pero estaba demasiado oscuro y las luces lo cegaban. Empezaron a sudarle las manos al volante. Lo apretaba tanto que le dolían las manos, así que estiró los dedos un poco.

Recreó su imagen. La vio con el vestido azul y el niño en el regazo. El olor a fresas, el sabor de sus labios. La sensación de la tela del vestido en la piel. Su cabello largo y castaño.

Algo cruzó delante del coche. Christian frenó de golpe y, durante unos segundos, perdió el contacto con la calzada. El coche se deslizó hacia la cuneta y él se abandonó y no hizo nada por evitarlo. Sin embargo, el automóvil se detuvo a unos centímetros del borde. Al resplandor de los faros distinguió el trasero blanco de un corzo y Christian lo vio huir asustado, trotando por el campo.

El motor seguía en marcha, pero el zumbido que le resonaba en la cabeza ahogaba el ruido. Vio por el retrovisor que el coche que venía detrás también se había detenido y Christian comprendió que debería ponerse en marcha otra vez, alejarse de los faros que se reflejaban en el retrovisor.

Se abrió una puerta y alguien salió del otro coche. ¿Quién era, quién caminaba hacia donde él se encontraba? Fuera estaba tan oscuro que solo vio que se le acercaba una figura asexuada. Unos pasos más y quienquiera que fuese estaría junto a la puerta del coche.

Empezaron a temblarle las manos en el volante. Apartó la vista del retrovisor y la clavó en el campo y el lindero del bosque que se distinguía vagamente a unos metros de allí. Miró y esperó. Hasta que se abrió la puerta del acompañante.

—¿Cómo estás? ¿Te encuentras bien? No parece que lo hayas atropellado.

Christian miró hacia el lugar de donde provenía la voz. Un hombre de pelo cano y unos sesenta años de edad lo miraba desde la puerta.

—Estoy bien —murmuró Christian—. Es solo que me he llevado un susto.

—Sí, es horrible que algún animal se te cruce así, sin más. Entonces ¿seguro que estás bien?

—Segurísimo. Ya me voy a casa. Voy camino de Fjällbacka.

—Ajá, pues yo voy a Hamburgsund. Conduce con cuidado.

El hombre cerró la puerta y Christian notó que el pulso recobraba el ritmo normal. No habían sido más que fantasmas, recuerdos del pasado. Nada que pudiera hacerle daño.

En su cabeza intentaba hacerse oír una vocecita que le hablaba de las cartas, que no eran fruto de la imaginación. Pero él hizo oídos sordos, no podía prestarle atención. Si empezaba a recordar, ella se haría de nuevo con el poder. Y no podía permitirlo. Había trabajado muy duro para olvidar. No volvería a ponerse a su alcance.

Salió a la carretera en dirección a Fjällbacka. El móvil seguía sonando en el bolsillo.

*A*lice continuaba gritando, ya fuese de día o de noche. Él oía cómo su padre y su madre hablaban del tema. Que tenía algo que se llamaba cólico, decían. Fuera lo que fuera, resultaba insufrible tener que oír aquel escándalo a todas horas. El sonido del llanto invadía toda su vida, lo usurpaba todo.

¿Por qué no la odiaba su madre por tanto como lloraba? ¿Por qué la llevaba en brazos, le cantaba, la arrullaba y la miraba con dulzura, como si le diera pena?

Alice no daba ninguna pena. Hacía aquello a propósito. Estaba convencido. A veces, cuando se asomaba a la cuna para verla allí tendida como un escarabajo horrendo, ella le devolvía la mirada. Lo miraba diciéndole que no quería que su madre lo quisiera. Por eso lloraba y le exigía a su madre todo su tiempo. Pretendía que no le quedase ninguno para él.

De vez en cuando, notaba que a su padre le ocurría lo mismo. Que él también sabía que Alice hacía todo aquello adrede, para que tampoco a su padre le quedase ni siquiera una mínima parte de su madre. Aun así, no hacía nada. ¿Por qué no hacía algo? Él era grande, adulto. Él podía conseguir que Alice dejase de llorar.

Tampoco su padre podía tocar apenas al bebé. Lo intentaba de vez en cuando, lo cogía torpemente y le daba palmaditas en el trasero y en la espalda para que se calmase. Pero su madre siempre le decía que lo hacía mal, que ella cogería a Alice, y entonces él se retiraba otra vez.

De todos modos, un día tuvo que encargarse de Alice. Llevaba tres noches seguidas llorando más que nunca. Su padre estaba en el dormitorio, con un almohadón en la cabeza para aislarse del ruido. Y allí, bajo el almohadón, creció el odio, que se difundió por todo el cuerpo y se extendió pesadamente hasta el punto de que apenas podía respirar, y tuvo que levantar el almohadón para que le llegara el aire. Su madre estaba cansada. Ella también llevaba tres noches sin dormir, de modo que hizo una excepción, le dejó el bebé a su padre y se acostó. Y su padre decidió bañarla y le preguntó si quería verlo.

Comprobó minuciosamente la temperatura del agua mientras llenaba la bañera y miraba a Alice, ahora callada, para variar, igual que hacía su madre. Su padre no había sido nunca importante. Era una figura invisible que se perdía en el brillo resplandeciente de su madre, alguien que también había quedado excluido del dúo que formaban Alice y su madre. Ahora, en cambio, su persona cobró importancia, al sonreírle a Alice y al devolverle esta la sonrisa.

Su padre colocó cuidadosamente en el agua aquel cuerpo pequeño y desnudo. La puso en un soporte forrado de felpa, como una hamaquita, para que pudiera estar medio sentada. La fue lavando con suavidad, los brazos, las piernas, la barriga hinchada. El bebé agitaba las manos y los pies. Ahora ya no gritaba, por fin había dejado de gritar. Pero no importaba. Porque había vencido. Incluso su padre había abandonado su refugio tras el periódico para sonreírle.

Él estaba inmóvil en el umbral. Incapaz de apartar la vista de su padre, de las manos que se movían por aquel cuerpecito infantil. Su padre, que había sido lo más parecido a un aliado suyo desde que su madre dejó de verlo siquiera. Llamaron a la puerta y se sobresaltó. Su padre miraba alternativamente la puerta y a Alice, sin saber muy bien qué hacer. Finalmente, le dijo:

—¿Puedes cuidar de tu hermanita un momento? Solo voy a ver quién es, vuelvo enseguida.

Él dudó un instante. Luego notó que su cabeza hacía un gesto de asentimiento. Su padre, que estaba de rodillas junto a la bañera, se levantó y le pidió que se acercara. Se le movieron los pies mecánicamente para dar los pocos pasos que lo separaban de la bañera. Alice levantó la vista y lo miró. Él vio con el rabillo del ojo cómo su padre salía del baño.

Ya se habían quedado solos, él y Alice.

Erica miraba a Patrik atónita.

—¿En el hielo?

—Sí, el pobre hombre que lo encontró debió de llevarse un buen susto. —Patrik acababa de referirle los sucesos del día.

—¡Ya lo creo que sí! —Erica se desplomó de golpe en el sofá y Maja acudió corriendo a encaramarse a sus rodillas, lo cual no resultó ser tarea fácil.

—Hola… hola… —gritaba Maja en voz alta con la boca pegada a la barriga. Desde que le explicaron que los bebés podían oírla, aprovechaba la menor ocasión para comunicarse con ellos. Puesto que su vocabulario era aún limitado, por decirlo con suavidad, la charla era esencialmente monotemática.

—Seguro que están durmiendo, no los despiertes —le dijo Erica mandándola callar con el dedo en los labios.

Maja imitó su gesto y pegó la oreja a la barriga para oír si los bebés dormían de verdad.

—Debe de haber sido un día terrible —dijo Erica en voz baja.

—Sí —aseguró Patrik tratando de reprimir el recuerdo de la cara de Cia y los niños. Sobre todo la expresión de los ojos de Ludvig, tan parecidos a los de Magnus, la conservaría mucho tiempo en la retina—. Al menos ahora lo saben. A veces creo que la incertidumbre es peor —dijo sentándose junto a Erica, de modo que Maja quedó entre los dos. La pequeña se pasó de un salto a las rodillas de Patrik, donde dispondría de más espacio, y apretó la cabeza en el pecho de su padre. Patrik le acarició la melena rubia.

–Sí, supongo que tienes razón. Por otro lado, es muy duro perder la esperanza. –Vaciló un instante–. ¿Tenéis idea de lo que pasó?

Patrik negó con un gesto.

–No, todavía no sabemos nada. Absolutamente nada.

–¿Y de las cartas de Christian? –preguntó Erica, que debatía consigo misma. ¿Debía referirle su excursión de hoy a la biblioteca y sus reflexiones sobre el pasado de Christian? Finalmente, decidió abstenerse. Esperaría hasta haber averiguado algo más.

–Aún no he tenido tiempo de ponerme con ello. Pero hablaremos con la familia y los amigos de Magnus, y entonces creo que abordaré el asunto con Christian.

–Esta mañana le preguntaron por las cartas en el programa Nyhetsmorgon –dijo Erica con un escalofrío al recordar su participación y en lo que debió de pasar Christian en la emisión en directo.

–¿Y qué dijo?

–Le restó importancia, pero se notó que se sentía presionado.

–No es de extrañar. –Patrik le dio a Maja un beso en la cabeza–. ¿Qué te parece si preparamos algo de cenar para mamá y los bebés? –Se levantó y cogió en brazos a la pequeña, que asintió encantada–. ¿Qué hacemos? ¿Salchicha de caca con cebolla?

Maja rompió a reír con tal ímpetu que sufrió un ataque de hipo. Era una niña muy madura para su edad y acababa de descubrir el gran placer del humor del caca-pedo-culo-pis.

–No, mejor no –dijo Patrik–. Mejor unos palitos de pescado con puré, ¿no? Guardamos las salchichas de caca para otro día.

Maja pareció reflexionar un instante. Finalmente, asintió magnánima. Cenarían palitos de pescado.

Sanna iba y venía de un lado para otro. Los niños estaban en la sala de estar viendo el programa infantil *Bolibompa,* pero ella era incapaz de mantenerse quieta. Daba vueltas y más vueltas por la casa, con el móvil en el puño cerrado. De vez en cuando, marcaba el número.

Sin respuesta. Christian llevaba todo el día sin responder al teléfono, y ella se fue imaginando una serie de escenas dramáticas. Sobre todo desde que la noticia sobre Magnus tenía conmocionada a toda Fjällbacka. Había mirado su correo más de diez veces a lo largo del día. Era como si algo estuviese creciéndole en el interior, algo que se volvía cada vez más fuerte y que empezaba a exigir que lo rebatiese o que lo confirmase. En el fondo de su alma deseaba sorprenderlo en algo. Entonces la certeza le proporcionaría una vía de escape para toda la angustia y todo el miedo que la corroían por dentro.

En realidad, sabía que no estaba actuando bien. Con aquella necesidad de control y con tantas preguntas sobre a quién veía y qué pensaba, lo único que conseguía era que Christian se alejara cada vez más. Desde un punto de vista racional, era consciente de ello, pero era una sensación tan intensa… la que le decía que no podía confiar en él, que le ocultaba algo, que ella no era suficiente. Que no la quería.

Aquella idea le resultaba tan dolorosa que se sentó en el suelo de la cocina y se abrazó las rodillas. El frigorífico le zumbaba en la espalda, pero ella apenas lo notaba, solo advertía el agujero que tenía dentro.

¿Dónde estaba? ¿Por qué no la llamaba? ¿Por qué no lograba localizarlo? Volvió a marcar el número resuelta. Oyó sonar una señal tras otra, pero él seguía sin responder. Se levantó y se acercó a la mesa de la cocina, donde estaba la carta. Hoy había llegado otra. Sanna la abrió enseguida. El texto era tan críptico como siempre. *Sabes que no puedes huir. Yo existo en tu corazón, por eso no puedes esconderte, aunque vayas al fin del mundo.* Conocía bien aquella letra plasmada con tinta negra. Cogió la carta con mano temblorosa y se la llevó a la nariz. Olía a papel y a tinta. Ni rastro de perfume ni nada parecido que desvelase algún detalle sobre el remitente.

Christian insistía con la tozudez de un loco en que no sabía quién le escribía, pero ella no lo creía. Así de sencillo. Se le despertó la ira, arrojó la carta sobre la mesa y salió corriendo escaleras arriba. Alguno de los niños la llamaba a gritos desde el sofá, pero ella no le prestó atención. Tenía que saber, tenía que buscar respuestas. Era como si otra persona se hubiese apoderado de su cuerpo, como si ya no pudiera gobernarlo.

Empezó por el dormitorio, fue abriendo los cajones de la cómoda de Christian y sacando el contenido. Revisó meticulosamente todo lo que había y tanteó con la mano el interior de lo que, a simple vista, parecían cajones vacíos. Nada, nada en absoluto, salvo camisetas, calcetines y calzoncillos.

Sanna miró a su alrededor en la habitación como buscando algo. El armario. Se acercó a los armarios que ocupaban toda la pared del fondo y empezó a examinarlos a conciencia uno a uno. Fue arrojando al suelo todo lo que Christian tenía allí. Camisas, pantalones, cinturones y zapatos. No halló nada personal, nada que le procurase más información sobre su marido o que le ayudase a atravesar el muro que él había construido a su alrededor.

Cada vez más rápido, fue sacándolo todo. Al final solo quedaron su ropa y sus cosas. Se desplomó en la cama y pasó la mano por la colcha, la que le había cosido su abuela. Todas aquellas cosas que ella tenía y que decían quién era y de dónde procedía. La colcha de la abuela materna, el tocador de su abuela paterna, los collares que le dejó su madre. Todas aquellas cartas de amigos y familiares que ella guardaba en los cajones del armario. Los anuarios escolares, primorosamente apilados en una estantería, la gorra de la graduación, a buen recaudo en una sombrerera, junto al ramo de novia ya seco. Un montón de pequeños objetos que narraban su historia, su vida.

De pronto tomó conciencia de que su marido no tenía nada de aquello. Ciertamente, él era menos sentimental que ella y no tan proclive a guardar cosas, pero algo debía tener. Nadie pasaba por la vida sin aferrarse a aquello de que se componían los recuerdos.

Aporreó la cama con los puños. La incertidumbre le martilleaba el corazón. ¿Quién era Christian, en realidad? Se le ocurrió una idea, se quedó quieta. Había un lugar en el que no había mirado. El desván.

Erik daba vueltas a la copa entre los dedos. Observaba el rojo intenso del vino, más claro cerca del borde. Señal de que se trataba de un vino joven, según había aprendido en uno de los múltiples cursos de cata a los que había asistido.

Toda su existencia estaba a punto de derrumbarse, y no podía comprender cómo había sucedido. Era como si se lo hubiese llevado una corriente tan fuerte que no pudiera vencerla.

Magnus estaba muerto. Se le habían juntado las dos noticias, así que solo ahora empezaba a asimilar la información que le había proporcionado Louise. En primer lugar, ella le contó que habían encontrado a Magnus muerto y, casi al mismo tiempo, el anuncio del embarazo de Cecilia. Dos sucesos que lo conmocionaron en lo más hondo y de los que tuvo conocimiento en el transcurso de unos minutos.

—Al menos podrías contestar, ¿no? —le dijo Louise con voz afilada.

—¿Qué? —preguntó Erik, y cayó en la cuenta de que Louise le había dicho algo, pero que él no se había enterado—. ¿Qué has dicho?

—Te preguntaba dónde estabas hoy, cuando te mandé el mensaje con lo de Magnus. Primero llamé a la oficina, pero allí no estabas. Luego te llamé al móvil varias veces, pero saltaba el contestador. —Articulaba mal, seguramente llevaría toda la mañana bebiendo.

Sintió tal asco que se le agolpó en la boca la saliva que, al mezclarse con el vino, adquirió un sabor amargo a acero. Le repugnaba que Louise hubiese abandonado su existencia. ¿Por qué no podía calmarse y dejar de mirarlo con aquella mirada de mártir y el cuerpo lleno de vino de cartón?

—Había salido por un asunto.

—¿Un asunto? —Louise tomó un trago de su copa—. Pues sí, ya me imagino yo de qué asunto se trata.

—Déjalo, anda —dijo Erik en tono cansino—. Hoy no. Hoy no, no es el día adecuado.

—Vaya, ¿y por qué hoy no? —Le hablaba en tono beligerante y Erik sabía que tenía ganas de discutir. Las niñas llevaban ya un rato dormidas y ahora estaban solos. Él y Louise.

—Han encontrado muerto a uno de nuestros mejores amigos. ¿Por qué no tenemos la fiesta en paz?

Louise guardó silencio. Erik se dio cuenta de que se sentía avergonzada. Por un momento, recordó a la joven a la que había conocido en la universidad: dulce, lista y ocurrente. Pero ella no tardó en desaparecer y en su lugar solo quedó aquella piel flácida y los dientes amarillentos de tanto vino. Volvió a notar aquel sabor amargo en la boca.

Y Cecilia. ¿Qué iba a hacer con ella? Por lo que él sabía, era la primera vez que ocurría que alguna de sus amantes se hubiese quedado embarazada. Tal vez había sido cuestión de suerte. Pero la suerte se le había terminado. Quería tenerlo, le dijo Cecilia. Se lo dijo con una frialdad absoluta allí, en la cocina de su casa. Ningún argumento, ninguna discusión. Simplemente se lo dijo porque tenía que decírselo, y para darle la oportunidad de contribuir o no.

De repente, se convirtió en una mujer adulta. Nada quedaba de las risitas y la ingenuidad de antes. Allí estaba él, frente a Cecilia, y comprendió enseguida por su mirada que, por primera vez, lo veía tal y como era. Y él se retorció en la silla. No quería verse a sí mismo a través de los ojos de Cecilia. No quería verse a sí mismo en absoluto.

La admiración del entorno había sido siempre algo obvio en su vida. A veces el miedo, que también resultaba muy satisfactorio. Pero aquella mañana, con una mano protectora en la barriga, ella le dirigió una mirada llena de desprecio. Había terminado su aventura. Ella lo informó de las alternativas que tenía. Ella podía guardar silencio sobre quién era el padre del niño, a cambio de que le ingresara una buena suma de dinero todos los meses, desde el día en que naciera hasta el día en que cumpliera los dieciocho años. Pero también podía contárselo todo a Louise y luego hacer todo lo posible por deshonrarlo.

Ahora, mientras miraba a su mujer, se preguntó si había elegido bien. Él no quería a Louise. Le era infiel y le hacía daño, y sabía que podría ser más feliz sin él. Pero era grande la fuerza de la costumbre. No resultaba nada atractiva la idea de llevar una vida de solterón, con platos sin fregar y montañas de ropa sucia, porciones precocinadas de Findus que consumir delante del televisor y visitas de las niñas los fines de semana. Así que ella ganaba porque era más cómodo. Y por su derecho a la mitad de la fortuna que poseían. Aquella era la verdad pura y dura. Y por esa comodidad debería pagar Erik muy caro otros dieciocho años más.

Cerca de una hora estuvo sentado en el coche, a unos metros de la casa. Veía a Sanna allí dentro, de un lado para otro. Se le notaba en los movimientos que estaba alterada.

No tenía fuerzas para afrontar su enojo, su llanto y sus acusaciones. De no ser por los niños… Christian puso el coche en marcha y se acercó a la casa para no formular la idea completa. Cada vez que sentía cómo le bombeaba en el pecho el amor que le inspiraban sus hijos, lo invadía el miedo. Había intentado no tener una relación muy íntima con ellos. Había intentado mantener a distancia el peligro y la maldad. Pero las cartas lo habían obligado a tomar conciencia de que la maldad ya estaba allí. Y el amor que sentía por sus hijos era profundo y sin retorno.

Debía protegerlos a cualquier precio. No podía fracasar otra vez. De ser así, toda su vida y todo aquello en lo que creía cambiarían para siempre. Apoyó la cabeza en el volante, notó el plástico en la frente y esperó a oír que la puerta de la casa se abriera en cualquier momento. Pero al parecer, Sanna no había oído el coche, así que contó con unos segundos más para serenarse.

Creyó que podría crear un entorno seguro cerrando la parte del corazón que les pertenecía, pero se había equivocado. No podía huir. Y tampoco podía dejar de quererlos. Así que no le quedaba otro remedio que luchar y hacer frente a la maldad, cara a cara. Afrontar aquello que durante tanto tiempo había tenido encerrado en su interior, pero que el libro había liberado. Por primera vez, pensó que no debería haberlo escrito. Que todo habría sido diferente si no existiera. Al mismo tiempo, sabía que no había actuado libremente. Tenía que escribir el libro, tenía que escribir sobre ella.

Se abrió la puerta. Allí estaba Sanna, tiritando con la chaqueta bien cerrada. Levantó la cabeza del volante y la miró. La luz del recibidor le otorgaba el aspecto de una virgen, aunque con la chaqueta llena de bolillas y en zapatillas de casa. Ella estaba segura, Christian lo supo al verla allí de pie. Porque ella no afectaba a nada que tuviese que ver con él. Ni antes ni en el futuro. A ella no tenía que protegerla.

En cambio, sí tendría que aceptar que debería responder ante ella. Le pesaban las piernas cuando salió del coche. Lo cerró con el mando a distancia y se encaminó a la luz. Sanna retrocedió en el recibidor y se lo quedó mirando. Estaba pálida.

—He estado llamándote. Decenas de veces. Llevo llamándote desde la hora del almuerzo y no te has tomado la molestia de contestar. Dime que te han robado el teléfono, o que se ha estropeado, di cualquier cosa que me dé una explicación lógica de por qué no he podido localizarte.

Christian se encogió de hombros. No existía tal explicación.

—No lo sé —dijo mientras se quitaba la chaqueta. También sentía mudos los brazos.

—No lo sabes... —Repitió aquellas palabras como a trompicones y, pese a que Christian había cerrado la puerta, dejando fuera el frío del invierno, Sanna seguía con los brazos cruzados en el pecho.

—Estaba cansado —explicó consciente de lo patético que sonaba—. Ha sido una entrevista muy dura, y luego tenía una reunión con Gaby y... Estaba cansado. —No se sentía con fuerzas para contarle lo que había ocurrido en el encuentro con la jefa de la editorial. Lo único que quería era subir directamente al dormitorio y acostarse, acurrucarse bajo el edredón y dormirse y olvidar.

—Y los niños, ¿están durmiendo? —preguntó pasando por delante de Sanna. Le dio un empujón fortuito y Sanna se tambaleó, pero sin llegar a caerse. No le respondió, de modo que él repitió la pregunta.

—Y los niños, ¿están durmiendo?

—Sí.

Subió la escalera y se asomó a la habitación de los niños. Parecían angelitos así, dormidos. Las mejillas rosadas y las pestañas abundantes como abanicos negros. Se sentó en el borde de la cama de Nils y le acarició el pelo rubio. Prestó atención a los suspiros de Melker. Se levantó y los tapó antes de bajar de nuevo. Sanna seguía en el recibidor, en la misma posición. Christian empezó a sospechar que aquello era algo distinto de la discusión de siempre, las acusaciones de siempre. Sabía que ella lo vigilaba de todas las formas posibles, que le leía su correo electrónico y que llamaba al trabajo con cualquier excusa para comprobar que se encontraba allí de verdad. Él sabía todo eso y lo había aceptado. Ahora era algo más.

Si hubiera podido elegir, habría dado media vuelta y habría vuelto a subir la escalera. Habría hecho realidad la idea de irse a la cama. Pero sabía que sería inútil. Sanna tenía algo que decirle, y se lo comunicaría donde fuera, allí abajo o arriba, en la cama.

—¿Ha ocurrido algo? —preguntó y, de repente, se quedó helado. ¿Habría hecho algo mientras él estaba fuera? Bien sabía él de qué era capaz.

—Hoy ha llegado otra carta —le dijo Sanna moviéndose por fin. Entró en la cocina y Christian supuso que esperaba que la siguiera.

—¿Una carta? —Christian respiró aliviado. Solo eso, otra carta.

—Lo de siempre —afirmó Sanna arrojándole el sobre—. ¿Quién las envía, dime? Y no me digas que no lo sabes porque no me lo creo. —Empezaba a subir la voz, que resonó chillona—. ¿Quién es ella, Christian? ¿Es a ella a quien has estado viendo hoy? ¿Y por eso no he podido hablar contigo? ¿Por qué haces esto? —Era un torrente de preguntas y de acusaciones y Christian se sentó cansado en la silla de la cocina más próxima a la ventana, con la carta en la mano, sin mirarla ni leerla.

—No tengo ni idea, Sanna. —En el fondo, casi deseaba contárselo todo, pero no podía.

—Mientes. —Sanna dejó escapar un sollozo. Bajó la cabeza y se frotó la nariz con el puño de la rebeca. Luego levantó la vista—. Sé que estás mintiendo. Hay alguien, o lo ha habido. Hoy me he pasado el día recorriendo la casa como una loca en busca de algo que me dé la menor pista de con quién estoy casada en realidad. ¿Y sabes qué? No hay nada. ¡Nada! ¡No tengo ni idea de quién eres!

Sanna le gritaba y él se dejó bañar en aquella ira. Porque claro, ella tenía razón. Él lo había dejado todo atrás, la persona que era y la que había sido. A ellos y a ella. Pero debería haber comprendido que ella no iba a dejarse relegar al olvido, al pasado. Él debería haberlo sabido.

—¡Pero di algo!

Christian dio un respingo. Sanna se había inclinado y le escupió al gritarle, y Christian levantó el brazo despacio para secarse la cara. Luego, ella bajó la voz y acercó la cara más aún a la de él. Y en un tono rayano en el susurro, le dijo:

—Pero seguí buscando. Todo el mundo tiene algo de lo que le cuesta deshacerse. De modo que lo que quiero saber es… —Sanna hizo una pausa y Christian sintió que el desasosiego le hormigueaba bajo la piel. La expresión de Sanna irradiaba satisfacción, aquello era algo nuevo y aterrador. No quería oír más, no quería seguir jugando a aquel juego, pero sabía que Sanna continuaría hacia su objetivo.

Alargó el brazo para coger algo que había en una de las sillas, en el otro extremo de la mesa. Le brillaban los ojos de tantos sentimientos acumulados durante todos los años que llevaban juntos.

—Lo que quiero saber es a quién pertenece esto —dijo sacando algo de color azul.

Christian vio enseguida de qué se trataba. Tuvo que contener el impulso de arrancárselo de las manos. ¡No tenía ningún derecho a tocar aquel vestido! Quería decírselo, gritárselo y hacerla comprender que había sobrepasado el límite, pero tenía la boca seca y era incapaz de emitir un sonido. Extendió el brazo para coger la tela azul, cuya suavidad al roce con las mejillas tan bien conocía y cuyo tacto era tan delicado y tan liviano. Entonces ella lo apartó, lo sostuvo lejos de su alcance.

—¿A quién pertenece esto? —Hablaba con voz aún más baja, apenas audible. Sanna desplegó el vestido, lo sostuvo en el aire, como si estuviera en una tienda y quisiera comprobar si le sentaba bien el color.

Christian ni siquiera la miraba, solo tenía ojos para el vestido. No soportaba que lo mancillaran otras manos. Al mismo tiempo, su cerebro trabajaba con una frialdad y una eficacia inauditas. Los dos mundos que tanto cuidado había puesto en mantener separados estaban a punto de colisionar y era imposible revelar la verdad. Nunca podría pronunciarla en voz alta. Pero la mejor mentira era aquella que contenía cierta dosis de verdad.

Se serenó de repente. Le daría a Sanna lo que quería, le daría unos fragmentos de su pasado. De modo que empezó a hablar y, al cabo de un rato, ella se sentó también a la mesa. Lo escuchaba con atención, pudo oír su historia, pero solo una parte.

Tenía una respiración irregular. Hacía varios meses que no dormía en la cama de matrimonio, en el piso de arriba. Al cabo de un tiempo de enfermedad, dejó de ser práctico que durmiera arriba, así que él había dispuesto la habitación de invitados, que quedó preciosa. Tan preciosa como una habitación tan pequeña podía quedar. Por mucho que intentara hacerla acogedora, no dejaba de ser una habitación de invitados. Solo que, en esta ocasión, el invitado era el cáncer. Ocupaba toda la estancia con su olor, su omnipresencia y el presagio de la muerte.

El cáncer no tardaría en dejarlos, pero, mientras oía la respiración irregular y entrecortada de Lisbet, Kenneth deseaba que el invitado pudiera quedarse. En efecto, bien sabía él que no se marcharía solo, sino que se llevaría al partir a la persona que más quería.

156

En la mesita de noche estaba el pañuelo amarillo. Se tumbó de lado, apoyó la cabeza en la mano y observó a su mujer a la luz débil de las farolas que había al otro lado de la ventana. Extendió la mano y acarició despacio la pelusilla que cubría la cabeza de su mujer. Esta se estremeció y Kenneth retiró la mano enseguida, por temor a despertarla de aquel sueño que tanto necesitaba pero del que rara vez podía disfrutar el tiempo suficiente.

Ya ni siquiera podía dormir a su lado, así, pegados, una costumbre que les encantaba a los dos. Al principio lo intentaron, se acurrucaban en la cama bajo el edredón, y él le pasaba el brazo por encima, como siempre, desde la primera noche que pasaron juntos. Pero la enfermedad les arrebató incluso aquella alegría. Le dolía demasiado que la tocara y cada vez que la rozaba ella se encogía con un sobresalto. Entonces colocó una cama hinchable al lado del lecho matrimonial. La idea de no dormir en la misma habitación se le hacía insoportable. Y dormir en la primera planta, en la cama que había sido de los dos, era algo que ni se planteaba.

Dormía mal en aquella cama hinchable. Se le resentía la espalda y por las mañanas tenía que estirar las articulaciones con cuidado. Había sopesado la posibilidad de comprar una cama normal y colocarla a su lado, pero por más que su voluntad se rebelase, sabía bien que no merecía la pena. Dentro de poco no habría necesidad de esa otra cama. Pronto dormiría solo en la primera planta.

Parpadeó para contener las lágrimas y observó la respiración superficial y fatigada de Lisbet. Se le movían los ojos debajo de los párpados, como si estuviera soñando. Se preguntó qué ocurriría en sus sueños. ¿Se imaginaría sana? ¿Se vería corriendo con el pañuelo amarillo sujetándole la larga melena?

Kenneth volvió la cara. Debería dormirse de nuevo, después de todo, tenía un trabajo del que ocuparse. Pasaba demasiadas noches en vela, dando vueltas y mirándola, por miedo a perderse un solo minuto. Y había acumulado un cansancio que no parecía fácil de atenuar.

Tenía ganas de orinar. Más valía levantarse. De lo contrario, no podría conciliar el sueño. Se giró con esfuerzo para poder levantarse. Tanto la espalda como la cama crujieron en señal de protesta, y se quedó un instante sentado para estirar los músculos que se le habían encogido. Notaba el frío del suelo en las plantas de los pies cuando se levantó camino del recibidor. El baño estaba allí mismo, a la izquierda, y parpadeó medio cegado al encender la luz. Subió la tapa del váter, se bajó el pantalón del pijama y cerró los ojos mientras disminuía la presión.

De repente notó una corriente de aire en las piernas y levantó la vista. La puerta del baño estaba abierta y era como si hubiese entrado en la casa un viento frío. Intentó volver la cabeza para ver qué era, pero no había terminado y no quería arriesgarse a apuntar fuera de la taza si se giraba demasiado. Cuando hubo terminado y tras haber sacudido las últimas gotas, se subió el pantalón del pijama y se encaminó a la puerta. Seguramente habrían sido figuraciones suyas, ya no notaba aquella corriente fría. Aun así, algo le decía que debería tener cuidado.

El recibidor estaba en semipenumbra. La lámpara del baño solo alumbraba unos pasos por delante de donde se encontraba, y el resto de la casa estaba a oscuras. Lisbet solía poner en las ventanas velas de Adviento ya en noviembre, y allí permanecían hasta marzo, porque le encantaba la luz que daban. Pero este año no había tenido fuerzas y a él no se le había ocurrido.

Kenneth salió de puntillas al recibidor. No eran imaginaciones suyas, la temperatura era allí algo más baja, como si la puerta hubiese estado abierta. Fue a comprobar el picaporte. No estaba echado el pestillo, pero tampoco era nada extraño, no siempre se acordaba de echarlo, ni siquiera por las noches.

Por si acaso, giró el pestillo para asegurarse de que la dejaba bien cerrada. Se dio media vuelta dispuesto a volver a la cama, pero era como si notara un cosquilleo por todo el cuerpo. La sensación de que algo no iba bien. Dirigió la mirada hacia la puerta abierta de la cocina. No había ninguna luz encendida, solo el resplandor de la farola de la calle. Kenneth entornó los ojos y dio un paso al frente. Algo blanco relucía sobre la mesa, algo que no estaba allí cuando quitó la mesa antes de irse a dormir. Avanzó otro par de pasos con el miedo recorriéndole el cuerpo en oleadas.

En medio de la mesa había una carta. Una carta más. Y junto al sobre blanco, alguien había colocado primorosamente uno de los cuchillos de cocina. El acero lanzaba destellos a la luz de la farola. Kenneth miró a su alrededor, aun sabiendo que, quienquiera que fuese el intruso, ya se habría marchado de allí. Y no quedaban más que la carta y el cuchillo.

A Kenneth le habría gustado entender cuál era el mensaje.

Ella le sonreía. Con una sonrisa amplia, sin dientes, solo encías. Pero él no se dejó engañar. Lo que quería era acaparar, acaparar hasta que a él no le quedase nada.

De repente, notó el olor en las fosas nasales. Aquel olor dulzón, repugnante. Antes flotaba en el aire y ahora se hacía más presente. Debía de emanar de ella. Contempló aquel cuerpecito mojado, reluciente. Todo en ella le causaba repulsión. La barriga hinchada, la raja que tenía entre las piernas, el pelo, que era oscuro y no le crecía de forma homogénea.

Le puso una mano en la cabeza. La sangre bombeaba bajo la piel. Próxima y frágil. La mano siguió empujando más fuerte y ella se deslizó más hacia el fondo. Aún seguía riendo. El agua le envolvió las piernas, se oyó un chapoteo cuando ella agitó los pies dando con los talones en el fondo de la bañera.

Abajo, en la puerta, lejos, muy lejos, él oía la voz de su padre. Subía y bajaba y parecía que aún tardaría un rato en acercarse. Seguía notando el pulso en la palma de la mano y ella empezó a gimotear un poco. Ya sonreía, ya se le borraba la sonrisa, como si no estuviera segura de cómo se sentía, si alegre o triste. Pudiera ser que, a través de su mano, ella notara lo mucho que la odiaba, lo mucho que detestaba todos y cada uno de los segundos que pasaba cerca de ella.

Todo sería mucho mejor sin ella, sin su llanto. Él no tendría que ver la felicidad en la cara de su madre cuando la miraba a ella ni la ausencia de felicidad cuando su madre se volvía contra él. Era tan evidente… Cuando su madre apartaba la vista de Alice y lo miraba a él, era como si se le apagara una lámpara. La luz se extinguía.

Aguzó el oído tratando de distinguir la voz de su padre. Alice parecía resuelta a no romper a llorar todavía, y él le devolvía la sonrisa. Luego colocó la mano con mucho cuidado debajo de la cabeza de Alice, para que sirviera de apoyo, tal y como le había visto hacer a su madre. Y, con la otra mano, fue soltando la hamaquita en la que ella descansaba medio tumbada. No fue del todo fácil. Alice estaba resbaladiza y se movía sin parar.

Finalmente, consiguió soltar la hamaquita y la retiró despacio. Todo el peso de Alice descansaba ahora en su brazo izquierdo. Aquel olor dulzón y asfixiante se hacía cada vez más intenso y él volvió la cara mareado. Notaba la mirada de Alice quemándole la mejilla y tenía la piel mojada y escurridiza. La odiaba porque lo obligaba a apreciar aquel olor otra vez, porque lo obligaba a recordar.

Muy despacio, fue retirando el brazo sin dejar de mirarla. La cabeza de Alice se desplomó hacia atrás en la bañera y, poco antes de que alcanzase el agua, ella tomó aire para empezar a llorar. Pero ya era demasiado tarde y aquella carita suya desapareció por debajo de la superficie. Ella lo miraba bajo los movimientos del agua. Agitaba brazos y piernas, pero no lograba incorporarse y salir, era demasiado pequeña, demasiado débil. Ni siquiera tuvo que sujetarle la cabeza debajo del agua. Descansaba sobre el fondo y lo único que ella podía hacer era moverla de un lado a otro.

Él se acuclilló y apoyó la mejilla en el borde de la bañera para observar la lucha de Alice. No debería haberse apropiado de aquella madre suya tan hermosa. La pequeña merecía morir. Él no tenía la culpa.

Al cabo de un rato, Alice dejó de mover los brazos y las piernas y se hundió, despacio, hasta el fondo. Él notó que lo inundaba la calma. Había desaparecido el olor y ya podía respirar de nuevo. Todo volvería a ser como siempre. Con la cabeza ladeada y apoyada sobre la fría porcelana de la bañera, él observaba a Alice, que ya se había quedado totalmente inmóvil.

—Adelante, adelante. —Ulf Rosander parecía aún adormilado, pero estaba vestido e invitó a Patrik y a Paula a pasar.

—Gracias por recibirnos con tan poco margen —dijo Paula.

—No pasa nada, simplemente he llamado al trabajo para avisar de que llegaré un poco más tarde. Teniendo en cuenta las circunstancias, lo comprenden perfectamente. Hemos perdido a un colega. —El hombre entró en la sala de estar y ellos dos lo siguieron.

Se diría que hubiese caído una bomba allí dentro. Había juguetes y chismes por todas partes y Ulf tuvo que apartar una montaña de ropa de niño para que pudieran sentarse en el sofá.

—Por las mañanas, cuando salen para la guardería, esto se queda hecho un caos —explicó excusándose.

—¿Qué edad tienen? —preguntó Paula mientras Patrik la dejaba tomar la iniciativa. Un policía jamás debía menospreciar el valor de comenzar dando palique.

—Tres y cinco años. —A Rosander se le iluminó la cara al responder—. Dos niñas. De un segundo matrimonio. También tengo dos hijos de catorce y dieciséis, pero ahora están con su madre, de lo contrario habría sido mucho peor.

—¿Y se llevan bien los hermanos? Teniendo en cuenta la diferencia de edad… —intervino Patrik.

—Pues sí, más de lo que cabía esperar. Los chicos son como suelen ser los adolescentes, así que la cosa no siempre va como una seda, pero las pequeñas los adoran y es un amor correspondido. De hecho, los llaman los hermanos alce.

Patrik se echó a reír, pero Paula no parecía comprender.

—Es un cuento —le explicó—. Espera y verás, dentro de unos años te lo sabrás de memoria.

Se puso serio de nuevo y se dirigió a Rosander.

—En fin, como ya sabes, hemos encontrado el cuerpo de Magnus.

A Rosander se le borró la sonrisa. Se pasó la mano por el pelo, que ya tenía alborotado.

—¿Sabéis cómo murió? ¿Bajó al fondo de las aguas?

Utilizó una expresión un tanto anticuada, pero muy familiar entre quienes vivían cerca del mar.

Patrik negó con un gesto.

—Aún no tenemos mucha información, pero ahora lo más importante es aclarar qué sucedió la mañana que desapareció.

—Lo comprendo, aunque no sé cómo puedo ayudar. —Rosander hizo un gesto de impotencia—. Lo único que sé es que llamó para decirme que se retrasaría un poco.

—¿Era algo insólito? —preguntó Paula.

—¿Que se retrasara? —Rosander frunció el entrecejo—. Pues ahora que lo pienso, creo que no había ocurrido jamás.

—¿Desde cuándo ibais juntos al trabajo? —preguntó Patrik apartando discretamente una mariquita de plástico sobre la que se había sentado sin darse cuenta.

—Desde que empecé a trabajar en Tanumsfönster, hace cinco años. Antes, Magnus solía coger el autobús, pero enseguida entablamos conversación y le dije que podía venirse conmigo en el coche, y así él contribuía un poco con la gasolina.

—Y en esos cinco años no te llamó nunca para avisar de que llegaba tarde, ¿no es eso? —insistió Paula.

—No, ni una sola vez. En tal caso, me acordaría.

—¿Cómo lo encontraste cuando te llamó? —preguntó Patrik—. ¿Tranquilo? ¿Alterado? ¿No mencionó la razón por la que no iba a llegar a tiempo?

—No, no me dijo nada de los motivos. Y no podría afirmarlo con seguridad, ya ha pasado algún tiempo, pero la verdad es que no sonaba como de costumbre.

—¿En qué sentido? —preguntó Patrik inclinándose.

—Pues… quizá no tanto como alterado, pero tuve la sensación de que algo le pasaba. Pensé que quizá hubiese discutido con Cia o con los niños.

—¿Qué te hizo pensar de aquel modo? ¿Algo de lo que dijo? —quiso saber Paula, que intercambió una mirada con Patrik.

—No, a ver, la conversación no duró más de tres segundos. Magnus llamó y me dijo que se iba a retrasar y que me fuera si veía que tardaba mucho. Que ya iría al trabajo por su cuenta. Y luego colgó. Así que lo esperé un rato antes de irme. Eso fue todo. Supongo que fue el tono de voz lo que me hizo pensar en algún problema familiar o algo así.

—¿Sabes si la pareja tenía problemas?

—Jamás le oí a Magnus una palabra más alta que otra sobre Cia. Al contrario, parecían estar muy bien. Claro que nunca se sabe lo que ocurre en el seno de otras familias, pero a mí siempre me dio la impresión de que Magnus estaba felizmente casado. Claro que no hablábamos mucho de ese tema, sino de cosas cotidianas y de la liga sueca.

—¿Dirías que erais amigos? —preguntó Patrik.

Rosander se demoró con la respuesta.

—No, no diría tanto. Íbamos juntos al trabajo y a veces charlábamos a la hora del almuerzo, pero nunca nos visitamos ni salíamos juntos. Y no sé por qué, la verdad, porque nos llevábamos muy bien. Claro que cada uno tiene sus círculos de amistades y resulta difícil romperlos.

—Es decir, que si se hubiese sentido amenazado por alguien o si hubiese estado nervioso por algo, no te lo habría confiado, ¿no? —preguntó Paula.

—No, no lo creo. Pero lo veía cinco días a la semana, así que si hubiera estado preocupado por algo lo habría notado. Estaba como siempre. Alegre, tranquilo y seguro. Un tipo estupendo, sencillamente. —Rosander se miró las manos—. Siento no ser de más ayuda.

—Has sido muy solícito. —Patrik se levantó y Paula siguió su ejemplo. Le estrecharon la mano y le dieron las gracias.

Una vez en el coche, repasaron la conversación.

—¿A ti qué te parece? —preguntó Paula mirando el perfil de Patrik, que estaba sentado a su lado, en el asiento del acompañante.

—¡Eh, mira la carretera! —Patrik se agarró al asidero al ver que, en la cerrada curva que había antes de Mörhult, Paula evitaba por los pelos el choque frontal con un camión.

—¡Ay! —exclamó Paula volviendo a dirigir la mirada a la luna delantera.

—Mujeres al volante —masculló Patrik.

Paula comprendió que quería chincharle y decidió hacer caso omiso del comentario. Además, había ido en el asiento del copiloto con Patrik al volante y, a decir verdad, que le hubieran dado el carné debía considerarse como un milagro.

—No creo que Ulf Rosander tenga nada que ver con esto —dijo Patrik, y Paula asintió.

—Estoy de acuerdo. Mellberg está totalmente desencaminado.

—Pues no tenemos más que convencerlo.

—De todos modos, ha estado bien hablar con él. A Gösta debió de pasársele en su momento. Existía una razón para que Magnus se retrasara por primera vez en cinco años. La impresión de Rosander es que se encontraba alterado o, al menos, no sonaba como de costumbre cuando llamó. Y no creo que fuera casualidad que desapareciera precisamente aquella mañana.

—Tienes razón, aunque no sé cómo vamos a proceder para rellenar esa laguna. Le hice a Cia la misma pregunta, si había ocurrido algo extraño aquella mañana, y asegura que no. Claro que ella se fue al trabajo antes que Magnus, pero ¿qué pudo suceder en el breve espacio de tiempo que estuvo solo en casa?

—¿Alguien ha comprobado la lista de llamadas? —preguntó Paula procurando no apartar de nuevo la vista de la carretera.

—Varias veces. Nadie los llamó aquella mañana. Y nadie lo llamó al móvil. La única llamada que él hizo fue a Rosander. Y luego, nada.

—¿Recibiría alguna visita?

—No creo —respondió Patrik meneando la cabeza—. Los vecinos veían perfectamente la casa, estaban desayunando cuando Magnus se marchó. Y claro que podría habérseles escapado, pero no lo creían.

—¿Y el correo electrónico?

Una vez más, Patrik negó con la cabeza.

—Cia nos permitió revisar el ordenador y no había un solo mensaje que despertase el menor interés.

Durante unos minutos se hizo el silencio en el coche. Ambos reflexionaban acerca de todo aquello. ¿Cómo era posible que Magnus Kjellner hubiese desaparecido un buen día sin dejar ni rastro, para luego aparecer tres meses más tarde atrapado en el hielo? ¿Qué habría ocurrido aquella mañana?

Por absurdo que pudiera parecer, había decidido ir paseando. La distancia entre su casa de Sälvik y el objetivo de su paseo se le antojaba a un tiro de piedra. Pero un tiro de piedra de récord mundial.

Erica se llevó la mano a la espalda y se paró a recobrar el aliento. Miró hacia las oficinas de Havsbygg, que aún se hallaban demasiado lejos. Pero igual de lejos estaba su casa, así que o bien se tumbaba allí mismo sobre un montón de nieve, o bien seguía arrastrándose hacia la meta.

Diez minutos después entraba exhausta por la puerta de la oficina. No había llamado de antemano, pensó que llegar por sorpresa le daría ventaja. Se había cerciorado de que el coche de Erik no estuviese en la entrada. Con quien quería hablar era con Kenneth. Y sin que nadie los molestase.

—¿Hola? —Nadie pareció oírla cuando cerró la puerta al entrar, de modo que continuó hacia el interior. Se notaba que era una casa normal y corriente, remodelada como oficina. La mayor parte de la planta baja era diáfana y las paredes estaban cubiertas de estanterías con archivadores y grandes fotografías de los edificios que construían, y en cada extremo de aquel amplio espacio había un escritorio. Ante uno de ellos se hallaba Kenneth. Se lo veía totalmente ajeno a la presencia de Erica, porque miraba al vacío y estaba completamente inmóvil.

—¿Hola? —repitió Erica.

Kenneth se sobresaltó.

—¡Hola! Lo siento, no te he oído entrar. —Se levantó y se encaminó hacia ella—. Eres Erica Falck, si no me equivoco.

—Exacto —dijo al tiempo que, sonriente, le daba un apretón de manos. Kenneth se dio cuenta de que miraba de reojo una silla y la invitó a sentarse.

—Pero siéntate, debe de ser muy pesado llevar esa carga todo el día. Ya no te quedará mucho, ¿no?

Erica apoyó la espalda agradecida y notó que se le aligeraba la presión en los riñones.

—Bueno, todavía me queda un poco, pero es que son gemelos —contestó casi sorprendida al oírse.

—Vaya, pues vais a estar ocupados —contestó Kenneth amablemente al tiempo que se sentaba a su lado—. ¿En busca de casa nueva?

Erica se sorprendió al verlo de cerca, a la luz de la lámpara que tenían al lado. Parecía cansado y demacrado. O desesperado, más bien. De pronto recordó haber oído contar que su mujer estaba gravemente enferma. Erica contuvo el impulso de poner la mano encima de la suya, pues sospechaba que él no lo interpretaría correctamente, pero no pudo por menos de decirle algo. Eran tan evidentes el dolor, el agotamiento; tan profundamente grabados en aquel rostro.

—¿Cómo está tu mujer? —preguntó con la esperanza de que no se lo tomase a mal.

—Mal. Se encuentra muy mal.

Guardaron silencio unos instantes. Luego, Kenneth se irguió e intentó esbozar una sonrisa, con la que no pudo disimular el dolor latente.

—En fin, pues dime, ¿estáis buscando casa? La que tenéis es muy bonita, desde luego. En cualquier caso, con quien tenéis que hablar es con Erik. Yo me encargo de las cuentas y los archivos, pero

167

el discurso de venta no es lo mío. Creo que Erik vendrá después del almuerzo, así que si vuelves luego…

—No, no he venido a comprar casa.

—Ajá. ¿Entonces?

Erica vaciló un instante. Mierda, ¿por qué tenía que ser tan curiosa y meter las narices en todas partes? ¿Cómo iba a explicárselo?

—Habrás oído lo de Magnus Kjellner, ¿verdad? Que lo han encontrado y eso… —preguntó indecisa.

La cara de Kenneth cobró un tono más grisáceo si cabe. El hombre asintió en silencio.

—Por lo que tengo entendido, os veíais bastante, ¿no?

—¿Por qué lo preguntas? —dijo Kenneth mirándola con recelo.

—Es que… —Erica rebuscaba en su cabeza una buena explicación, pero no se le ocurría ninguna. Tendría que recurrir a una mentira—. ¿Has leído en la prensa lo de las amenazas que ha recibido Christian Thydell?

Kenneth asintió de nuevo con expresión grave. Un destello afloró a sus ojos, pero fue tan breve que Erica no estaba segura de haberlo visto realmente.

—Christian es mi amigo y quiero ayudarle. Creo que existe una conexión entre las amenazas que él recibe y lo que le ocurrió a Magnus Kjellner —continuó.

—¿Qué tipo de conexión? —preguntó Kenneth inclinándose hacia ella.

—No puedo entrar en detalles —respondió evasiva—. Pero sería de gran ayuda que me hablaras un poco de Magnus. ¿Tenía enemigos? ¿Alguien que pudiera desearle algún mal?

—No, eso no me cabe en la cabeza. —Kenneth se retrepó en una actitud que dejaba traslucir cuánto lo incomodaba el tema.

—¿Desde cuándo sois amigos? —Erica orientó la conversación por derroteros menos delicados. A veces el mejor camino era un rodeo.

Y funcionó. Kenneth pareció relajarse.

—En principio, toda la vida. Teníamos la misma edad, así que estábamos en la misma clase en la escuela primaria y luego en el instituto. Siempre estábamos juntos los tres.

—¿Los tres? ¿Tú, Magnus y Erik Lind?

—Exacto. Si nos hubiéramos conocido de adultos, seguramente no habríamos encajado, claro, pero Fjällbacka es tan pequeño que siempre terminábamos por coincidir y, bueno, seguimos viéndonos. Cuando Erik vivía en Gotemburgo no lo veíamos mucho, pero desde que volvió nos hemos visto con bastante frecuencia, nosotros y nuestras familias. Por costumbre, me imagino.

—¿Dirías que sois amigos íntimos?

Kenneth reflexionó un instante. Miró por la ventana y, contemplando el hielo, respondió:

—No, no diría tanto. Erik y yo trabajamos juntos, así que tenemos mucho contacto, pero no somos amigos íntimos. No creo que Erik tenga amigos íntimos. Y Magnus y yo también éramos muy distintos. No tengo nada malo que decir de Magnus, ni creo que lo tenga nadie. Siempre lo pasábamos bien juntos, pero no nos hacíamos demasiadas confidencias. Más bien eran Magnus y el nuevo del grupo, Christian, quienes tenían más en común.

—¿Cómo apareció Christian?

—Pues no lo sé, la verdad. Fue Magnus quien los invitó a él y a Sanna, poco después de que Christian se mudara a Fjällbacka. A partir de ahí, se convirtió en habitual.

—¿Sabes algo de su pasado?

—No —dijo, y guardó silencio un instante—. Ahora que lo dices… No sé prácticamente nada de lo que hacía antes de venir aquí. Nunca hablábamos de eso. —Kenneth parecía extrañado de su propia respuesta.

—¿Y qué tal os lleváis Erik y tú con Christian?

—Pues es bastante reservado y, a veces, muy sombrío. Pero es un buen tipo y, con un par de copas de vino en el cuerpo, se relaja y lo pasamos muy bien juntos.

—¿Has tenido la impresión de que estuviera presionado por algo? ¿O preocupado?

—¿Te refieres a Christian? —De nuevo aquel destello en los ojos de Kenneth, tan fugaz como el de hacía unos minutos.

—Bueno, lleva aproximadamente un año y medio recibiendo esas amenazas.

—¿Tanto? No lo sabía.

—¿No habíais notado nada?

Kenneth meneó la cabeza.

—Como te decía, Christian es un poco… complicado, podríamos decir. No es fácil saber qué tiene en la cabeza. Por ejemplo, yo no me enteré de que estaba escribiendo un libro hasta que no lo tuvo listo para publicar.

—¿Lo has leído? Es espantoso lo que cuenta —dijo Erica.

Kenneth volvió a negar con un gesto.

—No soy muy dado a leer libros pero, al parecer, ha tenido buenas críticas.

—Fenomenales —confirmó Erica—. Pero, entonces, a vosotros no os había hablado de las cartas, ¿no?

—No, Christian jamás mencionó nada al respecto. Aunque, ya te digo, siempre nos hemos visto en reuniones más o menos numerosas, cenas con las parejas respectivas, en Año Nuevo y en el solsticio de verano y cosas así. Magnus era el único con el que habría hablado, creo yo.

—¿Y Magnus tampoco os dijo nada sobre ese tema?

—No, en ningún momento. —Kenneth se puso de pie—. Si me perdonas, creo que debería trabajar un poco. ¿Seguro que no vais a lanzaros a comprar una casa nueva? —Sonrió y, con un movimiento del brazo, abarcó todos los anuncios que había en la pared.

—Nos encanta la casa en la que vivimos, gracias, pero esas son muy bonitas. —Erica hizo un intento de levantarse, pero sin mucho éxito, como de costumbre. Kenneth le tendió una mano y le ayudó a ponerse de pie.

—Gracias. —Erica se enrolló en el cuello la amplia bufanda—. Lo siento muchísimo, de verdad —dijo—. Lo de tu mujer. Espero… —No encontró más palabras que decir y Kenneth asintió en silencio.

Erica empezó a tiritar en cuanto salió de nuevo al frío de la calle.

A Christian le costaba concentrarse. Por lo general, disfrutaba del trabajo en la biblioteca, pero hoy le resultaba imposible centrarse, imposible obligar al pensamiento a seguir una dirección.

Todos los que acudían a la biblioteca tenían algún comentario que hacerle sobre *La sombra de la sirena*. Que lo habían leído, que tenían pensado leerlo, que lo habían visto en el programa Nyhetsmorgon. Y él respondía educadamente. Les daba las gracias si lo elogiaban y, a quienes preguntaban por el argumento, les refería brevemente de qué trataba. Pero en realidad solo tenía ganas de gritar.

No podía dejar de pensar en lo terrible que era lo que le había sucedido a Magnus. Había empezado el hormigueo en las manos otra vez y amenazaba con extenderse. De los brazos al abdomen y de ahí a las piernas. De vez en cuando, notaba como si le ardiese de escozor todo el cuerpo y le costaba quedarse quieto en la silla. Por eso andaba entre las estanterías, devolviendo a su sitio los libros que habían ido a parar al lugar equivocado, colocando los lomos de los libros para que formasen hileras perfectas.

Se detuvo un momento. Estaba con la mano en alto sobre los libros y no se sentía en condiciones de moverla ni de bajarla. Y acudieron los recuerdos, aquellos que cada vez lo sorprendían con más frecuencia. ¿Qué hacía él allí? ¿Por qué se encontraba precisamente allí, en aquel lugar? Meneó la cabeza para ahuyentar aquellas preguntas, pero cada vez las sentía más dentro.

Alguien pasó ante la puerta de la biblioteca. Solo tuvo tiempo de atisbar a la persona en cuestión, el movimiento, más que otra cosa. Pero experimentó la misma sensación que cuando conducía hacia casa la noche anterior. La sensación de algo amenazador y, al mismo tiempo, familiar.

Se dirigió a la entrada apremiando el paso y miró por el pasillo, en la dirección por la que se había alejado aquella persona. Estaba vacío. No se oían pasos ni ningún otro ruido, no se veía a nadie. ¿Se lo habría imaginado todo? Christian se presionó la sien con los dedos. Cerró los ojos y recreó la imagen de Sanna. Su expresión cuando le contó aquella media verdad, aquella media mentira. La boca entreabierta, la compasión mezclada con el horror.

Ya no le haría más preguntas. Y el vestido azul había vuelto al desván, donde debía estar. Con una pequeña porción de verdad había comprado un poco de tranquilidad. Pero ella no tardaría en empezar a cuestionarlo todo de nuevo, a buscar respuestas y esa otra parte de la historia que él no le había contado. Esa parte debía permanecer enterrada. No existía alternativa.

Seguía con los ojos cerrados cuando oyó un carraspeo.

—Perdona, me llamo Lars Olsson. Soy periodista. Me preguntaba si no podríamos hablar un rato. He intentado localizarte por teléfono, pero no lo cogías.

—Tenía el móvil apagado. —Se quitó las manos de las sienes—. ¿Qué quieres?

—Como ayer encontraron a un hombre en el hielo… Magnus Kjellner, que llevaba desaparecido desde noviembre. Tengo entendido que erais buenos amigos.

—¿Por qué lo preguntas? —Christian retrocedió y se refugió detrás del mostrador.

—Es una casualidad un tanto extraña, ¿no te parece? Que tú lleves tiempo recibiendo amenazas y que hayan encontrado muerto a uno de tus amigos. Además, tenemos entendido que probablemente murió asesinado.

—¿Asesinado? —preguntó Christian, escondiendo las manos debajo del mostrador: le temblaban muchísimo.

—Sí, el cadáver presenta lesiones que indican muerte violenta. ¿Sabes si Magnus Kjellner recibió también amenazas? ¿O quién te habrá enviado las cartas a ti? —El tono del periodista era acuciante y no le dio oportunidad a Christian de negarse a responder.

—No sé nada de ese asunto. No sé nada.

—Pero parece que alguien se ha obsesionado contigo, y no sería muy rebuscado pensar que pueda haber gente de tu entorno que también sufra las consecuencias. Por ejemplo, ¿han amenazado de alguna manera a tu familia también?

Christian no fue capaz sino de negar con la cabeza. Acudían a su mente imágenes que se apresuró a apartar. No podía permitir que se impusieran.

El periodista no se dio cuenta de que no deseaba responder a aquellas preguntas. O quizá sí, pero no lo tuvo en cuenta.

—Tengo entendido que empezaste a recibir las amenazas antes de que los medios de comunicación se fijaran en ti a raíz de la publicación del libro. Lo que indica que se trata de algo personal. ¿Algún comentario al respecto?

Una vez más, negó vehemente con la cabeza. Christian apretaba tanto los dientes que la cara parecía una máscara rígida. Sentía deseos de huir, de no tener que afrontar aquellas preguntas, de no tener que pensar en ella y en cómo, después de tantos años, le había dado alcance. No podía dejarla entrar de nuevo. Al mismo tiempo, sabía que ya era demasiado tarde. Ella ya estaba allí, y él no podía huir. Quizá no le hubiese sido posible nunca.

—Así que no tienes idea de quién está detrás de esas amenazas, ¿no es eso? ¿Ni de si existirá algún vínculo con el asesinato de Magnus Kjellner?

—Si no me equivoco, has dicho que teníais indicios de que lo habían asesinado, no la certeza de que fuera así.

—Ya, pero es una suposición razonable —respondió el periodista—. Y convendrás conmigo en que aquí, en Fjällbacka, es una coincidencia muy extraña que un hombre reciba amenazas y que un amigo suyo aparezca muerto. Es algo que induce a hacerse preguntas...

Christian sentía crecer la indignación. ¿Qué derecho tenían a meterse en su vida, a exigir respuestas y a que les diese algo que él no tenía?

—No tengo nada más que decir sobre este asunto —repitió Christian, pero el periodista no parecía dispuesto a irse.

Entonces, Christian se puso de pie. Salió de la biblioteca, se dirigió a los aseos y se encerró. Se espantó al verse en el espejo. Era como si fuese otra persona quien lo estuviese mirando desde el cristal. No se reconocía.

Cerró los ojos y apoyó las manos en el lavabo. Oía su respiración breve y superficial. Con un esfuerzo, intentó reducir el ritmo del pulso, recobrar el control. Pero le estaban arrebatando la vida. Lo sabía. Ella se lo arrebató todo una vez y había vuelto para hacerlo de nuevo.

Las imágenes bailaban en la retina, tras los párpados cerrados. Y oía voces. La de ella y la de ellos. Sin poder contenerse, echó la cabeza hacia atrás. Y luego la adelantó con todas sus fuerzas. Oyó el ruido del espejo al quebrarse, notó una gota de sangre en la frente. Pero no le dolía. Porque durante los pocos segundos que tardó el cristal en penetrarle la piel, callaban las voces. Y ese silencio era una bendición.

Acababan de dar las doce y había alcanzado un punto agradable de embriaguez. La justa medida. Relajada, adormecida, pero sin haber perdido el control de la realidad.

Louise puso un poco más de vino en la copa. La casa estaba vacía. Las niñas estaban en la escuela y Erik en la oficina. O en cualquier otro sitio, quizá con su puta.

Se había comportado de un modo extraño los últimos días. Más callado y apagado. Y el temor se había mezclado con la esperanza. Así era siempre que temía que Erik fuera a abandonarla. Como si fuera dos personas. Para una era una liberación acabar con la prisión en que se había convertido aquel matrimonio, los engaños y las mentiras. La otra sentía pánico ante la idea de verse abandonada. Sí, claro, se llevaría su parte del dinero de Erik, pero ¿para qué lo quería si estaba sola?

No es que en su vida actual se sintiera muy acompañada. Aun así, era mejor que nada. Por las noches tenía el calor de un cuerpo en la cama y alguien que leía el periódico sentado a la mesa de la cocina a la hora del desayuno. Tenía a alguien. Si él la dejaba, se quedaría totalmente sola. Las niñas empezaban a hacerse mayores, eran como huéspedes de paso, siempre yendo o viniendo de casa de sus amigas o de la escuela. Ya habían empezado a adoptar la actitud taciturna de las adolescentes y apenas respondían cuando se les dirigía la palabra. Cuando estaban en casa, lo que más se veía de ellas era la puerta cerrada de su habitación, cuyo único signo vital era el retumbar de la música de sus equipos.

Louise había apurado ya otra copa y la llenó de nuevo. ¿Dónde estaría Erik ahora? ¿Se encontraría en la oficina o con ella? ¿Estaría revolcándose con el cuerpo desnudo de Cecilia, penetrándola, acariciándole los pechos? De todos modos, en casa no hacía nada, a ella llevaba dos años sin tocarla. En alguna ocasión, al principio, ella intentó deslizar una mano bajo el edredón y acariciar a su marido. Sin embargo, tras algún que otro rechazo humillante, en el que él se dio la vuelta descaradamente para darle la espalda, terminó por rendirse.

Vio su imagen en el acero reluciente y abrillantado del frigorífico. Como de costumbre, mientras se miraba, levantó la mano y se tocó la cara. Tan mal no estaba, ¿no? Hubo un tiempo en que fue guapa. Y controlaba el peso, tenía cuidado con lo que comía y despreciaba a las mujeres de su edad que permitían que los bollos y las tartas rellenasen los michelines que creían poder ocultar en los vestidos estampados con forma de tienda de campaña que compraban en Lindex. Ella aún podía llevar un par de vaqueros ajustados con dignidad. Levantó la barbilla, escrutándose. Ya empezaba a colgarle un poco, la verdad. La levantó un poco más. Así, eso es. Ese era el aspecto que debía tener.

Bajó de nuevo la barbilla. Vio cómo caía la piel fláccida formando un pliegue y tuvo que contener el impulso de coger del soporte uno de los cuchillos de cocina y cortar aquel pellejo repugnante. De repente, sintió asco de su propia imagen. No era de extrañar que Erik no quisiera tocarla ya. Era comprensible que quisiera notar en las manos carne firme, que quisiera tocar a alguien que no estuviese ajándose y pudriéndose por dentro.

Alzó la copa y arrojó el contenido contra el frigorífico, borró la imagen de sí misma y la sustituyó por un fluido rojo brillante que chorreaba por la superficie lisa. Tenía el teléfono allí, en la encimera, y marcó el número de la oficina, que se sabía de memoria. Tenía que saber dónde estaba Erik.

—Hola, Kenneth, ¿está Erik ahí?

Se le aceleró el corazón mientras colgaba, pese a que debería estar acostumbrada a aquellas alturas. Pobre Kenneth. Cuántas veces no habría tenido que encubrir a Erik a lo largo de los años. Inventar una historia a toda prisa, decir que Erik estaba con algún papeleo, pero que seguramente no tardaría en volver al despacho.

Llenó la copa sin molestarse en limpiar el vino que había tirado y se dirigió resuelta al despacho de Erik. En realidad, no le estaba permitido entrar allí. Según decía, cuando otra persona usaba el despacho, alteraba su orden, así que le tenía terminantemente prohibido entrar allí. Y precisamente por eso, allí se encaminó.

Con mano torpe, dejó la copa en el escritorio y empezó a abrir los cajones uno tras otro. A lo largo de tantos años de dudas jamás se le había ocurrido olismear en sus cosas. Prefería no saber. Prefería las sospechas a la certeza, aunque, en su caso, la diferencia era nimia. De alguna manera, siempre supo quién era en cada momento. Dos de sus secretarias, en los años en Gotemburgo, una de las maestras de la guardería de las niñas, la madre de una de las compañeras de las niñas. Lo veía en la mirada esquiva y ligeramente culpable que le dedicaban cuando se las encontraba. Reconocía el perfume, notaba un contacto fugaz que estaba fuera de lugar.

Ahora, por primera vez, revolvía en sus cajones, rebuscaba entre los papeles, sin importarle que él notara que había estado allí. Porque cada vez estaba más segura de que el silencio de los últimos días solo podía significar una cosa. Que iba a dejarla. Que la desecharía como una basura, como una mercancía de usar y tirar que había traído al mundo a sus hijas, había limpiado la casa, había preparado las malditas cenas para sus malditos contactos, tan aburridos, por lo general, que creía que le estallaría la cabeza cuando se veía obligada a conversar con ellos. Si Erik creía que iba a retirarse como un animal herido, sin pelear, sin oponer resistencia, estaba muy equivocado. Y además, ella conocía los negocios que había hecho a lo largo de los años y que no resistirían un examen minucioso de las autoridades. Si cometía el error de subestimarla, le costaría muy caro.

El último cajón estaba cerrado con llave. Louise tiró varias veces, cada vez más fuerte, pero el cajón no cedió. Sabía que tenía que abrirlo, que contenía algo que Erik no quería que viese. Echó un vistazo a la mesa. Era relativamente moderna y, en otras palabras, más fácil de forzar que una de las antiguas, más sólidas y robustas. Un abrecartas captó su atención. Eso le serviría. Sacó el cajón hasta el tope de la cerradura e introdujo la punta del abrecartas en la ranura. Y empezó a hacer palanca. En un primer momento parecía que no iba a ceder, pero empujó un poco más, presionó fuertemente y empezó a tener esperanzas al oír por fin el crujido de la madera. Cuando la cerradura cedió finalmente, estuvo a punto de caer de espaldas, pero pudo agarrarse al borde de la mesa en el último momento y consiguió mantener el equilibrio.

Miró con curiosidad dentro del cajón. En el fondo había algo blanco. Alargó el brazo e intentó enfocar con la vista, que tenía como nublada. Sobres blancos, el cajón no contenía más que unos sobres blancos. Recordaba haberlos visto entre el resto del correo, pero no le llamaron la atención. Iban dirigidos a Erik, así que solía dejarlos con su correo, que él siempre abría al llegar a casa después del trabajo. ¿Por qué los habría guardado en un cajón del escritorio cerrado con llave?

Louise cogió los sobres, se sentó en el suelo y los extendió. Había cinco, con el nombre de Erik y la dirección escritos con tinta negra y letra elegante.

Por un instante, sopesó la posibilidad de devolverlos al cajón y seguir viviendo en la ignorancia; dejarlo pasar. Pero había forzado la cerradura y, de todos modos, Erik vería que había andado curioseando en cuanto volviese del trabajo. Así que ya que había llegado hasta ahí, bien podía leer las cartas.

Cogió la copa de vino, necesitaba notar que el alcohol le corría por la garganta, bajaba hasta el estómago, procuraba alivio allí donde dolía. Tres tragos. Luego dejó la copa a su lado y abrió el primer sobre.

Una vez los hubo leído todos, los juntó en un montón. No comprendía nada. Salvo que alguien quería hacerle daño a Erik. Algo terrible amenazaba la existencia de ambos, de su familia, y él no había dicho una palabra. Aquella idea le infundió una ira que superaba con creces la rabia que hubiera sentido nunca. No la había considerado su igual como para hacerla partícipe de aquello. Pero ahora tendría que responder. No podía continuar tratándola así, sin respeto.

Colocó los sobres en el asiento del acompañante cuando se metió en el coche. Le llevó unos segundos atinar con la llave del encendido pero, tras respirar hondo un par de veces, la cosa funcionó. Era consciente de que no debería conducir, pero como en tantas otras ocasiones, acalló su conciencia e inició la marcha.

Casi le parecía bonita, ahora que la veía tan quieta y que no gritaba, que no reclamaba nada ni tomaba nada. Extendió el brazo y le tocó la frente. Al rozarla, el agua se puso en movimiento y los rasgos de la cara de la pequeña se volvieron difusos bajo las ondas de la superficie.

Allá abajo, junto a la puerta, parecía que su padre estuviese despidiéndose de la visita. El sonido de pasos se acercaba. Su padre comprendería. También a él lo habían dejado fuera. Ella también le había arrebatado cosas a él.

Pasó los dedos por el agua, haciendo formas y ondas. Las manos y los pies de la niña descansaban sobre el fondo. Solo las rodillas y una parte de la frente sobresalían de la superficie del agua.

Ya oía a su padre al otro lado de la puerta del baño. No levantó la vista. De repente, era como si no pudiera dejar de mirarla. Le gustaba así. Por primera vez, la pequeña le gustaba. Apretó más aún la mejilla contra la bañera. Aguzó el oído y esperó a que su padre comprendiera que ya se habían librado de ella. Habían recuperado a su madre, tanto él como su padre. Él se pondría contento, estaba seguro de ello.

Entonces notó que alguien lo apartaba de la bañera de un tirón. Atónito, alzó la vista. Su padre tenía el rostro tan distorsionado a causa de tantos sentimientos que él no supo cómo interpretarlos. Pero alegre no estaba.

—¿Qué has hecho? —A su padre se le quebró la voz y sacó a Alice de la bañera. Sin saber qué hacer, sostuvo aquel cuerpo exánime en el regazo hasta que lo depositó en la alfombra del baño con sumo cuidado—. ¿Qué has hecho? —repitió sin mirarlo.

—Ella se llevó a mi madre. —Notó que las explicaciones se le atascaban en la garganta y que no podían salir. No comprendía nada. Creyó que a su padre le gustaría.

El padre no respondió. Solo lo miró fugazmente con una expresión de incredulidad en la cara. Luego se inclinó y empezó a presionar ligeramente con los dedos el pecho del bebé. Le tapaba la nariz, le soplaba con cuidado en la boca y volvía a presionarle el pecho.

—¿Por qué haces eso, papá? —Él mismo oyó cómo lloriqueaba. A su madre no le gustaba que lloriquease. Se abrazó las piernas flexionadas y pegó la espalda a la bañera. ¿Por qué lo miraba su padre de aquel modo tan raro? No parecía solo enfadado, parecía que le tuviese miedo.

Su padre continuaba soplando en la boca de Alice, pero sus pies y sus manos seguían tan inmóviles en la alfombra como cuando descansaban sobre el fondo de la bañera. A veces hacían un leve movimiento brusco cuando su padre le apretaba el pecho con los dedos, pero eran los movimientos de su padre, no los de Alice.

Pero la cuarta vez que su padre dejó de soplar para presionar, le tembló una mano. Luego se oyó una tos y enseguida, el llanto. Aquel llanto familiar, chillón, exigente. Ya había dejado de gustarle otra vez.

Se oyeron en la escalera los pasos de su madre que bajaba del piso de arriba. Su padre abrazó a Alice y se le empapó la camisa. La pequeña seguía llorando a gritos, tanto que vibraban las paredes del baño, y él deseaba que terminara de una vez y que estuviera tan callada y tan buenecita como antes de que su padre empezara a hacerle todo aquello.

Mientras su madre se acercaba, su padre se sentó en cuclillas delante de él. Tenía los ojos desorbitados y temerosos cuando, con la cara muy cerca y en voz baja, le dijo: «No hablaremos de esto nunca más. Y si vuelves a hacerlo, te echaré de aquí tan rápido que no oirás ni la puerta al cerrarse, ¡¿entendido?! No vuelvas a tocarla».

—¿Qué pasa? —La voz de su madre en la puerta—. En cuanto va una y se echa un rato a descansar y a relajarse, estalla un episodio de pura histeria. ¿Qué le pasa a la niña? ¿Le ha hecho algo? —preguntó volviéndose hacia él, que seguía sentado en el suelo.

Durante unos segundos, la única respuesta que se oyó fue el llanto de Alice. Luego su padre se levantó con ella en brazos y le dijo:

—No, es solo que he tardado un poco en taparla con la toalla al sacarla de la bañera. Lo que está es más bien irritada.

—¿Seguro que no le ha hecho nada? —Su madre lo miraba fijamente, pero él bajó la cabeza y fingió estar entretenido tironeando de los flecos de la alfombra.

—Bueno, me ha estado ayudando. Lo ha hecho fenomenal con ella. —Con el rabillo del ojo, vio que su padre le lanzaba una mirada de advertencia.

Su madre pareció dispuesta a dejarse convencer. Extendió los brazos con impaciencia y, al cabo de unos segundos de vacilación, su padre le entregó a Alice. Cuando se fue con paso lento para calmar a la niña, él y su padre se miraron. Los dos guardaron silencio, pero en los ojos de su padre vio que pensaba hacer lo que había dicho: jamás hablarían de lo ocurrido.

—¡Kenneth! —Se le quebró la voz al intentar llamar a su marido.

Nadie respondió. ¿Habrían sido figuraciones suyas? No, estaba segura de haber oído que la puerta se abría y luego se cerraba de nuevo.

—¿Hola?

Seguían sin responder. Lisbet intentó incorporarse, pero se le habían mermado las fuerzas a tal velocidad los últimos días que fue incapaz. La fuerza que le quedaba la reservaba para las horas que Kenneth pasaba en casa. Y todo para convencerlo de que se encontraba mejor de lo que en realidad estaba y así poder estar en casa algo más de tiempo. No tener que aguantar el olor a hospital y la sensación de las sábanas rasposas en la piel. Conocía tan bien a Kenneth. La llevaría como un rayo al hospital si supiera lo mal que se encontraba. Y lo haría porque aún se aferraba convulsamente a cualquier atisbo de esperanza.

Pero a ella el cuerpo le decía que el final ya estaba cerca. Se le habían terminado las reservas y la enfermedad había tomado el mando. Había vencido. Y nada deseaba más que morir en casa, tapada con su propio edredón y con la cabeza descansando en su propia almohada. Y con Kenneth durmiendo a su lado por la noche. Muchas veces se quedaba despierta escuchando, intentando memorizar el sonido de su respiración. Sabía lo incómodo que estaba en aquella destartalada cama hinchable. Pero no era capaz de decirle que se fuera a dormir arriba. Quizá fuese una actitud egoísta, pero lo quería demasiado como para tenerlo lejos el tiempo que le quedaba.

—¿Kenneth? —Lo llamó una tercera vez. Acababa de convencerse de que se lo había imaginado todo cuando oyó el ruido familiar del tablón suelto de la entrada, que protestaba ruidosamente siempre que alguien lo pisaba.

»¿Hola? —Empezaba a asustarse. Miró a su alrededor en busca del teléfono, que Kenneth siempre se acordaba de dejarle cerca, pero últimamente se levantaba tan cansado que a veces se le olvidaba. Como hoy.

»¿Hay alguien ahí? —Se agarró al borde de la cama y trató de incorporarse de nuevo. Se sentía como el protagonista de una de sus novelas favoritas, *La metamorfosis,* de Franz Kafka, en la que Gregor Samsa se convierte en un escarabajo y es incapaz de darse la vuelta cuando se queda boca arriba, y así permanece tumbado sin poder hacer nada.

Ya se oían pasos en el recibidor. Pasos cautelosos, pero que se acercaban cada vez más. Lisbet notó que el pánico le hormigueaba por dentro. ¿Quién sería aquella persona, que no respondía a sus preguntas? Porque a Kenneth no se le ocurriría bromear con ella de aquel modo, claro. Jamás había recurrido a bromas pesadas ni a sorpresas inesperadas, ¿cómo iba a hacerlo ahora?

Los pasos no se oían muy lejos. Clavó la mirada en la vieja puerta de madera que ella misma había lijado y pintado hacía ya lo que a ella le parecía toda una vida. Al principio no se movía y volvió a pensar que tal vez el cerebro le estuviese jugando una mala pasada, que quizá el cáncer se hubiese extendido y ya no pudiera pensar con claridad y percibir la realidad tal y como era.

Pero, al cabo de unos minutos, la puerta empezó a moverse despacio hacia dentro. Había alguien al otro lado que la empujaba. Lisbet gritó pidiendo ayuda, gritó tanto como pudo para acallar aquel silencio aterrador. Cuando la puerta se abrió del todo, guardó silencio. Y la persona que allí apareció empezó a hablar. La voz le sonaba familiar y, al mismo tiempo, extraña, y Lisbet entornó los ojos para ver mejor. La larga melena oscura la impulsó a llevarse la mano a la cabeza para comprobar que seguía llevando el pañuelo amarillo.

—¿Quién? —dijo Lisbet, pero aquella persona se llevó el dedo a los labios y ella enmudeció.

De nuevo se oyó la voz. Ahora desde el borde de la cama, hablándole muy cerca de la cara, diciéndole cosas que la movían a taparse los oídos con las manos. Lisbet meneaba la cabeza, no quería escuchar, pero la voz continuaba. Era cautivadora e implacable. Empezó a contarle una historia y hubo algo en el tono y en el movimiento del relato, hacia delante y hacia atrás, que le hizo comprender que era verdad. Y aquella verdad era más de lo que podía soportar.

Paralizada, oyó que la historia continuaba. Cuanto más averiguaba, tanto más débil se volvía el hilo delicado que la había mantenido en pie. Había vivido de prestado y gracias a un esfuerzo de voluntad, por amor y por su confianza en el amor. Y ahora que le arrebataban esa confianza, se dejó ir. Lo último que oyó fue aquella voz. Luego, le falló el corazón.

—¿Cuándo crees que podremos hablar con Cia otra vez? —Patrik miraba a su colega.

—Por desgracia, me temo que no podemos esperar —respondió Paula—. Seguro que comprenderá que debemos seguir con la investigación.

—Ya, sí, supongo que tienes razón —dijo Patrik, aunque no sonó del todo convencido. Siempre resultaba una elección difícil. Hacer su trabajo e importunar quizá a alguien que estaba de luto o ser considerado y asumir que el trabajo podía esperar. Al mismo tiempo, la propia Cia había demostrado claramente a qué daba prioridad al ir a verlo todos los miércoles.

—¿Qué podemos hacer? ¿Qué es lo que aún no hemos hecho? ¿O lo que podemos hacer de nuevo? Se nos ha debido escapar algo.

—Sí, pues para empezar, Magnus vivió en Fjällbacka toda su vida, de modo que si hay algún secreto en su presente o en su pasado, tiene que estar aquí. Y eso debería facilitar las cosas. Pero, aunque los chismorreos suelen ser de lo más efectivo, no hemos conseguido averiguar lo más mínimo sobre él por el momento. Nada que pueda considerarse un móvil por el que alguien quisiera causarle daño, y mucho menos algo tan drástico como asesinarlo.

—No, da la impresión de que era un tipo verdaderamente familiar. Matrimonio estable, niños bien educados, relaciones sociales normales. Aun así, alguien se empleó con él cuchillo en ristre. ¿Tú crees que puede ser obra de un loco? ¿Algún perturbado mental al que se le hayan cruzado los cables y haya elegido a su víctima al azar? —Paula no expuso su teoría con demasiado convencimiento.

—Bueno, no podemos descartarlo, pero yo no lo creo. Lo que más contradice esa hipótesis es el hecho de que Magnus llamara a Rosander para decirle que iba a retrasarse. Además, no sonaba como de costumbre. No, aquella mañana ocurrió algo, estoy seguro.

—En otras palabras, deberíamos centrarnos en personas a las que él conocía.

—Es más fácil decirlo que hacerlo —replicó Patrik—. Fjällbacka tiene unos mil habitantes. Y todos se conocen, más o menos.

—Sí, y que lo digas, yo ya he empezado a comprender cómo va esto —rio Paula. Se había mudado a Tanumshede hacía relativamente poco y aún trataba de acostumbrarse a la conmoción de haber perdido por completo el anonimato que le ofrecía la gran ciudad.

—Pero, en principio, tienes razón. Y por eso propongo que vayamos de dentro a fuera. Hablaremos con Cia en cuanto podamos. Incluso con los niños, si Cia lo consiente. Luego los amigos más íntimos, Erik Lind, Kenneth Bengtsson y, desde luego, Christian Thydell. Hay algo en esas amenazas…

Patrik abrió el primer cajón del escritorio y sacó la bolsa de plástico con la carta y la tarjeta. Le contó la historia de cómo las había conseguido Erica, mientras Paula lo escuchaba atónita. Luego leyó en silencio aquellas palabras amenazantes.

—Esto es grave —dijo—. Deberíamos enviarlas a analizar.

—Lo sé —respondió Patrik—. Y no podemos sacar conclusiones precipitadas. Pero tengo la sensación de que todo está relacionado.

—Sí —añadió Paula poniéndose de pie—. Yo tampoco creo en las casualidades. —Se detuvo antes de salir del despacho de Patrik—. ¿Quieres que hablemos hoy con Christian?

—No, preferiría dedicar el resto del día a reunir todo el material que tenemos de los tres: Christian, Erik y Kenneth. Mañana por la mañana lo revisamos y ya veremos si hay algo que pueda sernos útil. También quisiera que leyéramos detenidamente las notas de las conversaciones que mantuvimos con ellos inmediatamente después de la desaparición de Magnus, así captaremos enseguida si hay algo que no encaje con lo que han dicho esta última vez.

—Hablaré con Annika, ella podrá ayudarnos a localizar el material antiguo.

—Bien. Yo llamo a Cia y le pregunto cuándo puede vernos.

Cuando Paula se marchó, Patrik se quedó un buen rato abstraído mirando el teléfono.

—¡Deja de llamar a esta casa! —gritó Sanna colgando de golpe. El teléfono llevaba sonando todo el día. Periodistas, preguntando por Christian. No decían qué querían, pero no resultaba difícil de adivinar. Naturalmente, el hecho de que hubiesen encontrado muerto a Magnus tan poco tiempo después del descubrimiento de las amenazas los tenía tras ellos como a buitres. Pero eso era absurdo. Eran dos sucesos independientes. Claro que corría el rumor de que Magnus había muerto asesinado, pero hasta que no lo oyera de fuentes más fidedignas que las chismosas del pueblo se negaba a creerlo. Y aunque algo tan impensable pudiera ser verdad, ¿por qué iba a guardar relación con las cartas que había recibido Christian? Eso le dijo él cuando intentó calmarla. A un perturbado se le había ocurrido tomarla con él, alguien que, seguramente, sería totalmente inofensivo.

Ella habría querido preguntarle que, si era así, por qué había reaccionado de aquella manera en el acto promocional. ¿Creía él mismo lo que decía? Pero las preguntas se le atascaron en la garganta cuando él le reveló de dónde había salido aquel vestido azul. A la luz de esa información, palideció todo lo demás. Fue horrendo y Sanna sintió un dolor físico al oír su relato. Aunque, al mismo tiempo, fue un consuelo, porque eso explicaba muchas cosas. Y le ayudaba a perdonar bastantes más.

Sus problemas palidecían también al pensar en Cia y en lo que estaba pasando en aquellos momentos. Echarían de menos a Magnus, tanto ella como Christian. Su relación no siempre fue espontánea, pero, en cierto modo, siempre fue indiscutible. Erik, Kenneth y Magnus habían crecido juntos y tenían una historia común. Ella los veía de lejos, pero, dada la diferencia de edad, nunca se relacionó con ellos hasta que Christian llegó y empezó a tratarlos. Y sí, ella había comprendido que las mujeres de los demás la consideraban demasiado joven y tal vez un tanto ingenua, pero siempre la acogieron con los brazos abiertos y, con el correr de los años, sus encuentros habían pasado a formar parte de su vida. Celebraban juntos las fiestas, ni más ni menos. Y a veces también celebraban cenas informales los fines de semana.

La que mejor le cayó siempre de las tres mujeres era Lisbet. Era tranquila, con un humor relajado y siempre le hablaba como a una igual. Además, adoraba a Nils y a Melker y a Sanna le parecía un verdadero desperdicio que Kenneth y ella no tuviesen hijos. Sin embargo, la atormentaban los remordimientos, porque no podía ir a visitar a Lisbet. Lo intentó la Navidad anterior. Fue a verla con una flor de pascua y una caja de bombones Aladdin, pero en cuanto la vio en la cama, más muerta que viva, le entraron ganas de salir corriendo cuanto antes. Lisbet notó su reacción. Y Sanna se lo vio en la cara, vio su comprensión, mezclada con cierto grado de decepción. Y no tenía fuerzas para ver de nuevo aquella decepción, no tenía fuerzas para ver a la muerte vestida de persona y fingir que quien yacía en la cama aún era su amiga.

—¡Hola! ¿Estás en casa? —Se sorprendió al ver que Christian entraba y se quitaba el abrigo con gestos silenciosos.

—¿Estás enfermo? Hoy trabajabas hasta las cinco, ¿no?

—No me siento del todo bien —murmuró.

—Pues no, no tienes muy buena cara —confirmó ella observándolo preocupada—. ¿Y qué te has hecho en la frente?

Él le quitó importancia con un gesto de la mano.

—Bah, no es nada.

—¿Te has cortado?

—Déjalo ya. No soporto tus interrogatorios. —Respiró hondo y, algo más calmado, añadió—: Hoy se ha presentado un periodista en la biblioteca y ha estado preguntándome por Magnus y las cartas. Estoy tan harto de todo…

—Ya, pues aquí han estado llamando todo el día. ¿Y qué le dijiste?

—Tan poco como pude. —Se calló de pronto—. Pero seguro que mañana cuenta algo en el periódico. Siempre escriben lo que quieren.

—Pues por lo menos Gaby se pondrá contenta —dijo Sanna en tono agrio—. ¿Qué tal fue la reunión con ella, por cierto?

—Bien —respondió Christian secamente, pero algo en su tono de voz le dijo a Sanna que aquella no era toda la verdad.

—¿Seguro? Comprendería que estuvieras enfadado con ella, después de haberte vendido a la prensa de ese modo…

—¡Ya te he dicho que me ha ido bien! —bufó Christian—. ¿Es que siempre tienes que cuestionar todo lo que digo?

Allí estaba de nuevo la ira bullendo a borbotones y Sanna se quedó quieta, mirándolo. Cuando Christian se le acercó, tenía la mirada sombría y continuó gritándole.

—¡Tienes que dejarme en paz, joder! ¿No lo comprendes? Deja de perseguirme las veinticuatro horas. Deja de husmear en lo que no te incumbe.

Sanna miró a su marido, a aquellos ojos que ella debería conocer tan bien después de tantos años juntos. Pero quien ahora la miraba era un extraño. Y, por primera vez, Sanna tuvo miedo de él.

Anna entrecerró los ojos al dar la curva después de Segelsäll-skapet, en dirección a Sälvik. La figura que se movía a unos metros de allí guardaba cierto parecido con su hermana, si se guiaba uno por el color del pelo y por la ropa. El resto recordaba más bien a Barbamamá. Anna frenó y bajó la ventanilla.

—Hola, precisamente iba para tu casa. Parece que necesitas que te lleven.

—Pues sí, gracias —dijo Erica, que abrió la puerta del acompañante y se desplomó en el asiento—. He sobrevalorado excesivamente mi capacidad para pasear. Estoy muerta y empapada de sudor.

—¿Y adónde has ido? —Anna metió primera y puso rumbo a casa de sus padres, donde Erica y Patrik vivían ahora. La casa estuvo a punto de venderse, pero Anna ahuyentó los recuerdos de Lucas y del pasado. Aquel tiempo había quedado atrás. Para siempre.

—He estado en Havsbygg, hablando con Kenneth, ya sabes.

—¿Por qué? ¿No iréis a vender la casa?

—No, no —se apresuró a tranquilizarla Erica—. Solo quería hablar un poco con él de Christian. Y de Magnus.

Anna aparcó delante de aquella casa tan bonita y tan antigua.

—¿Por qué? —preguntó, pero se arrepintió enseguida. La curiosidad de su hermana mayor lo superaba casi todo y a veces la ponía en unas situaciones de las que Anna prefería no saber nada.

—Comprendí que no sabía nada del pasado de Christian. Nunca ha contado nada de nada —dijo Erica saliendo del coche entre jadeos—. Y, además, a mí me parece que todo es un tanto extraño. A Magnus lo asesinaron y a Christian le envían amenazas. Y teniendo en cuenta que eran buenos amigos, no me trago que sea una coincidencia.

—Ya, pero ¿Magnus recibió alguna amenaza? —Anna entró en el recibidor después de Erica y se quitó el abrigo.

—No por lo que yo sé. De ser así, Patrik lo sabría.

—¿Y estás segura de que, si hubiera averiguado algo durante la investigación, te lo habría dicho?

Erica sonrió.

—Lo dices por lo bien que se le da a mi querido esposo mantener la boca cerrada, ¿no?

—No, claro, en eso tienes razón —contestó Anna entre risas mientras se sentaba a la mesa de la cocina. Patrik no conseguía aguantar mucho tiempo cuando Erica se empeñaba en sonsacarle información.

—Además, le enseñé las cartas que ha recibido Christian y me di cuenta de que lo de las amenazas era para él una novedad. Si a Magnus le hubiera pasado algo parecido, habría reaccionado de otra manera.

—Ummm… sí, supongo que tienes razón. ¿Y entonces, averiguaste algo hablando con Kenneth?

—No, no mucho. Pero tuve la sensación de que mis preguntas le resultaban de lo más incómodas. Como si estuviera poniendo el dedo en alguna llaga, aunque no sé por qué exactamente.

—¿Se conocen mucho?

—No lo sé. Me cuesta mucho imaginar qué puede tener Christian en común con Kenneth y Erik. Lo de Magnus lo entiendo mejor.

—Pues a mí siempre me ha parecido que Christian y Sanna forman una pareja un tanto extraña.

—Sí, la verdad… —Erica buscaba la palabra adecuada. No quería que sonara a crítica—. Sanna es un tanto «joven» —dijo por fin—. Además, creo que es muy celosa. Y hasta cierto punto, la comprendo. Christian es un hombre atractivo y no da la sensación de que tengan una relación muy igualitaria que digamos. —Erica había preparado una tetera y la colocó en la mesa junto con un poco de leche y un tarro de miel.

—¿A qué te refieres con igualitaria? —preguntó Anna llena de curiosidad.

—Pues, no es que me haya relacionado mucho con ellos, pero tengo la sensación de que Sanna adora a Christian, mientras que él la trata con cierta condescendencia.

—Eso no suena nada bien —dijo Anna y tomó un sorbo de té, que estaba demasiado caliente. Dejó la taza en la mesa para que se enfriara un poco.

—No, y puede que sea una conclusión precipitada de lo poco que he podido ver, pero hay algo en su trato que recuerda más a la relación entre padre e hija que a la que cabe esperar entre dos adultos.

—Bueno, en cualquier caso, el libro ha tenido buena acogida.

—Sí, y bien merecida —respondió Erica—. Christian es uno de los escritores con más talento que he conocido y estoy muy contenta de que los lectores puedan descubrirlo.

—Y todos esos artículos de la prensa contribuirán lo suyo. No hay que subestimar la curiosidad de la gente.

—Es verdad, pero con tal de que lleguen al libro, me da igual cómo lo hagan —afirmó Erica poniéndose una segunda cucharada de miel. Había intentado abandonar la costumbre de tomar el té con tanta miel, tan dulce que se le quedaban los dientes pegajosos, pero siempre terminaba por rendirse.

—¿Y cómo va eso? —Anna le señaló la barriga, sin poder ocultar la preocupación. Después del nacimiento de Maja, Erica pasó por una época muy difícil en la que Anna, que lidiaba a la sazón con sus propios problemas, no pudo apoyarla. Pero ahora estaba muy preocupada por su hermana. No quería ver cómo se hundía de nuevo en la bruma de la depresión.

—Te mentiría si te dijera que no estoy asustada —respondió Erica pensativa—. Pero esta vez me siento más preparada mentalmente. Sé lo que me espera, lo duros que son los primeros meses. Al mismo tiempo, resulta imposible imaginar cómo será todo cuando son dos a la vez. Puede que sea mil veces peor, por muy preparada que crea que estoy.

Aún recordaba a la perfección cómo se sentía después de que naciera Maja. No se acordaba de los detalles, de ningún instante concreto del día a día de los primeros meses. Así que aquella existencia se le presentaba como una mancha negra cuando intentaba rememorarla. Sin embargo, la sensación que le provocaban sus circunstancias había permanecido intacta en la memoria y la embargaba el pánico ante la sola idea de volver a caer en la desesperación infinita y en la resignación total de aquellos meses.

Anna se imaginó lo que estaba pensando. Alargó el brazo y le cogió la mano.

—Esta vez no será igual. Claro, será más trabajo que cuando solo tenías a Maja, eso no puedo negarlo, pero yo estaré pendiente de ti, Patrik estará pendiente de ti, y te pescaremos si vemos que vas a caer de nuevo en ese agujero profundo. Te lo prometo. Erica, mírame. —Obligó a su hermana a levantar la cabeza y a mirarla a los ojos. Una vez que consiguió captar toda su atención, repitió con calma y con firmeza—: No permitiremos que vuelvas a caer en eso.

Erica parpadeó para disimular unas lágrimas y apretó la mano de su hermana. Tanto había cambiado la relación entre ellas que Erica no era ya una especie de madre para Anna. Ni siquiera una hermana mayor. Eran hermanas, pura y simplemente. Y amigas.

—Tengo en el congelador una tarrina de Ben & Jerry's Chocolate Fudge Brownie. ¿Lo traigo?

—¿Y ahora lo dices? —preguntó Anna con expresión ofendida—. Venga aquí el helado ahora mismo, si no quieres que deje de ser tu hermana.

Erik exhaló un suspiro cuando vio entrar el coche de Louise en el aparcamiento de la oficina. No solía presentarse allí y el que ahora lo hiciera no presagiaba nada bueno. Además, no hacía mucho que había llamado preguntando por él. Kenneth se lo comunicó en cuanto él volvió de una breve salida a la tienda. Por una vez, su colega no tuvo que mentir.

Se preguntaba por qué tenía tanto interés en localizarlo. ¿Se habría enterado de su aventura con Cecilia? No, saber que él se acostaba con otra no era para ella motivo suficiente como para sentarse en el coche y salir a la calle con la nevada. De repente, se quedó helado. ¿Sabría Louise que Cecilia estaba embarazada? ¿Habría roto Cecilia el acuerdo al que habían llegado y que ella misma había propuesto? ¿Acaso el deseo de perjudicarlo y de vengarse de él pudo más que el de recibir una mensualidad para ella y para su hijo?

Vio a Louise salir del coche. La idea de que Cecilia lo hubiese descubierto lo tenía paralizado. No había que subestimar a las mujeres. Cuanto más lo pensaba, más verosímil le parecía que su amante hubiese renunciado al dinero por el placer de destrozar su vida.

Louise entró en el local. Parecía alterada. Cuando se le acercó, notó el olor pestilente a vino flotando como una niebla densa a su alrededor.

−¿Estás en tu sano juicio? ¿Has cogido el coche borracha? −masculló Erik. Vio con el rabillo del ojo que Kenneth fingía estar concentrado en la pantalla del ordenador, pero por mucho que Erik quisiera, no podía evitar oír lo que dijeran.

−Y a ti qué te importa −balbució ella−. De todos modos, yo conduzco mejor borracha que tú sobrio. −Louise perdió el equilibrio y Erik miró el reloj. Las tres de la tarde y su mujer ya estaba completamente borracha.

−¿Qué quieres? −Lo único que quería era acabar cuanto antes. Si Louise iba a destrozar su mundo, cuanto antes mejor. Él siempre había sido un hombre de acción, nunca había rehuido las situaciones desagradables.

Sin embargo, en lugar de estallar en acusaciones contra Cecilia y decirle que sabía lo del niño, mandarlo al cuerno y decirle que pensaba quitarle todo lo que poseía, Louise metió la mano en el bolsillo del abrigo y sacó algo blanco. Cinco sobres blancos. Erik los reconoció enseguida.

−¿Has estado en mi despacho? ¿Husmeando en mis cosas?

−¡Pues claro que sí, qué puñetas! Tú nunca me cuentas nada. Ni siquiera que alguien te ha estado enviando cartas amenazadoras. ¿Te has creído que soy idiota? ¿Crees que no sé que se trata de las mismas cartas de las que hablan en el periódico? Las que le han estado enviando a Christian. Y, por si fuera poco, ahora Magnus está muerto. −Le salía la ira por las orejas−. ¿Por qué no me las has enseñado? ¿Un enfermo nos amenaza y a ti no te parece que yo tenga derecho a saberlo? ¡Yo, que me paso los días sola en casa, sin protección!

Erik lanzó una mirada a Kenneth, irritado ante la idea de que el colega pudiera oír cómo Louise lo ponía en evidencia. Al ver su expresión, se quedó de piedra. Kenneth había dejado de mirar la pantalla. Miraba perplejo los cinco sobres blancos que Louise había arrojado sobre el escritorio. Estaba pálido. Miró a Erik un instante y luego volvió la cara de nuevo. Pero ya era tarde. Erik se había dado cuenta.

−¿Tú también has recibido cartas como estas?

Louise se sobresaltó al oír la pregunta de Erik y miró a Kenneth. En un principio, parecía que no lo hubiese oído, continuó observando detenidamente una hoja de cálculo complejísima con los gastos y los ingresos. Pero Erik no pensaba dejarlo en paz.

−Kenneth, te he hecho una pregunta. −La voz imperativa de Erik. La misma que había usado siempre, a lo largo de todos los años, desde que se conocían. Y Kenneth reaccionó del mismo modo que cuando eran niños. Aún seguía siendo el blando, el que iba detrás y se sometía a la autoridad de Erik y a su necesidad de liderazgo. Hizo girar lentamente la silla, hasta que quedó de cara a Erik y Louise. Cruzó las manos sobre las rodillas y respondió en voz baja:

−He recibido cuatro. Tres en el buzón y una que me encontré en la mesa de la cocina.

Louise se puso blanca. Había encontrado más combustible para la ira que sentía contra Erik.

−Pero ¿qué es esto? ¿Christian, tú y Kenneth? ¿Qué habéis hecho? ¿Y Magnus? ¿Él también recibía cartas? −Miró acusadora a su marido, luego a Kenneth y de nuevo a Erik.

El silencio duró unos instantes. Kenneth miraba inquisitivo a Erik, que negó despacio con la cabeza.

−No, que yo sepa. Magnus nunca dijo nada al respecto, pero eso no tiene por qué significar nada. ¿Tú sabes algo? −Dirigió la pregunta a Kenneth, que también negó sin pronunciar palabra.

−No. Si Magnus se lo hubiese contado a alguien, habría sido a Christian.

—¿Cuándo recibiste la primera? —El cerebro de Erik empezaba a procesar la información; le daba vueltas y más vueltas, tratando de hallar una solución y de recobrar de nuevo el control.

—No estoy seguro. Pero bueno, fue antes de Navidad. O sea, en diciembre.

Erik alargó el brazo y cogió las cartas, que estaban en la mesa. Louise se había venido abajo, la ira se había esfumado. Se quedó allí, delante de su marido, viendo cómo ordenaba las cartas por la fecha del matasellos. La primera quedó debajo, así que la cogió y entornó los ojos para descifrar la fecha.

—Quince de diciembre.

—Pues yo creo que coincide con mi primera carta —dijo Kenneth antes de bajar la vista de nuevo.

—¿Tienes las cartas todavía? ¿Puedes comprobar la fecha del matasellos de las que te llegaron por correo? —preguntó Erik con aquel tono tan eficaz de ejecutivo.

Kenneth asintió y respiró hondo.

—Cuando dejaron la cuarta en la mesa de la cocina, al lado habían puesto un cuchillo.

—¿Y no lo habías dejado allí tú mismo? —preguntó Louise, que ya articulaba bien. El miedo la había despejado y había disipado la bruma que le invadía el cerebro.

—No, sé que todo estaba recogido y la mesa limpia cuando me fui a la cama.

—¿La puerta no estaba cerrada con llave? —La voz de Erik seguía sonando fría y formal.

—No, creo que no. No siempre me acuerdo de echar la llave.

—Pues a mí, por lo menos, solo me han llegado por correo —constató repasando los sobres. Luego recordó algo que había leído en el artículo sobre Christian.

»Christian fue el primero en empezar a recibir las amenazas. Empezaron a llegarle hace un año y medio. A ti y a mí no empezaron a llegarnos hasta hará unos tres meses. Así que, imagínate, ¿y si todo esto tiene que ver con él? ¿Y si él era el objetivo del remitente de las cartas y nosotros nos hemos visto involucrados en este enredo solo porque daba la casualidad de que lo conocíamos?

—Erik hablaba ahora un tanto alterado—. Pues que se prepare si sabe algo y no nos ha dicho nada, si nos deja a mí y a mi familia a merced de un loco sin avisarnos.

—Bueno, él no sabe que también nosotros hemos estado recibiendo estas cartas —objetó Kenneth. Erik hubo de admitir que tenía razón.

—No, pero ahora se va a enterar, desde luego. —Erik recogió los sobres y los juntó pulcramente golpeándolos contra la mesa.

—¿Piensas hablar con él? —Kenneth parecía angustiado y Erik suspiró. A veces no soportaba aquel temor que su colega tenía a los conflictos. Siempre fue igual. Kenneth seguía la corriente, nunca decía que no, siempre decía que sí. Claro que esa actitud había servido a sus intereses. Solo podía haber uno al mando. Hasta ahora había sido él, y así seguiría siendo.

—Pues claro que pienso hablar con él. Y con la Policía. Debería haberlo hecho hace mucho, pero hasta que no leí lo de las cartas de Christian no empecé a tomármelo en serio.

—A buenas horas —masculló Louise. Erik la miró con encono.

—Es que no quiero que Lisbet se altere. —Kenneth levantó la barbilla con un destello rebelde en la mirada.

—Alguien entró en tu casa, dejó una carta en la mesa de la cocina y puso un cuchillo al lado. Si yo fuera tú, estaría mucho más preocupado por eso que por inquietar a Lisbet. Se pasa la mayor parte del tiempo sola en casa. Imagínate que esa persona consigue entrar mientras tú estás fuera.

Erik comprendió que a Kenneth ya se le había pasado por la cabeza aquella posibilidad y, mientras se irritaba al pensar en la abulia de su colega, trataba de obviar el hecho de que tampoco él había denunciado las amenazas, precisamente.

—Muy bien, pues entonces, haremos eso. Tú vas a casa y te traes las cartas, así se las entregamos todas a la Policía, que podrá empezar a investigar el asunto enseguida.

Kenneth se levantó.

—Voy ahora mismo. No tardaré.

—Anda, sí, ve —dijo Erik.

Cuando Kenneth se hubo marchado y una vez cerrada la puerta, se volvió hacia Louise y la observó durante unos segundos.

—Tenemos un par de cosas de las que hablar.

Louise se quedó mirándolo. Luego levantó la mano y le propinó a su marido una bofetada.

−¡*Te digo que no le pasa nada!* −La voz de su madre rezumaba indignación, estaba a punto de llorar. Él se alejó y se escondió detrás del sofá, a unos metros de allí. Pero no tanto que no pudiese oír lo que decían. Todo lo que atañía a Alice era importante.

Había empezado a gustarle un poco. Ya no lo miraba de aquel modo exigente. Pasaba la mayor parte del tiempo tranquila y en silencio y a él eso le parecía muy agradable.

−Tiene ocho meses y no ha hecho el menor intento de gatear ni de moverse. Debemos llamar y que la vea un médico. −Su padre hablaba en voz baja. El tono al que recurría cuando quería convencer a su madre de algo que ella no quería hacer. Repitió sus palabras, le puso las manos en los hombros para obligarla a prestar atención a lo que le decía.

»A Alice le pasa algo. Cuanto antes pidamos ayuda, tanto mejor. No le haces ningún favor cerrando los ojos a la realidad.

Su madre negaba con la cabeza. Las lágrimas le rodaban por las mejillas y él supo que, a pesar de todo, ella había empezado a resignarse. Su padre se volvió a medias. Lanzó una mirada fugaz hacia donde él se encontraba, detrás del sofá. Él le sonrió, no sabía lo que quería decir. Comprendió que no era apropiado sonreír, porque su padre frunció el ceño como si estuviera enfadado, como si quisiera que él pusiera otra cara.

Tampoco comprendía por qué su madre y su padre estaban tan preocupados y tan tristes. Alice estaba tan tranquila y se portaba tan bien ahora… Su madre no tenía que llevarla en brazos todo el tiempo, y la pequeña se quedaba tumbada allí donde la colocaban. Aun así, ellos no estaban satisfechos. Y pese a que ahora también había lugar para él, lo trataban como si no existiera. El que su padre se comportara así no le importaba demasiado, él no contaba. Pero su madre tampoco lo veía y solo lo miraba con asco y repugnancia.

Porque era como si no pudiera parar. No podía dejar de pinchar el tenedor, de llevárselo a la boca una y otra vez, masticar, tragar, pinchar más, sentir que el cuerpo se le llenaba del todo. El miedo era demasiado grande, el miedo de que ella no lo viera. Él ya no era el niño guapo de su madre. Pero estaba allí y ocupaba un espacio.

Cuando llegó a casa todo estaba en silencio. Lisbet estaría dormida. Pensó ir a verla primero, pero no quería arriesgarse a despertarla, por si acababa de dormirse. Más valía pasar a la habitación antes de marcharse. Necesitaba dormir, cuanto más, mejor.

Kenneth se detuvo un momento en el recibidor. Aquel era el silencio con el que no tardaría en tener que convivir. Claro que él había estado solo en la casa con anterioridad. Lisbet se implicaba muchísimo en su labor docente y se quedaba a menudo trabajando hasta tarde. Pero el silencio que reinaba cuando llegaba a casa antes que ella era diferente. Era un silencio prometedor, lleno de la esperanza del momento en que se abriera la puerta y ella entrara:

—Hola, cariño, ya estoy en casa.

Jamás volvería a oír aquellas palabras. Lisbet saldría de la casa y no volvería jamás.

De repente, la tristeza se apoderó de él. Invertía tanta energía en mantenerla a raya y en no entristecerse de antemano… Pero ahora no pudo más. Apoyó la frente en la pared y notó las lágrimas. Y las dejó salir, lloró en silencio y las lágrimas le caían en los pies. Por primera vez se permitió sentir cómo sería la vida cuando ella no estuviera. En cierto modo, ya era así. El amor que le profesaba seguía siendo inmenso, pero diferente. Porque la Lisbet que yacía en la cama de la habitación de invitados era solo una sombra de la mujer a la que él quería. Ella ya no existía y él lloraba su pérdida.

Así pasó un buen rato, con la frente apoyada en la pared. Las lágrimas fueron cesando. Cuando cesaron del todo, respiró hondo, levantó la cabeza y se secó las mejillas con la mano. Ya estaba bien. No podía permitirse más.

Se dirigió al despacho. Tenía las cartas en el primer cajón. El primer impulso fue tirarlas a la papelera, no hacerles caso, pero algo se lo impidió. Y la noche anterior, cuando la cuarta misiva apareció en su casa, se alegró de haberlas conservado. Ahora comprendía que debía tomárselas en serio. Alguien quería hacerle daño.

Sabía que debería habérselas entregado a la Policía de inmediato y no haberse dejado llevar por el miedo a perturbar a Lisbet mientras esperaba la muerte apaciblemente. Debería haberla protegido tomándose aquellas amenazas en serio. Suerte que había tomado conciencia a tiempo, que Erik le había hecho tomar conciencia a tiempo. Si algo le hubiese ocurrido a Lisbet solo porque él no hubiera reaccionado, como de costumbre, no se lo perdonaría jamás.

Cogió los sobres temblando, cruzó sigilosamente el recibidor hasta la cocina y los metió en una bolsa de plástico normal y corriente, de tres litros. Sopesó la posibilidad de marcharse sin más, para no despertarla, pero no pudo contener las ganas de ver cómo se encontraba. De comprobar que todo estaba en orden, verle la cara y cerciorarse, o eso esperaba, de que descansaba tranquilamente.

Abrió muy despacio la puerta del cuarto de invitados, que se deslizó sin hacer ruido mientras él iba viendo cada vez una porción mayor del cuerpo de Lisbet. Estaba dormida. Tenía los ojos cerrados y él fue observando cada uno de los rasgos, cada parte de la cara. Delgada, con la piel ajada, pero aún tan guapa.

Dio unos pasos y entró en la habitación, no pudo contener el deseo de tocarla. Pero de pronto notó que había algo raro. Lisbet tenía el aspecto que solía tener cuando dormía y, aun así, Kenneth comprendió qué le había llamado la atención. Era tal el silencio, no se oía nada. Ni siquiera la respiración.

Kenneth se abalanzó sobre la cama. Le puso los dedos en el cuello, luego en la muñeca izquierda, tanteando aquí y allá mientras deseaba con todas sus ansias encontrar el pulso vital. Pero fue en vano, no encontró nada. En la habitación reinaba el silencio y, en el cuerpo de Lisbet, la calma total. Lo había dejado solo.

Oyó un hipido, como de un animal. Un sonido gutural, desesperado. Y comprendió que procedía de su propia garganta. Se sentó en la cama y levantó el cuerpo de su mujer, con mimo, como si aún pudiera sentir dolor.

La cabeza le pesaba apoyada en la rodilla. Le acarició la mejilla y notó que las lágrimas acudían de nuevo. El dolor irrumpió con una fuerza que borraba cuanto había sentido con anterioridad, todo lo que conocía del sufrimiento. Era una tristeza física que se le propagaba por todo el cuerpo y le retorcía todos y cada uno de los nervios. Aquel suplicio lo hizo lanzar un grito que resonó en la estrechura de la habitación, rebotando primero contra el edredón estampado y contra la palidez del papel pintado de las paredes, y luego contra él mismo.

Lisbet tenía las manos cruzadas sobre el pecho y él se las separó despacio. Quería cogerle la mano una última vez. Notó aquella piel áspera rozando la suya. Una piel que, a causa del tratamiento, había perdido la suavidad, aunque le resultaba igual de familiar que antes.

Se llevó la mano a la boca. Apretó los labios con un beso mientras las lágrimas humedecían las manos de los dos, fundiéndolas. Cerró los ojos y el sabor salado de las lágrimas se mezcló con el olor de ella. Habría querido quedarse así siempre, no soltarla nunca, pero sabía que era imposible. Lisbet ya no era suya, ya no estaba allí, y debía dejarla ir. Ya no sufría, había cesado el dolor. El cáncer había vencido y, al mismo tiempo, había perdido, pues moriría con ella.

Le soltó la mano, la dejó cuidadosamente junto al costado. La mano derecha seguía como cruzada con la izquierda y Kenneth la levantó para extenderla también.

A medio camino, se quedó paralizado. Tenía algo en la mano, algo blanco. El corazón empezó a latirle con fuerza. Quería volver a cerrarle la mano y ocultar lo que sujetaba, pero no podía.

La abrió temblando y el papel blanco cayó sobre el edredón. Estaba doblado y ocultaba el mensaje, pero él estaba seguro, notaba la presencia de la maldad en la habitación.

Kenneth cogió la nota. Dudó un instante y la leyó.

Anna acababa de irse cuando sonó el timbre. En un primer momento, Erica pensó que quizá fuese ella, que se le habría olvidado algo, pero Anna no solía molestarse en futilidades como la de esperar en la puerta, sino que abría y entraba directamente.

Erica dejó las tazas que había empezado a retirar y fue a abrir.

–¿Gaby? ¿Tú por aquí? –Se hizo a un lado e invitó a pasar a la directora de la editorial que, en esta ocasión, iluminaba el gris del paisaje invernal con un abrigo en color turquesa chillón y unos pendientes enormes que despedían destellos dorados.

–Vengo de Gotemburgo, donde tenía una reunión, y he pensado que podía pasarme por aquí a charlar un rato contigo.

¿Pasarse por allí? Era un viaje de hora y media de ida, y de vuelta, y ni siquiera había llamado para asegurarse de que Erica estuviera en casa. ¿Qué podía ser tan urgente?

–Me gustaría hablar contigo de Christian –dijo Gaby en respuesta a la pregunta que Erica no había llegado a formular, y entró en el recibidor–. ¿Tienes café?

–Eh… sí, claro.

Como de costumbre, ver a Gaby era como verse arrollada por un tren. No se molestó en quitarse las botas, sino que se las limpió ligeramente en la alfombra antes de entrar repiqueteando sobre el suelo de madera con aquellos tacones afilados. Erica echó una mirada de preocupación a los hermosos listones de madera abrillantados y confió en que no quedasen deslucidos por las marcas. Porque no creía que valiese la pena decirle nada a Gaby. Erica no recordaba haberla visto sin zapatos una sola vez y se preguntó si Gaby se quitaría los zapatos para irse a dormir, al menos.

–Qué… agradable es esto –comentó Gaby con una amplia sonrisa. Pero Erica advirtió el horror que afloraba a los ojos de la editora ante el lío de los juguetes revueltos, la ropa de Maja, los papeles de Patrik y todos los chismes que andaban esparcidos por la planta baja. Cierto era que Gaby había estado en su casa con anterioridad, pero entonces Erica había tenido noticia de su visita y había ordenado antes.

La editora retiró unas migas de la silla antes de sentarse junto a la mesa de la cocina. Erica se apresuró a coger una bayeta para limpiar la mesa, que no había tocado ni después del desayuno ni después del café con Anna.

—Mi hermana acaba de irse —explicó retirando la tarrina de helado vacía.

—Sabrás que eso de que se puede comer por dos es un mito, ¿no? —dijo Gaby observando la inmensa barriga de Erica.

—Ummm —respondió Erica mordiéndose la lengua para no dejarse caer con ningún comentario mordaz. Gaby no tenía fama de ser una persona considerada. Y su esbelta figura era el resultado de una alimentación estricta y de duras sesiones con un entrenador personal en Sturebadet, tres veces por semana. Tampoco presentaba las huellas de ningún parto. Su carrera había sido siempre su prioridad.

Con la intención de ponerla en un compromiso, Erica sirvió una bandeja de galletas y la empujó hacia Gaby.

—Acompañarás el café con unas galletitas, ¿no? —Vio cómo Gaby se debatía entre su deseo de ser educada y unas ganas desesperadas de decir que no. Al final, llegó a una solución de compromiso.

—Me tomaré media, si no te importa. —Gaby partió la galleta con mucho cuidado y puso cara de ir a llevarse a la boca una cucaracha.

—Querías hablar de Christian, ¿no? —preguntó Erica, sin poder evitar la curiosidad.

—Sí, no sé qué mosca le ha picado. —Gaby parecía aliviada una vez superado el suplicio de la galleta, que tragó con un buen sorbo de café—. Dice que se niega a seguir con la promoción del libro, pero no puede hacer tal cosa. ¡No es profesional!

—Bueno, parece que se ha tomado muy a pecho los artículos en la prensa —contestó Erica discretamente, de nuevo llena de remordimientos por su participación en aquel asunto.

Gaby hizo un aspaviento con aquella mano de uñas perfectas.

—Sí, claro, y desde luego, es comprensible. Pero son cosas que la gente olvida enseguida, y al libro le ha proporcionado un impulso increíble. La gente siente curiosidad por él y por su novela. Quiero decir que, a fin de cuentas, es Christian el principal beneficiado. Además, debería ser consciente de que hemos invertido grandes cantidades de tiempo y de dinero en su lanzamiento. Y esperamos que nos corresponda.

—Sí, claro —murmuró Erica, aunque no estaba segura de cuál era su opinión al respecto. Por un lado, comprendía a Christian, debía de ser espantoso ver tu vida privada expuesta de aquella manera. Por otro, Gaby tenía razón, esas historias perdían vigencia enseguida. Christian se encontraba en los albores de su carrera literaria y, seguramente, toda la atención que ahora le dedicaban los medios de comunicación sería beneficiosa durante muchos años.

—¿Y por qué quieres hablar de eso conmigo? —añadió en tono cauto—. ¿No deberías hablarlo con Christian?

—Tuvimos una reunión ayer —respondió Gaby concisa—. Y puede decirse que no se desarrolló como debía. —Apretó los labios, como para subrayar su afirmación, y Erica comprendió que, con toda probabilidad, la cosa se habría descontrolado.

—Vaya, qué lástima. Pero claro, en estos momentos, Christian se siente muy presionado, me parece, y creo que habría que ser un poco indulgente…

—Lo comprendo, pero al mismo tiempo, yo dirijo un negocio y tenemos un contrato. Aunque sus obligaciones en lo que a prensa, promoción y esas cosas se refiere no se recogen con detalle, se sobreentiende que podemos esperar de él cierta colaboración. Hay autores que pueden permitirse el lujo de comportarse como eremitas y apartarse de aquello que consideran indigno de ellos. Pero los que lo consiguen se han ganado ya un nombre y cuentan con un público numeroso. Christian se encuentra aún lejos de esa situación. Puede que la alcance, pero uno no se hace escritor de la noche a la mañana, y con el éxito inicial cosechado con *La sombra de la sirena,* me parece que es su obligación, tanto para consigo mismo como para con la editorial, avenirse a ciertos sacrificios. −Gaby hizo una pausa y clavó la mirada en Erica−. Y confiaba en que tú podrías explicárselo.

−¡¿Yo?! −Erica no sabía qué decir. No estaba muy segura de ser la persona adecuada para convencer a Christian de que se arrojase de nuevo a los lobos, puesto que había sido ella quien se los había echado encima por primera vez−. Pues no sé si sería… −calló mientras buscaba una forma diplomática de decirlo, pero Gaby la interrumpió:

−Bien, pues entonces, quedamos en eso. Irás a verlo y le explicarás cuáles son nuestras expectativas.

−¿Qué…? −Erica miraba a Gaby preguntándose qué parte de su respuesta habría podido interpretarse como afirmativa. Pero Gaby había empezado a levantarse. Se alisó la falda, cogió el bolso y se lo colgó del hombro.

−Gracias por el café y por la charla. Es estupendo que tú y yo podamos colaborar tan bien. −Se inclinó y le dio a Erica dos besos sin rozarla, antes de encaminarse taconeando hacia la puerta.

»No te molestes, sé dónde está la salida −gritó desde el recibidor−. Adiós.

−Adiós −respondió Erica despidiéndola con la mano. No solo se sentía como si la hubiese arrollado un tren, sino además, como si la hubiese aplastado por completo.

Patrik y Gösta iban en el coche. Solo habían pasado cinco minutos desde que recibieron la llamada. Kenneth Bengtsson apenas podía articular palabra al principio pero, al cabo de unos minutos, Patrik logró entender lo que le decía. Que habían asesinado a su mujer.

−¿Qué demonios está ocurriendo, eh? −Gösta meneaba la cabeza y, como de costumbre cuando era Patrik quien conducía, se agarraba bien a la agarradera que había encima de la ventanilla−.

¿Tienes que pisarle tanto en las curvas? Voy como pegado a la ventanilla.

—Lo siento. —Patrik redujo un poco, pero el pie no tardó en presionar de nuevo el acelerador—. ¿Que qué pasa? Pues sí, eso me pregunto yo también —dijo tranquilamente echando un vistazo por el retrovisor para asegurarse de que Paula y Martin los seguían.

—¿Qué te ha dicho? ¿Ella también tenía heridas de arma blanca? —quiso saber Gösta.

—La verdad, no pude sacarle mucho en claro. Parecía totalmente conmocionado. Solo dijo que había llegado a casa y que había encontrado a su mujer asesinada.

—Por lo que yo sé, tampoco es que le quedase mucho... —dijo Gösta. Detestaba todo lo relacionado con las enfermedades y con la muerte, y se había pasado la mayor parte de su vida esperando que le diagnosticasen cualquier enfermedad mortal. Lo único que le interesaba era hacer tantos recorridos de golf como le fuera posible, antes de que eso ocurriera. Y, en aquellos momentos, Patrik parecía mejor candidato que él para caer enfermo.

—Por cierto que tú no tienes muy buen aspecto.

—Hay que fastidiarse, lo pesado que estás con ese tema, oye —replicó Patrik enojado—. A ti me gustaría verte sacando adelante trabajo y niños pequeños a la vez. No tener nunca tiempo de nada, no poder dormir como es debido. —Patrik lamentó sus palabras en el mismo momento en que las soltó como un torrente. Sabía que el dolor más grande en la vida de Gösta era, precisamente, aquel hijo que había perdido poco después del parto—. Perdona, no ha sido muy acertado —dijo.

Gösta asintió.

—No pasa nada —asintió Gösta.

Guardaron silencio unos instantes, oyendo solo el ruido de los neumáticos al avanzar rozando la carretera nacional en dirección a Fjällbacka.

—Qué bien lo de Annika y la pequeña —dijo Gösta finalmente con expresión más relajada.

—Sí, pero una espera demasiado larga —contestó Patrik, aliviado de poder cambiar de tema.

—Ya, es increíble que tarde tanto. Yo no tenía ni idea. La niña está, ¿cuál es el problema? —Gösta sentía casi la misma frustración que Annika y Lennart.

—Burocracia —respondió Patrik—. Y, en cierto modo, hay que estar agradecido de que lo comprueben todo tan bien y no entreguen a los niños a cualquiera.

—Ya, claro, en eso tienes razón.

—Bueno, pues ya hemos llegado. —Patrik giró hasta aparcar delante de la casa de la familia Bengtsson. Un segundo después, se detuvo también el coche de policía con Paula al volante y, cuando apagaron el motor, lo único que se oía era el murmullo del bosque.

Kenneth Bengtsson abrió la puerta. Estaba pálido y parecía desconcertado.

—Patrik Hedström —se presentó estrechándole la mano—. ¿Dónde está? —Les indicó a los demás que aguardasen fuera. Si todos pisoteaban el lugar, podrían perjudicar la investigación técnica. Kenneth sujetó la puerta y señaló hacia dentro.

—Ahí. Yo… ¿puedo quedarme aquí?

Patrik advirtió su mirada ausente.

—Espera con mis colegas, entraré yo —dijo haciéndole a Gösta una señal para que se hiciera cargo del cónyuge de la víctima. El talento de Gösta como policía dejaba mucho que desear por lo demás, pero tenía buena mano con las personas y Patrik sabía que Kenneth estaría seguro con él. Además, pronto llegaría el personal forense. Los había llamado antes de salir de la comisaría, de modo que el furgón no podía tardar mucho.

Patrik entró despacio en el recibidor y se quitó los zapatos. Echó a andar en la dirección que le había señalado Kenneth, suponiendo que se había referido a la puerta que había al final del pasillo. Estaba cerrada y Patrik se detuvo con la mano en el aire. Podía haber huellas. Empujó el picaporte con el codo y abrió la puerta cargando sobre ella el peso del cuerpo.

La halló tumbada en la cama con los ojos cerrados y las manos a los lados. Se diría que estaba durmiendo. Se acercó un par de pasos más para buscar algún tipo de lesión en el cadáver. No había ni sangre ni heridas. En cambio, sí se apreciaban claramente los estragos de la enfermedad. El esqueleto se perfilaba debajo de la piel tensa y seca y la cabeza parecía pelada debajo del pañuelo. Se le encogía el corazón ante la sola idea de lo que había tenido que sufrir, de lo que habría sufrido Kenneth al verse obligado a ver a su mujer en aquel estado. Pero no había nada que indicase que no hubiera fallecido mientras dormía. Retrocedió y salió despacio de la habitación.

Cuando volvió a salir al frío de la calle, vio a Gösta hablando con Kenneth, intentando tranquilizarlo mientras Paula y Martin ayudaban al conductor del furgón a aparcar marcha atrás ante la entrada.

—Acabo de verla —le dijo Patrik a Kenneth en voz baja y poniéndole la mano en el hombro—. Y no veo nada que indique que la hayan asesinado, como nos dijiste por teléfono. Por lo que tengo entendido, estaba muy enferma, ¿no?

Kenneth asintió en silencio.

—¿Y no te parece más verosímil que, sencillamente, haya fallecido mientras dormía?

—No, la han asesinado. —Kenneth lo miró con vehemencia.

Patrik intercambió una mirada con Gösta. No era insólito que, bajo los efectos de la conmoción, algunas personas reaccionasen de forma atípica y dijeran cosas extrañas.

—¿Por qué piensas eso? Ya te digo que acabo de verla y el cadáver no presenta lesiones, ni ninguna otra pista que indique algo… anormal.

—¡Te digo que la han asesinado! —insistió Kenneth, y Patrik empezó a comprender que no podía hacer más por el momento. Le pediría al personal forense que le echase un vistazo al hombre.

—¡Mira! —Kenneth sacó algo del bolsillo y se lo entregó a Patrik, que lo cogió sin pensar. Era una pequeña nota de color blanco, doblada por la mitad. Patrik lo miró inquisitivo y la desdobló. Con tinta negra y letra elegante, decía: «Conocer la verdad sobre ti la ha matado».

Patrik reconoció la letra enseguida.

—¿Dónde la has encontrado?

—La tenía en la mano. Se la he quitado de la mano. —Kenneth no podía articular palabra.

—¿Y no la habrá escrito ella misma? —Era una pregunta innecesaria, pero Patrik quiso hacerla y despejar cualquier duda. En realidad, ya sabía la respuesta. Era la misma letra. Y aquellas sencillas palabras transmitían la misma maldad que la carta que Erica le había cogido a Christian.

Tal y como esperaba, Kenneth meneó la cabeza.

—No —dijo sosteniendo algo que Patrik no le había visto en la mano hasta el momento—. Lo escribió la misma persona que ha enviado esto.

A través del plástico transparente se veían unos sobres blancos. La dirección estaba escrita con tinta negra y con letra elegante. La misma que la nota que él tenía en la mano.

—¿Cuándo las recibiste? —preguntó sintiendo que se le salía el corazón.

—Precisamente íbamos a llevároslas ahora —respondió Kenneth en voz baja mientras le entregaba la bolsa a Patrik.

—¿Ibais? —preguntó Patrik examinando atentamente los sobres. Cuatro cartas.

—Sí. Erik y yo. Él también las ha recibido.

—¿Te refieres a Erik Lind? ¿Él también ha recibido cartas como estas? —repitió Patrik para asegurarse de que había oído bien.

Kenneth asintió.

—Pero ¿por qué no habéis acudido antes a la Policía? —Patrik trataba de que no se le notase la frustración en la voz. El hombre que tenía delante acababa de perder a su mujer y no era momento de andarse con reproches.

—Yo… nosotros… Es que hasta hoy no hemos sabido que los dos las habíamos recibido. Y de lo de Christian nos enteramos el fin de semana, cuando salió en los periódicos. No puedo responder por Erik, pero por lo que a mí respecta, no quería preocupar a… —Se le hizo un nudo en la garganta.

Patrik volvió a mirar los sobres de la bolsa.

—Hay tres con destinatario y matasellos, mientras que la otra solo lleva tu nombre. ¿Cómo te llegó?

—Alguien entró aquí ayer noche y la dejó en la mesa de la cocina. —Vaciló un instante y Patrik guardó silencio, tenía la sensación de que había más—. Al lado de la carta, había un cuchillo. Y ese es un mensaje que solo puede interpretarse de un modo. —Y en ese punto, Kenneth rompió a llorar, pero continuó—: Yo creí que iban a por mí. ¿Por qué Lisbet? ¿Por qué matar a Lisbet? —Se secó una lágrima con el reverso de la mano, claramente turbado por estar llorando delante de Patrik y el resto.

—Bueno, en realidad no sabemos si de verdad la mataron —dijo Patrik con serenidad—. Pero es obvio que aquí ha estado alguien. ¿Tienes idea de quién puede ser? ¿Quién habría enviado unas cartas como estas? —Patrik no apartaba la vista de Kenneth, por si le notaba en la cara la menor alteración pero, a su juicio, Kenneth fue sincero al responder:

—He pensado mucho en ello desde que empecé a recibir las cartas. Fue poco antes de Navidad. Pero no se me ocurre quién podría querer hacerme daño. Sencillamente, no hay nadie. Nunca me he ganado enemigos hasta ese punto. Soy demasiado… insignificante.

—¿Y Erik? ¿Cuánto hace que recibe cartas?

—El mismo tiempo que yo. Las tiene en el despacho. Yo venía solamente a recoger las mías y luego pensábamos ponernos en contacto con vosotros… —Se le iba la voz y Patrik comprendió que, mentalmente, Kenneth había vuelto a la habitación donde halló muerta a su mujer.

—¿Qué puede significar el mensaje de la nota? —preguntó Patrik sin acuciarlo—. ¿A qué «verdad sobre ti» se refiere el remitente?

—No lo sé —respondió Kenneth en voz baja—. De verdad que no lo sé. —Luego tomó aire—. ¿Qué vais a hacer con ella ahora?

—La llevaremos a Gotemburgo, para someterla a examen.

—¿A examen? ¿Quieres decir la autopsia? —Kenneth hizo una mueca de dolor.

—Sí, la autopsia. Por desgracia, es necesario para que podamos esclarecer los hechos.

Kenneth asintió, pero tenía los ojos empañados y los labios empezaban a adquirir un color violáceo. Patrik comprendió que llevaba demasiado tiempo fuera sin abrigo y se apresuró a decir:

—Hace frío, tienes que entrar en casa. —Reflexionó un instante—. ¿Te vendrías conmigo al despacho? Me refiero al tuyo, claro. Así podemos hablar con Erik. Dilo claramente si no te sientes con fuerzas; de ser así, iré solo. Por cierto, quizá haya alguna persona a la que quieras llamar, ¿no?

—No. E iré contigo, por supuesto —respondió Kenneth casi en tono rebelde—. Quiero saber quién ha hecho esto.

—Muy bien. —Patrik le puso la mano en el codo y lo guio hacia el coche. Abrió la puerta del acompañante y se encaminó luego hacia Martin y Paula, para darles instrucciones. Fue a buscar una cazadora para Kenneth antes de decirle a Gösta que los acompañara. El equipo de los técnicos ya estaba en camino y Patrik esperaba poder volver antes de que hubieran terminado. De lo contrario, tendría que hablar con ellos después. Aquello era tan urgente que no podía esperar.

Cuando salieron del camino de entrada a la casa, Kenneth se la quedó mirando un buen rato. Movía los labios como si estuviera articulando una despedida silenciosa.

En realidad, nada había cambiado, estaba tan vacío como hasta hacía un instante. La única diferencia era que ahora tenían un cuerpo que enterrar y que la última esperanza se había extinguido. Sus presentimientos resultaron ciertos, pero Dios, cómo deseaba haber estado equivocada.

¿Cómo podría vivir sin Magnus? ¿Cómo sería la existencia sin él? Le resultaba tan irreal pensar que su marido, el padre de sus hijos, estaría a partir de ahora en una tumba en el cementerio... Magnus, siempre tan lleno de vida, siempre ansioso de diversión para sí mismo y para cuantos había a su alrededor. Y sí, claro que a veces se irritaba con él por su desenfado y sus ocurrencias. La sacaba de sus casillas cuando quería hablar de algo serio y él hacía el ganso y bromeaba con ella hasta que no podía evitar echarse a reír, aunque no quisiera. Sin embargo, no habría querido cambiar nada de su persona.

¡Qué no daría por una hora más con él, una sola! O media, o un minuto. No solo no habían concluido, sino que acababan de empezar una vida en común. Solo habían podido compartir una parte del viaje que habían planificado juntos. El primer encuentro atolondrado a los diecinueve. Los primeros años de enamoramiento. La petición de matrimonio y la boda en la iglesia de Fjällbacka. Los niños. Las noches de llanto en las que se turnaban para dormir. Todos los momentos de juegos y de risas con Elin y Ludvig. Las noches en que hacían el amor y se dormían cogidos de la mano. Y después, los últimos años, cuando los niños empezaron a hacerse mayores y ellos empezaron a verse como personas de nuevo.

Era tanto lo que les faltaba por hacer, el camino que se extendía ante ellos se les antojaba largo y pleno de vivencias. A Magnus le encantaba la idea de meterse con el primer novio o la primera novia de los niños cuando, titubeando, fuesen torpes y tímidos a presentarlos en casa por primera vez. Ayudarían a Elin y a Ludvig a mudarse a su primer apartamento, a llevar los muebles, a pintar y a coser cortinas. Magnus pronunciaría el discurso en sus respectivas bodas. Hablaría demasiado, con demasiado sentimentalismo, y referiría demasiados detalles de cuando eran niños. Incluso habían empezado a fantasear con los nietos, aunque aún faltaban muchos años para eso, lo veían como una promesa a la orilla del camino, brillante como una joya. Se convertirían en los mejores abuelos del mundo. Siempre dispuestos a ayudar y a mimar a los nietos. Les darían galletas antes de la cena y les comprarían juguetes de más. Les darían tiempo, todo el tiempo que tuvieran.

Y todo aquello se había esfumado ahora. Sus sueños de futuro jamás se harían realidad. De repente, notó una mano en el hombro. Oyó la voz, pero era tan insoportablemente parecida a la de Magnus que desconectaba y dejaba de escuchar. Al cabo de un rato, la voz calló y la mano se alejó del hombro. Tenía ante sí el camino que se perdía, como si nunca hubiera existido.

Como el camino al Gólgota recorrió el trayecto hasta la casa de Christian. Había llamado a la biblioteca para preguntar por él, pero allí le dijeron que se había ido a casa. De modo que se metió como pudo en el coche y allí se dirigió. Seguía sin estar segura de lo acertado de acceder a la petición de Gaby. Al mismo tiempo, no sabía cómo librarse de aquella situación. Gaby no era de las que aceptaban una negativa.

—¿Qué quieres? —preguntó Sanna cuando abrió la puerta. Parecía más triste que de costumbre.

—Necesito hablar con Christian —respondió Erica con la esperanza de no tener que explicar los motivos allí mismo, en la puerta.

—No está en casa.

—¿Y cuándo vuelve? —preguntó Erica armada de paciencia y casi aliviada de poder retrasar el encuentro.

—Está escribiendo. En la cabaña. Puedes ir allí si quieres, pero allá tú si lo interrumpes.

—Me arriesgaré. —Erica vaciló un instante—. Es importante —añadió.

Sanna se encogió de hombros.

—Como quieras. ¿Sabes dónde es?

Erica asintió. Había visitado a Christian varias veces en la guarida que usaba para escribir.

Cinco minutos después, detenía el coche delante de la hilera de cabañas. La que Christian usaba para escribir era herencia de la familia de Sanna. Su abuelo la había comprado por una miseria y ahora era una de las pocas cuyo propietario la utilizaba todo el año.

Christian debió de oír el coche, porque abrió la puerta antes de que Erica hubiese tenido tiempo de llamar. Advirtió en el acto la herida que Christian tenía en la frente, pero decidió que no era el momento de preguntarle.

—¿Tú por aquí? —dijo con la misma falta de entusiasmo que Sanna.

Erica empezaba a sentirse como si tuviera la peste.

—Yo y otros dos más —respondió intentando bromear, pero a Christian no le pareció divertido.

—Estoy trabajando —dijo sin hacer amago de invitarla a entrar.

—No te robaré más de unos minutos.

—Tú sabes por experiencia propia cómo son las cosas cuando ya estás en ello —añadió.

La cosa iba peor incluso de lo que Erica esperaba.

—Gaby ha venido a verme hace un rato. Y me ha comentado sobre vuestra reunión.

Christian suspiró abatido.

—¿Y ha venido hasta aquí para eso?

—Tenía una reunión en Gotemburgo. Pero está muy preocupada. Y creía que yo… pero, oye, ¿no podemos sentarnos a hablar dentro?

Christian se apartó por fin en silencio y la dejó entrar. El techo era tan bajo que tenía que caminar agachando un poco la cabeza, pero Erica, que era un palmo más baja, sí podía estar derecha. Christian le dio la espalda y entró primero en la habitación que daba al mar. El ordenador encendido y los folios esparcidos por la mesa, ante la ventana, indicaban que, en efecto, estaba trabajando.

—Bueno, ¿y qué quería Gaby? —Se sentó, cruzó las largas piernas y los brazos también. Expresaba aversión con todo el cuerpo.

—Ya te digo, está preocupada. O quizá la palabra adecuada sea «afligida». Dice que no estás dispuesto a participar en más entrevistas ni a promocionar el libro.

—Así es. —Christian apretó los brazos más aún.

—¿Podrías decirme por qué?

—Tú deberías pillarlo, ¿no? —masculló de tal modo que Erica dio un respingo. Christian pareció notarlo y se arrepintió del tono empleado—. Tú sabes por qué —dijo en tono apagado—. No puedo… No puedo, con las cosas que han escrito.

—¿Te preocupa atraer más la atención aún? ¿Es eso? ¿Han vuelto a amenazarte? ¿Sabes quién es? —Las preguntas le surgían a borbotones.

Christian meneó la cabeza con fuerza.

—No sé nada. —Había vuelto a levantar la voz—. ¡No sé absolutamente nada! Solo quiero un poco de paz y tranquilidad, trabajar en paz y no tener que... —Apartó la mirada.

Erica observaba a Christian en silencio. En realidad, no encajaba en aquel ambiente. Siempre lo había pensado, las pocas veces que lo había visto allí, y en esta ocasión más aún. Parecía un ave rara entre las numerosas artes de pesca y redes que adornaban las paredes. La cabaña parecía una casa de muñecas donde él se esforzara por meter aquellos miembros tan largos, allí se había quedado atascado y sin poder salir. En cierto modo, quizá fuera así.

Erica miró el manuscrito que tenía sobre la mesa. Desde donde se encontraba no podía ver lo que decía, pero calculó que serían unas cien páginas.

—¿Es la nueva novela? —No pensaba dejar de lado el tema de conversación que tanto lo había alterado, pero quería darle algo de tiempo para que se calmara.

—Sí. —Christian pareció relajarse.

—¿La continuación de *La sombra de la sirena?*

Christian sonrió.

—La continuación de *La sombra de la sirena* no existe —dijo volviendo la vista al mar—. No comprendo cómo se atreve la gente —añadió pensativo.

—¿Perdón? —Erica no se explicaba qué lo hacía sonreír—. ¿Cómo se atreve a qué?

—A saltar.

Erica le siguió la mirada y enseguida comprendió qué quería decir.

—¿Te refieres a saltar desde el trampolín de Badholmen?

—Sí. —Christian observaba el trampolín sin pestañear.

—Yo nunca tuve valor. Claro que, por otro lado, a mí el agua me da un miedo que es de vergüenza, teniendo en cuenta que me crie aquí.

—Yo tampoco me he atrevido nunca. —Christian sonaba distraído, como soñando. Erica estaba expectante. Había algo entre líneas, una tensión a punto de estallar. No se atrevía a moverse, apenas se atrevía a respirar. Al cabo de unos minutos, Christian continuó. Pero ya no parecía consciente de la presencia de Erica—. Ella sí se atrevía.

—¿Quién? —Erica preguntó en un susurro. En un primer momento, no creyó que fuese a responder. Solo se oía silencio. Luego, Christian le dijo en voz baja, apenas audible:

—La sirena.

—¿La del libro? —Erica no comprendía nada. ¿Qué trataba de decirle Christian? ¿Y dónde se encontraba? Desde luego, no estaba allí, ni en aquel momento, ni estaba con ella. Se encontraba en algún otro lugar y a Erica le habría gustado saber dónde.

Un segundo después, se esfumó el momento de tensión. Christian respiró hondo y se volvió hacia ella. Había vuelto del ensueño.

—Quiero concentrarme en el nuevo manuscrito, no andar concediendo entrevistas y escribiendo felicitaciones de cumpleaños en los libros.

—Es parte del trabajo, Christian —le señaló Erica con calma, pero con un punto de irritación ante la arrogancia de su amigo.

—¿No tengo posibilidad de elegir? —También él hablaba ahora más tranquilo, aunque aún le resonaba la tensión en la voz.

—Si no estabas dispuesto a hacer esa parte del trabajo, deberías haberlo dicho de inmediato. La editorial, el mercado, los lectores, por Dios bendito, lo más importante, esperan que les dediquemos parte de nuestro tiempo. Y si uno no está dispuesto a hacerlo, bueno, entonces hay que dejarlo claro desde el principio. No puedes cambiar las reglas en mitad del juego.

Christian clavó la vista en el suelo y Erica se dio cuenta de que la había escuchado atentamente y había comprendido lo que le decía. Cuando levantó la vista, tenía los ojos llenos de lágrimas.

—No puedo, Erica. Es imposible de explicar… —Meneó la cabeza y comenzó de nuevo—: No puedo. Que me demanden si quieren, que me pongan en la lista negra, no me importa. Seguiré escribiendo de todos modos, porque tengo que hacerlo. Pero no puedo prestarme a este juego. –Se rascó los brazos con fuerza, como si tuviera una miríada de hormigas bajo la piel.

Erica lo miró llena de preocupación. Christian era como una cuerda tensada, a punto de saltar y romperse en cualquier momento. Pero comprendió que no podía hacer nada para remediarlo. Christian no quería hablar con ella. Y Erica tendría que resolver el misterio por sus propios medios, sin su ayuda.

La miró fijamente un instante y luego arrastró la silla abruptamente hacia la mesa donde estaba el ordenador.

–Y ahora tengo que trabajar –dijo inexpresivo, con un semblante hermético.

Erica se levantó. Habría querido leerle el pensamiento, descubrir sus secretos, unos secretos de cuya existencia estaba segura y que eran la clave de todo. Pero Christian miraba al ordenador, concentrado en las palabras que acababa de escribir como si fueran las últimas que fuese a leer.

Erica no dijo nada al marcharse. Ni siquiera adiós.

Patrik estaba en el despacho, intentando combatir aquel maldito cansancio. Tenía que centrarse, rendir al máximo ahora que la investigación se hallaba en un estadio crítico. Paula asomó la cabeza por la puerta entreabierta.

–¿Qué ha pasado ahora? –preguntó constatando el color nada saludable de Patrik, que tenía la frente llena de sudor. Estaba preocupada por él. Últimamente parecía agotado, era evidente.

Patrik respiró hondo e hizo un esfuerzo por pensar en el curso de los acontecimientos más recientes.

–Han llevado el cadáver de Lisbet Bengtsson a Gotemburgo para practicarle la autopsia. No he hablado con Pedersen, pero teniendo en cuenta que aún faltan al menos dos días para que tengamos el resultado de la autopsia de Magnus Kjellner, yo no contaría con ninguna respuesta hasta principios de la semana que viene, como muy pronto.

—Dime, ¿tú qué crees? ¿La mataron?

Patrik dudó un instante.

—Por lo que a Magnus se refiere, estoy totalmente seguro. Es imposible que él mismo se infligiera las lesiones que presentaba, solo puede haberlas sufrido a manos de otra persona. Pero en el caso de Lisbet... No sé qué decir. No tenía lesiones externas, por lo que yo pude ver, y estaba muy enferma, así que podría tratarse de una muerte natural. Si no fuera por la nota. Alguien entró en la habitación y le colocó la nota entre las manos, aunque es imposible saber si lo hizo antes de que muriera, mientras moría o después de la muerte. Tendremos que esperar a que Pedersen pueda darnos algo más de información.

—¿Y las cartas? ¿Qué han dicho Erik y Kenneth? ¿Tenían alguna teoría sobre quién y por qué?

—No, al menos eso es lo que dicen ellos. Y en estos momentos, no tengo motivos para no creerlos. Sin embargo, me parece poco creíble que hayan elegido al azar a las tres personas que han recibido las cartas. Los tres se conocen, se ven, y algún denominador común tiene que haber. Y se nos ha escapado.

—En ese caso, ¿por qué no recibió Magnus ninguna carta? —objetó Paula.

—Eso no lo sabemos. Puede que las recibiera y que no se lo contara a nadie.

—¿Has hablado de ello con Cia?

—Sí, en cuanto oí hablar de las cartas de Christian. Según ella, Magnus no había recibido ninguna. En ese caso, decía, ella lo sabría y nos lo habría contado desde el principio. Pero es imposible tener la certeza. Seguramente, Magnus lo habría mantenido en secreto para protegerla.

—Además, da la sensación de que esto ha ido a más. Entrar en casa de alguien a medianoche es más grave que enviar unas cartas por correo.

—Tienes razón —admitió Patrik—. En realidad, me gustaría darle a Kenneth protección policial, pero no contamos con personal suficiente para ello.

—No, desde luego que no —convino Paula—. Pero si resultara que su mujer no ha muerto por causas naturales…

—En ese caso, ya veremos lo que hacemos —dijo Patrik con tono cansino.

—Por cierto, ¿has mandado a analizar las cartas?

—Sí, las envié enseguida. Y añadí la carta de Christian que consiguió Erica.

—La que Erica robó, ¿no? —preguntó Paula tratando de ocultar una sonrisa. Se había reído muchísimo con Patrik cuando intentó defender la acción de su mujer.

—Vale, sí, la robó. —Patrik se ruborizó un poco—. Pero no creo que debamos tener muchas esperanzas. A estas alturas, somos varios los que hemos tocado esas cartas y no es fácil dar con la pista de la procedencia de un papel blanco normal y corriente y de la tinta negra utilizada. Debe de poder comprarse en cualquier rincón de Suecia.

—Sí —dijo Paula—. Existe el riesgo de que nos enfrentemos a una persona meticulosa a la hora de borrar sus huellas.

—Es posible, pero también puede que tengamos suerte.

—Pues no es que hayamos tenido mucha hasta ahora —masculló Paula.

—No, la verdad es que no… —Patrik se desplomó en la silla reflexionando en silencio sobre todo aquello.

—Mañana empezaremos con más energía. Haremos un repaso a las siete y, a partir de ahí, seguiremos adelante.

—Más energía mañana —repitió Paula mientras se dirigía a su despacho. Verdaderamente, necesitaban algún giro en la investigación. Y Patrik parecía necesitar un buen descanso. Se dijo que debía estar un poco pendiente de él. No parecía encontrarse nada bien.

El trabajo con el libro avanzaba a duras penas. Las palabras se le agolpaban en la cabeza sin que fuera capaz de ordenarlas y formar frases con ellas. El cursor lo irritaba con su parpadeo. Aquel libro resultaba más difícil, en él había mucho menos de sí mismo.

En *La sombra de la sirena,* en cambio, había demasiado. A Christian lo sorprendía el hecho de que nadie se hubiese dado cuenta. El que lo hubiesen leído acríticamente como un cuento, como una turbia ficción. No vio cumplido su mayor temor. Durante todo el largo período de trabajo con el libro, por duro no menos necesario, había combatido el miedo a lo que sucedería cuando lo desvelase todo. Lo que se removería cuando todo saliera a la luz.

Pero no sucedió nada. La gente era tan ingenua, estaba tan acostumbrada a tragarse historias inventadas que no reconocían la realidad ni siquiera cuando se les presentaba bajo el velo más fino. Volvió a mirar la pantalla. Intentó concitar las palabras, encontrar el hilo de lo que iba a convertirse en un cuento de verdad. Era tal y como se lo había dicho a Erica. *La sombra de la sirena* no tendría continuación. Con ella terminaba el relato.

Había jugado con fuego y ahora las llamas le quemaban la planta de los pies. Ella ya estaba cerca, lo notaba. Lo había encontrado y él era el único culpable.

Apagó el ordenador con un suspiro. Necesitaba ordenar las ideas. Se puso la cazadora. Con las manos en los bolsillos, se encaminó con paso presuroso hacia la plaza de Ingrid Bergman. Las calles estaban ahora tan desiertas como animadas y llenas de vida en verano. Pero así le gustaban más.

No sabía adónde se dirigía hasta que giró a la altura del muelle donde se hallaban los barcos de salvamento marítimo. Los pies lo condujeron hasta Badholmen; se veía el trampolín contra el fondo de aquel cielo invernal de color gris. El viento soplaba con fuerza y mientras cruzaba el muelle de piedra que lo llevaría hasta el islote, una ráfaga le prendió la cazadora y la hinchó como una vela. Las paredes de madera que dividían los vestuarios lo resguardaban, pero en cuanto saltaba otra vez sobre las rocas en dirección al trampolín, el viento se hacía de nuevo con el poder. Se detuvo. Se balanceó de un lado a otro mientras alzaba la vista hacia el trampolín. No podía decirse que fuese bonito, pero estaba bien donde estaba. Desde la plataforma más alta podía verse todo Fjällbacka y la bocana que se fundía con el mar. Y aún conservaba cierta dignidad marchita, como una dama entrada en años que hubiese vivido bien y que no se avergonzara de que se le notase.

Dudó un instante antes de subir el primer grupo de peldaños, sujetándose a la barandilla con las manos heladas. El trampolín rechinó como protestando. En verano, aguantaba hordas enteras de adolescentes ansiosos que subían y bajaban corriendo, pero ahora el viento lo había desgastado tanto que Christian se preguntaba si aguantaría su peso siquiera. Pero no importaba. Tenía que subir.

Subió unos peldaños más. Ahora no le cupo duda, el trampolín se mecía al viento. Se movía como un péndulo y, con él, se movía su cuerpo de un lado a otro. Aun así continuó y al final llegó a la cima. Cerró los ojos un instante, se sentó en la plataforma y respiró. Luego, abrió los ojos.

Allí estaba ella, con el vestido azul. Estaba bailando en el hielo, con la criatura en los brazos, sin dejar huellas en la nieve. Pese a que iba descalza, exactamente igual que aquella noche del solsticio de verano, no parecía tener frío. Y la criatura solo llevaba ropa fina, pantalones blancos y una camiseta, pero sonreía azotada por el viento gélido como si nada le afectase.

Se puso de pie, se le doblaban las piernas. Tenía la mirada firme y fija en ella. Quería gritar para advertirle que el hielo era débil, que no podía cruzarlo, que no podía pisarlo bailando. Vio las grietas, algunas ya abiertas, otras a punto de abrirse. Pero ella seguía bailando con la criatura en los brazos y el vestido aleteándole alrededor de las piernas. Ella reía y saludaba con la cara enmarcada por aquella melena oscura.

El trampolín se balanceaba. Pero él se quedó erguido, haciendo equilibrios con los brazos para impedir el balanceo. Intentó llamarla a gritos, pero lo único que le salía de la garganta eran sonidos secos. Luego la vio, una mano blanca, mojada. Surgió del agua, trataba de agarrarle los pies a la mujer que bailaba, trataba de coger el vestido, quería arrastrarla a las profundidades. Christian vio a la sirena. La vio con la cara blanca intentando estirar el brazo para coger a la mujer y a la criatura, intentando atrapar a aquella a la que él quería.

Pero la mujer no la vio. Continuó bailando, cogió a la criatura de la mano y lo saludó, movía los pies de un lado a otro por la superficie de hielo, a veces a tan solo unos milímetros de la mano blanca que trataba de atraparla.

Un rayo le cruzó la cabeza. Él no podía hacer nada, estaba allí, impotente. Christian se tapó las orejas con las manos y cerró los ojos. Y entonces surgió el grito. Alto y agudo, le subió por la garganta, rebotó en el hielo y en las rocas, le abrió las heridas del pecho. Cuando guardó silencio, se quitó despacio las manos de las orejas. Y abrió los ojos. La mujer y la criatura habían desaparecido. Pero ahora no le cabía duda. Ella no se rendiría hasta haberle arrebatado cuanto poseía.

*L*a niña seguía exigiendo mucho. Su madre dedicaba horas a entrenarla, a flexionarle las articulaciones, a practicar con dibujos y música. Una vez que hubo aceptado la realidad, removió cielo y tierra. Alice no estaba bien.

Pero él ya no se enfadaba tanto. Ya no odiaba a su hermana por todo el tiempo que le exigía a su madre. Porque ya se le había borrado el triunfo de los ojos. La niña era tranquila y silenciosa. Pasaba el tiempo sola, jugando con algo, repitiendo el mismo movimiento durante horas, mirando por la ventana o sencillamente, mirando la pared, viendo algo que solo ella podía ver.

Aprendía cosas. Primero, a estar sentada. Luego, a gatear. Luego a caminar. Exactamente igual que otros niños. Solo que a Alice le llevó mucho más tiempo.

De vez en cuando, con Alice en medio, se encontraba con la mirada de su padre. Por un instante, brevísimo, cruzaban la mirada y él veía en los ojos de su padre algo que no sabía interpretar. Pero se daba cuenta de que lo vigilaba, de que vigilaba a Alice. Y él quería decirle que no era necesario. ¿Por qué iba a hacerle daño, con lo buena que era ahora?

No la quería. Él solo quería a su madre. Pero la toleraba. Alice era un elemento en su mundo, una parte minúscula de su realidad, como el rumor de la tele, la cama en la que se acurrucaba por la noche o el crujir de los periódicos que leía su padre. Era un elemento igual de cotidiano y de insignificante.

En cambio Alice lo adoraba a él. No conseguía entenderlo. ¿Por qué lo había elegido a él, en lugar de a su madre, con lo guapa que era? Se le encendía la cara cuando lo veía y solo él era capaz de hacer que Alice

224

extendiera los brazos para que la cogiera y la abrazara. Por lo demás, no le gustaba que la tocaran. Normalmente, se encogía y se zafaba cuando su madre quería acariciarla y cogerla en brazos. Él no se lo explicaba. Si su madre hubiera querido acariciarlo y cogerlo de aquel modo, él se habría hundido en su regazo, habría cerrado los ojos y no se habría alejado de ella jamás.

El amor incondicional de Alice lo desconcertaba. Aun así, le proporcionaba cierta satisfacción el hecho de que alguien lo quisiera. A veces ponía a prueba su amor. Los pocos instantes en que su padre se olvidaba de vigilarlos, cuando iba al baño o a la cocina para coger algo, solía comprobar hasta dónde se extendía el amor de su madre, para ver cuánto podía hacerla sufrir antes de que se le extinguiera la luz de los ojos. A veces la pellizcaba, otras veces le tiraba del pelo. En una ocasión le quitó el zapato y le arañó la planta del pie con aquella navaja que se había encontrado y que siempre llevaba en el bolsillo.

En realidad, a él no le gustaba hacerle daño, pero sabía lo superficial que podía ser el amor, lo fácil que podía esfumarse. Totalmente fascinado, comprobaba que Alice nunca lloraba, ni siquiera se lo reprochaba con la mirada. Simplemente, lo aguantaba. En silencio, con los ojos claros fijos en él.

Y tampoco reparó nadie en los cardenales y las heridas que le aparecían por el cuerpo. Alice siempre andaba dándose golpes, cayéndose, chocándose con esto o con lo otro y cortándose. Era como si se moviera con unos segundos de retraso y no solía reaccionar hasta que no estaba ya en medio de algún accidente. Pero tampoco entonces lloraba.

No se le notaba nada por fuera. Hasta él tenía que admitir que parecía un ángel. Cuando su madre salía a la calle con el cochecito —algo para lo que, en realidad, era demasiado mayor, pero que había que hacer, puesto que era tan lenta caminando—, la gente siempre hacía comentarios sobre su físico.

—¡Qué niña tan bonita! —gorjeaban. Se inclinaban, la miraban con ojos hambrientos, como si quisieran absorber su dulzura. Y él miraba entonces a su madre, para ver cómo irradiaba orgullo durante un segundo, para verla erguirse y asentir.

El instante se estropeaba al final. Alice extendía los brazos hacia sus admiradores con aquellos movimientos torpes e intentaba decir algo, pero las palabras se distorsionaban y le colgaba un hilillo de saliva de la comisura de los labios. Entonces retrocedían. Miraban a la madre, primero horrorizados y luego compasivos, mientras se le borraba del semblante todo rastro de orgullo.

A él nunca lo miraban siquiera. Él no era más que alguien que iba detrás de su madre y de Alice, si es que lo dejaban ir con ellas. Una masa obesa y amorfa a la que nadie dedicaba el menor pensamiento. Pero eso a él no le importaba. Era como si el enojo, lo que le ardía en el pecho, hubiera muerto en el instante en que el agua envolvió la cara de Alice. Ni siquiera notaba el olor en la nariz. Aquel aroma dulzón había desaparecido, como si nunca hubiera existido. También había desaparecido con el agua. Quedaba el recuerdo. No como recuerdo de algo real, sino más bien como la sensación de algo pretérito. Él era ya otro. Alguien que sabía que su madre ya no lo quería.

Empezaron temprano. Patrik no había admitido las protestas en contra de la reunión de las siete en punto.

—La verdad, tengo una imagen algo paradójica de quien se encuentra detrás de todo esto —dijo después de haber sintetizado la situación—. Parece que nos enfrentamos a una persona psicológicamente perturbada que, además, es cauta y muy organizada. Se trata de una combinación peligrosa.

—No sabemos si quien mató a Magnus y quien ha enviado las cartas y ha entrado en casa de Kenneth es la misma persona —objetó Martin.

—No, pero tampoco hay nada que lo desmienta. Propongo que, por ahora, partamos de la base de que todo guarda relación. —Patrik se pasó la mano por la cara. Se había pasado la mayor parte de la noche dando vueltas en la cama y estaba más cansado que nunca—. Cuando terminemos aquí llamaré a Pedersen, a ver si nos puede dar la causa definitiva de la muerte de Magnus Kjellner.

—Iba a tardar unos días más —le recordó Paula.

—Sí, pero no nos perjudicará insistir un poco. —Patrik señaló el cuadro de la pared—. Hemos perdido demasiado tiempo. Hace tres meses que desapareció Magnus y hasta ahora no nos hemos enterado de las amenazas contra estas personas.

Todas las miradas se centraron en las fotografías que formaban una hilera, una junto a otra.

—Tenemos cuatro amigos: Magnus Kjellner, Christian Thydell, Kenneth Bengtsson y Erik Lind. Uno está muerto, los demás han recibido cartas con amenazas de alguien que, creemos, es una mujer. Por desgracia, ignoramos si Magnus recibió alguna carta. Cia, su mujer, no parece saberlo, desde luego. Así que, por desgracia, no creo que lo averigüemos nunca.

—Pero ¿por qué esos cuatro amigos, precisamente? –preguntó Paula mirando las fotos con los ojos entornados.

—Si lo supiéramos, también sabríamos quién se encuentra detrás de esto –respondió Patrik–. Annika, ¿has encontrado algo interesante sobre su pasado?

—Pues… no, por ahora no. Ninguna sorpresa sobre Kenneth Bengtsson. Hay bastante acerca de Erik Lind, pero nada relevante para nosotros. La mayoría son sospechas de actividades económicas dudosas y cosas similares.

—Apuesto a que ese tal Erik está involucrado de alguna manera –dijo Mellberg–. Un tipo escurridizo. Circula más de un rumor sobre sus negocios. Además, es un mujeriego. Está claro que es a él a quien tenemos que investigar más de cerca –aseguró dándose con el dedo un golpecito en la nariz.

—Entonces ¿por qué mataron a Magnus? –preguntó Patrik, que recibió la mirada irritada de Annika.

—No he tenido tiempo de investigar a Christian más a fondo –añadió Annika impertérrita–. Pero seguiré en ello y, naturalmente, si encuentro algo útil, lo comunicaré enseguida.

—No olvides que él fue el primero en recibir las cartas. –Paula seguía mirando las fotos–. Empezó a recibirlas hace un año y medio. Y ha recibido más cartas que ninguno. Al mismo tiempo, resulta extraño que los demás se vean involucrados si solo uno es el objetivo. Tengo la clara sensación de que hay algo que los vincula.

—Estoy de acuerdo. Y fue Christian el primero en llamar la atención de esta persona, eso debería tener algún significado. –Patrik volvió a pasarse la mano por la cara. El ambiente era bochornoso, hacía calor en la habitación y le brotaba el sudor de la frente. Se volvió hacia Annika–: Concéntrate en Christian cuando vuelvas a ello.

—Pues yo sigo pensando que deberíamos concentrarnos en Erik –insistió Mellberg. Miró airadamente a Gösta–: ¿Tú qué dices, Flygare? Después de todo, tú y yo somos los que más experiencia tenemos en esta comisaría. ¿No deberíamos dedicarle algo más de atención a Erik Lind?

Gösta se retorció en la silla. A lo largo de toda su carrera como policía, había conseguido funcionar según la regla del mínimo esfuerzo posible. Pero, tras luchar unos segundos consigo mismo, terminó por menear la cabeza:

—Pues no, comprendo a qué te refieres, pero creo que coincido con Hedström, en estos momentos, me parece que Christian Thydell es más interesante.

—Bueno, si queréis perder más tiempo aún, por mí adelante —replicó Mellberg poniéndose de pie con expresión ofendida—. Yo tengo cosas mejores que hacer que quedarme aquí arrojando margaritas a los cerdos. —Dicho esto, se levantó y abandonó la habitación.

Aquellas «cosas mejores» a las que Mellberg aludía eran, seguramente, echar una siestecita de las largas, pero Patrik no pensaba impedírselo. Cuanto más apartado se mantuviera de la investigación, tanto mejor.

—Bien, entonces, céntrate en Christian —confirmó Patrik con un gesto de asentimiento hacia Annika—. ¿Cuándo crees que tendrás algo para mí?

—Creo que para mañana ya me habré forjado una idea más clara de sus antecedentes.

—Estupendo. Martin y Gösta, vosotros iréis a casa de Kenneth y trataréis de obtener más detalles sobre las cartas y sobre el día de ayer. Quizá también deberíamos hablar otra vez con Erik Lind. Yo, entretanto, en cuanto den las ocho llamaré a Pedersen. —Patrik echó una ojeada al reloj. Solo eran las siete y media—. Paula, luego había pensado que tú y yo podríamos ir a casa de Cia.

Paula asintió.

—Avísame cuando estés listo y nos vamos.

—Bien, en ese caso, todos sabemos lo que tenemos que hacer.

Martin levantó la mano.

—¿Sí?

—¿No deberíamos plantearnos ofrecer algún tipo de protección a Christian y a los demás?

—Sí, naturalmente, lo había considerado, pero no tenemos recursos para ello y, en realidad, carecemos de los detalles suficientes para justificarlo, así que esperaremos. ¿Algo más?

Silencio.

—De acuerdo, en ese caso, en marcha. —Volvió a secarse el sudor de la frente. La próxima vez tendrían que dejar una ventana abierta, pese al rigor del invierno, para que entrara algo de oxígeno y aire fresco.

Una vez que todos se hubieron marchado, Patrik se quedó mirando las fotos. Cuatro hombres, cuatro amigos. Uno, muerto.

¿Qué era lo que los vinculaba?

Tenía la sensación de andar siempre como de puntillas a su alrededor. Nunca estuvieron bien, ni siquiera al principio. Le costaba admitirlo, pero Sanna ya no podía cerrar los ojos a la verdad. Él jamás le permitió que entrara en su vida.

Había ido haciendo lo que se esperaba de él, haciendo lo que había que hacer, la había cortejado y le había dicho cumplidos. Pero en realidad, ella no lo creyó, aunque se negó a admitirlo ante sí misma. Porque él era más de lo que ella nunca soñó. Su profesión podía dar la imagen de vejestorio aburrido, pero Christian resultó ser exactamente lo contrario. Inasequible y elegante, con aquella mirada que parecía haberlo visto todo. Y cuando la miraba a los ojos, ella misma llenaba los vacíos. Él nunca la había querido y Sanna comprendía que siempre lo había sabido. Aun así, se había engañado a sí misma. Había visto lo que quería ver y pasado por alto lo que le rechinaba.

Ahora no sabía qué hacer. No quería perderlo. Aunque su amor no era correspondido, ella lo quería y con eso bastaba, con tal de que se quedara con ella. Al mismo tiempo, se sentía vacía y fría por dentro ante la sola idea de vivir de aquel modo, de ser la única de los dos que quería.

Se sentó en la cama y se quedó mirándolo. Dormía profundamente. Muy despacio, alargó la mano y le rozó el pelo, abundante y oscuro con toques grises. Le había caído un mechón sobre los ojos y Sanna lo apartó con delicadeza.

La noche anterior fue bastante agitada, y cada vez eran más las noches así. Sanna nunca sabía cuándo estallaría en un ataque, ya fuera por algo nimio o importante. Los niños se habían pasado la tarde gritando. Luego la cena, que no estuvo bien, y ella, que dijo algo con el tono de voz equivocado. No podían continuar así. Todo lo que había resultado difícil durante los años que llevaban juntos había cobrado tal protagonismo que no tardaría en ensombrecer lo que sí era bueno. Era como si, a la velocidad de la luz, se precipitasen hacia algo desconocido, hacia la oscuridad, y ella quería gritar «¡alto!» y acabar con ello. Quería que todo volviese a la normalidad.

Aun así, ahora comprendía algo más. Él le había confiado parte de su pasado. Y por horrenda que fuese la historia, tenía la sensación de que le hubiese entregado un regalo bellamente envuelto. Christian le había hablado de sí mismo, había compartido con ella algo que no le había revelado a ninguna otra persona. Y ella lo valoraba.

Solo que no sabía qué hacer con aquella confidencia. Quería ayudarle, que hablaran más a menudo y averiguar cosas que nadie más supiera, pero él no le daba nada más. Sanna trató de seguir haciendo preguntas el día anterior y al final él se marchó de casa dando un portazo tan fuerte que temblaron los cristales. Sanna no sabía cuándo volvió. Ella se durmió llorando alrededor de las once y, cuando se despertó hacía un instante, él estaba dormido a su lado. Eran cerca de las siete. Si quería ir al trabajo, tendría que ir pensando en levantarse. Miró el despertador. No había puesto la alarma. ¿Y si lo despertaba?

Vaciló unos segundos sentada en el borde de la cama. A Christian se le movían los ojos bajo los párpados con movimientos rápidos. Ella habría dado cualquier cosa por saber qué estaba soñando, qué imágenes estaba viendo. Se le estremeció el cuerpo levemente y tenía una expresión atormentada en la cara. Muy despacio, levantó la mano y la posó sobre el hombro de su marido. Se enfadaría si llegaba tarde al trabajo por no haberlo despertado. Claro que, si tenía el día libre, se enfadaría porque no lo había dejado dormir. Le habría encantado saber cómo conseguir que se sintiera satisfecho y quizá feliz.

Dio un respingo al oír la voz de Nils procedente del dormitorio de los niños. El pequeño la llamaba con el miedo en la voz. Sanna se levantó y aguzó el oído. Pensó por un segundo que eran figuraciones suyas, que la voz de Nils era un eco de sus propios sueños, en los que los niños siempre parecían estar llamándola y con necesidad de ella. Pero la oyó de nuevo:

—¡Mamá!

¿Por qué parecía tan asustado? El corazón de Sanna empezó a latir aceleradamente y los pies echaron a andar veloces como por sí solos. Se puso la bata y entró a toda prisa en la habitación que los niños compartían. Nils estaba sentado en la cama. Tenía los grandes ojos clavados en la puerta, en ella. Con los brazos extendidos hacia los lados, como un Jesucristo pequeñito en la cruz. Sanna notó la conmoción, como un golpe duro en el estómago. Vio los dedos separados y temblorosos de su hijo, el pecho, el pijama del osito Bamse que a él tanto le gustaba y que, a aquellas alturas, tenía tantos lavados que empezaba a deshilacharse por los puños. Vio aquella cosa roja. El cerebro apenas era capaz de asimilar la imagen. Entonces alzó la vista hacia la pared, por encima de Nils, y el grito cobró forma en la garganta, fue creciendo hasta que salió:

—¡Christian! ¡CHRISTIAN!

Le quemaban los pulmones. Era una sensación extraña en medio de la niebla en la que se hallaba. Desde la tarde anterior, cuando encontró a Lisbet muerta en la cama, su existencia había sido como una bruma. Era tal el silencio que reinaba en la casa cuando llegó después de hablar con la Policía en la oficina... Se habían llevado a Lisbet, ya no estaba.

Pensó si no debería irse a otro lugar. Cruzar el umbral de la casa se le había antojado un imposible. Pero ¿adónde iría? No tenía a quién acudir. Además, era allí donde ella se encontraba. En los cuadros de las paredes y en las cortinas de las ventanas, en la letra de las etiquetas que se leían en los paquetes de comida guardados en el congelador. En la emisora elegida si ponía la radio de la cocina y en todos los alimentos extraños que llenaban la despensa: aceites de trufa, galletas de espelta y curiosas conservas. Cosas que había comprado con gran satisfacción, pero que nunca usó. Cuántas veces no la había chinchado él a propósito de aquellos planes suyos tan ambiciosos de una cocina selecta que siempre terminaba en algo mucho más sencillo. Cómo le habría gustado poder chincharla una vez más.

Kenneth apretó el paso. Erik le había dicho que hoy no tenía por qué ir a la oficina, pero él necesitaba rutinas. ¿Qué iba a hacer en casa? Se levantó como de costumbre, cuando sonó el despertador, dejó la cama hinchable que había al lado de la de ella, ya vacía. Incluso agradeció el dolor de espalda, el mismo que cuando ella aún estaba allí. Al cabo de una hora estaría en la oficina. Todas las mañanas salía a correr por el bosque durante cuarenta minutos. Acababa de pasar por delante del campo de fútbol, lo que significaba que había recorrido más o menos la mitad del circuito. Apretó el paso un poco más. Los pulmones le indicaban que estaba acercándose al límite de su capacidad, pero los pies seguían martilleando el suelo. Estaba bien. El dolor de los pulmones sofocaba una pequeñísima parte del que sentía en el corazón. Lo suficiente para no tumbarse en el suelo, encogerse hasta formar una bola y dejarse llevar por la pena.

No comprendía cómo iba a seguir viviendo sin ella. Era como tener que vivir sin aire. Igual de imposible, igual de asfixiante. Corría cada vez más deprisa. Empezó a ver puntos brillantes y el campo de visión se fue estrechando. Se concentró en un punto lejano, en un agujero en el follaje por el que se filtraba el primer esbozo de luz matinal. La luz dura de los focos que iluminaban el circuito seguía dominando.

La pista se fue estrechando hasta convertirse en un sendero y el suelo era ya más irregular, lleno de hoyos y protuberancias. Y también había algo de hielo aquí y allá, pero conocía el camino y no se molestaba en ir mirando al suelo. Corría centrándose en la luz y en la mañana que se aproximaba.

En un primer momento, no comprendió lo que sucedía. Era como si le hubiesen puesto delante una pared invisible. Se quedó suspendido en medio de una zancada, con los pies en el aire. Luego se cayó de bruces. Para frenar la caída, puso las palmas hacia abajo instintivamente y el golpe recibido cuando dio contra el suelo hizo que el dolor se propagara por los brazos hasta los hombros. Después sintió un dolor de otro tipo. Un dolor que le escocía y le quemaba y que lo obligaba a jadear. Se miró las manos. Tenía las palmas cubiertas de una gruesa capa de fragmentos de vidrio. Trozos grandes y pequeños de vidrio transparente que iban enrojeciendo con la sangre que manaba de las heridas donde las aristas le habían atravesado la piel. Se quedó inmóvil y a su alrededor todo estaba en silencio.

Cuando por fin intentó incorporarse, notó que no podía mover los pies. Se miró las piernas, también traspasadas de fragmentos que habían atravesado el tejido del pantalón. Luego paseó la mirada por el suelo. Y entonces vio la cuerda.

–¡Podías ayudarme un poco! –Erica estaba empapada de sudor. Maja se había opuesto a que la vistiera: desde las braguitas hasta el mono y ahora gritaba roja de rabia mientras Erica trataba de enfundarle las manos en un par de manoplas.

–Hace frío. Tienes que ponerte las manoplas –dijo conciliadora, aunque la argumentación verbal llevaba toda la mañana sin funcionar.

A Erica se le agolpaba el llanto en la garganta. Le remordía la conciencia por tanta regañina y tanta discusión y, en realidad, preferiría quitarle a Maja la ropa, no llevarla a la guardería y pasarse todo el día jugando con ella en casa. Pero sabía que no podía ser. No tenía fuerzas para hacerse cargo de Maja un día entero ella sola y, además, si cedía hoy, mañana sería mucho peor. Si Maja organizaba aquel barullo todas las mañanas antes de salir, Erica comprendía que su marido estuviese tan cansado.

Con mucho esfuerzo, logró levantarse del suelo y, sin más preámbulo, cogió a Maja de la mano y la arrastró hacia la calle, con las manoplas en el bolsillo. Quizá se calmase cuando llegaran a la guardería, o tal vez el personal tuviese más éxito.

De camino al coche, Maja hincó los talones en el suelo y empujó con todas sus fuerzas.

–Vamos. No puedo llevarte en brazos. –Erica tiró un poco más fuerte y Maja cayó boca arriba y empezó a llorar desconsoladamente. Y entonces también Erica rompió a llorar. Si alguien la hubiese visto, habrían llamado a los servicios sociales de inmediato.

Se agachó despacio y se puso en cuclillas, sin hacer caso de su tripa que quedaba aplastada. Ayudó a Maja a levantarse y le dijo con voz más dulce:

–Perdona, mamá se ha portado mal. ¿Nos damos un abrazo?

Maja no solía rechazar ninguna posibilidad de mimos, pero en esta ocasión miró a Erica con encono y se puso a llorar más fuerte aún. Sonaba como la sirena de un barco.

–Venga, cariño –dijo Erica acariciándole la mejilla. Al cabo de un rato, la pequeña empezó a calmarse y los aullidos se transformaron en sollozos. Erica lo intentó de nuevo.

–¿No le vas a dar un abrazo a mamá?

Maja vaciló un instante, pero luego se dejó abrazar. Hundió la cara en el cuello de su madre y Erica notó cómo la empapaba de lágrimas y de mocos.

–Perdón, yo no quería que te cayeras. ¿Te has hecho daño?

–Ajá… –respondió Maja sorbiendo los mocos y poniendo cara de pena.

–¿Te soplo? –preguntó Erica. Era un remedio que Maja siempre apreciaba.

La pequeña asintió.

–¿Y dónde te soplo? Dime, ¿dónde te duele?

Maja reflexionó un instante, al cabo del cual empezó a señalar todas las partes del cuerpo que alcanzaba con el dedo. Erica hizo un recorrido completo con los soplidos y sacudió la nieve del mono rojo de Maja.

—¿No crees que los amiguitos estarán esperándote en la guardería? —preguntó Erica, sacando luego el as de la manga—: Yo creo que Ture habrá llegado ya y se estará preguntando si no vas a ir.

Maja dejó de moquear. Ture era su gran amor. Tenía tres meses más que ella, una energía que superaba cualquier cosa y sentía verdadera pasión por Maja.

Erica contuvo la respiración. Luego, la cara de la pequeña se iluminó con una sonrisa.

—Mamos a Ture.

—Claro que sí —respondió Erica—. Ahora mismo vamos con Ture. Será mejor que no nos entretengamos más, no sea que a Ture le dé tiempo a encontrar trabajo, un puesto en el extranjero o algo así.

Maja la miró extrañada y Erica no pudo contener la risa.

—No hagas caso de lo que dice la chiflada de tu madre. En marcha, vamos corriendo a buscar a Ture.

*T*enía diez años cuando todo cambió. En realidad, a aquellas alturas ya se había adaptado muy bien. No era feliz o, al menos, no como pensó que lo sería la primera vez que vio a aquella madre tan guapa, o como lo fue antes de que Alice empezara a crecerle en la barriga. Pero tampoco era desgraciado. Tenía un lugar en la vida, se perdía soñando en el mundo de los libros y se había conformado con eso. Y la grasa que había acumulado lo protegía, era una armadura contra lo que lo corroía por dentro.

Alice lo seguía queriendo tanto como antes. Lo seguía como una sombra, pero no hablaba mucho, lo que a él le venía de maravilla. Si necesitaba algo, allí estaba Alice. Si tenía sed, ella le traía agua enseguida, si quería comer algo, se escurría hacia la despensa y cogía las galletas que su madre había escondido.

Su padre aún lo miraba de un modo extraño de vez en cuando, pero ya no lo vigilaba. Alice era ya una niña grande, tenía cinco años. Finalmente, había aprendido a hablar y a caminar, pero solo se parecía a los demás niños si se quedaba quieta y callada. Entonces era tan bonita que la gente se detenía a mirarla igual que cuando era pequeña y la llevaban en el cochecito. Pero cuando se movía o empezaba a hablar, la gente se alejaba mirándola con compasión y meneando la cabeza.

El médico dijo que nunca se pondría bien. Claro que no le permitieron acompañarlos, a él nunca lo dejaban ir a ningún sitio, pero no había olvidado cómo se arrastran los indios cuando avanzan sigilosos. Se movía por la casa sin hacer el menor ruido y siempre estaba atento a lo que decían. Los oía discutir y sabía todo lo que decían de Alice. La que más hablaba era su madre. Ella era quien llevaba a Alice a la consulta de todos aquellos médicos para dar con un nuevo tratamiento, algún método o algún tipo de entrenamiento que ayudase a Alice a conseguir movimientos, habla y capacidades más acordes con su aspecto.

De él no hablaban nunca. Eso fue algo que también descubrió escuchando a hurtadillas. Era como si él no existiera, solo ocupaba un espacio. Pero había aprendido a vivir con ello. Las pocas veces que aquello le causaba dolor, pensaba en aquel perfume y en aquello que ya empezaba a entender como una historia maligna. Un recuerdo lejano. Eso le bastaba para poder vivir como un ser invisible para todos, salvo para Alice. Ahora que él había conseguido que fuese una niña buena.

Una llamada telefónica lo cambió todo. La bruja había muerto y la casa era ahora de su madre. La casa de Fjällbacka. No habían estado allí desde que nació Alice, desde aquel verano que pasaron en la caravana, cuando él lo perdió todo. Ahora se mudarían allí. Fue su madre quien lo decidió. Su padre intentó oponerse, pero, como de costumbre, nadie le prestó atención.

A Alice no le gustó el cambio. Ella quería que todo siguiera como siempre, todos los días lo mismo, siempre las mismas rutinas. De modo que, una vez embaladas todas sus cosas, cuando todos estaban ya en el coche y su padre al volante, Alice se volvió, pegó la nariz a la luna trasera y no dejó de mirar la casa hasta que desapareció de su vista. Luego volvió a mirar al frente y se acurrucó a su lado. Apoyó la mejilla en su hombro y, por un instante, consideró la posibilidad de consolarla, de darle una palmadita en la cabeza o de cogerle la mano. Pero no lo hizo.

Alice permaneció así, apoyada en su hombro, todo el camino hasta Fjällbacka.

—Ayer me pusiste en evidencia como nunca —dijo Erik. Estaba delante del espejo del dormitorio, tratando de anudarse la corbata.

Louise no respondió. Le dio la espalda y se tumbó de lado.

—¿Me has oído? —Erik levantó un poco la voz, pero no tanto como para que las niñas lo oyeran desde su habitación, que estaba enfrente, en el pasillo.

—Te he oído —respondió Louise en voz baja.

—Pues no vuelvas a hacerlo nunca. ¡Nunca! Una cosa es que andes como una cuba en casa todos los días. Con tal de que te mantengas más o menos derecha cuando estén aquí las niñas, no me importa lo más mínimo. Pero ni se te ocurra fastidiarla apareciendo por la oficina.

Silencio. Le indignaba que Louise no opusiera resistencia. Prefería los comentarios vitriólicos a aquella mudez.

—Me das asco. ¿Lo sabías? —El nudo de la corbata quedó demasiado bajo y Erik soltó un taco y lo deshizo dando un tirón para hacerlo otra vez. Lanzó una mirada a Louise. Seguía dándole la espalda, pero ahora se dio cuenta de que le temblaban los hombros. Joder. Aquella mañana iba cada vez mejor. Detestaba sus resacas de llanto y autocompasión.

—Para ya. Tienes que controlarte. —Notó que la repetición constante y diaria de la misma cantinela le colmaba la paciencia.

—¿Sigues viendo a Cecilia? —La voz resonó sorda, como si saliera del almohadón. Louise volvió la cara hacia él para oír su respuesta.

Erik la miró con asco. Sin maquillaje, sin el disfraz de la ropa cara, tenía un aspecto espantoso.

Ella repitió la pregunta:

–¿Sigues viéndola? ¿Sigues acostándote con ella?

Así que lo sabía. No la imaginaba capaz de tanto.

–No. –Erik pensó en la última conversación mantenida con Cecilia. No quería hablar del asunto.

–¿Por qué? ¿Ya te has cansado? –Louise insistía como un perro de presa con las mandíbulas encajadas.

–Vamos, déjalo ya.

No se oía nada en la habitación de las niñas y Erik esperaba que no lo hubiesen oído. Era consciente de que había subido mucho la voz. Pero no tenía ganas de pensar en Cecilia y en el niño cuya manutención se veía obligado a costear en secreto.

–No quiero hablar de ella –dijo en un tono más sosegado, cuando al fin consiguió que le saliera bien el nudo de la corbata.

Louise lo miraba con la boca abierta. Se la veía vieja. Las lágrimas le asomaban a la comisura de los ojos. Le temblaba el labio inferior y continuó mirándolo en silencio.

–Me voy a la oficina. Mueve el culo y procura que las niñas vayan a la escuela. Si es que eres capaz. –La miró con frialdad y, acto seguido, le dio la espalda. Después de todo, quizá valiera la pena perder la mitad del dinero con tal de librarse de ella. Había infinidad de mujeres que estarían encantadas con lo que él tenía que ofrecer. No le costaría reemplazar a Louise.

–¿Crees que estará en condiciones de hablar con nosotros? –Martin se volvió hacia Gösta. Iban en el coche camino de la casa de Kenneth, pero a ninguno de los dos le apetecía molestarlo estando tan reciente la muerte de su mujer.

–No lo sé –respondió Gösta de un modo que no dejaba duda de que no quería hablar del asunto. Guardaron silencio.

–Dime, ¿cómo está la niña? –preguntó Gösta al cabo de un rato.

—¡Estupendamente! —A Martin se le iluminó la cara. Tras una larga serie de fracasos en las relaciones de pareja, había renunciado a la esperanza de formar una familia cuando Pia lo cambió todo. Habían tenido una niña el otoño anterior. La vida de soltero se le antojaba ahora como un sueño remoto y nada agradable.

Se hizo de nuevo el silencio. Gösta tamborileaba con los dedos en el volante, pero lo dejó al advertir la mirada irritada de Martin.

El timbre del teléfono de Martin los sobresaltó a los dos. Respondió y, a medida que escuchaba, fue adoptando una expresión cada vez más grave.

—Tenemos que irnos. —Martin apagó el móvil.

—¿Por qué? ¿Qué ha pasado?

—Era Patrik. Ha ocurrido algo en casa de Christian Thydell. Al parecer, acaba de llamar a la comisaría y ha contado algo totalmente incongruente. Algo que les ha pasado a los niños.

—Joder. —Gösta pisó el acelerador—. Agárrate bien —le dijo a Martin, acelerando un poco más. Notaba un malestar incipiente en el estómago. Siempre le había costado tanto trabajar en casos en los que había niños implicados. Y la cosa no mejoraba con los años.

—¿No ha sabido decirte más?

—No —respondió Martin—. Por lo que me ha dicho, Christian estaba muy alterado. No había manera de sacar nada en claro, así que ya lo veremos una vez allí. Patrik y Paula también están en camino, pero nosotros llegaremos primero. Patrik dijo que no los esperásemos. —Martin también estaba pálido. Ya le parecía bastante horrible acudir a la escena de un crimen estando preparado, y ahora no tenían la menor idea de qué les esperaba.

Una vez delante de la casa de Christian y Sanna, ni se molestaron en aparcar correctamente, sino que entraron derrapando y dejaron el coche ladeado antes de salir a toda prisa. Nadie vino a abrir cuando llamaron, de modo que entraron sin más.

—¡Hola! ¿Hay alguien en casa?

Oyeron ruido en el piso de arriba y subieron a la carrera.

—¿Hola? Somos de la Policía. —Volvieron a llamar, pero seguían sin responder, aunque desde el interior de una de las habitaciones se oían sollozos y el lamento de un niño que lloraba desesperadamente mezclado con el sonido de alguien chapoteando en el agua.

Gösta tomó aire y asomó la cabeza. Halló a Sanna sentada en el suelo del baño llorando de tal modo que le temblaba todo el cuerpo. En la bañera había dos niños pequeños. El agua tenía un color rosáceo y Sanna los enjabonaba con movimientos bruscos.

—¿Qué ha pasado? ¿Están heridos? —Gösta miraba atónito a los niños.

Sanna se volvió y los miró fugazmente, pero enseguida volvió a concentrarse en sus hijos y continuó enjabonándolos.

—Sanna, ¿están heridos? ¿Pedimos una ambulancia? —Gösta se le acercó, se acuclilló a su lado y le puso la mano en el hombro, pero Sanna no respondió. Sencillamente, continuó frotando a los niños, sin resultado. El color rojo seguía adherido y más bien parecía estar extendiéndose.

Gösta observó más de cerca a los niños y notó que se le normalizaba el pulso. Aquello no era sangre.

—¿Quién ha hecho esto?

Sanna sollozaba mientras, con el dorso de la mano, se secaba unas gotas de agua rosada que le habían salpicado la cara.

—Ellos… ellos… —Hablaba entrecortadamente y Gösta le apretó el hombro para tranquilizarla. Vio con el rabillo del ojo que Martin aguardaba expectante en el umbral.

—Es pintura —le dijo a su colega. Luego, volvió a dirigirse a Sanna, que respiró hondo e hizo un nuevo intento de explicarse:

—Nils me llamó. Estaba sentado en la cama. Ellos… los dos estaban así. Alguien ha escrito algo en la pared y la pintura debe de haber chorreado hasta las camas. Al verlo, creí que era sangre.

—¿No habéis oído nada durante la noche? ¿O por la mañana?

—No, nada.

—¿Dónde está la habitación de los niños? —preguntó Gösta. Sanna señaló el pasillo.

—Voy a echar un vistazo —dijo Martin antes de darse media vuelta.

—Voy contigo. —Gösta le exigió a Sanna que lo mirase a los ojos antes de levantarse—. Volvemos enseguida, ¿de acuerdo?

La mujer asintió y Gösta se levantó y salió al pasillo. En la habitación de los niños se oían voces airadas.

—Christian, deja eso.

—Tengo que limpiar… —Christian parecía tan desconcertado como Sanna y, cuando Gösta entró en la habitación, lo vio con un gran cubo de agua, dispuesto a lanzar el contenido sobre la pared.

—Sí, pero antes tenemos que examinarlo. —Martin levantó la mano, como para disuadir a Christian, que estaba en calzoncillos. Tenía el pecho lleno de pintura roja con la que, seguramente, se habría manchado mientras ayudaba a Sanna a llevar a los niños al cuarto de baño.

Hizo amago de ir a arrojar el agua, pero Martin dio un salto y le arrebató el cubo. Christian no opuso resistencia, sino que lo soltó y se quedó allí, balanceándose ligeramente.

Con Christian bajo control, Gösta pudo concentrarse en lo que el hombre intentaba borrar. En la pared, encima de las camas de los niños, alguien había escrito: «No los mereces».

La pintura roja chorreaba pared abajo y las letras parecían escritas con sangre. La misma impresión causaban las salpicaduras que se apreciaban en las camas de los pequeños. Gösta comprendió la conmoción que tuvo que sufrir Sanna cuando entró en el dormitorio. Y la reacción de Christian, que miraba lo escrito en la pared con cara totalmente inexpresiva. Sin embargo, murmuraba algo como para sí mismo. Gösta se le acercó para oír lo que decía.

—No los merezco. No los merezco.

Gösta le cogió el brazo con cuidado.

—Anda, ve y vístete y después hablamos. —Con suavidad y determinación, lo empujó a la habitación de al lado, que, según había visto al pasar, era la del matrimonio.

Christian se dejó conducir hasta allí, y se sentó en la cama, al parecer sin la menor intención de vestirse. Gösta miró a su alrededor y encontró una bata colgada de una percha detrás de la puerta. Se la dio a Christian, que se la puso con movimientos lentos y torpes.

—Voy a ver a Sanna y a los niños. Luego podemos sentarnos a hablar en la cocina.

Christian asintió. Tenía la mirada hueca y los ojos como cubiertos por una película vidriosa. Gösta lo dejó sentado en la cama y fue a hablar con Martin, que seguía en la habitación de los niños.

—¿Qué es lo que está pasando aquí, eh?

Martin meneó la cabeza.

—Esto es una locura. Debe de haberlo hecho un perturbado. Y además, ¿qué significa eso?, «no los mereces». ¿A quién? ¿A los niños?

—Eso es lo que tenemos que averiguar. Patrik y Paula llegarán en cualquier momento. ¿Puedes bajar tú a recibirlos? Y llama a un médico. Creo que los niños están bien, pero tanto Sanna como Christian sufren los efectos de una conmoción terrible. Será mejor que los vea un experto. Estaba pensando ayudar a Sanna a lavar a los niños. Si no, les arrancará la piel.

—También tenemos que llamar a los técnicos.

—Exacto, dile a Patrik que se ponga en contacto con Torbjörn en cuanto llegue, para que manden al equipo. Y además, hemos de procurar no seguir pisándolo todo.

—Por lo menos hemos conseguido salvar la pared —observó Martin.

—Sí, menuda suerte.

Bajaron juntos la escalera y Gösta logró localizar enseguida la puerta que conducía al sótano. Una bombilla desnuda iluminaba la escalera, que empezó a bajar despacio. Como la mayoría de los sótanos, también el de la familia Thydell estaba lleno de todo tipo de trastos: cajas de cartón, juguetes viejos, cajas donde se leía «adornos navideños», herramientas que no parecían usarse muy a menudo y una estantería con cosas de pintura, latas, frascos, brochas y bayetas. Gösta cogió un frasco medio lleno de disolvente, pero en el preciso instante en que los dedos asieron el recipiente, atisbó algo con el rabillo del ojo. En el suelo había una bayeta. Impregnada de pintura roja.

Leyó rápidamente la etiqueta de las latas que había en la estantería. Ninguna era de pintura roja. Pero Gösta estaba seguro, la de la bayeta tenía el mismo tono que la del dormitorio de los niños. Era probable que quien hubiera usado la pintura para escribir en la pared se hubiese manchado y hubiese bajado al sótano para limpiarse. Observó el frasco que tenía en la mano. Mierda, quizá hubiera huellas que no debía destruir. Pero necesitaba el contenido. Había que lavar a los niños antes de sacarlos de la bañera. Una botella vacía de coca-cola vino a darle la solución. Sin cambiarse de mano el frasco de disolvente, vertió el contenido en la botella de refresco. Luego dejó el frasco en la estantería. Con un poco de suerte, quizá no hubiese borrado todas las huellas. Y pudiera ser que la bayeta también les dijese algo.

Con la botella en la mano, subió de nuevo al piso de arriba. Patrik y Paula aún no habían llegado, pero ya no podían andar muy lejos.

Sanna seguía restregando a los niños cuando él entró en el baño. Los pequeños lloraban desesperados y Gösta se acuclilló junto a la bañera y dijo con dulzura:

—No conseguirás quitarles la pintura solo con jabón, habrá que usar disolvente. —Le mostró la botella que había cogido del sótano. Ella paró y se lo quedó mirando perpleja. Gösta cogió una toalla de un gancho que había junto al lavabo y vertió en la felpa un chorro del líquido. Sanna lo observaba. El policía le mostró la toalla y luego le cogió el brazo al mayor de los hijos de Sanna. Sería imposible calmarlos ahora, así que tendría que apresurarse.

—Mira, ya va desapareciendo la pintura. —Pese a que el niño se retorcía como una lombriz, Gösta se las arreglaba bastante bien—. Quedarán limpios, lo quitaremos todo, ya verás.

Se dio cuenta de que se dirigía a Sanna como si estuviera hablando con un niño, pero parecía funcionar, porque se la veía cada vez más ausente.

—Ya está, ya tenemos listo al primero. —Gösta dejó la toalla, cogió la ducha y lavó al niño para eliminar los restos de disolvente. El pequeño pateaba desesperadamente mientras Gösta lo sacaba de la bañera, pero Sanna reaccionó y cogió enseguida un albornoz en el que envolverlo. Luego, se lo sentó en el regazo y empezó a mecerlo.

—Muy bien, chiquitín, ahora te toca a ti.

El más pequeño comprendió que si dejaba que el policía lo lavara, no tardaría en salir de la bañera y verse en las rodillas de su madre. De modo que dejó de llorar y se quedó totalmente quieto mientras Gösta volvía a mojar la toalla en el disolvente y empezaba a limpiarlo. Pocos minutos más tarde, con la piel de un leve color rosáceo, el hermano menor se acurrucaba en el regazo de su madre, envuelto de pies a cabeza en una gran toalla de baño.

Gösta oyó voces en el piso de abajo y luego unos pasos en la escalera. En la puerta del baño apareció Patrik.

—¿Qué ha pasado? —preguntó sin resuello—. ¿Están todos bien? Martin me dijo que los niños no han sufrido ningún daño. —Patrik no apartaba la vista de la bañera, que estaba llena de agua de color rosa.

—Sí, los niños están bien, solo algo conmocionados. Como los padres. —Gösta se levantó y se acercó a Patrik. Le expuso brevemente lo que había ocurrido.

—Esto no es normal, desde luego. ¿Quién es capaz de algo así?

—Es lo que dijimos Martin y yo. Aquí hay algo raro, por así decirlo. Y creo que Christian sabe más de lo que nos ha contado. —Le refirió lo que le había oído murmurar.

—Sí, yo llevo un tiempo con la misma sensación. ¿Dónde está?

—En el dormitorio.

—Pues vamos a ver si está en condiciones de hablar.

—A mí me parece que sí.

A Patrik le sonó el teléfono en el bolsillo. Respondió enseguida y Gösta lo vio dar un respingo.

—Pero ¿qué me dices? ¿Podrías repetir eso? —Miraba con estupefacción a Gösta, que en vano intentaba oír lo que decían al otro lado de la línea–. Vale, entendido. Estamos en casa de los Thydell, aquí también se han producido unos sucesos muy extraños, pero lo resolveremos.

Colgó el teléfono.

–Kenneth Bengtsson está ingresado en el hospital de Uddevalla. Salió a correr esta mañana y alguien le había tendido una trampa, una cuerda que atravesaba el sendero y que lo hizo tropezar y caer sobre un lecho de fragmentos de cristal.

–Maldita sea –susurró Gösta. Y, por segunda vez aquella mañana, añadió–: ¿Qué está pasando aquí, en realidad?

Erik miraba fijamente el teléfono móvil. Kenneth iba camino del hospital. Siempre tan cumplidor, al parecer había convencido al personal de la ambulancia de que lo llamasen para comunicarle que aquella mañana no iría a la oficina.

Alguien le había tendido una trampa en el circuito por el que solía correr. Erik ni siquiera se planteó que fuese un error, algún tipo de juego que se les hubiese ido de las manos. Kenneth siempre hacía el mismo recorrido cuando salía a correr. Todas las mañanas, exactamente el mismo trayecto. Todos lo sabían y cualquiera podría haberlo averiguado. De modo que, sin atisbo de duda, era obvio que alguien quería hacerle daño.

Quizá debería poner sus barbas a remojar. A lo largo de los años, había asumido un sinfín de riesgos y había fastidiado a muchas personas. Pero jamás habría podido prever aquello, ni el pánico que ahora sentía.

Se volvió hacia la pantalla y entró en la página web del banco. Tenía que comprobar sus posibilidades. No paraba de darle vueltas a todo, pero trató de centrarse en las cantidades que había en cada cuenta y en canalizar el miedo hacia un plan, una vía de escape. Se permitió reflexionar un instante en quién estaría detrás de aquellas cartas, la persona que, probablemente, habría matado a Magnus y que ahora parecía orientar su atención hacia Kenneth. Para empezar. Pero desechó aquellos pensamientos. De nada servía seguir cavilando sobre ello. Podía ser cualquiera. Lo que tenía que hacer era tratar de salvar el pellejo, coger todo lo que pudiera y emprender un viaje a un lugar más cálido, donde nadie pudiera encontrarlo. Y quedarse allí hasta que hubiera pasado todo.

Naturalmente, echaría de menos a las niñas mientras estuviera fuera, pero ya eran lo bastante mayores y pudiera ser que Louise espabilara si ya no tenía en quien apoyarse y la responsabilidad de las niñas recaía solo sobre ella. No las iba a dejar en la miseria, naturalmente. Procuraría que hubiera dinero suficiente en las cuentas para que se las arreglasen un tiempo. Después, Louise tendría que buscarse un trabajo. No le sentaría nada mal. Ni podía esperar que él la siguiera manteniendo toda la vida. Tenía todo el derecho del mundo a actuar así, y lo que él había conseguido ganar en el transcurso de los años le bastaría para forjarse una nueva vida. Le aportaría seguridad.

Aún tenía la situación bajo control y solo necesitaba organizar los aspectos prácticos del asunto. Entre otras cosas, tenía que hablar con Kenneth. Mañana iría al hospital; confiaba en que su colega estuviera en condiciones de repasar unas cantidades. Claro que para Kenneth sería un golpe que él dejara la empresa estando tan reciente la muerte de Lisbet, y seguro que tendría consecuencias desagradables. Pero Kenneth ya era mayorcito y quizá Erik le hiciese un favor también a él obligándolo a valerse por sí solo. Ahora que lo pensaba, sería muy positivo tanto para Kenneth como para Louise que él no estuviera allí para apoyarlos.

Luego estaba Cecilia. Pero ella ya le había dicho con la mayor claridad posible que no necesitaba su ayuda, salvo en el aspecto económico. Y desde luego, podría desprenderse de una pequeña cantidad.

Sí, así lo haría. Cecilia también se las arreglaría. Todos se las arreglarían. Y las niñas lo comprenderían, seguro. Con el tiempo, lo comprenderían.

Les había llevado mucho tiempo extraer todos los fragmentos de vidrio. Quedaban dos. Habían llegado tan profundo que precisarían una intervención de más envergadura. Pero había tenido suerte, según le dijeron. Ningún fragmento había afectado a las venas más importantes. De lo contrario, la cosa habría podido ser muy grave. Exactamente eso le dijo el médico con tono desenvuelto.

Kenneth giró la cabeza hacia la pared. Es que no comprendían que aquello era lo peor. Que habría preferido que uno de los fragmentos le hubiese cortado una arteria, que le hubiese extirpado el dolor y la angustia que tenía en el corazón. Que le hubiese borrado aquel mal recuerdo. Porque en la ambulancia, con el aullido de las sirenas en los oídos, mientras se retorcía de dolor ante el menor movimiento del vehículo, lo comprendió todo. De repente supo quién los acosaba. Quién los odiaba y quería hacerles daño a él y a los demás. Quién le había arrebatado a Lisbet. La idea de que ella hubiese muerto con la verdad resonándole en los oídos era más de lo que podía soportar.

Se miró los brazos, que tenía apoyados sobre la manta. Los tenía vendados. Las piernas, igual. Ya había corrido su última maratón. Sería un milagro que las heridas curasen bien, había pronosticado el médico. Pero no importaba. Ya no quería correr más.

Y tampoco pensaba correr para huir de ella. Ya le había robado lo único que significaba algo para él. El resto, tanto daba. Existía una especie de justicia bíblica de la que no podía defenderse. Ojo por ojo, diente por diente.

Kenneth cerró los ojos y recreó aquellas imágenes que había relegado a un punto recóndito de la memoria. Con el paso de los años, era como si nunca hubiera ocurrido. Una sola vez se hicieron patentes. Aquel solsticio de verano en que todo estuvo a punto de venirse abajo. Pero los muros resistieron y Kenneth volvió a almacenar los recuerdos en lo más hondo, en los recovecos más tenebrosos del cerebro.

Ahora habían vuelto. Ella los había sacado de nuevo a la luz, lo había obligado a verse a sí mismo. Y Kenneth no soportaba lo que veía. Ante todo, no soportaba que hubiese sido lo último que Lisbet vivió. ¿Fue eso lo que lo cambió todo? ¿Murió con un terrible agujero negro en el lugar del corazón donde antes se había alojado el amor que sentía por él? ¿Se convirtió en un extraño para ella en aquel preciso instante?

Volvió a abrir los ojos. Se quedó mirando al techo y notó que las lágrimas empezaban a rodarle por las mejillas. Ya podía venir a llevárselo si quería. No saldría corriendo.

Ojo por ojo, diente por diente.

–¡*A*parta, gordinflón!

Los niños chocaban con él a propósito cuando iban por el pasillo. Él intentaba evitarlos, hacerse tan invisible en la escuela como lo era en casa. Pero no funcionaba. Era como si hubiesen estado esperando a alguien como él, a alguien que llamara la atención, para tener una víctima con la que ensañarse. Él lo comprendía. Todas aquellas horas de lectura le habían ayudado a saber más, a comprender más que ninguna persona de su edad. En las clases era brillante y los profesores lo adoraban. Pero ¿de qué servía, cuando no era capaz de darle patadas al balón, de correr rápido ni de escupir lejos? Eran las cosas que contaban, las habilidades que tenían importancia.

Iba despacio camino a casa. Miraba todo el tiempo a su alrededor por si había alguien acechando. Por suerte, la escuela quedaba cerca. Aquel camino lleno de peligros era corto, por lo menos. Solo tenía que bajar por Håckebacken, girar a la izquierda hacia el muelle que daba a Badholmen y allí estaba la casa. La casa que habían heredado de La bruja.

Su madre aún la llamaba así. La llamaba así cada vez que, con sumo placer, salía a tirar alguna de sus cosas al contenedor que colocaron en el jardín cuando se mudaron.

—Esto tendría que verlo La bruja. Sus sillas preferidas, fuera con ellas —decía sin dejar de limpiar y ordenar, como si se hubiera vuelto loca—. Aquí va la porcelana de tu abuela, ¿lo ves?

Él nunca supo por qué aquella mujer se había convertido en La bruja, por qué su madre estaba tan enfadada con ella. En una ocasión, intentó preguntarle a su padre, pero él murmuró algo ininteligible por respuesta.

251

—¿Ya estás en casa? —Su madre estaba peinando a Alice cuando él entró por la puerta.

—Hemos terminado a la hora de siempre —dijo sin responder a la sonrisa de Alice—. ¿Qué hay para cenar?

—Con la pinta que tienes, se diría que has comido para el resto del año. Hoy no cenas. Tendrás que tirar de la grasa que ya tienes.

No eran más de las cuatro. Ya podía sentir el hambre que iba a pasar, pero por la expresión de su madre supo que no valía la pena protestar.

Subió a su habitación, cerró la puerta y se tumbó en la cama con un libro. Metió esperanzado la mano por debajo del colchón. Con un poco de suerte, se le habría escapado algo de lo que escondía, pero allí no había nada. Era muy hábil. Siempre encontraba su reserva de comida y golosinas, dondequiera que la escondiese.

Unas horas después, el estómago se quejaba sonoramente. Tenía tanta hambre que estaba a punto de llorar. De abajo ascendía el aroma a bollos, sabía que su madre los estaba haciendo de canela solo para que el olor lo volviese loco de hambre. Olfateó el aire, se volvió de lado y hundió la nariz en el almohadón. A veces pensaba en huir. De todos modos, a nadie le importaría. Posiblemente Alice lo echase de menos, pero a él eso le daba igual. Alice la tenía a ella.

Ella dedicaba a Alice todo su tiempo libre. ¿Por qué no la miraba Alice con adoración a ella, en lugar de a él? ¿Por qué daba por hecho aquello por lo que él habría dado cualquier cosa?

Debió de dormirse, porque lo despertaron unos golpecitos en la puerta. Se le había caído el libro en la cara y debió de babear mientras dormía, porque el almohadón estaba empapado de saliva. Se secó la cara con la mano y se levantó adormilado para abrir la puerta. Allí estaba Alice. Tenía en la mano un bollo. Se le hacía la boca agua, pero dudaba. Su madre iba a enfadarse si descubría que Alice le llevaba comida a escondidas.

Alice lo miraba con los ojos muy abiertos. Le rogaba que la mirase y que la quisiera. Una imagen le vino a la mente. La imagen y la sensación de un cuerpo de bebé mojado y resbaladizo. Alice mirándolo fijamente sumergida en el agua. Cómo estuvo manoteando hasta que dejó de moverse por completo.

Cogió el bollo rápidamente y le cerró la puerta en las narices. Pero de nada sirvió. Los recuerdos seguían allí.

Patrik había enviado a Gösta y a Martin a Uddevalla para que comprobasen si Kenneth se encontraba lo bastante repuesto como para hablar con él. El equipo de técnicos de Torbjörn Ruud ya iba en camino y tendrían que dividirse para examinar tanto el lugar donde se había caído Kenneth como la casa en la que ahora se encontraban. Gösta protestó al saber que debía marcharse de allí, le habría gustado quedarse a hablar con Christian, pero Patrik prefirió que lo hiciera Paula. Pensaba que sería mejor que fuese una mujer quien hablase con Sanna y los niños. Lo que sí hizo fue anotar todos los detalles del hallazgo de la bayeta del sótano. Patrik hubo de admitir que Gösta había estado muy alerta. Con un poco de suerte, podrían encontrar tanto huellas dactilares como ADN del agresor, que tanta cautela había mostrado hasta el momento.

Observó al hombre que tenía delante. Christian parecía cansado y viejo. Era como si hubiera envejecido diez años desde la última vez que lo vio. No se había molestado en anudar bien el cinturón de la bata y tenía un aspecto vulnerable así, con el pecho descubierto. Patrik se preguntó si, por dignidad, no debería sugerirle que se cerrara bien el cuello, pero prefirió no hacerlo. La indumentaria era sin duda lo último en lo que pensaba en aquellos momentos.

—Los chicos ya están más tranquilos. Mi colega Paula hablará con ellos y con tu mujer, y hará todo lo posible por no asustarlos ni alterarlos más. ¿De acuerdo? —Patrik intentaba captar la mirada de Christian para ver si lo estaba escuchando. En un primer momento, no obtuvo respuesta alguna y pensó que debía repetir lo que acababa de decirle. Pero al final, Christian asintió despacio.

—Entre tanto, he pensado que tú y yo podríamos charlar un rato —añadió Patrik—. Sé que hasta ahora no te has mostrado muy proclive a hablar con nosotros pero, dadas las circunstancias, creo que no tienes elección. Alguien ha entrado en tu casa, en el dormitorio de tus hijos, y ha hecho algo que, si bien no les ha infligido ningún daño físico, debe de haber sido una experiencia aterradora para ellos. Si tienes alguna idea de quién podría encontrarse detrás de todo esto, debes contárnoslo. ¿No lo comprendes?

Una vez más, Christian se tomó su tiempo antes de asentir. Carraspeó como para decir algo, pero continuó en silencio. Patrik prosiguió.

—Ayer mismo supimos que también Kenneth y Erik han estado recibiendo cartas amenazadoras de la misma persona que tú. Y esta mañana, Kenneth resultó gravemente herido mientras corría. Alguien le había tendido una trampa.

Christian levantó la vista fugazmente, pero la bajó enseguida otra vez.

—No tenemos datos que acrediten que Magnus también las recibiera, pero estamos trabajando sobre esa hipótesis y sobre la de que también en su caso se trata de la misma persona. Y tengo la sensación de que tú sabes más de lo que nos has contado acerca de todo este asunto. Quizá sea algo que no quieras sacar a la luz, o algo que consideras carente de importancia, pero, en tal caso, deja que lo decidamos nosotros. La más mínima pista puede ser crucial.

Christian describía círculos con el dedo sobre la mesa. Luego miró a Patrik a los ojos. Por un instante, este pensó que quería contarle algo. Pero, finalmente, se cerró de nuevo.

—No tengo ni idea. Yo sé tanto como vosotros sobre el responsable de todo esto.

—¿Eres consciente de que tanto tú como tu familia corréis un grave peligro mientras no atrapemos a ese individuo?

De repente, vio a Christian embargado de una extraña calma. Había desaparecido la preocupación. Antes bien, había adoptado una expresión que Patrik no habría dudado en describir como resuelta.

—Lo comprendo. Y doy por hecho que haréis cuanto esté en vuestra mano por averiguar quién es el culpable. Pero, por desgracia, no puedo ayudaros. No sé nada.

—No te creo —replicó Patrik con franqueza.

Christian se encogió de hombros.

—Pues yo no puedo hacer nada. Tan solo puedo decirte la verdad. Que no sé nada. —En ese momento pareció descubrir que estaba prácticamente desnudo, porque se cruzó la bata y se ató el cinturón.

Patrik habría querido zarandearlo, tal era la frustración que sentía. Estaba convencido de que Christian se guardaba algo. Ignoraba qué, y tampoco si sería relevante para la investigación. Pero algo sabía.

—¿Cuándo os fuisteis a la cama anoche? —Patrik decidió dejar a un lado el asunto por el momento, ya volvería sobre ello más adelante. No pensaba permitir que Christian se librase tan fácilmente. Había visto el miedo de los niños cuando los vio sentados en el baño. La próxima vez quizá no fuese solo pintura. Tenía que conseguir que Christian comprendiera la gravedad del asunto.

—Yo me acosté tarde, pasada la una. Sanna y yo tenemos… ciertos problemas. Necesitaba un poco de aire.

—¿Adónde fuiste?

—No lo sé. A ningún sitio en particular. Di una vuelta por la colina, entre otros lugares, y luego paseé un poco por el pueblo.

—¿Solo? ¿En plena noche?

—No quería estar en casa. ¿Adónde iba a ir?

—De modo que llegaste a casa sobre la una, ¿no es así? ¿Estás seguro de la hora?

—Bastante. Miré el reloj cuando me encontraba en la plaza de Ingrid Bergman y entonces era la una menos cuarto. Y desde allí se tardan unos diez o quince minutos en venir aquí paseando. De modo que sería la una, bastante seguro.

—¿Y Sanna estaba dormida?

Christian asintió.

—Sí, estaba dormida. Y los niños también. Reinaba el más absoluto silencio.

—¿Fuiste a ver a los niños cuando llegaste?

—Siempre lo hago. Nils se había destapado, como de costumbre, así que lo tapé.

—Y entonces no viste nada inusual o extraño, ¿no?

—¿Te refieres a algo como grandes letras rojas en la pared? —La pregunta estaba cargada de sarcasmo y Patrik empezaba a enojarse.

—Te lo repito: ¿no viste nada inusual, nada ante lo que reaccionaras al llegar a casa?

—No —respondió Christian—. No vi nada que me llamara la atención. De ser así, no me habría ido a la cama a dormir tranquilamente, ¿no?

—No, seguramente no. —Patrik volvía a sudar. ¿Por qué la gente tenía la calefacción tan alta? Se aflojó un poco el cuello de la camisa. Era como si no le llegara el aire—. ¿Cerraste la puerta con llave cuando llegaste?

Christian parecía pensativo.

—No lo sé —contestó—. Creo que sí, normalmente siempre cierro con llave. Pero… pero la verdad, no lo recuerdo. —No quedaba ni rastro de sarcasmo. En voz muy baja, casi susurrando, dijo—: No recuerdo si cerré con llave.

—¿Y no oísteis nada anoche?

—No, nada. Yo no, desde luego, y creo que Sanna tampoco. Claro que los dos dormimos profundamente. No me desperté hasta que la oí gritar esta mañana. Ni siquiera oí a Nils…

Patrik decidió hacer otro intento:

—O sea, que no tienes ninguna teoría sobre por qué os están haciendo esto ni por qué llevas un año y medio recibiendo amenazas, ¿no? Ni la más remota idea, ¿verdad?

—¡Joder! ¿Es que no me has oído bien?

Fue una reacción tan inesperada que Patrik saltó en la silla. Christian dijo aquellas palabras gritando y Paula preguntó desde arriba:

—¿Todo en orden?

—Todo bien —gritó Patrik, confiando en que fuese verdad. Christian parecía a punto de venirse abajo. Tenía la cara encendida y se rascaba sin parar la palma de la mano.

—No sé nada —repitió Christian como si luchase para no gritar otra vez. Se rascaba tanto que ya se le veían arañazos en la piel.

Patrik aguardó unos minutos, para que Christian se calmara y recobrara el color normal. Cuando dejó de rascarse, se miró sorprendido las marcas de la mano, como si no comprendiese cómo se las había hecho.

—¿Hay algún sitio al que os podáis ir un tiempo, hasta que averigüemos más sobre el asunto? —preguntó Patrik.

—Sanna y los niños pueden irse a casa de su hermana, en Hamburgsund, pueden quedarse allí una temporada.

—¿Y tú?

—Yo me quedo aquí. —Christian sonaba resuelto.

—No me parece buena idea —respondió Patrik con la misma determinación—. Nos es imposible ofrecerte protección las veinticuatro horas. Preferiría que te fueras a otro lugar, donde estuvieras más seguro.

—Yo me quedo aquí.

El tono de Christian no dejaba lugar a dudas.

—De acuerdo —aceptó Patrik a disgusto—. Procura que tu familia se traslade cuanto antes. Intentaremos mantener vigilada la casa en la medida de lo posible, pero no disponemos de recursos...

—Yo no necesito protección —lo interrumpió Christian—. Me las arreglaré.

Patrik lo miró a los ojos con firmeza.

—Un sujeto totalmente desquiciado anda suelto, ya ha matado a una persona, quizá a dos, y parece decidido a que tú, Kenneth y quizá también Erik sigáis el mismo camino. Esto no es un juego. Parece que no lo comprendes. —Habló despacio y claro, para que le calara el mensaje.

—Lo comprendo a la perfección. Pero me quedo aquí.

—Si cambias de idea, ya sabes dónde encontrarme. Y ya te digo, ni por un instante me creo que no sepas nada. Espero que

257

comprendas lo que te juegas al no contármelo. Sea lo que sea, terminaremos averiguándolo. Es cuestión de si será antes o después de que haya más víctimas.

—¿Cómo está Kenneth? —preguntó Christian en un susurro, evitando la mirada de Patrik.

—Solo sé que está herido, nada más.

—¿Qué ha pasado?

—Alguien había puesto una cuerda de través en el circuito por el que corre a diario y había esparcido una capa de trozos de vidrio. Supongo que comprendes por qué te pido que colabores con nosotros.

Christian no respondió. Volvió la cara y miró por la ventana. Estaba blanco como la nieve que cubría la tierra, y las mandíbulas, tensas. Pero habló con voz fría, sin sentimientos, cuando, con la mirada perdida, repitió:

—No lo sé. No-lo-sé.

—¿Duele? —Martin miraba los brazos vendados que descansaban sobre la cama. Kenneth asintió.

—¿Podrás contestar unas preguntas? —Gösta cogió una silla y le hizo una seña a Martin para que hiciera lo propio.

—Teniendo en cuenta que ya os habéis sentado, habréis dado por hecho que sí puedo —respondió Kenneth sonriendo apenas.

Martin no podía apartar la vista de aquellos brazos envueltos en vendas. Debió de dolerle a rabiar. Tanto cuando se cayó como después, cuando le extrajeron los vidrios.

Miró inseguro a Gösta. A veces tenía la sensación de que nunca adquiriría la experiencia suficiente como para saber cómo actuar en las situaciones a que lo enfrentaba el oficio de policía. ¿Debía lanzarse y empezar a hacer preguntas? ¿O más bien mostrar respeto por su colega de más edad y dejar que él iniciase la conversación? Siempre las mismas dudas. Siempre el más joven, siempre aquel a quien podían mandar de acá para allá. A él también le habría gustado quedarse, igual que Gösta, que fue refunfuñando todo el trayecto hasta Uddevalla. Él también habría

258

querido quedarse a interrogar a Christian y a su mujer, a hablar con Torbjörn y el equipo técnico y, cuando llegaran, estar en el meollo.

Le molestaba que Patrik prefiriese trabajar con Paula por lo general, pese a que Martin llevaba dos años más que ella en la comisaría. Claro que ella tenía experiencia de sus años en Estocolmo, mientras que él no había salido de Tanumshede desde que comenzó su breve carrera policial. Pero ¿qué había de malo en eso? Él conocía el entorno, a todos los malos de la zona, sabía cómo pensaba la gente de por allí, cómo funcionaba el pueblo. Si hasta estuvo en el mismo curso que algunos de los peores tipos. Para Paula eran unos desconocidos. Y desde que se habían difundido por el pueblo los rumores sobre su vida privada, muchos la miraban con suspicacia. Él no tenía nada en contra de las parejas del mismo sexo, pero muchas de las personas con las que tenían que habérselas a diario no eran tan comprensivas. Por eso le resultaba un tanto extraño que últimamente Patrik siempre quisiera destacar la figura de Paula. Lo único que Martin pedía era que le demostrara algo de confianza. Que dejaran de tratarlo como a un niñato. Ya no era tan joven. Y además, ya era padre.

—¿Perdón? —Estaba tan inmerso en aquellos pensamientos que no había reparado en que Gösta le estaba preguntando algo.

—Sí, te decía que quizá quieras empezar tú.

Martin se quedó mirándolo asombrado. ¿Le habría leído el pensamiento? Pero aprovechó la oportunidad:

—¿Podrías darnos tu versión de lo que ocurrió?

Kenneth alargó el brazo en busca de un vaso de agua que había en la mesa, junto a la cama, antes de caer en la cuenta de que no podía utilizar las manos.

—Espera, yo te ayudo. —Martin cogió el vaso y le ayudó a beber con la pajita. Luego, Kenneth volvió a apoyar la cabeza en los almohadones y les refirió tranquila y serenamente lo ocurrido desde que se ató las zapatillas para salir a correr, como todas las mañanas.

—¿Qué hora era cuando saliste? —Martin había sacado lápiz y papel.

—A las siete menos cuarto —respondió Kenneth, y Martin lo anotó sin vacilar. Tenía la impresión de que si Kenneth decía que eran las siete menos cuarto, es que salió a esa hora. En punto.

—¿Sales a correr todos los días a la misma hora? —Gösta se retrepó y se cruzó de brazos.

—Sí, con una variación de diez minutos, más o menos.

—¿No te planteaste…? Quiero decir, teniendo en cuenta… —A Martin se le trababa la lengua.

—¿No te planteaste saltarte la carrera, teniendo en cuenta que tu mujer falleció ayer? —completó Gösta sin sonar desagradable y sin que sonara como una acusación.

Kenneth no respondió enseguida. Tragó saliva y explicó en voz baja:

—Nunca había necesitado salir a correr tanto como hoy.

—Lo comprendo —dijo Gösta—. ¿Siempre haces el mismo recorrido?

—Sí, salvo los fines de semana en que, a veces, aprovecho para dar dos vueltas. Soy bastante cuadriculado, me parece. No me gustan las sorpresas, las aventuras ni los cambios. —Guardó silencio. Tanto Gösta como Martin comprendían a qué se refería y callaron también.

Kenneth carraspeó y volvió la cara para que no vieran que se le llenaban los ojos de lágrimas. Un carraspeo más, para que la voz aguantase:

—Ya digo, me gustan las rutinas. Llevo más de diez años corriendo así.

—Supongo que son muchos los que lo saben. —Martin levantó la vista del bloc después de haber escrito «diez años» y de rodear esas palabras con un círculo.

—No he tenido ningún motivo para mantenerlo en secreto. —Una sonrisa afloró a los labios, pero se esfumó enseguida.

—¿No te cruzaste con nadie esta mañana por el circuito? —preguntó Gösta.

—No, ni un alma. Normalmente no me encuentro a nadie. En alguna ocasión aislada me he encontrado con algún madrugador que ha salido con el perro, o con alguien que ha salido a pasear en el cochecito a unos niños muy despiertos. Pero no es lo normal. Por lo general, siempre estoy solo. Y así fue esta mañana, de hecho.

—¿No viste ningún coche aparcado por allí cerca? —Martin recibió de Gösta una mirada de aprobación al oír aquella pregunta.

Kenneth reflexionó un instante.

—No, creo que no. No podría jurarlo, claro, puede que hubiera algún coche y que yo no me fijara, pero no, bien mirado, me habría dado cuenta.

—De modo que nada fuera de lo normal, ¿no? —insistió Gösta.

—No, como todas las mañanas. Salvo que… —Dejó la frase en el aire y Kenneth empezó a llorar otra vez.

Martin se sintió culpable porque lo incomodaba ver llorar a Kenneth. Se sentía un poco torpe e ignoraba si debía hacer algo, pero Gösta se inclinó despacio y cogió una servilleta que había en la mesa. Con suma delicadeza, le secó las mejillas. Luego volvió a inclinarse y dejó la servilleta en su sitio.

—¿Habéis averiguado algo? —susurró Kenneth—. Sobre Lisbet.

—No, es demasiado pronto. La información del forense puede tardar un tiempo en llegar —dijo Martin.

—Ella la mató. —El hombre que estaba en la cama se encogió y se hundió con la mirada perdida en el vacío.

—Perdona, ¿qué has dicho? —preguntó Gösta inclinándose hacia Kenneth—. ¿Quién es «ella»? ¿Sabes quién lo hizo? —Martin se dio cuenta de que Gösta contenía la respiración y comprendió que a él le había ocurrido lo mismo.

Algo cruzó como un rayo los ojos de Kenneth.

—No tengo ni idea —respondió con firmeza.

—Pero has dicho «ella» —señaló Gösta.

Kenneth evitó mirarlo a la cara.

—La letra de las cartas parece de mujer, así que he dado por hecho que se trataba de una mujer.

—Ya —respondió Gösta dejando muy claro que no lo creía, aunque sin decirlo claramente—. Debe haber alguna razón para que vosotros cuatro precisamente seáis el blanco. Magnus, Christian, Erik y tú. Alguien tiene una cuenta pendiente con vosotros.

Y todos, bueno, excepto Magnus, decís que no tenéis ni idea de quién es ni de por qué hace lo que hace. Sin embargo, las acciones de ese tipo suelen sustentarse en un odio profundo y la cuestión es qué lo ha provocado. Me cuesta mucho creer que no sepáis nada o que no tengáis una hipótesis, por lo menos. –Se inclinó acercándose a Kenneth.

–Tiene que tratarse de un chiflado. No se me ocurre otra explicación. –Kenneth volvió la cabeza y apretó los labios.

Martin y Gösta cruzaron una mirada elocuente. Los dos eran conscientes de que no lograrían sacarle más información. Por el momento.

Erica miraba el teléfono perpleja. Patrik acababa de llamar de la comisaría para avisarle de que aquella noche llegaría tarde. Le expuso brevemente lo sucedido y Erica apenas podía dar crédito. Que alguien atacase a los niños de Christian. Y a Kenneth. Una cuerda atravesando el circuito, sencillo pero genial.

Y enseguida su cerebro se puso a funcionar. Tenía que ser posible avanzar con más rapidez. Había oído el deje de frustración en la voz de Patrik y lo comprendía. Los acontecimientos se habían multiplicado pero la Policía no se había acercado a la resolución del caso.

Móvil en mano, reflexionó un instante. Patrik se pondría furioso si ella se inmiscuía. Pero estaba acostumbrada a investigar para sus libros. Claro que, en su caso, se trataba de casos policiales ya cerrados, pero no podía ser tanta la diferencia a la hora de investigar uno que estuviese en curso. Y sobre todo, le resultaba tan aburrido pasarse los días en casa sin hacer nada… Literalmente, le picaba el gusanillo de hacer algo de provecho.

Además, contaba con su instinto, que la había orientado en la dirección correcta en numerosas ocasiones. Ahora le decía que era Christian quien tenía la clave. Varios datos apuntaban a esa hipótesis: él fue el primero que empezó a recibir aquellas cartas amenazadoras, el celo con que ocultaba todo lo relativo a su pasado y lo nervioso que estaba. Detalles nimios pero importantes. Desde la conversación que mantuvieron en la cabaña, además, tenía la sensación de que Christian sabía algo, de que algo escondía.

Se puso la ropa de abrigo rápidamente, como para no tener tiempo de arrepentirse. Una vez en el coche y mientras conducía, llamaría a Anna para preguntarle si podía ir a recoger a Maja a la guardería. Ella llegaría a casa hacia la tarde, pero no le daría tiempo de ir a buscar a la niña. En ir a Gotemburgo se tardaba una hora y media, así que era un viaje largo solo por un capricho. Aunque, si no encontraba nada, aprovecharía para saludar a su medio hermano Göran, de cuya existencia se habían enterado no hacía mucho.

La idea de tener un hermano mayor le resultaba aún un tanto incomprensible. Fue desconcertante descubrir que, durante la Segunda Guerra Mundial, su madre había tenido en secreto un niño al que tuvo que dar en adopción. Los dramáticos sucesos del verano anterior trajeron consigo algo bueno, después de todo, y desde entonces, tanto ella como Anna cultivaron una excelente relación con Göran. Erica sabía que podía ir a saludarlo y a visitarlo siempre que quisiera, tanto a él como a su madre, la mujer que lo crio.

Anna respondió enseguida que sí, que iría a recoger a Maja, a la que tanto sus hijos como los de Dan adoraban. Indudablemente, la pequeña llegaría a casa agotada de tanto jugar y atiborrada de dulces.

Solucionado este asunto, se puso en marcha. Escribir libros sobre casos reales de asesinato –unos libros que se convertían en extraordinarios éxitos de ventas– le había permitido adquirir mucha experiencia a la hora de investigar. Eso sí, le habría gustado tener el número del carné de identidad de Christian, se habría ahorrado una serie de llamadas telefónicas. Sin embargo, tendría que arreglárselas con el nombre y lo que, de repente, recordó haberle oído decir a Sanna: que Christian vivía en Gotemburgo cuando se conocieron. Aún seguía dándole vueltas al comentario de May, la compañera de la biblioteca, acerca de Trollhättan, pero al final había decidido que Gotemburgo era, pese a todo, el punto de partida más lógico. Allí vivía Christian antes de mudarse a Fjällbacka, y por allí pensaba empezar, con la esperanza de poder continuar retrocediendo en el tiempo, si fuera necesario. En cualquier caso, no dudaba ni por un momento de que la verdad se hallaba en el pasado de Christian.

·Cuatro llamadas más tarde, ya tenía un dato: la dirección en la que había vivido Christian antes de mudarse con Sanna. Se detuvo en una estación de Statoil poco antes de llegar a Gotemburgo y compró un plano de la ciudad. Aprovechó para ir al baño y estirar un poco las piernas. Resultaba terriblemente incómodo conducir con dos bebés entre el asiento y el volante y notaba las piernas y la espalda rígidas y entumecidas.

No acababa de encajarse en el asiento del coche cuando sonó el teléfono. Mientras intentaba mantener derecha la taza de papel en una mano, cogió el teléfono con la otra para mirar la pantalla. Patrik. Mejor sería dejar que se encargase el contestador. Ya se lo explicaría después. Sobre todo si llegaba a casa con alguna información que les permitiese avanzar. En ese caso, no tendría que aguantar algunos de los reproches que sabía la esperaban.

Tras un último vistazo al plano, arrancó el coche y giró para salir a la autovía. Hacía más de siete años que Christian se mudó de la casa a la que ahora se dirigía. De repente la invadió la incertidumbre. ¿Qué probabilidades tenía de que quedase allí algún rastro de Christian? La gente se mudaba una y otra vez sin dejar huellas tras de sí.

Erica exhaló un suspiro. En fin, ya no tenía remedio, estaba allí y Göran la invitaría a un café antes de que volviera a casa. De modo que el viaje no habría sido en vano.

Sonó un pitido. Patrik le había dejado un mensaje.

−¿Dónde está todo el mundo? −preguntó Mellberg mirando adormilado a su alrededor. No había hecho más que dar una cabezada y, cuando despertó, se encontró la comisaría desierta. ¿Se habrían ido todos a tomar café sin avisarle?

Como un tornado, se dirigió a la recepción, donde encontró a Annika.

—Bueno, ¿qué es lo que pasa? ¿Se han creído que ya ha llegado el fin de semana? ¿Por qué no hay nadie aquí trabajando? Si se han ido a la confitería les espera una buena reprimenda cuando vuelvan. Este municipio confía en que siempre estemos preparados para intervenir, y es nuestra obligación —dijo agitando el dedo en el aire— estar en nuestro puesto cuando los ciudadanos nos necesiten. —Mellberg adoraba el sonido de su voz. Aquel tono imperioso le sentaba de maravilla, siempre se lo pareció.

Annika lo miraba atónita y sin pronunciar palabra. Mellberg empezó a ponerse nervioso. Esperaba que Annika lo bombardease disculpando a sus amigos con un montón de excusas. El comportamiento de Annika le produjo una sensación muy desagradable.

Al cabo de un rato, Annika respondió tranquilamente:

—Han salido a atender una emergencia. Están en Fjällbacka. Han pasado muchas cosas mientras tú estabas trabajando en el despacho. —No podía decirse que hubiese pronunciado el verbo «trabajar» con un tono claramente sarcástico, pero algo le decía que la recepcionista era consciente de que había estado echando un sueñecito. De modo que se trataba de salir airoso de aquella situación.

—¿Por qué no me habéis dicho nada?

—Patrik lo intentó. Llamó varias veces a la puerta de tu despacho. Pero estaba cerrada con llave y tú no contestabas. Al final, tuvo que irse.

—Sí… a veces me concentro en el trabajo de tal manera que ni oigo ni veo nada —dijo Mellberg maldiciendo para sus adentros. Qué lata, tener un sueño tan profundo. Era un don, pero también un castigo.

—Ummm… —respondió Annika volviéndose de nuevo hacia el ordenador.

—¿Y qué es lo que ha pasado? —preguntó irritado, aún con la sensación de que lo habían engañado.

Annika le refirió en pocas palabras lo sucedido en casa de Christian y lo que le había pasado a Kenneth. Mellberg estaba boquiabierto. Aquello estaba resultando cada vez más extraño.

–No tardarán en volver. Por lo menos Patrik y Paula. Ellos te pondrán al corriente de los detalles. Martin y Gösta han ido a Uddevalla a hablar con Kenneth, así que tardarán un poco más.

–Dile a Patrik que venga a verme en cuanto llegue –ordenó Mellberg–. Y recuérdale que, esta vez, llame a la puerta como es debido.

–Se lo diré. Le insistiré en que llame con más fuerza. Por si vuelve a encontrarte absorto en el trabajo.

Annika lo miraba muy seria, pero Mellberg no pudo librarse de la sensación de que estuviese tomándole el pelo.

–¿No puedes venirte con nosotros? ¿Por qué tienes que quedarte aquí? –Sanna puso en la maleta unos jerseys, los primeros que encontró.

Christian no respondió, lo que la indignó más aún.

–Pero contéstame. ¿Te vas a quedar solo en casa? Es tan estúpido, tan tremendamente… –Lanzó unos vaqueros apuntando a la maleta, pero falló y cayeron al suelo, a los pies de Christian. Sanna se acercó pero, en lugar de recogerlos, le cogió la cara con ambas manos. Intentó conseguir que la mirase, pero él se negaba.

–Por favor, Christian, cariño. No lo comprendo. ¿Por qué no te vienes con nosotros? Aquí no estarás seguro.

–No hay nada que comprender –respondió Christian apartándole las manos–. Me quedo aquí y no hay más que hablar. No pienso huir.

–¿Huir de quién? ¿De qué? No te perdonaré si sabes quién es y no me lo dices. –Las lágrimas le corrían a raudales por las mejillas y aún notaba en las manos el calor de la cara de Christian. Él no le permitía acercarse y le escocía por dentro. En situaciones como aquella, deberían apoyarse mutuamente. Pero él le volvía la espalda, no la quería con él. Se sonrojó por la humillación y apartó la vista para seguir haciendo la maleta.

–¿Cuánto tiempo crees que debemos quedarnos? –preguntó dejando un puñado de bragas y otro de calcetines que había sacado del cajón superior.

—¿Cómo lo voy a saber? —Christian se había quitado la bata, se había limpiado la pintura y se había puesto unos vaqueros y una camiseta. Sanna seguía pensando que era el hombre más guapo que había visto jamás. Lo quería tanto que le dolía.

Sanna cerró el cajón y echó una ojeada al pasillo, donde los niños esperaban jugando. Estaban más callados que de costumbre. Serios. Nils guiaba los coches de aquí para allá y los héroes de Melker estaban enzarzados en una pelea. Los dos jugaban sin los efectos de sonido habituales y, sin discutir entre sí, algo que rara vez podían evitar.

—Crees que los niños... —De nuevo rompió a llorar y volvió a intentarlo—: ¿Crees que habrán sufrido alguna lesión?

—No tienen ni un rasguño.

—No me refería a físicamente. —Sanna no comprendía cómo podía ser tan frío y estar tan tranquilo. Por la mañana lo vio tan conmocionado, tan desesperado y tan asustado como ella. Ahora se comportaba como si nada hubiera ocurrido, o como si fuera una nimiedad.

Alguien había entrado en su casa mientras dormían, en el cuarto de sus hijos, y cabía la posibilidad de que los hubiera traumatizado para siempre, serían personas temerosas e inseguras, no seres convencidos de que nada podría ocurrirles cuando estaban en casa, en sus camas, de que nada les sucedería cuando mamá y papá se hallaban a tan solo unos metros. Esa seguridad tal vez hubiese desaparecido para siempre. Aun así, su padre se quedaba tan tranquilo y distante como si no le incumbiese. Y entonces, en aquel preciso momento, lo odió por ello.

—Los niños olvidan pronto —dijo Christian mirándose las manos.

Sanna vio que tenía unos arañazos enormes en la palma de la mano y pensó en cómo se los habría hecho. Pero no le dijo nada. Por una vez, no preguntó. ¿Sería aquello el final? Si Christian ni siquiera era capaz de acercársele, de quererla ahora que algo malo y horrible los amenazaba, tal vez hubiese llegado el momento de dejarlo.

Siguió haciendo la maleta sin preocuparse de qué metía en ella. Todo lo veía borroso con las lágrimas mientras iba cogiendo la ropa de las perchas bruscamente. Al final, la maleta estaba a rebosar y tuvo que sentarse encima para poder cerrarla.

—Espera, deja que te ayude. —Christian se levantó y consiguió aplastar la maleta con su peso, de modo que Sanna pudo cerrar la cremallera—. La llevaré abajo. —Cogió el asa y sacó la maleta de la habitación, pasando por delante de los chicos.

—¿Por qué tenemos que irnos a casa de la tía Agneta? ¿Y por qué llevamos tantas cosas? ¿Vamos a estar fuera mucho tiempo? —Christian se detuvo en medio de la escalera al oír lo angustiado que estaba Melker. Pero enseguida continuó bajando en silencio.

Sanna se acercó a sus hijos y se acuclilló a su lado. Intentó parecer tranquila cuando les dijo:

—Vamos a pensar que nos vamos de vacaciones. Pero que no nos vamos muy lejos, solo a casa de la tía y de los primos. A vosotros os gusta mucho ir allí, os lo pasáis en grande. Y esta noche vamos a comer algo rico. Como estamos de vacaciones, esta noche podéis comer golosinas, aunque no sea sábado.

Los niños la miraban con suspicacia, pero golosinas era la palabra mágica.

—¿Y nos vamos a ir todos? —preguntó Melker, y su hermano repitió ceceando—: ¿Nos vamos a ir todos?

Sanna respiró hondo.

—No, seremos solo nosotros tres. Papá tiene que quedarse.

—Sí, papá tiene que quedarse aquí a pelear con los malos.

—¿Qué malos? —preguntó Sanna dándole una palmadita a Melker en la mejilla.

—Los que han destrozado nuestra habitación —dijo cruzando los brazos con la cara enfurruñada—. Si vuelven, ¡papá les pegará!

—Papá no va a pegarle a ningún malo. Y aquí no va a volver nadie. —Le acarició el pelo a su hijo mientras maldecía a Christian. ¿Por qué no se iba con ellos? ¿Por qué callaba? Se levantó—. Lo vamos a pasar en grande. Una aventura de verdad. Voy a ayudar a papá a guardar las cosas en el coche y vengo a buscaros, ¿vale?

—Vale —respondieron los niños, aunque sin gran entusiasmo. Mientras bajaba la escalera, notaba sus miradas clavadas en la espalda.

Lo encontró al lado del coche, metiendo el equipaje en el maletero. Sanna se le acercó y lo cogió del brazo.

—Es la última oportunidad, Christian. Si sabes algo, si tienes alguna idea de quién nos ha hecho esto, te ruego que lo digas. Por nosotros. Si no dices nada ahora y luego me entero de que lo sabías, se habrá fastidiado. ¿Lo comprendes? Se habrá fastidiado.

Christian se detuvo con la maleta en la mano a medio subir. Por un momento, creyó que iba a decir algo. Luego, apartó la mano de Sanna y metió la maleta en el coche.

—No sé nada. ¡No insistas más!

Christian cerró el maletero de golpe.

Cuando Patrik y Paula llegaron a la comisaría, Annika le dio el alto a Patrik cuando iba camino de su despacho.

—Mellberg se ha despertado mientras estabais fuera. Está un poco enfadado porque nadie lo ha puesto sobre aviso.

—Pues estuve un buen rato aporreando la puerta, pero no me abrió.

—Sí, ya se lo he dicho, pero asegura que debía de estar tan absorto en el trabajo que no se enteró.

—Pues claro que sí —dijo Patrik tomando conciencia una vez más de lo increíblemente harto que estaba del incompetente de su jefe. Pero, para ser sincero, había querido evitar que Mellberg les fuese detrás. Echó un vistazo al reloj de pulsera—. De acuerdo, iré a informar a nuestro honorable jefe. Nos vemos en la cocina dentro de quince minutos y repasamos el estado de la cuestión. Avisa a Gösta y a Martin, por favor, deben de estar al caer.

Se fue derecho al despacho de Mellberg y llamó a la puerta. Fuerte.

—Entra. —Mellberg parecía absorto, hundido entre un montón de documentos—. Parece que la cosa está que arde, y debo decir que no da muy buena imagen entre la gente que salgamos a cubrir emergencias como estas sin que participe el alto mando.

Patrik abrió la boca para responder, pero Mellberg levantó la mano. Era obvio que aún no había terminado.

—Si no nos tomamos estas situaciones en serio, estamos enviando a los ciudadanos un mensaje erróneo.

—Pero…

—Nada de peros. Acepto tus disculpas. Pero que no se repita.

Patrik notó el pulso bombeándole en los oídos. ¡Maldito imbécil! Cerró los puños, pero volvió a abrirlos y respiró hondo. Tendría que pasar por alto a Mellberg y concentrarse en lo más importante. La investigación.

—Y ahora, cuéntame qué ha pasado. ¿Qué habéis averiguado? —Mellberg se inclinaba ansioso hacia delante.

—Yo había pensado celebrar una reunión en la cocina. Si a ti te parece bien —añadió Patrik con serenidad.

Mellberg reflexionó unos instantes.

—Sí, puede que sea buena idea. No tiene sentido contarlo dos veces. Bueno, pues manos a la obra. ¿Hedström? ¿Sabes que el factor tiempo es fundamental en investigaciones como esta?

Patrik le dio la espalda al jefe y entró en la cocina. Desde luego, Mellberg tenía razón en una cosa. El factor tiempo era fundamental.

Todo consistía en cómo sobrevivir. Pero cada año que pasaba implicaba un esfuerzo mayor. La mudanza había beneficiado a todos menos a él. A su padre le gustaba su trabajo y a su madre le encantaba vivir en la casa de La bruja y reformarla hasta que quedase irreconocible, hasta borrar todo rastro de ella. Alice parecía estar bien y disfrutar de la paz y la tranquilidad reinantes al menos nueve meses al año.

Su madre le daba clases en casa. Su padre se opuso al principio, decía que Alice necesitaba salir y tratar con compañeros de su edad, que necesitaba a otras personas. Su madre lo miró y le dijo con voz fría:

—Alice solo me necesita a mí.

Y con ello acabó la discusión.

Él, entretanto, se iba poniendo cada vez más gordo, comía constantemente. Era como si el impulso de comer hubiese adquirido vida propia. Se obligaba a tragarse todo lo que caía en sus manos, solo que esa actitud ya no le valía la atención de su madre. A veces le lanzaba una mirada de repulsión, pero por lo general hacía caso omiso de él. Hacía ya mucho que no pensaba en ella como la hermosa madre de antes y que no añoraba su cariño. Se había dado por vencido y se había reconciliado con la idea de que él era una persona a la que nadie pudiera querer, que no merecía amor.

La única que lo quería era Alice. Y ella era, como él, un engendro. Se movía convulsamente, farfullaba al hablar y no sabía hacer la mayoría de las cosas más sencillas. Tenía ocho años y no era capaz de atarse los zapatos siquiera. Siempre andaba tras él, siguiéndolo como una sombra. Por las mañanas, cuando salía camino del autobús de la escuela, ella se sentaba a mirarlo junto a la ventana, con las manos en el cristal

271

y los ojos llenos de nostalgia. Él no lo comprendía, pero tampoco se lo impedía.

La escuela era un suplicio. Todas las mañanas, cuando subía al autobús, se sentía como si lo condujeran a una prisión. Las clases sí le interesaban, pero los recreos le infundían terror. Si los cursos intermedios habían sido espantosos, en los superiores todo era peor aún. Siempre andaban tras él, chinchándole y acosándolo, le destrozaban la taquilla y lo perseguían por el patio insultándolo. No era tonto y sabía que estaba predestinado a ser una víctima. Con aquel cuerpo suyo tan obeso cometía el peor de todos los pecados: destacar. Lo comprendía, pero eso no lo hacía más llevadero.

—¿Te encuentras el pito cuando vas a mear o te estorba la barriga?

Erik. Sentado con actitud indolente a una de las mesas del patio, rodeado del grupo habitual de secuaces ansiosos. Él era el peor. El chico más popular de la escuela, guapo y seguro de sí mismo, descarado con los profesores y con acceso permanente a cigarrillos que él fumaba y que también compartía con sus adeptos. No sabía a quién despreciaba más, si a Erik, que parecía actuar por pura maldad, siempre buscando nuevos modos de herir a la gente, o a los imbéciles de sonrisa bobalicona que lo admiraban calentándose al resplandor de su brillo.

Al mismo tiempo, sabía que daría cualquier cosa por ser uno de ellos. Por poder sentarse a la mesa con Erik, aceptar sus cigarrillos, comentar el aspecto de las chicas que pasaran por delante y recibir el premio de las risitas de complacencia y el rubor de las mejillas.

—¡Oye! ¡Que te estoy hablando a ti! Y cuando yo te hable, tú me respondes, ¿te enteras? —Erik se levantó de la mesa mientras los otros dos lo miraban expectantes. La mirada de Magnus, aquel chico tan deportista, se cruzó con la suya. A veces creía advertir en él un atisbo de compasión, pero, en tal caso, no era suficiente para que Magnus se atreviera a caer en desgracia con Erik. Kenneth era sencillamente un cobarde y siempre evitaba mirarlo a la cara. Ahora estaba concentrado en Erik, como esperando seguir sus instrucciones. Pero Erik no tenía hoy energía suficiente para meterse con él, porque se sentó otra vez y le gritó:

—Anda, lárgate, ¡pringoso repugnante! Hoy te libras de la paliza, si corres un poco.

Lo que más deseaba en el mundo era plantarle cara y decirle a Erik que se fuera a la mierda. Darle una buena tunda, con fuerza y precisión, mientras los demás, que habrían ido acudiendo a mirar, comprendían que su héroe estaba cayendo. Y Erik levantaría la cabeza del suelo con esfuerzo y, con la nariz chorreando sangre, lo miraría con un respeto nuevo. A partir de ahí, se habría ganado un puesto en la pandilla. Pertenecería al grupo.

En cambio, se dio media vuelta y echó a correr. Cruzó el patio tan rápido como pudo. Le dolía el pecho y le temblaba la grasa mientras corría. Los oyó reír mientras se alejaba.

Erica dejó atrás la rotonda de la carretera de Korsvägen con el corazón en un puño. El tráfico de Gotemburgo la ponía siempre muy nerviosa y justo aquel cruce le daba pánico. Pero salió ilesa y tomó la calle Eklandagatan mientras buscaba la calle adecuada por la que girar.

Rosenhillsgatan. El bloque de apartamentos se hallaba al final de la calle, con vistas a Korsvägen y a Liseberg. Comprobó el número y aparcó el coche delante del portal. Miró el reloj. El plan consistía en llamar a la puerta y confiar en que hubiera alguien en casa. Si no era así, había acordado con Göran que pasaría un par de horas en casa de su madre, y luego volvería a intentarlo. En ese caso, llegaría muy tarde a casa, así que cruzó los dedos deseando tener la gran suerte de que el inquilino estuviera en casa. Había memorizado el nombre cuando hizo las llamadas camino de Gotemburgo, y lo encontró enseguida en el portero automático. Janos Kovács.

El timbre sonó una vez. Nadie respondía. Volvió a llamar y entonces se oyó un ruidito seguido de una voz que hablaba sueco con mucho acento.

—¿Quién es?

—Soy Erica Falck. Me gustaría hacerle unas preguntas sobre una persona que vivió antes en este apartamento, Christian Thydell —dijo expectante. Aquella explicación sonó sospechosa incluso a sus oídos, pero esperaba que el hombre sintiera curiosidad y la invitara a entrar. El zumbido de la puerta le demostró que había tenido suerte.

El ascensor se detuvo en la segunda planta y Erica salió al rellano. Vio entreabierta una de las tres puertas y un hombre de unos sesenta años, bajito y con algo de sobrepeso, la miraba maliciosamente por la rendija. Al ver la barriga gigantesca de Erica quitó la cadena y abrió la puerta de par en par.

—Entre, entre —dijo efusivo.

—Gracias —respondió Erica al entrar. Le llegó a la nariz un olor penetrante a muchos años de comidas muy especiadas y notó que se le revolvía el estómago. En realidad, no se trataba de un olor desagradable, pero el embarazo le había agudizado el sentido del olfato y se había vuelto sensible a los olores intensos.

—Tengo café, café del bueno, fuerte. —Señaló hacia una pequeña cocina que había enfrente, al final del pasillo. Erica lo siguió y echó un vistazo a la habitación que parecía ser la única del apartamento. Servía de sala de estar y dormitorio.

Así que allí había vivido Christian antes de mudarse a Fjällbacka. Erica notó que el corazón se le aceleraba de ansiedad.

—Siéntate. —Janos Kovács poco menos que la sentó en una silla antes de servirle el café. Con un grito triunfal, colocó una gran bandeja de galletas.

—Galletas de semilla de amapola. ¡Una especialidad húngara! Mi madre suele mandarme paquetes de estas galletas porque sabe que me encantan. Pruébelas. —La animó a coger una y Erica la probó. Un sabor nuevo, desde luego, pero muy rico. De repente cayó en la cuenta de que no había probado bocado desde el desayuno y las tripas le rugieron con gratitud cuando el primer bocado aterrizó en el estómago.

—Tiene que comer por dos, coja otra galleta, coja dos, ¡coja las que quiera! —Janos Kovács empujó la bandeja con ojos chispeantes—. Menudo niño, qué grande —dijo sonriendo y señalándole la barriga.

Erica le devolvió la sonrisa. No pudo evitar que se le contagiara su buen humor.

—Bueno, lo que ocurre es que hay dos.

—Ah, gemelos. —Dio una palmadita de entusiasmo—. Qué bendición.

—¿Usted tiene hijos? —preguntó Erica con la boca llena de galleta.

Janos Kovács se irguió lleno de orgullo.

—Tengo dos hijos estupendos. Ya son mayores. Los dos con buen trabajo. En la casa Volvo. Y también tengo cinco nietos.

—¿Y su mujer? —preguntó Erica tímidamente mirando a su alrededor. No parecía que allí viviese ninguna mujer. Janos Kovács seguía sonriendo, pero con menos alegría.

—Hará siete años más o menos que, un buen día, llegó a casa y me dijo «me voy». Y se marchó. —Hizo un gesto de impotencia—. Y entonces fue cuando me mudé aquí. Vivíamos en la casa, en el piso de abajo. —Señaló el suelo—. Pero cuando me jubilé anticipadamente y mi mujer me dejó, no podía seguir en la casa. Y, al mismo tiempo, Christian conoció a aquella chica y decidió mudarse, y yo me trasladé aquí. Al final todo se arregla de la mejor manera —exclamó como si de verdad pensara lo que acababa de decir.

—O sea que conocía a Christian desde antes de que se mudara, ¿no? —dijo Erica tomando un sorbito de café, que también estaba buenísimo.

—Bueno, conocerlo no lo conocía. Pero nos cruzábamos a menudo por el edificio. Yo soy bastante mañoso —dijo Janos Kovács levantando las manos—, así que ayudo a la gente siempre que puedo. Y Christian no sabía ni cambiar una bombilla.

—Ya, me lo imagino —respondió Erica sonriendo.

—¿Usted conoce a Christian? ¿Por qué pregunta por él? Hace muchos años que se fue. No le habrá pasado nada, ¿verdad?

—Soy periodista —explicó Erica antes de recurrir a una excusa que había ido inventando por el camino—. Christian es escritor y yo había pensado escribir un artículo sobre él, así que estoy intentando averiguar algo sobre su pasado.

—¿Que Christian es escritor? Vaya, no está nada mal. Desde luego, siempre lo veía con un libro en la mano. Y en el apartamento tenía una pared entera llena de libros.

—¿Sabe a qué se dedicaba cuando vivía aquí? ¿En qué trabajaba?

Janos Kovács meneó la cabeza.

–No, no lo sé. Nunca le pregunté. Hay que tener un poco de respeto por los vecinos. No inmiscuirse. Si alguien quiere contar algo, lo cuenta.

A Erica le pareció una filosofía muy sana y pensó que le gustaría que hubiera más personas en Fjällbacka que compartieran esa opinión.

–¿Recibía muchas visitas?

–Nunca. La verdad es que a mí me daba un poco de pena. Siempre estaba solo. El ser humano no está hecho para la soledad. Necesitamos compañía.

En eso tenía toda la razón, pensó Erica con la esperanza de que Janos Kovács sí tuviese quien lo visitara de vez en cuando.

–¿Se dejó algo aquí? ¿En el trastero, por ejemplo?

–No, cuando yo me mudé, esto estaba vacío. No había dejado nada.

Erica decidió darse por vencida. No parecía que Kovács tuviese más información sobre la vida de Christian. Le dio las gracias y rechazó con amabilidad, pero con determinación, la oferta de llevarse una bolsa de galletas.

Estaba a punto de salir cuando Janos Kovács la detuvo.

–¡Pero bueno! No sé cómo he podido olvidarlo. Me estaré volviendo viejo –dijo golpeándose la sien con el dedo índice, se dio la vuelta y entró en la habitación. Al cabo de unos minutos, volvió con algo en la mano.

–Cuando vea a Christian, ¿podría entregarle esto? Dígale que hice lo que me pidió, que tiré todo el correo que recibía. Pero esto… bueno, me pareció un poco raro tener que tirarlas. Teniendo en cuenta que ha recibido una o dos al año desde que se mudó, es obvio que se trata de alguien que, decididamente, quiere ponerse en contacto con él. Como no me dio su nueva dirección, las fui guardando. Déselas y salúdelo de mi parte. –Y con otra de sus espléndidas sonrisas, le dio las cartas.

A Erica le temblaban las manos cuando las cogió.

De repente, el silencio resonaba en la casa. Se sentó a la mesa de la cocina y apoyó la cabeza en las manos. Le retumbaba el pulso en las sienes y habían vuelto los picores. Le ardía y le escocía todo el cuerpo cuando se rascaba las heridas de la palma de la mano. Cerró los ojos y apoyó la mejilla en la mesa. Trató de adentrarse en el silencio y de ahuyentar la sensación de que algo lo invadía penetrándole la piel.

Un vestido azul. La imagen le pasó fugaz bajo los párpados. Desaparecía y volvía a aparecer. El bebé en el regazo. ¿Por qué nunca veía la cara del bebé? Era un vacío sin contorno y no lograba distinguirlo. ¿Lo logró alguna vez, o habría quedado el bebé ensombrecido por aquel amor inmenso que le profesaba a ella? No lo recordaba, hacía tanto de eso.

Empezaron a aflorar las lágrimas y poco a poco se formó en la mesa un charco diminuto. El llanto cobró fuerza, ascendió por el pecho y surgió en oleadas hasta que empezó a temblarle todo el cuerpo. Christian levantó la cabeza. Tenía que ahuyentar aquellas imágenes; apartarlas de sus pensamientos. De lo contrario, estallaría y se rompería en mil pedazos. Dejó caer la cabeza pesadamente sobre la mesa, estampó en ella la mejilla. Notó la madera contra la piel, y luego levantó la cabeza y la estampó una y otra vez, aplastándola contra la dura superficie de la mesa. En comparación con la picazón y el escozor que sentía en todo el cuerpo, aquel dolor resultaba casi agradable. Pero no le servía para apartar las imágenes. Ella se le aparecía igual de nítida, igual de viva. Le sonreía y le tendía una mano, se hallaba tan cerca que habría podido tocarlo tan solo extendiendo la mano un poco más.

¿No había oído un ruido en el piso de arriba? Christian se detuvo a mitad del movimiento, con la cabeza a unos centímetros de la mesa, como si alguien, de repente, hubiese pulsado el botón de pausa en la película de su vida. Aguzó el oído, se mantuvo totalmente inmóvil. Sí, algo se oía en el piso de arriba. Sonaba como a pasos ligeros.

Christian se incorporó despacio con el cuerpo en tensión, alerta. Luego, se levantó de la silla y, tan silencioso como pudo, se dirigió a la escalera. Cogiéndose de la barandilla, fue subiendo muy pegado a la pared, donde sabía que los listones crujían menos. Con el rabillo del ojo advirtió un aleteo, algo que pasaba volando arriba, en el pasillo. ¿O habrían sido figuraciones suyas? Ya había desaparecido y la casa estaba de nuevo sumida en el silencio.

Crujió un peldaño y contuvo la respiración. Si ella estaba arriba, ahora sabría que él estaba subiendo. ¿Lo estaría esperando? Sintió que lo embargaba un extraño sosiego. Su familia ya no estaba. A ellos ya no podía hacerles más daño. Allí solo se encontraba él, aquello era entre él y ella, como al principio.

Se oyó el sollozo de un niño. ¿O no sería un niño? Volvió a oírlo y ahora sonó como cualquiera de los muchos sonidos que pueden oírse en una casa vieja. Christian avanzó con cuidado unos pasos más y llegó a la primera planta. El pasillo estaba desierto. Lo único que se oía era su respiración.

La puerta del dormitorio de los niños estaba abierta. Allí dentro todo estaba manga por hombro. Los técnicos policiales lo habían revuelto más aún y ahora se veían también por toda la habitación las manchas negras del polvo para las huellas. Se sentó en medio del dormitorio con la cara vuelta hacia la pintada de la pared. Seguía pareciendo sangre a primera vista. «No los mereces.»

Sabía que ella tenía razón, que no los merecía. Christian continuó mirando fijamente aquellas palabras, hasta que llegaron al fondo de su conciencia. Pensaba arreglarlo todo. Volvió a leer el mensaje en silencio. Era a él a quien buscaba. Y comprendió dónde quería verlo. Le daría lo que ella estaba reclamando.

–Vaya, ha sido un reencuentro supersónico. –Patrik alargó el brazo en busca del papel de cocina que estaba en la encimera y se secó la frente. Qué barbaridad, cómo sudaba. Debía de tener una pésima condición física, peor de lo habitual–. Veamos, la situación es la siguiente: Kenneth Bengtsson está en el hospital. Gösta y Martin nos contarán los detalles ahora mismo –dijo señalándolos–. Además, alguien ha entrado esta noche en la casa de Christian

Thydell. Quienquiera que sea, no ha herido a nadie, pero ha escrito un mensaje con pintura roja en la pared del dormitorio de los niños. Toda la familia está conmocionada, como es lógico. Hemos de partir de la base de que nos enfrentamos a una persona que no se arredra ante nada y que, por tanto, puede ser peligrosa.

—Naturalmente, a mí me habría gustado participar en la intervención de esta mañana. —Mellberg se aclaró la garganta—. Pero, por desgracia, no se me informó.

Patrik decidió hacer caso omiso del comentario y continuó, con la mirada fija en Annika:

—¿Has conseguido algo de información sobre el pasado de Christian?

Annika vaciló un instante.

—Es posible, pero me gustaría volver a comprobar un par de cosas antes.

—De acuerdo —respondió Patrik dirigiéndose a Gösta y a Martin—. ¿Qué habéis averiguado en vuestra visita a Kenneth Bengtsson? ¿Y cómo está?

Martin miró inquisitivo a Gösta, que le indicó con un gesto que comenzara.

—Las heridas no son mortales pero, según el médico, está vivo de milagro. Tiene cortes muy profundos en brazos y piernas y si los vidrios hubiesen alcanzado alguna arteria, habría muerto allí mismo. La cuestión es lo que el autor del delito tenía en mente. Si él o ella solo quería herir a Kenneth o si fue un intento de asesinato.

Nadie parecía tener intención de ir a responder, y Martin prosiguió:

—Kenneth dijo que todo el mundo sabía que corría el mismo circuito todas las mañanas, casi a la misma hora. Así que, teniendo en cuenta eso, podemos considerar sospechosa a toda Fjällbacka.

—Pero no podemos dar por hecho que quien lo hizo es de aquí. Puede tratarse de alguien que esté de paso —intervino Gösta.

—Y en ese caso, ¿cómo sabía la persona en cuestión cuáles eran los hábitos de Kenneth? ¿No es eso indicio de que se trata de alguien del pueblo? –preguntó Martin.

Patrik reflexionó un instante.

—Pues… no sé, no creo que podamos descartar que sea alguien de fuera. Bastaría con observar a Kenneth unos días para constatar que es un hombre de costumbres. ¿Qué dijo Kenneth al respecto? –añadió Patrik–. ¿Tiene alguna idea de quién podría estar detrás de todo esto?

Gösta y Martin se miraron otra vez, pero en esta ocasión fue Gösta quien tomó la palabra:

—Dice que no tiene ni idea, pero tanto a Martin como a mí nos dio la impresión de que estaba mintiendo. Sabe algo, pero se lo guarda por alguna razón. Mencionó a una «ella».

—¿Ah, sí? –Patrik frunció el ceño–. Yo tengo la misma sensación cuando hablo con Christian, me oculta algo. Pero ¿qué será? Deberían ser los más interesados en aclarar esto. En el caso de Christian, también su familia se encuentra en peligro. Y Kenneth está convencido de que su mujer murió asesinada, aunque aún no hemos podido constatar que fuera así. Así que, ¿por qué no colaboran?

—Entonces ¿Christian no dijo nada? –Gösta separó con mucho cuidado las dos mitades de una galleta Ballerina y lamió la crema de turrón, mientras le pasaba la galleta por debajo de la mesa a *Ernst,* que se había tumbado a sus pies.

—No, no conseguí sacarle nada –respondió Patrik–. Estaba conmocionado, eso era obvio. Pero está totalmente empecinado en que no sabe quién ni por qué, y no tengo nada que pueda demostrar lo contrario. Solo una sensación, como la que os causó Kenneth. Insiste en seguir viviendo en casa. Por suerte, a Sanna y a los niños los ha enviado a casa de su cuñada en Hamburgsund. Espero que allí estén a salvo.

—Y los técnicos, ¿encontraron algo interesante? Les hablarías de la bayeta llena de pintura y del frasco, ¿no? –preguntó Gösta.

—Estuvieron allí un buen rato, desde luego. Y sí, se llevaron las cosas que encontraste en el sótano. Buen ojo, por cierto, de parte de Torbjörn. Pero, como de costumbre, tardaremos un tiempo en obtener algún resultado concreto. Pero voy a llamar a Pedersen para meterle un poco de prisa. Esta mañana no lo encontré. Espero que puedan darle prioridad a esto para que tengamos cuanto antes los resultados de la autopsia. Teniendo en cuenta cómo han ido agravándose los acontecimientos, no podemos permitirnos el lujo de perder el tiempo tontamente.

—Si prefieres que llame yo, dímelo. Para que la solicitud tenga más peso —dijo Mellberg.

—Gracias, intentaré hacerlo solo. Será difícil, pero haré cuanto esté en mi mano.

—Bueno, pero que sepas que me tienes aquí. Para apoyarte —remató Mellberg.

—Paula, ¿qué dijo la mujer de Christian? —Patrik se volvió hacia su colega. Habían vuelto juntos de Fjällbacka, pero el teléfono no dejó de sonar en todo el trayecto y no tuvo ocasión de preguntarle nada.

—No creo que sepa nada —respondió Paula—. Está desesperada y desconcertada. Y asustada. Tampoco creía que Christian supiera quién es el agresor, pero dudó un instante cuando lo dijo, de modo que me aventuro a pensar que no está segura del todo. Sería útil hablar con ella otra vez con más calma, cuando se le haya pasado un poco la conmoción. Por cierto que grabé nuestra conversación, si quieres puedes escucharla. Te he dejado la cinta en la mesa. Puede que tú oigas algo que a mí se me haya escapado.

—Gracias —dijo Patrik de nuevo, pero en esta ocasión lo decía de verdad. Siempre se podía confiar en Paula y era una suerte que participase en aquella investigación.

Miró a los integrantes del grupo.

—Bueno, pues entonces hemos terminado. Annika, tú sigue como acordamos, buscando información sobre los antecedentes de Christian, y nos veremos dentro de un par de horas. Yo pensaba ir con Paula a ver a Cia. Al final no llegamos a ir. Y ahora me parece más necesario todavía, después de los sucesos de esta mañana. La muerte de Magnus está relacionada con esto, estoy seguro.

Erica se sentó en una cafetería para poder leer las cartas tranquilamente. No tenía ningún escrúpulo a la hora de abrir las cartas de otra persona. Si a Christian le hubieran interesado, habría procurado dejarle a Janos Kovács la nueva dirección y solicitar el reenvío desde Correos.

Le temblaban las manos levemente cuando abrió la primera carta. Se había puesto los guantes finos de piel que solía llevar siempre en el coche. El sobre se resistía un poco y al intentar abrirlo con el cuchillo que había en la mesa, estuvo a punto de volcar el *latte* sobre las demás cartas. Se apresuró a cambiar el vaso de sitio y lo colocó a una distancia prudencial.

No reconoció la letra del sobre. No era la misma que la de las amenazas y adivinó que aquella parecía más la letra de un hombre que la de una mujer. Sacó el folio y lo desdobló. Y se quedó un poco sorprendida. Esperaba una carta, pero era un dibujo infantil. Al abrirlo, había quedado boca abajo, y ahora le dio la vuelta para observar el dibujo. Dos personas, dos monigotes. Uno grande y otro pequeño. El grande llevaba al pequeño de la mano y los dos estaban contentos. Aparecían rodeados de flores y el sol brillaba en la esquina derecha. Se hallaban sobre una cinta de color verde que representaría la hierba. Por encima del muñeco grande, alguien había escrito con letra irregular «Christian». Y, arriba del pequeño, «yo».

Erica cogió el café para tomar un sorbo. Notó que se le quedaba un bigote enorme de espuma y se lo limpió distraída con la manga del jersey. ¿Quién será «yo»? ¿Quién es esa personita que hay al lado de Christian?

Apartó de nuevo el café y cogió el resto de los sobres, que fue abriendo deprisa. Finalmente, se encontró con un puñado de dibujos. En su opinión, todos obra de la misma persona. Todos representaban dos figuras, una, «Christian» y la otra, «yo». Por lo demás, los motivos variaban. En uno, el monigote grande estaba

283

en lo que parecía una playa, mientras que las manos y la cabeza del pequeño sobresalían del agua. En otro había edificios al fondo, entre otros, una iglesia. Solo en el último del montón había más figuras. Pero resultaba difícil distinguir cuántas. Formaban una unidad, un batiburrillo de brazos y piernas. Además, era más sombrío que los demás. No había ningún sol, ni flores. Al monigote grande lo habían relegado a la esquina izquierda.

Ya no tenía aquella boca sonriente y el monigote pequeño tampoco estaba contento. En la otra esquina no había más que un montón de rayas negras. Erica entornó los ojos tratando de distinguir qué era, pero estaba dibujado torpemente y no era posible ver lo que representaba.

Miró el reloj y pensó que tenía ganas de volver a casa. Había algo en el último dibujo que le había revuelto el estómago. No podía decir exactamente qué, pero la había alterado profundamente.

Erica se levantó como pudo. Decidió saltarse la cita con Göran. Se llevaría una desilusión, pero ya se verían en otro momento.

Se pasó todo el camino de regreso a Fjällbacka pensando. Las imágenes le pasaban veloces por la retina. El monigote grande, Christian, y el pequeño, yo. Tuvo el presentimiento de que aquel «yo» era la clave de todo aquello. Y solo una persona podía desvelar la identidad de aquel «yo». Mañana, a primera hora, iría a hablar con Christian. Esta vez no tendría más remedio que responder.

—Vaya, qué extraño. Precisamente iba a llamarte. —La voz de Pedersen sonó tan seca y correcta como siempre. Pero Patrik sabía que bajo aquella pantalla, el forense tenía sentido del humor. Lo había oído bromear en más de una ocasión, aunque no con frecuencia.

—¿Ah, sí? Y yo que pensaba meteros un poco de prisa. Necesitamos algún resultado. Lo que sea que pueda ayudarnos a avanzar un poco.

—Bueno, pues no sé lo útil que será. Pero hice lo posible por adelantar las autopsias de vuestro caso. Acabamos con Magnus Kjellner ayer, bastante tarde, y ahora mismo he terminado con Lisbet Bengtsson.

Patrik se imaginaba a Pedersen sentado mientras hablaba por teléfono, con la bata llena de sangre y con el auricular en la mano enguantada.

—¿Qué habéis encontrado?

—En primer lugar, lo evidente, que a Kjellner lo asesinaron. Bastaba la simple inspección ocular del cadáver, pero nunca se sabe. A lo largo de los años me he encontrado con una serie de casos en que las víctimas presentaban heridas post mórtem, pero la causa de la muerte era totalmente natural.

—Ya, pero no era este el caso, ¿no?

—No, desde luego. La víctima presentaba una serie de cortes en el pecho y el estómago, infligidas con un objeto afilado, seguramente un cuchillo. Eso fue, sin duda, lo que le causó la muerte. Le atacaron de frente y presentaba heridas defensivas en las manos y bajo los brazos.

—¿Algún dato sobre el tipo de cuchillo?

—La verdad, no quisiera especular, pero a juzgar por las heridas, diría que se trata de un cuchillo de hoja lisa. Y... —el forense hizo una pausa de efecto— diría que se trata de algún tipo de navaja de pesca —declaró Pedersen satisfecho.

—¿Cómo puedes saberlo? —preguntó Patrik—. Debe de haber miles de modelos de navaja.

—Sí, y en realidad, no puedo decir que se trate de una navaja de pesca, pero sí que la habían utilizado para limpiar pescado.

—De acuerdo, pero ¿cómo has podido averiguarlo? —La impaciencia lo corroía por dentro y Patrik habría preferido que Pedersen no hubiese tenido aquella inclinación por los efectos dramáticos. El forense contaba con toda su atención.

—Porque encontré escamas de pescado —respondió Pedersen.

—¿Cómo? ¿Dónde? ¿Cómo podían quedar escamas, si el cuerpo llevaba tanto tiempo en el agua? —Patrik notó que se le aceleraba el pulso. Tenía tantas ganas de conseguir algo, cualquier cosa que les diera una pista con la que seguir adelante.

—La mayor parte habrá desaparecido en el agua, seguramente, pero encontré algunas hundidas en las heridas. Las he mandado analizar, por si se puede establecer la clase de pescado. Espero que os sea de utilidad.

—Sí, claro, seguro que sí —dijo Patrik, aunque comprendió que aquella información no tendría mucho sentido. A fin de cuentas, se encontraban en Fjällbacka, un pueblo donde las escamas de pescado no eran nada extraordinario.

—¿Algo más sobre Kjellner?

—Nada de particular. —Pedersen pareció desilusionado al ver que Patrik no mostraba más entusiasmo por su hallazgo—. Lo apuñalaron y murió, seguramente en el acto. Debió de sangrar una barbaridad. Dejaría el lugar del crimen como un matadero. Aclarar esa parte es trabajo vuestro. Te enviaré el informe por fax, como siempre.

—¿Y Lisbet? ¿Qué has averiguado sobre ella?

—Murió de muerte natural.

—¿Estás seguro?

—Practiqué la autopsia muy a conciencia. —Pedersen parecía ofendido y Patrik se apresuró a añadir:

—O sea, lo que estás diciendo es que no la asesinaron, ¿verdad?

—Correcto —respondió Pedersen, aún con un resto de frialdad—. Para ser sincero, es un milagro que viviera tanto tiempo. El cáncer se había extendido por casi todos los órganos vitales. Lisbet Bengtsson estaba muy enferma. Sencillamente, se murió.

—Así que Kenneth estaba equivocado —dijo Patrik como hablando consigo mismo.

—¿Cómo?

—No, nada. Estaba pensando en voz alta. Gracias por darle prioridad a esto. En estos momentos, necesitamos toda la ayuda posible.

—¿Tan mal está la cosa? —preguntó Pedersen.

—Sí, tú lo has dicho, tan mal está.

Alice y él tenían algo en común. Les encantaba el verano. A él, porque no tenía que ir al colegio y no tenía que aguantar a sus torturadores. A Alice, porque podía nadar en el mar. Pasaba en el agua todo el tiempo que podía. Nadaba hacia el fondo y hacia la orilla y daba volteretas. Toda la torpeza que aquel cuerpo desmañado desplegaba en tierra, desaparecía en el instante en que se adentraba en el agua. Allí se movía sin dificultad y suavemente.

Su madre era capaz de contemplarla durante horas. Aplaudir sus cabriolas en el agua y animarla a que practicara. La llamaba «su sirena».

Pero a Alice no le interesaba el entusiasmo de su madre. En cambio, lo buscaba a él con la mirada y le gritaba:

—¡Mírame! —Se tiraba desde la roca y cuando volvía a salir a la superficie, le sonreía—. ¿Me has visto? ¿Has visto lo que he hecho? —preguntaba con el ansia en la voz y con una expresión hambrienta en la mirada. Pero él no se dignaba responder. Levantaba brevemente la vista del libro que estuviera leyendo sentado en la toalla, sobre las rocas. Ignoraba lo que Alice quería de él.

Su madre solía responder por él, tras lanzarle una mirada de enojo mezclado con no poco desconcierto. Ella tampoco lo comprendía. Ella, que dedicaba a Alice todo su tiempo y todo su amor.

—¡Yo sí te he visto, cariño! ¡Qué bien! —le respondía. Pero era como si Alice no oyese la voz de su madre, sino que volvía a gritarle a él:

—¡Mira ahora! ¡Mira lo que hago! —Y se iba nadando a crol hacia el horizonte. Adelantaba los brazos con movimientos rítmicos y bien coordinados.

Su madre se puso de pie llena de preocupación:

—Alice, cariño, no te alejes más. —Se hizo sombra con la mano sobre los ojos.

—Se está alejando demasiado. ¡Ve a buscarla!

Él intentó hacer como Alice y fingir que no la oía. Siguió pasando páginas despacio, concentrado en las palabras y en las letras negras sobre el papel blanco. Entonces, sintió un dolor ardiente en el cuero cabelludo. Su madre le había agarrado un buen mechón de pelo y tiraba con todas sus fuerzas. Él se levantó en el acto y entonces ella lo soltó.

—Ve a buscar a tu hermana. Mueve esa mole de grasa y procura que vuelva a la orilla.

Rememoró un instante la sensación de la mano de su madre cogiéndole la suya el día que nadaron juntos, cómo lo soltó y él se hundió en el agua. A partir de aquel día, dejó de gustarle bañarse en el mar. Había algo aterrador en el agua. Existían bajo la superficie cosas que él no veía, de las que no se fiaba.

La madre echó mano entonces del michelín de la cintura y pellizcó fuerte.

—Ve a buscarla. Ahora. De lo contrario, te dejaré aquí cuando nos vayamos a casa. —Lo dijo en un tono que no le dejó elección. Sabía que estaba hablando en serio. Si no hacía lo que le ordenaba, lo abandonarían en la isla.

Con el corazón latiéndole acelerado en el pecho, se encaminó a la orilla. Tuvo que hacer un esfuerzo supremo de voluntad para tomar impulso con los pies y zambullirse. No se atrevía a tirarse de cabeza, como Alice, sino que se dejaba caer en el azul, en el verde de las aguas, con los pies por delante. Le entró agua en los ojos y parpadeó para poder ver de nuevo. Notó que lo invadía el pánico, que la respiración se volvía ligera y superficial. Entornó los ojos. A lo lejos, camino del sol, vio a Alice. Empezó a nadar hacia ella con movimientos torpes. Notaba la presencia de su madre a su espalda, en la roca, con los brazos en jarras.

Él no sabía nadar a crol. Avanzaba a brazadas breves y apresuradas. Pero continuó hacia el fondo, siempre consciente de la profundidad que se abría bajo sus pies. El sol le picaba en los ojos y se le saltaban las lágrimas. Lo único que deseaba era dar la vuelta, pero no podía. Tenía que alcanzar a Alice y llevarla junto a su madre. Porque su madre quería a Alice. A pesar de todo, la quería.

De repente, notó algo en el cuello. Algo que lo agarraba fuerte y le hundía la cabeza bajo el agua. Lo invadió el pánico y empezó a manotear intentando liberarse y subir de nuevo a la superficie. Entonces desapareció la presión en la garganta, tan rápido como se había presentado, y, cuando notó de nuevo el aire en la cara, tomó aliento de nuevo.

—Tontorrón, si soy yo.

Alice apartaba el agua sin esfuerzo y lo miraba irradiando entusiasmo. El pelo oscuro, heredado de su madre, relucía al sol, y la sal le brillaba en las pestañas.

Él vio los ojos de nuevo. Aquellos ojos que lo miraban fijamente bajo el agua. Aquel cuerpo laxo e inerte que, en lugar de moverse, descansaba sobre el fondo de la bañera. Meneó la cabeza para ahuyentar aquellas imágenes que no quería ver.

—Mamá quiere que vuelvas —dijo sin resuello. Él no era capaz de mantenerse en el agua con la misma facilidad que Alice y la mole de su cuerpo se hundía bajo el agua como si tuviese las articulaciones lastradas por un peso.

—Pues tendrás que llevarme —dijo Alice con aquella forma suya de hablar tan curiosa, como si la lengua no encontrase el lugar adecuado en la boca cuando articulaba.

—Venga ya, que no voy a poder tirar de ti.

Ella se rio y echó hacia atrás la melena mojada.

—Pues solo pienso ir contigo si me llevas.

—Pero si tú nadas mucho mejor que yo, ¿por qué iba a tener que tirar de ti? —Pero sabía que había perdido. Le indicó con una seña que le rodeara el cuello con las manos otra vez, y ahora que sabía qué era, que sabía que era ella, no se asustó.

Empezó a nadar. Pesaba, pero podía con ella. Notaba la fuerza de los brazos de Alice alrededor del cuello. Llevaba todo el verano nadando tanto que se le habían perfilado los músculos de los brazos. Iba colgada de él, dejándose arrastrar como una barca. Con la mejilla pegada a su espalda.

—Yo soy tu sirena —dijo—, no la sirena de mamá.

–Es que no lo sé… –Cia miraba a un punto lejano, más allá del hombro de Patrik, con las pupilas dilatadas. Supuso que le habrían administrado algún tipo de fármaco que la hacía actuar de aquel modo tan ausente.

–Sé que ya te lo hemos preguntado muchas veces, pero debemos encontrar el vínculo entre la muerte de Magnus y lo que ha ocurrido hoy. Ahora que hemos podido constatar que Magnus murió asesinado es incluso más importante. Podría ser algo en lo que no hayas pensado, algún detalle que nos ayude a avanzar –la animó Paula con voz suplicante.

Ludvig apareció en la cocina y se sentó al lado de Cia. Seguramente, había estado escuchando fuera.

–Queremos ayudar –dijo con voz solemne. La expresión de los ojos lo hacía aparentar más de los trece años que tenía.

–¿Cómo se encuentran Sanna y los niños? –preguntó Cia.

–Naturalmente, están conmocionados.

Patrik y Paula habían recorrido todo el trayecto hasta Fjällbacka preguntándose si no deberían ocultarle a Cia lo sucedido. Pensaban que quizá no estuviese en condiciones de recibir otra mala noticia. Por otro lado, no les quedaba otro remedio que contárselo, pues se enteraría de todos modos, a través de amigos y conocidos. Además, cabía la posibilidad de que lo ocurrido en casa de los Thydell le ayudase a recordar algo que tuviese olvidado.

–¿Quién es capaz de hacer algo así? A los niños… –dijo con un tono de voz mezcla de compasión e indiferencia. Los fármacos la tenían embotada, atenuaban los sentimientos y las impresiones, los hacían menos dolorosos.

—No lo sé —confesó Patrik, que tuvo la impresión de que sus palabras resonaron en la cocina como un eco.

—Y Kenneth… —Cia meneó la cabeza.

—Por eso, precisamente, debemos seguir preguntando. Alguien tiene en el punto de mira a Kenneth, a Christian y a Erik. Y con toda probabilidad, también a Magnus —dijo Paula.

—Pero Magnus no recibió ninguna carta como las de los demás.

—No, que nosotros sepamos. Aun así, creemos que su muerte guarda relación con las amenazas a los demás —aseguró Paula.

—¿Qué dicen Erik y Kenneth? ¿No saben ellos el porqué de todo esto? ¿Y Christian? Alguno de los tres debería saberlo —apuntó Ludvig, que le había rodeado a su madre los hombros con el brazo, en actitud protectora.

—Sí, sería lo lógico —admitió Patrik—. Pero insisten en que no saben nada.

—Y entonces, ¿cómo iba yo a…? —A Cia se le apagó la voz.

—¿Ha ocurrido algo de particular desde que os relacionáis las familias? Algo que te llamara la atención, lo que sea —insistió Patrik.

—No, nada extraordinario, ya os lo he dicho. —Respiró hondo, antes de proseguir—. Magnus, Kenneth y Erik se conocen desde la escuela. Al principio, se veían ellos tres. Nunca me pareció que Magnus tuviese mucho en común con ellos, pero supongo que continuaron la relación por costumbre. Y tampoco es posible conocer a mucha gente nueva en Fjällbacka.

—¿Cómo era la relación entre los tres? —preguntó Paula.

—¿A qué te refieres?

—Bueno, todas las relaciones funcionan según una dinámica interna, cada uno adopta un papel… ¿Cómo eran las relaciones entre ellos tres, antes de que Christian entrara a formar parte del grupo?

Cia reflexionó un instante con expresión grave, antes de responder:

−Erik siempre era el líder. El que mandaba. Kenneth era... el perro faldero. Suena horrible, pero siempre obedece a la menor señal de Erik y a mí siempre me pareció un perrillo meneando la cola alrededor del amo, mendigando su atención.

−¿Y cuál era la postura de Magnus ante eso? −quiso saber Patrik.

Cia volvió a meditar.

−Sé que pensaba que Erik se portaba a veces como un tirano, y en alguna ocasión le dijo que se había pasado. A diferencia de Kenneth, Magnus era capaz de oponerse abiertamente delante de Erik.

−¿Nunca se enemistaron por algún motivo? −prosiguió Patrik. Tenía la sensación de que la respuesta se hallaba en algún punto del pasado de los cuatro, en sus relaciones internas. El hecho de que pareciera tan enterrado y tan difícil de sacar a la luz lo volvía loco de indignación.

−Bueno, discutían a veces, como todo el mundo, y en especial en una amistad tan antigua. Erik puede ser muy impetuoso, pero Magnus se mostraba siempre muy sereno. Nunca lo vi estallar enfadado ni levantar la voz. Ni una sola vez durante todos los años que estuvimos juntos. Y Ludvig es igual que su padre. −Se volvió hacia su hijo y le acarició la mejilla. El chico le sonrió levemente, aunque parecía pensativo.

−Yo sí he visto a papá discutiendo una vez. Con Kenneth.

−¿Ah, sí? ¿Y cuándo fue eso?

−¿Te acuerdas de aquel verano en que papá compró la cámara de vídeo, y que yo andaba grabándoos a todas horas?

−Sí, madre mía, fue una tortura. Si recuerdo que incluso entraste en el baño y empezaste a filmar a Elin cuando estaba sentada en el váter. No te mató de milagro. −Se le alegraron los ojos y una sonrisa lánguida otorgó algo de color a la palidez de las mejillas.

Ludvig se levantó de la silla tan bruscamente que estuvo a punto de caer de espaldas.

−¡Venid, voy a enseñaros una cosa! −dijo mientras salía de la cocina−. Esperadme en la sala de estar, no tardo.

Lo oyeron subir la escalera a toda prisa y Patrik y Paula se levantaron para seguir sus instrucciones. Finalmente, Cia los siguió también.

—Aquí está. —Ludvig acababa de bajar con una pequeña cinta de vídeo en una mano y la cámara en la otra.

Sacó un cable y conectó la cámara al televisor. Patrik y Paula lo observaban en silencio, y Patrik notó que se le aceleraba el pulso.

—¿Qué nos vas a enseñar? —preguntó Cia al tiempo que se sentaba en el sofá.

—Ahora verás —dijo Ludvig. Puso la cinta y pulsó el botón de reproducir. De repente, la cara de Magnus llenó la pantalla. Cia empezó a resoplar detrás de ellos y Ludvig se volvió preocupado.

—¿No te importa, mamá? Si ves que no puedes, espéranos en la cocina.

—No, no pasa nada —respondió Cia, aunque se le llenaron los ojos de lágrimas mientras miraba la pantalla.

Magnus aparecía haciendo muecas y payasadas y hablando con la persona que manejaba la cámara.

—Lo grabé todo aquella noche del solsticio de verano —dijo Ludvig en voz baja, y Patrik observó que también a él se le llenaban los ojos de lágrimas—. Mira, ahí aparecen Erik y Louise —advirtió señalando a la pantalla.

Erik salía a la terraza y saludaba a Magnus. Louise abrazó a Cia y le entregó un paquete.

—Tengo que rebobinar, está un poco más adelante —dijo Ludvig, pulsó un botón de la cámara y la fiesta del solsticio empezó a pasar a toda velocidad. Había atardecido y todo estaba más oscuro.

—Vosotros creíais que nos habíamos ido a dormir —dijo Ludvig—. Pero nos levantamos sin hacer ruido y nos pusimos a escuchar a escondidas. Estabais borrachos y atontados y nos parecía divertidísimo.

—¡Ludvig! —exclamó Cia un tanto avergonzada.

—Bueno, es que estabais borrachos —insistió el chico. Y a juzgar por los susurros, aquella había sido la intención de Ludvig, precisamente, filmarlos en ese estado. Las voces se elevaban y se apagaban y resonaban risotadas en el atardecer estival y parecía que lo estaban pasando muy bien.

Cia quiso decir algo, pero Ludvig se llevó el dedo a los labios.

—Chist, ya viene.

Todos se quedaron mirando la pantalla y se hizo el silencio en la sala de estar. Lo único que se oía era el sonido de la fiesta que surgía de la película. Dos personas se levantaron y entraron en la casa con los platos.

—¿Dónde os habíais escondido? —preguntó Patrik.

—En la cabaña de juegos. El lugar perfecto. Podía grabarlo todo desde la ventana. —Una vez más, Ludvig se llevó el dedo a los labios—. Escuchen.

Dos voces, a unos metros de los demás. Las dos sonaban alteradas. Patrik miró a Ludvig extrañado.

—Mi padre y Kenneth —explicó Ludvig sin apartar la vista del televisor—. Se retiraron un poco para fumar.

—Pero si tu padre no fumaba —dijo Cia inclinándose para ver mejor.

—Fumaba a veces, a escondidas, en fiestas y así. ¿No te diste cuenta? —Ludvig había parado la cinta para que no se perdieran nada con la charla.

—¡No me digas! —dijo Cia atónita—. Pues no lo sabía.

—Ya ves, ahí se ha ido con Kenneth a la parte de atrás de la casa para fumar. —Dirigió el mando hacia el televisor y volvió a poner la cinta.

Dos voces, una vez más. A duras penas se entendía lo que decían.

—¿Tú piensas en ello de vez en cuando? —Era Magnus quien hablaba.

—¿A qué te refieres? —balbució Kenneth.

—Sabes a qué me refiero —respondió Magnus, que también parecía ebrio.

—No quiero hablar del asunto.

—Pues alguna vez tendremos que hacerlo —dijo Magnus con un deje de súplica en la voz, que resonó como desnuda, de modo que a Patrik se le erizó la piel.

—¿Y quién dice que tengamos que hablar de ello? Lo hecho, hecho está.

—Pues yo no entiendo cómo podéis seguir viviendo con eso tranquilamente. Joder, tenemos que…

La frase se perdió en un murmullo confuso.

Kenneth otra vez. Sonaba irritado. Pero la voz revelaba algo más. Miedo.

—¡Venga, Magnus! No sirve de nada hablar de ello. Piensa en Cia y en los niños. Y en Lisbet.

—Lo sé, pero ¿qué coño quieres que haga? A veces se me viene a la cabeza y lo siento aquí dentro… —Estaba demasiado oscuro para ver dónde señalaba.

A partir de ahí fue imposible entender nada más de la conversación. Bajaron la voz, continuaron entre murmullos y se dirigieron al resto del grupo. Ludvig detuvo la cinta y congeló la imagen con la espalda de las dos figuras en sombras.

—¿Tu padre llegó a ver esto? —preguntó Patrik.

—No, me guardé la cinta. Normalmente era él quien se encargaba, pero como lo había grabado a escondidas, la guardé en mi habitación. Tengo varias en el armario.

—¿Y tú tampoco la habías visto antes? —Paula se sentó al lado de Cia, que miraba boquiabierta el televisor.

—No —respondió Cia—. No.

—¿Sabes de qué hablan? —preguntó Paula poniéndole la mano en el brazo.

—Pues… no. —Continuaba con la vista fija en la espalda de aquellas dos siluetas en la noche—. No tengo ni idea.

Patrik la creía. Fuese lo que fuese, Magnus se lo había ocultado a su mujer.

—Kenneth tiene que saberlo —observó Ludvig sacando la cinta de la cámara antes de guardarla en la funda.

—Me gustaría que me la prestaras —le dijo Patrik.

Ludvig vaciló un instante antes de entregarle la cinta.

—No la irán a estropear, ¿verdad?

—Te prometo que vamos a tener mucho cuidado con ella. La recuperarás tal y como me la entregas.

—Entonces ¿van a hablar con Kenneth? —preguntó Ludvig. Patrik asintió.

—Sí, hablaremos con él.

—Pero ¿por qué no habrá dicho nada hasta ahora? —preguntó Cia algo desconcertada.

—Sí, nosotros nos preguntamos lo mismo —respondió Paula dándole una palmadita en la mano—. Y lo averiguaremos.

—Gracias, Ludvig —dijo Patrik blandiendo la cinta—. Puede que esto sea importante.

—No hay de qué. Me acordé al oírle preguntar si habían estado enfadados. —Se ruborizó hasta las cejas.

—¿Nos vamos? —preguntó Patrik a Paula, que ya estaba levantándose—. Cuida de tu madre. Y llámame si tienes algún problema —dijo Patrik a Ludvig en voz baja, al tiempo que le daba una tarjeta suya.

Ludvig se quedó mirándolos mientras se alejaban. Luego entró en la casa y cerró la puerta.

El tiempo transcurría lento en el hospital. El televisor estaba encendido y daban una serie americana. La enfermera entró a preguntarle si quería que cambiase el canal, pero él no tenía ganas ni de responder, y la mujer se marchó sin más.

La soledad era peor de lo que jamás había imaginado. Y la nostalgia era tan inmensa que solo conseguía concentrarse en respirar.

Sabía que ella aparecería. Llevaba mucho tiempo esperando y ahora él no tenía adónde huir. Pese a todo, no tenía miedo, se alegraba de que viniera. Su llegada lo salvaría de tanta soledad, de aquel dolor que estaba destrozándolo por dentro. Quería reunirse con Lisbet y explicarle lo ocurrido. Esperaba que ella comprendiera que, en aquella época, él era otra persona, que ella lo había cambiado. No soportaba la idea de que ella hubiese muerto con sus pecados en la retina. Aquello lo abatía más que ninguna otra cosa y cada soplo le suponía un esfuerzo.

Unos golpecitos en la puerta y allí estaba Patrik Hedström, el policía, ante su vista. Lo seguía aquella colega morena y menuda.

—Hola, Kenneth. ¿Cómo te encuentras? —El policía parecía serio. Cogió dos sillas y las acercó a la cama.

Kenneth no respondió. Siguió mirando el televisor, donde actuaba un grupo de artistas sobre un fondo mal colocado. Patrik repitió la pregunta y, finalmente, Kenneth volvió la cara hacia ellos.

—Pues he estado mejor. —¿Qué iba a decir? ¿Cómo describir su estado real, el ardor y el escozor que sentía por dentro, la sensación de que le estallaría el corazón? Todas las respuestas sonarían a tópico.

—Nuestros colegas ya han estado hoy por aquí. Has hablado ya con Gösta y con Martin. —Kenneth se percató de que Patrik le miraba las vendas, como si intentara imaginarse la sensación de cientos de cristales incrustados en la piel.

—Sí —respondió Kenneth indiferente. No había dicho nada antes y tampoco diría nada ahora. Sencillamente, se dedicaría a esperar. A esperarla a ella.

—Les dijiste que no sabías quién podía estar detrás de lo que te ha ocurrido esta mañana. —Patrik lo miraba y Kenneth le sostenía la mirada con resolución.

—Exacto.

El policía se aclaró la garganta.

—Pues nosotros creemos que no es exacto.

¿Qué habrían averiguado? Kenneth se asustó. No quería que lo supieran, que la encontraran. Ella debía concluir lo que había comenzado. Era su única salvación. Si pagaba el precio por lo que había hecho, podría explicárselo a Lisbet.

—No sé a qué os referís. —Apartó la vista, consciente de que el miedo le había aflorado a los ojos. Los policías lo advirtieron. Lo interpretaron como un indicio de debilidad, como una posibilidad de vencerlo. Estaban equivocados. No tenía nada que perder callando, y sí mucho que ganar. Por un instante pensó en Erik y Christian. Sobre todo en Christian. Se había visto involucrado en aquello pese a que no tenía culpa alguna. No como Erik. Pero él no podía detenerse en esas consideraciones. Solo le importaba Lisbet.

—Acabamos de estar en casa de Cia. Y hemos visto una cinta de vídeo de un solsticio de verano que celebrasteis allí. —Patrik parecía aguardar una reacción, pero Kenneth no sabía a qué se refería. Aquellos tiempos de fiestas y amigos le parecían tan remotos…

—Magnus estaba muy borracho y vosotros dos os retirasteis a fumar. Parecía como si no quisierais que nadie os oyera.

Seguía sin saber de qué le hablaba. Todo era niebla y bruma. Todos los contornos se habían desdibujado.

—Ludvig, el hijo de Magnus, os grabó sin que os dierais cuenta. Magnus estaba enojado. Quería que hablarais de algo que había ocurrido. Tú te irritaste y le dijiste que lo hecho, hecho estaba. Que tenía que pensar en su familia. ¿No lo recuerdas?

Ah, sí, ahora caía. Aún de forma difusa, pero recordaba cómo se había sentido al ver el pánico en los ojos de Magnus. Jamás supo por qué surgió aquella noche, precisamente. Magnus ardía en deseos de contarlo, de pagar por lo hecho. Y Kenneth se asustó. Pensó en Lisbet, en lo que diría, en cómo lo miraría. Finalmente, logró tranquilizar a Magnus, eso sí lo recordaba. Pero desde aquel momento, siempre temió que ocurriese algo que lo estropease todo. Y ya había ocurrido, aunque no como él pensaba porque, incluso en el peor de los casos que alcanzó a imaginar, Lisbet siempre seguía allí, con vida, dispuesta a censurarlo. Siempre contempló la posibilidad, por remota que fuera, de darle una explicación. Ahora era diferente, y era preciso que se hiciera justicia para que la posibilidad siguiera existiendo. No podía permitir que lo estropearan.

Así que meneó la cabeza y fingió estar haciendo memoria.

—Pues no, no recuerdo nada de eso.

—Podemos mostrarte la cinta, por si te ayuda a recordar —dijo Paula.

—Claro, como queráis. Pero no creo que fuese nada importante, de ser así, me acordaría. Sería la típica charla de dos que han bebido de más. Magnus se ponía raro a veces cuando bebía. Dramático y sentimental. Hacía una montaña de un grano de arena.

Kenneth era consciente de que no lo creían, pero a él no le importaba, no podían leer sus pensamientos. Llegado el momento se descubriría el secreto, de eso también era consciente. No se rendirían hasta haberlo averiguado todo, pero eso no debía suceder antes de que ella llegase y le hubiese dado a él su merecido.

Se quedaron un rato más, pero le resultó fácil eludir sus preguntas. No pensaba hacerles el trabajo, debía pensar en sí mismo y en Lisbet. Erik y Christian tendrían que arreglárselas como pudieran.

Antes de marcharse, Patrik lo miró con amabilidad.

—También queríamos decirte que hemos recibido los resultados de la autopsia de Lisbet. No murió asesinada, murió de muerte natural.

Kenneth volvió la cara. Él sabía que estaban equivocados.

Estuvo a punto de dormirse mientras volvían de Uddevalla. Por un instante, se le cerraron los párpados y se pasó al carril contrario.

—¿Qué haces? —le gritó Paula cogiendo y enderezando el volante.

Patrik dio un respingo conteniendo la respiración.

—Joder. No sé qué me ha pasado. Es que estoy tan cansado.

Paula lo miró llena de preocupación.

—Vamos a tu casa ahora mismo, te quedas allí. Hasta mañana. Pareces enfermo.

—No puede ser. Tengo montones de cosas que revisar —dijo parpadeando e intentando centrarse en la carretera.

—Vamos a hacer lo siguiente —propuso Paula resuelta—. Párate en la gasolinera, que vamos a cambiarnos de sitio. Te llevo a casa y me voy a la comisaría, recojo todo lo que necesitas y vuelvo a

Fjällbacka con ello. Ya me encargaré de enviar la cinta al laboratorio para que la analicen. Pero prométeme que vas a descansar. Llevas mucho tiempo trabajando demasiado y seguro que en casa también trabajas lo tuyo. Sé lo mal que lo pasó Johanna cuando esperaba a Leo, y me figuro que ahora estáis sobrecargados.

Patrik asintió, aun a su pesar, y siguió el consejo de Paula. Giró y se detuvo en la estación de servicio de Hogstorp y salió del coche. Sencillamente, estaba demasiado cansado para oponer resistencia. En realidad, era imposible tomarse un día libre, ni siquiera unas horas, pero el cuerpo había dicho basta. Si podía descansar un poco mientras revisaba la documentación, quizá recuperase parte de las fuerzas que necesitaba para seguir con la investigación.

Patrik apoyó la cabeza en la ventanilla del asiento del acompañante y se durmió antes de llegar de nuevo a la autovía. Cuando abrió los ojos, el coche estaba ya aparcado delante de su casa, y Patrik se apeó adormilado.

—Vete a la cama. Volveré dentro de un rato. Deja la puerta abierta, así no tendré más que dejar los documentos en la entrada —dijo Paula.

—De acuerdo, gracias —respondió Patrik, sin fuerzas para añadir nada más.

Abrió la puerta y entró en casa.

—¡Erica!

Pero nadie respondió. La había llamado aquella mañana, pero no consiguió localizarla. Tal vez estuviese en casa de Anna y se hubiese quedado allí un rato. Por si acaso, le dejó una nota en el mueble de la entrada, para que no se asustara si oía ruido al llegar a casa. Luego, con las piernas entumecidas, subió en silencio la escalera y se desplomó en la cama. Se durmió en cuanto la cabeza rozó la almohada. Pero con un sueño ligero e inquieto.

Algo estaba a punto de cambiar. No podía afirmar que estuviese conforme con su vida tal y como se había desarrollado los últimos años, pero al menos era algo conocido. El frío, la indiferencia, los intercambios de comentarios vitriólicos y archisabidos.

Ahora, en cambio, notaba el temblor de la tierra bajo los pies, grietas que se abrían cada vez más anchas. Durante la última conversación, advirtió en la mirada de Erik una especie de resolución definitiva. El desprecio no era novedad y, a aquellas alturas, a ella no solía afectarle. Pero en esta ocasión lo sintió de forma diferente. La asustó más de lo que jamás habría sospechado. Porque en el fondo, ella siempre pensó que seguirían bailando aquella danza de la muerte con una soltura cada vez más elegante.

Él siempre había reaccionado de un modo extraño cuando ella mencionaba a Cecilia. Por lo general, no solía importarle que hablase de sus amantes. Fingía no haberla oído. Entonces ¿por qué se habría enfadado tanto aquella mañana? ¿Sería indicio de que Cecilia sí significaba algo para él?

Louise apuró las últimas gotas de la copa. Ya empezaba a costarle ordenar las ideas. Todo quedaba envuelto en aquella agradable confusión, en el calor que se difundía por las articulaciones. Se puso un poco más de vino. Miró por la ventana, el hielo que abrazaba las islas, mientras que la mano, como con voluntad propia, llevaba la copa a los labios.

Tenía que averiguar lo que pasaba. Si la grieta que tenía bajo los pies era real o imaginaria. Y de una cosa estaba segura: si la danza terminaba, no sería con un paso discreto. Pensaba bailar dando taconazos y moviendo los brazos hasta que solo quedasen las migajas de aquel matrimonio. Ella no lo quería, pero eso no implicaba que estuviese dispuesta a dejarlo ir.

Maja no se fue sin protestar cuando Erica fue a buscarla a casa de Anna. Jugar con los primos era demasiado divertido como para irse a casa. Pero tras una breve negociación, Erica consiguió ponerle el mono y sentarla en el coche. Le resultaba un tanto extraño que Patrik no hubiese vuelto a llamarla pero, por otro lado, tampoco ella lo había telefoneado. Aún no había maquinado cómo iba a contarle la excursión de hoy, pero algo tendría que decirle, porque debía entregarle a Patrik aquellos dibujos cuanto antes. Algo le decía que eran importantes, que la Policía debía verlos. Ante todo, tenían que hablar de ellos con Christian. En el fondo, le apetecía más hacerlo ella, pero sabía que ya tendría bastante con lo del viaje a Gotemburgo. No podía seguir actuando a espaldas de Patrik.

Cuando aparcó delante de la casa, vio por el retrovisor que la seguía un coche de policía. Sería Patrik, seguramente, pero ¿por qué no iba en su coche? Sacó a Maja de la silla sin dejar de mirar el coche policial que ya estaba aparcando al lado del suyo. Vio con sorpresa que no era Patrik sino Paula quien iba al volante.

—Hola, ¿dónde te has dejado a Patrik? —preguntó Erica acercándosele.

—Está en casa —respondió Paula saliendo del coche—. Lo vi tan agotado que le he ordenado que se quede a descansar. Me he extralimitado en mis atribuciones, pero me ha hecho caso. —Se echó a reír, pero la carcajada no fue capaz de disipar la preocupación de su semblante.

—¿Ha ocurrido algo? —preguntó Erica. El miedo la invadió de pronto. Que ella supiera, Patrik jamás había vuelto del trabajo tan temprano.

—No, qué va. Es solo que, según creo, últimamente está trabajando mucho. Parece destrozado. Así que he conseguido convencerlo de que no nos sería de ninguna utilidad si no descansaba un poco.

—¿Y él ha aceptado? ¿Así, sin más?

—Bueno, no, hemos llegado a un acuerdo. Ha aceptado porque, a cambio, le traería a casa el material de la investigación. Iba a dejárselo en la entrada, pero bueno, se lo das tú —dijo entregándole una bolsa de papel llena de documentos.

—Eso ya me parece más verosímil —contestó Erica, ya más tranquila. Si no podía dejar el trabajo, significaba que aún conservaba más o menos buena salud.

Le dio las gracias a Paula y se llevó la bolsa hasta la entrada. Maja la seguía dando saltitos. Erica sonrió al ver la nota de Patrik. Pues sí, desde luego, se habría llevado un susto de muerte si hubiese oído ruido en el piso de arriba antes de saber que él estaba en casa.

Maja empezó a llorar de pura frustración al ver que no podía quitarse los zapatos y Erica se apresuró a calmarla.

—Calla, cariño. Papá está arriba durmiendo. No lo vayamos a despertar.

Maja abrió los ojos atónita y se puso el dedo en los labios. «¡Chist!», dijo en voz alta, mirando hacia la escalera. Erica le ayudó a quitarse los zapatos y el mono y la pequeña echó a correr camino de sus juguetes, que estaban esparcidos por toda la sala.

Erica se quitó el abrigo con esfuerzo y se dio un poco de aire con el jersey. Últimamente, sudaba a todas horas. Tenía una obsesión profundamente arraigada con la idea de oler a sudor, de ahí que se cambiara de jersey dos o tres veces al día y se pasaba el desodorante tan a menudo que Nivea debía de haber advertido un incremento notable en las ventas durante todo su embarazo.

Miró hacia el piso de arriba. Luego la bolsa de papel que Paula le había dejado. Hacia el piso de arriba y de nuevo hacia la bolsa. Luchaba consigo misma, aunque, con el corazón en la mano, sabía perfectamente que era una batalla que estaba condenada a perder. Resultaba del todo imposible resistir una tentación como aquella.

Una hora después, había terminado de leer toda la documentación que había en la bolsa. Pero no podía decirse que se le hubiesen aclarado las ideas. Al contrario, era un puro interrogante. Entre los documentos había, además, un montón de notas de Patrik: ¿Qué relación existe entre los cuatro? ¿Por qué fue Magnus el primero en morir? ¿Por qué estaba alterado aquella mañana? ¿Por qué llamó para decir que llegaría más tarde? ¿Por qué Christian empezó a recibir las cartas mucho antes que los demás? ¿Habría recibido Magnus alguna carta? De no ser así, ¿por qué? Páginas llenas de preguntas, y a Erica le daba muchísima rabia no tener una sola respuesta. Todo lo contrario, ahora tenía incluso alguna pregunta más que añadir: ¿Por qué no dejó Christian su nueva dirección cuando se mudó? ¿Quién le enviaba aquellos dibujos? ¿Quién era el monigote pequeño? Y, sobre todo,

¿por qué era Christian tan reservado con todo lo relativo a su pasado?

Erica comprobó que Maja seguía entretenida con los juguetes antes de volver a centrarse en el material. Lo único que quedaba era una cinta de casete sin etiqueta. Se levantó del sofá y fue a buscar su reproductor. Por suerte, la cinta entró bien, y Erica miró algo inquieta al piso de arriba, antes de darle a reproducir. Bajó el volumen tanto como fue posible sin apagarlo del todo y se pegó el reproductor al oído.

La cinta duraba veinte minutos. Erica la escuchó presa de la máxima tensión. Lo que se decía no aportaba, en esencia, nada nuevo. Pero hubo un comentario que la dejó petrificada, y rebobinó para oírlo una vez más.

Cuando hubo terminado, sacó la cinta del reproductor y la devolvió a la funda con el resto del material. Llevaba años haciendo entrevistas para sus libros, con lo que se le daba muy bien apreciar los detalles y los matices de lo que decían los entrevistados. Lo que acababa de oír era importante, de eso no cabía abrigar ninguna duda.

Ya se encargaría de ello a la mañana siguiente, bien temprano. Oyó que Patrik empezaba a moverse en el piso de arriba y, con una rapidez inaudita en los últimos meses, dejó la bolsa de papel en la entrada, volvió al sofá y fingió estar totalmente entregada a participar en los juegos de Maja.

La oscuridad se cernía sobre la casa. No había encendido ninguna lámpara, no tenía ningún sentido. Al final del camino no hace falta luz.

Christian estaba medio desnudo, sentado en el suelo, mirando fijamente la pared. Había pintado encima de las palabras en rojo. Había encontrado en el sótano una lata de pintura negra y una brocha. Tres veces pintó encima del color rojo en un intento de borrar su sentencia. Aun así, se le antojaba ver el texto con la misma claridad que antes.

Tenía las manos y todo el cuerpo lleno de pintura. Negra como la brea. Se miró la mano derecha. La tenía embadurnada y se la limpió en el pecho, pero el color negro no hacía más que extenderse.

Ella lo estaba esperando. Él lo supo en todo momento. Así y todo, había ido aplazándolo, se había engañado a sí mismo y casi había arrastrado a los niños consigo en la caída. El mensaje no podía ser más claro. *No los mereces.*

Vio al bebé en brazos. Y a aquella mujer a la que había querido. De pronto, deseó haber sido capaz de querer a Sanna. Nunca quiso hacerle daño. Pero la había engañado. No con otras mujeres, como Erik, sino de la peor forma imaginable. Porque él sabía que Sanna lo quería, y siempre le había dado lo justo para que ella pudiese vivir con la esperanza de que un día él también la querría. Pese a que era del todo imposible. Había perdido aquella capacidad. Desapareció junto con un vestido azul.

Los niños eran otra cosa. Ellos eran su carne y su sangre y la razón de que él tuviera que permitir que ella se lo llevara. Era la única forma de salvarlos, debería haberlo comprendido mucho antes de que hubiese ocurrido aquello. En lugar de convencerse de que no era más que un mal sueño y de que estaba a salvo. De que estaban a salvo.

Fue un error regresar, intentarlo de nuevo. Pero volver allí y tener cerca todo aquello era una tentación irresistible. Ni él mismo lo comprendía, pero la tentación surgió desde el instante en que se le presentó la posibilidad. Y creyó que, con ella, se le ofrecía otra oportunidad. La oportunidad de volver a tener una familia. Lo único que tenía que hacer era mantenerlos alejados y elegir a alguien que no le importase demasiado. Se había equivocado.

Las palabras que había pintadas en la pared eran la verdad. Quería a los niños, pero no los merecía. Tampoco fue merecedor de aquel otro bebé, ni de aquella cuyos labios sabían a fresas. Ellos tuvieron que pagar el precio. En esta ocasión, procuraría ser él el único que pagase.

Christian se levantó despacio y miró a su alrededor. Un oso de peluche manoseado en un rincón. Se lo habían comprado a

Nils cuando nació, y el pequeño le tenía tal cariño que, a aquellas alturas, había perdido casi todo el pelo. Los muñecos de acción de Melker, escrupulosamente colocados en una caja. Los trataba con muchísimo cuidado y, si su hermano pequeño los tocaba siquiera, le enseñaba los puños. Christian notó que vacilaba, que la duda empezaba a tomar cuerpo en su interior, y comprendió que debía alejarse de allí. Tenía que encontrarse con ella antes de que el valor lo abandonase.

Entró en el dormitorio para ponerse algo de ropa. Tanto daba el qué, eso había dejado de ser importante. Bajó la escalera, cogió la cazadora del perchero y le echó un último vistazo a la casa. Oscura y silenciosa. No se molestó en cerrar con llave.

Durante el breve paseo fue caminando con la vista fija en el suelo. No quería mirar a nadie, ni hablar con nadie. Necesitaba concentrarse en lo que iba a hacer, en la persona a la que iba a ver. Ya empezaban a picarle de nuevo las palmas de las manos, pero no les prestó la menor atención. Era como si el cerebro hubiese interrumpido la comunicación con el cuerpo, que ahora resultaba superfluo. Lo único importante era lo que tenía en la cabeza, las imágenes y los recuerdos. Ya no vivía en el presente. Solo veía lo que ya era historia, como una película que fuese pasando despacio, mientras la nieve crujía bajo sus pies.

Soplaba una leve brisa mientras caminaba hacia Badholmen. Sabía que tenía frío porque estaba temblando pero, aun así, no lo sentía. El lugar se extendía desierto ante su vista. Estaba oscuro y silencioso y no se veía a nadie. Pero él sentía la presencia de ella, exactamente igual que siempre. Allí sería donde pagaría su culpa. No cabía pensar en otro lugar. La había visto en el agua desde el trampolín, la había visto extendiendo los brazos en su busca. De modo que allí estaba.

Al pasar por la caseta de madera que había a la entrada del lugar de baño, la película que tenía en la mente empezó a pasar muy deprisa. Las imágenes eran como un cuchillo que estuviese cortándole el estómago, tan fuerte y agudo era el dolor. Se obligó a pasarlo por alto, a mirar al frente.

Puso el pie en el primer peldaño del trampolín y la madera cedió bajo las botas. Ya respiraba mejor, no había vuelta atrás. Iba mirando hacia arriba mientras subía. Los peldaños estaban resbaladizos por la nieve y fue agarrándose a la barandilla mientras dirigía la vista a la cima, a la negrura del cielo. Ni una estrella. Él no merecía las estrellas. Cuando se encontraba a medio camino supo que ella lo seguía. No se volvió a mirar, pero oyó los pasos que lo seguían. El mismo ritmo, la misma cadencia. Ella ya había llegado.

Una vez alcanzó la última plataforma, metió la mano en el bolsillo y sacó una cuerda que se había llevado de casa. Una cuerda que podría soportar el peso y pagar la culpa. Ella aguardaba en la escalera, mientras que él lo preparaba todo. Ataba, enrollaba, fijaba a la barandilla. Por un instante, se sintió inseguro. El trampolín estaba viejo y desgastado y la madera se había agrietado por la intemperie. ¿Y si no aguantaba? Pero su presencia lo tranquilizó. Ella no permitiría que fracasara. No después de haber esperado tanto tiempo y de haber alimentado su odio durante tantos años.

Cuando hubo terminado, se puso de espaldas a la escalera y con la mirada fija en la silueta de Fjällbacka. No se volvió hasta sentir que la tenía detrás.

No había ni rastro de alegría en sus ojos. Solo la certeza de que por fin, después de todo lo que había ocurrido, estaba dispuesto a pagar su culpa. Era tan hermosa como él la recordaba. Tenía el pelo mojado y a Christian le sorprendió que no se le hubiese congelado. Pero con ella nada era como cabía esperar. Nada podía ser como cabía esperar, tratándose de una sirena.

Lo último que vio antes de dar un paso al frente, hacia el mar, fue un vestido azul aleteando a la brisa estival.

–¿Cómo te encuentras? –preguntó Erica cuando Patrik bajó la escalera con el pelo revuelto tras haber descansado.

–Un poco cansado, eso es todo –dijo Patrik, que estaba muy pálido.

–¿Seguro? No tienes muy buen aspecto.

—Vaya, gracias. Paula me dijo lo mismo. Sería estupendo que las mujeres dejaran de decirme lo espantoso que estoy. Resulta un poco deprimente. —Esbozó una sonrisa, pero aún parecía medio dormido. Se inclinó y cogió al vuelo a Maja, que se le acercó corriendo.

»Hola, bonita. A ti al menos no te parece que papá tenga mal aspecto, ¿verdad? ¿Verdad que papá es el más guapo del mundo? —Le hizo cosquillas en la barriga y Maja rompió a reír.

—Ajá —dijo la pequeña asintiendo.

—Menos mal, por fin alguien que tiene un poco de buen gusto. —Se volvió hacia Erica y le dio un beso en los labios. Maja le cogió la cara e hizo un puchero en señal de que ella también quería participar en el besuqueo.

—Siéntate un rato con ella, voy a preparar un té y unos bocadillos —dijo Erica entrando en la cocina—. Por cierto, Paula te ha dejado una bolsa llena de documentos —le gritó, haciendo un esfuerzo por sonar lo más tranquila posible—. Está en la entrada.

—¡Gracias! —respondió Patrik. Erica oyó que se levantaba y, al cabo de un instante, entró en la cocina.

—¿Vas a trabajar esta noche? —le preguntó mirándolo de reojo mientras vertía el agua hirviendo en las tazas, que ya tenían la bolsita de té.

—No, creo que hoy me lo tomaré con calma, pasaré un rato tranquilo con mi querida esposa, me acostaré temprano y me quedaré en casa mañana por la mañana para revisarlo todo tranquilamente. A veces hay demasiado jaleo en la comisaría.

Exhaló un suspiro y se colocó detrás de Erica y la abrazó.

—Ya ni siquiera me alcanzan los brazos —murmuró escondiendo la cara en la nuca de su mujer.

—Ya, me siento como si fuera a estallar.

—¿Estás preocupada?

—Mentiría si dijera lo contrario.

—Lo haremos entre los dos —le dijo abrazándola más fuerte.

—Lo sé. Y Anna también me ha dicho que nos echará una mano. En realidad, creo que esta vez irá mejor, ahora que sé lo que me espera. Pero es que son dos de golpe.

—El doble de felicidad —sonrió Patrik.

—El doble de trabajo —observó ella dándose la vuelta para abrazarlo de frente, lo cual no resultaba tan fácil a aquellas alturas del embarazo.

Erica cerró los ojos y apoyó la mejilla en la de Patrik. Había estado pensando en cuál sería el mejor momento para hablarle de la escapada a Gotemburgo y llegó a la conclusión de que debía hacerlo aquella misma noche. Pero Patrik parecía tan cansado, y pensaba quedarse trabajando en casa al día siguiente, así que bien podía esperar hasta entonces. Además, de ese modo tendría tiempo de hacer aquello a lo que llevaba dando vueltas desde que oyó la cinta. Sí, así lo haría. Si conseguía alguna pista relevante para la investigación, quizá Patrik no se enfadara tanto cuando se enterase de que había andado metiendo las narices.

En realidad, no sufría demasiado por no tener amigos. Puesto que contaba con los libros. Pero a medida que se hacía mayor, iba echando de menos aquello que, según veía, sí tenían los demás. La compañía, el grupo, ser uno más entre varios. Porque él siempre estaba solo. La única que gustaba de su compañía era Alice.

A veces lo perseguían hasta casa desde el autobús de la escuela. Erik, Kenneth y Magnus. Iban hipando de risa mientras corrían tras él, más despacio de lo que podían. Su único objetivo era obligarlo a correr.

—¡Vamos, date prisa, gordinflón de mierda!

Y él corría y se despreciaba por ello. En su fuero interno, esperaba un milagro, que un día lo dejasen en paz, que lo vieran como una persona, que comprendieran que era alguien. Pero sabía que no era más que un sueño. Nadie se fijaba en él. Alice no contaba. Era «mongo». Así la llamaban ellos, sobre todo Erik. Solía alargar las vocales cuando la veía. Moooongoooo…

Alice solía estar esperándolo cuando llegaba en el autobús de la escuela. Él lo detestaba. Parecía normal, allí, esperándolo en la parada con la larga melena castaña recogida en una cola de caballo. Los ojos risueños y azules oteando ansiosos en su busca cuando los chicos del ciclo superior de la escuela de Tanumshede se bajaban. A veces sentía incluso un punto de orgullo cuando el autobús entraba en la parada y la veía por la ventana. Aquella belleza de largas piernas y pelo oscuro era su hermana.

Pero luego llegaba siempre el momento en que se bajaba y ella lo veía. Entonces se le acercaba con aquellos movimientos torpes, como si alguien tirase al tuntún de unos hilos invisibles que le sujetaran brazos y piernas.

Entonces gritaba su nombre con su articulación deficiente y los chicos aullaban de risa. ¡Moooongoooo!

Alice no se enteraba de nada y podría decirse que eso era lo que más lo humillaba, que seguía riendo feliz y a veces incluso los saludaba con la mano. Entonces él echaba a correr sin que nadie lo persiguiera, para huir de las carcajadas de Erik, que resonaban en todo el pueblo. Pero jamás podría escapar de Alice. Ella creía que aquello era un juego. Lo alcanzaba sin apenas esfuerzo y a veces se le arrojaba al cuello entre risas con tal fuerza que casi lo derribaba.

En aquellos instantes la odiaba tanto como cuando era pequeña y lloraba y le robaba la atención de su madre. Sentía deseos de atizarle en plena cara para que dejase de avergonzarlo. Jamás lo dejarían pertenecer al grupo mientras Alice lo esperase en la parada gritando su nombre y abrazándolo.

Lo que más deseaba en el mundo era ser alguien. No solo para Alice.

Cuando ella se despertó, Patrik dormía profundamente. Eran las siete y media y también Maja estaba dormida, aunque solía despertarse antes de las siete. Erica sentía una terrible desazón. Se había despertado varias veces durante la noche, pensando en lo que había oído en la cinta y le costó esperar a que llegase el día para ponerse con ello.

Se levantó de la cama con cuidado, se vistió, bajó a la cocina y puso el café. Tras el necesario chute de cafeína, miró el reloj con impaciencia. No era imposible que estuviesen levantados. Y habida cuenta de que tenían niños pequeños, era lo más probable.

Le dejó a Patrik una nota en la que, de un modo un tanto difuso, le explicaba que había ido a hacer un recado. Ya podía pasar un rato intrigado. De todos modos, se lo contaría detalladamente cuando volviera.

Diez minutos después aparcaba en Hamburgsund. Había llamado al servicio de información telefónica para averiguar dónde vivía la hermana de Sanna y encontró la casa enseguida. Era una casa grande de ladrillo de silicato de calcio y Erica contuvo la respiración mientras pasaba con el coche entre dos obeliscos de piedra que habían plantado demasiado juntos. Salir de allí marcha atrás resultaría una empresa de alto riesgo, pero a eso ya se enfrentaría a la hora de irse.

Se advertía movimiento en la casa y Erica constató aliviada que había acertado en sus suposiciones. Estaban despiertos. Llamó al timbre y pronto se oyeron pasos que bajaban por la escalera y una mujer que debía de ser la hermana de Sanna abrió la puerta.

—Hola —saludó Erica antes de presentarse—. Quisiera saber si Sanna está despierta... me gustaría hablar con ella.

La hermana de Sanna la miró con curiosidad, pero no le hizo ninguna pregunta.

—Claro, Sanna y los pequeños monstruos están despiertos, adelante.

Erica entró en el vestíbulo y se quitó el abrigo antes de seguir a la hermana de Sanna por una empinada escalera que las condujo a otro vestíbulo, donde giraron a la izquierda hasta llegar a una gran habitación diáfana que era cocina, comedor y sala de estar a un tiempo.

Sanna y los niños estaban desayunando con otros pequeños que debían de ser los primos: un niño y una niña que parecían algo mayores que los hijos de Sanna.

—Perdona que te moleste en medio del desayuno —se disculpó Erica mirando a Sanna—, pero me gustaría hablar contigo un momento.

Sanna no hizo amago alguno de levantarse. Se quedó sentada con la cuchara camino de la boca y como absorta en sus pensamientos. Pero luego dejó la cuchara y se levantó.

—Sentaos abajo, en la terraza, ahí estaréis tranquilas —dijo la hermana. Sanna asintió.

Erica la siguió escaleras abajo, atravesaron varias habitaciones más de la planta baja y llegaron a una terraza acristalada que daba a la parcela cubierta de césped y al pequeño centro comercial de Hamburgsund.

—¿Cómo estáis? —preguntó Erica cuando se hubieron sentado.

—Bien, creo. —Sanna estaba pálida y agotada, como si no hubiera dormido más que unos minutos—. Los niños preguntan por su padre a todas horas y yo no sé qué decirles. Tampoco sé si debo hacerles hablar de lo ocurrido. Estaba pensando llamar hoy a la sección de psiquiatría infantil y juvenil para que me aconsejaran.

—Me parece buena idea —dijo Erica—. Pero los niños son fuertes. Aguantan más de lo que uno cree.

—Sí, claro, supongo que sí. —Sanna tenía la mirada perdida. Luego se volvió hacia Erica—: ¿Qué querías preguntarme?

Como tantas otras veces, Erica no sabía cómo empezar. No tenía ninguna misión, nada que le diese derecho a hacer preguntas. La única explicación que podía ofrecer era la curiosidad. Y la consideración hacia las personas. Reflexionó un instante. Luego, se inclinó y sacó del bolso los dibujos.

Se levantó con el gallo. Era algo de lo que se sentía muy orgulloso y de lo que alardeaba en diversos contextos. «No puede uno dedicarse a entrenar para la actividad de la residencia de ancianos», solía decir satisfecho antes de explicar que se levantaba a las seis, como muy tarde. Su nuera le chinchaba a veces porque solía acostarse a las nueve de la noche.

–¿Y eso no es entrenamiento para la residencia de ancianos? –le decía con una sonrisa. Pero él se dedicaba a fingir muy dignamente que no oía tales comentarios. Él era una persona que aprovechaba todo el día.

Tras un buen desayuno con gachas, se sentaba a leer el periódico a conciencia mientras fuera iba amaneciendo. Para cuando terminaba, ya había clareado bastante y podía proceder a su habitual inspección matutina. Con los años, se había convertido en un hábito.

Se levantó y fue a buscar los prismáticos, que tenía colgados de un clavo, y se acomodó ante la ventana. La casa estaba en la pendiente, por encima de las cabañas, con la iglesia a la espalda, y desde allí la vista de la bocana del puerto era perfecta. Se llevó los prismáticos a los ojos y empezó el reconocimiento de izquierda a derecha. Primero, al vecino. Pues sí, ellos también estaban ya despiertos. No eran muchos los que ahora vivían allí durante el invierno, pero él tenía la suerte de ser vecino de uno de los pocos habitantes permanentes de la zona. De propina, la mujer de la casa tenía por costumbre pasearse por las mañanas en ropa interior. Rondaba los cincuenta, pero la muy granuja tenía un tipo estupendo, se dijo deslizando los prismáticos hacia el resto del paisaje.

Casas vacías, solo casas vacías. Algunas, totalmente a oscuras; otras, en cambio, tenían instalado un sistema de iluminación automática, así que se veía alguna que otra lámpara aquí y allá. Suspiró, como solía. Las cosas habían cambiado y todo era un desastre. Aún recordaba la época en que todas las casas estaban habitadas y siempre había en ellas movimiento. Ahora, en cambio, los veraneantes habían comprado casi todo y solo se les ocurría ir allí los tres meses de verano. Luego regresaban a las ciudades con un bronceado de lo más elegante del que hablar en sus fiestas hasta bien entrado el otoño: «Pues sí, nosotros hemos pasado todo el verano en nuestra casa de Fjällbacka. Quién pudiera vivir allí todo el año, qué paz, qué tranquilidad. Es ideal para relajarse». Naturalmente, no hablaban en serio. No sobrevivirían allí un solo día de invierno, cuando todo estaba cerrado y en calma y era imposible tumbarse en las rocas a tostarse.

Los prismáticos recorrieron la plaza de Ingrid Bergman. Estaba desierta. Había oído que los que se encargaban de la página web de Fjällbacka habían instalado una cámara para que la gente pudiera ver por el ordenador lo que ocurría en el pueblo en cualquier momento. Pues quien se entretuviera con eso debía de estar bien ocioso. No había mucho que ver, desde luego.

Giró los prismáticos y los orientó hacia la calle Södra Hamngatan, por delante de la ferretería Järnboden y en dirección al Brandparken. Se detuvo un instante en el bote de salvamento marítimo y se quedó admirándolo, como de costumbre. Qué maravilla. Siempre había tenido pasión por los barcos y *MinLouis* brillaba siempre resplandeciente en el muelle. Siguió el recorrido hacia Badholmen. Los recuerdos de juventud lo asaltaron como siempre que veía las cabañas y la valla de madera, tras la cual se cambiaba la gente. Los caballeros por un lado y las damas por otro. Aunque casi nunca era así.

Ya veía las rocas y el tobogán, que los niños solían usar a todas horas en verano. Y el trampolín, un tanto desmejorado, la verdad. Esperaba que lo reparasen y que no se les ocurriese derribarlo. De alguna manera, era inseparable de la imagen de Fjällbacka.

Dejó atrás el trampolín y contempló el agua, enfocando la isla de Valön. Entonces dio un respingo y volvió atrás con los prismáticos. Pero ¿qué demonios era aquello? Giró un poco la ruedecilla para obtener una visión más nítida. O mucho se engañaba o había algo colgado en el trampolín. Un bulto oscuro que se mecía levemente al viento. Apuntó de nuevo hacia el lugar. ¿Habrían estado los jóvenes haciendo de las suyas y habrían colgado allí una muñeca o algo parecido? Era imposible ver de qué se trataba.

Le pudo la curiosidad. Se puso el abrigo, se calzó unos zapatos a los que había fijado unas cintas con tacos y salió a la calle. Había olvidado cubrir de arena la escalinata, de modo que fue sujetándose a la barandilla para no resbalarse y caer. En la calzada era más fácil caminar y se apresuró cuanto pudo para alcanzar Badholmen.

Todo estaba en silencio absoluto cuando cruzó la plaza Ingrid Bergman. Pensó si no debería parar a alguien, si es que pasaba algún coche, pero decidió que no. No era necesario armar un escándalo si luego resultaba que no era nada.

Fue apretando el paso a medida que se acercaba. Solía dar un largo paseo dos o tres veces por semana, como mínimo, de modo que aún estaba en buena forma. Aun así, cuando llegó a los edificios de Badholmen, iba sin resuello.

Se detuvo un instante a tomar aliento. Al menos, quiso engañarse a sí mismo con ese pretexto. Lo cierto era que, en cuanto vio la oscura silueta con los prismáticos, experimentó una sensación de lo más desagradable. Se lo pensó un instante, pero al final respiró hondo y cruzó la entrada de la zona de baño. Aún no era capaz de mirar el trampolín, sino que iba con la vista clavada en los zapatos, mientras caminaba poniendo el mayor cuidado en no caerse y quedarse allí inmovilizado. Pero cuando estaba a pocos metros del trampolín, levantó la vista despacio hacia la plataforma.

Patrik se incorporó aún medio dormido. Algo zumbaba. Miró a su alrededor, incapaz de orientarse ni de identificar qué era lo que sonaba, hasta que se despabiló lo suficiente como para alargar el brazo en busca del móvil. Le había quitado el sonido, lo había dejado en vibración y el aparato saltaba nerviosamente sobre la mesita de noche. La pantalla brillaba en la penumbra.

—¿Sí?

Enseguida se despertó del todo y empezó a vestirse mientras escuchaba y formulaba alguna que otra pregunta. Minutos después estaba vestido y camino de la calle, cuando vio la nota de Erica y cayó en la cuenta de que, en efecto, no estaba con él en la cama. Soltó un taco y subió a toda prisa. Maja se había levantado y jugaba plácidamente en el suelo de su habitación. ¿Qué diablos se suponía que debía hacer? No podía dejarla sola en casa, desde luego. Llamó irritado al móvil de Erica, pero el tono de llamada sonaba sin cesar hasta que saltaba el contestador. ¿Dónde se habría metido a aquella hora tan temprana?

Colgó y marcó el número de Anna y Dan. Respiró aliviado al oír la voz de Anna y le explicó brevemente el motivo de la llamada. Dando zapatazos de impaciencia, aguardó en el vestíbulo los diez minutos que su cuñada tardó en meterse en el coche y llegar a su casa.

—Pues sí que andáis vosotros liados con tanta salida de urgencia. Ayer, Erica y su escapada a Gotemburgo, y hoy tú, que se diría que vas a apagar un incendio. —Anna se echó a reír y pasó delante de Patrik hacia el interior de la casa.

Él le dio las gracias rápidamente y echó a correr hacia el coche. Y hasta que no estuvo sentado al volante, no tomó conciencia del comentario de Anna. ¿Una escapada a Gotemburgo? No entendía nada. Pero eso tendría que esperar. Ahora tenía otras cosas en las que pensar.

En Badholmen estaban todos movilizados. Aparcó el coche delante del barco de salvamento marítimo y se dirigió medio corriendo a la isla. Torbjörn Ruud y sus técnicos ya estaban a lo suyo.

—¿Cuándo recibisteis la llamada? —preguntó Patrik a Gösta, que se le había acercado al verlo. Torbjörn y su equipo habían venido desde Uddevalla y, por lógica, no deberían haber llegado antes que él. Ni tampoco Gösta y Martin, que habrían salido de Tanumshede—. ¿Por qué no lo habían llamado antes?

–Annika lo ha intentado varias veces. Y, al parecer, también ayer noche. Pero no respondías.

Patrik sacó el móvil del bolsillo, dispuesto a demostrar que no era así. Pero cuando miró la pantalla, vio que tenía cinco llamadas perdidas. Tres de la noche anterior, dos de aquella mañana.

–¿Sabes por qué me llamó ayer? –preguntó Patrik maldiciendo la decisión de quitarle el sonido al móvil para poder relajarse aquella noche. Como cabía esperar, la primera vez en años que se permitía no pensar en el trabajo, ocurría algo.

–No tengo ni idea. Pero esta mañana te ha llamado por esto. –Señaló con la mano la plataforma del trampolín y Patrik se llevó un sobresalto. Había algo tan dramático y ancestral en la visión de aquel hombre meciéndose al viento con la cuerda al cuello.

–Joder –se lamentó. Pensó en Sanna y en los niños, en Erica–. ¿Quién lo ha encontrado? –Patrik intentaba adoptar su lado profesional, esconderse detrás del trabajo que debía realizar y relegar a un segundo plano las consecuencias de aquello. En aquellos momentos, Christian no podía ser un hombre con mujer e hijos, amigos y vida privada. En aquellos momentos tenía que ser una víctima, un misterio que resolver. Lo único que podía permitirse era constatar que había sucedido algo y que era su deber averiguar qué.

–Ese tipo de ahí. Sven-Olov Rönn. Vive en aquella casa blanca. –Gösta señaló una de las casas que había en la loma, por encima de la hilera de cabañas–. Al parecer, tiene por costumbre contemplar el paisaje con los prismáticos todas las mañanas. Y detectó algo en el trampolín. En un principio creyó que sería una broma, ocurrencia de alguna pandilla de chicos, pero cuando se acercó al sitio comprobó que era algo más serio.

–¿Se encuentra bien?

–Un poco conmocionado, claro, pero parece un tipo duro.

–No lo dejéis ir hasta que haya hablado con él –dijo Patrik antes de encaminarse adonde se encontraba Torbjörn, que estaba acordonando la zona alrededor del trampolín.

–Sí que nos tenéis ocupados –dijo Torbjörn.

–Créeme, preferiríamos que todo estuviera más tranquilo.

–Patrik se armó de valor para mirar otra vez a Christian. Tenía los ojos abiertos y la cabeza le colgaba un poco ladeada tras haberse roto el cuello. Parecía que tuviera la vista clavada en el agua. Patrik se estremeció.

–¿Cuánto tiempo tendrá que seguir ahí colgado?

–No mucho más. Ya solo tenemos que hacer unas fotos antes de bajarlo.

–¿Y el transporte?

–Está en camino –respondió Torbjörn en tono seco, como si quisiera continuar con el trabajo.

–Sigue con lo tuyo –le dijo Patrik antes de dejar a Torbjörn, que no tardó en ponerse a dar instrucciones a su equipo.

Patrik se acercó a Gösta y al vecino, que parecía muerto de frío.

–Hola, Patrik Hedström, policía de Tanum –dijo estrechándole la mano.

–Sven-Olov Rönn –respondió el hombre poniéndose firme.

–¿Cómo se encuentra? –preguntó Patrik examinando la expresión del hombre en busca de signos de conmoción. Sven-Olov Rönn estaba un poco pálido pero, por lo demás, parecía bastante sereno.

–Pues sí, me he llevado un buen susto –afirmó despacio–, pero en cuanto llegue a casa y me tome un trago, me repondré enseguida.

–¿No quiere hablar con un médico? –preguntó Patrik. El hombre lo miró espantado. Al parecer, pertenecía a esa clase de personas mayores que preferirían amputarse un brazo antes que ir al médico.

–No, no –dijo–, no hace ninguna falta.

–Muy bien –respondió Patrik–. Sé que ya ha estado hablando con mi colega –dijo señalando a Gösta–, pero ¿podría contarme a mí también cómo encontró… al hombre del trampolín?

–Pues sí, verá, yo siempre me levanto con el gallo –comenzó Sven-Olov Rönn, antes de referirle la misma historia que Gösta le había resumido minutos antes, aunque con más detalle. Tras hacerle unas preguntas, Patrik decidió dejar que el hombre se fuese a casa a entrar en calor.

—Por cierto, Gösta. ¿Qué significa esto? —preguntó pensativo.

—Lo primero que tenemos que averiguar es si lo hizo él solo. O si es la misma persona… —No concluyó la frase, pero Patrik sabía lo que estaba pensando.

—¿Algún indicio de lucha, resistencia o algo así? —preguntó Patrik a Torbjörn, que se detuvo en medio de la escalera de subida al trampolín.

—Nada, por ahora. Pero no hemos tenido tiempo de examinarlo bien —respondió—. Vamos a empezar con la sesión de fotografías —dijo blandiendo la gran cámara que llevaba en la mano—, ya veremos lo que encontramos después. De todos modos, lo sabrás inmediatamente.

—Bien. Gracias —dijo Patrik. Comprendía que, en aquellos momentos, no podía hacer mucho más. Y tenía otra misión que llevar a cabo.

Martin Molin se les unió, tan pálido como siempre que andaba cerca de un cadáver.

—Mellberg y Paula están en camino.

—Qué bien —dijo Patrik sin el menor entusiasmo, y tanto Gösta como Martin sabían que no era Paula quien inspiraba aquel tono de resignación.

—¿Qué quieres que hagamos? —preguntó Martin.

Patrik respiró hondo y trató de estructurar mentalmente un plan de acción. Tentado estaba de delegar en algún colega aquella tarea que tanto horror le inspiraba, pero su yo responsable tomó el mando y, después de otro suspiro, respondió:

—Martin, espera a Mellberg y a Paula. Con Mellberg no vamos a contar, se dedicará exclusivamente a ir de aquí para allá y estorbar a los técnicos. Pero llévate a Paula e id preguntando en todas las casas próximas a la entrada a Badholmen. La mayoría están ahora deshabitadas, así que no será muy ardua la tarea. Gösta, ¿me acompañas a hablar con Sanna?

A Gösta se le ensombreció la mirada.

—Claro, ¿cuándo nos vamos?

320

–Ahora mismo –dijo Patrik. Solo le interesaba acabar con aquello cuanto antes. Por un instante, pensó en llamar a Annika y preguntarle para qué lo había llamado el día anterior, pero ya la llamaría más tarde, en aquellos momentos, no tenía tiempo que perder.

Mientras se alejaban de Badholmen se esforzaron por no volver la vista hacia aquella figura, que aún se mecía al viento.

–Pues no lo entiendo. ¿Quién le habrá enviado esto a Christian? –Sanna miraba desconcertada los dibujos que había sobre la mesa. Alargó el brazo y cogió uno de ellos y Erica se felicitó por haber pensado en protegerlos metiéndolos en fundas de plástico, de modo que pudiesen mirarlos sin destruir posibles pruebas.

–No lo sé. Esperaba que tú tuvieras alguna pista al respecto.

Sanna meneó la cabeza.

–Ni idea. ¿Dónde los has encontrado?

Erica le refirió su visita a la antigua dirección de Christian en Gotemburgo, y le habló de Janos Kovács y de cómo este había guardado durante todos aquellos años las cartas que contenían los dibujos.

–¿Por qué te interesa tanto la vida de Christian? –preguntó Sanna llena de extrañeza.

Erica reflexionó un instante sobre cómo debía explicarle su modo de actuar. Ni ella misma lo sabía.

–Desde que supe lo de las amenazas empecé a preocuparme por él. Y, dada mi forma de ser, no puedo olvidar el asunto. Christian nunca cuenta nada, de modo que me puse a indagar por mi cuenta.

–¿Se los has mostrado a Christian? –preguntó Sanna cogiendo otro de los dibujos para examinarlo detenidamente.

–No, primero quería hablar contigo. –Guardó silencio unos segundos–. ¿Qué sabes del pasado de Christian? De su familia, de su juventud…

Sanna esbozó una sonrisa tristona.

—Prácticamente nada. No te puedes imaginar… nunca he conocido a nadie que hable tan poco de sí mismo. Todo aquello que siempre he querido saber de sus padres, dónde vivían, lo que hacía de niño, quiénes eran sus amigos… en fin, todo eso que uno pregunta cuando acaba de conocer a alguien, ya sabes… Christian siempre se mostró muy reservado al respecto. Me dijo que sus padres estaban muertos, que no tiene hermanos, que su infancia fue como la de todo el mundo, que no hay nada interesante que contar. —Sanna tragó saliva.

—¿Y no te pareció extraño? —preguntó Erica sin poder evitar un tono de compasión. Sanna luchaba por contener el llanto.

—Yo lo quiero. Y se irritaba tanto cuando empezaba a preguntarle… así que dejé de hacerlo. Yo solo quería… Solo quería que siguiera conmigo —dijo aquellas palabras en un susurro, con la vista clavada en el regazo.

Erica sintió el impulso de sentarse a su lado y abrazarla. Le pareció tan joven y tan vulnerable. No debía de ser fácil vivir con una relación así, sintiéndose siempre en desventaja. Porque Erica comprendía perfectamente qué era lo que Sanna estaba diciendo entre líneas: ella sí quería a Christian, pero él nunca la había querido a ella.

—De modo que no sabes a quién representa el monigote que aparece al lado de Christian, ¿no? —preguntó Erica con dulzura.

—Ni idea, pero esto debe haberlo dibujado un niño. Puede que tenga por ahí algún hijo de cuya existencia no sé nada. —Quiso soltar una risita, pero se le ahogó en la garganta.

—No te precipites en tus conclusiones. —Erica se angustió ante la idea de estar empeorándolo todo; Sanna parecía a punto de venirse abajo.

—No, pero la verdad es que alguna vez lo he pensado. Le he preguntado mil veces desde que empezamos a recibir las cartas, pero él insiste en que no sabe quién las envía. Aunque yo no sé si creerlo. —Sanna se mordió el labio.

—¿No ha mencionado nunca a ninguna antigua novia o algo así? ¿Alguna mujer con la que haya tenido una relación anteriormente? —Erica comprendió que estaba insistiendo demasiado, pero cabía la posibilidad de que Christian le hubiese dicho a Sanna algo al respecto, algo que Sanna hubiese enterrado en lo más hondo del subconsciente.

Pero la joven meneó la cabeza y rio con amargura:

—Créeme, si hubiese hecho alguna alusión a otra mujer, lo recordaría. Si hasta llegué a creer... —Guardó silencio, como arrepentida de haber comenzado la frase.

—¿Qué llegaste a creer? —la animó Erica, pero Sanna no se dejó convencer.

—Nada, tonterías mías. Yo tengo un problema, podría decirse que soy una mujer celosa.

Quizá no fuera tan raro, pensó Erica. Vivir con un extraño durante tanto tiempo, querer a alguien sin ser correspondido. Era normal caer en los celos. Pero no dijo nada, sino que optó por centrar la conversación en lo que había ocupado su pensamiento desde el día anterior.

—Ayer estuviste hablando con una colega de Patrik, Paula Morales.

Sanna asintió.

—Sí, fue muy amable conmigo. Y también Gösta se portó fenomenal. Me ayudó a lavar a los niños. Dile a Patrik que le dé las gracias de mi parte. Creo que no caí en agradecerle.

—No te preocupes, se lo diré —aseguró Erica haciendo una pausa antes de proseguir—. Verás, tengo la impresión de que hay algo en la conversación de ayer que Paula no entendió del todo.

—¿Y tú cómo lo sabes? —preguntó Sanna sorprendida.

—Paula grabó vuestra conversación y Patrik estuvo escuchándola en casa ayer tarde. No pude evitar oírla.

—Ajá —dijo Sanna, que pareció tragarse la mentira—. ¿Y qué fue lo que...?

—Sí, es que le dijiste a Paula algo de que Christian no lo había tenido fácil. Y daba la impresión de que estabas pensando en algo concreto.

Sanna se puso tensa. Desvió la mirada y empezó a alisar los flecos del tapete que había sobre la mesa.

—No sé qué...

–Sanna –la interrumpió Erica suplicante–. No es momento de guardar secretos para proteger a nadie, ni para proteger a Christian. Toda la familia está en peligro, no solo la vuestra, hay otras, pero podemos evitar que más personas sufran las consecuencias, como Magnus. No sé qué es lo que no quieres contar, ni por qué. Puede que no tenga nada que ver con esto y estoy convencida de que eso es lo que crees. De lo contrario, ya lo habrías contado, no me cabe duda. Sobre todo, teniendo en cuenta lo que ocurrió ayer con los niños. Pero ¿puedes estar completamente segura de que es así?

Sanna miraba por la ventana a un punto del infinito, más allá de los edificios, en dirección a las aguas heladas y a las islas. Guardó silencio unos minutos mientras Erica también permanecía callada y la dejaba debatirse consigo misma.

–Encontré un vestido en el desván. Un vestido azul –confesó Sanna al fin. Luego, empezó a hablarle de cómo le había pedido explicaciones a Christian, de su rabia y su inseguridad. Y de lo que él le había contado por fin. Del horror.

Cuando Sanna hubo concluido, se vino abajo. Se había quedado exhausta. Erica se había quedado atónita e intentaba digerir lo que la joven acababa de contarle. Pero le resultaba imposible. Había cosas que el cerebro humano se negaba a imaginar. Lo único que hizo fue extender la mano y coger la de Sanna.

Por primera vez en su vida, Erik se sintió dominado por el pánico. Christian estaba muerto. Estaba colgado, balanceándose como una marioneta en el trampolín de Badholmen.

Una agente de policía lo había llamado para avisarle. Le dijo que tuviera cuidado, y que podía ponerse en contacto con ellos cuando quisiera. Él le dio las gracias y le dijo que no creía que fuera necesario. Era incapaz de imaginar quién los estaba acosando de aquel modo, pero no pensaba quedarse a esperar su turno. Debía tomar el control y conservar el mando también en esta ocasión.

Tenía la camisa empapada de sudor, prueba concluyente de que no estaba tan tranquilo como pretendía. Aún tenía el teléfono en la mano y, con dedos torpes y presurosos, marcó el número de Kenneth. Oyó cinco tonos de llamada, hasta que saltó el contestador. Colgó indignado y soltó el móvil en la mesa. Intentó actuar de un modo racional y pensar en todo lo que tenía que hacer.

Sonó el teléfono. Dio un respingo y miró la pantalla. Kenneth.

—¿Sí?

—Es que no podía contestar —explicó Kenneth—. Tienen que ayudarme a ponerme los auriculares. No puedo coger el teléfono —dijo sin el menor indicio de autocompasión.

Erik pensó fugazmente que tal vez debiera haberse tomado la molestia de ir a ver a Kenneth al hospital. O al menos, de haberle enviado unas flores. En fin, no podía estar pendiente de todo y alguien tenía que quedarse al frente de la oficina, seguro que Kenneth lo comprendía.

—¿Cómo te encuentras? —preguntó intentando fingir que de verdad le interesaba.

—Bien —se limitó a responder Kenneth. Conocía bien a Erik y, seguramente, sabía que no preguntaba porque le importase de verdad.

—Tengo malas noticias. —Más valía ir al grano. Kenneth guardó silencio, a la espera de que continuara—. Christian está muerto. —Erik se aflojó el cuello de la camisa. El sudor seguía aflorando a raudales y tenía empapada la mano con la que sostenía el teléfono—. Acabo de enterarme. Me ha llamado la Policía. Ha aparecido colgado del trampolín de Badholmen.

Seguía el silencio.

—¿Eh? ¿Has oído lo que te acabo de decir? Christian está muerto. La agente que ha llamado no ha querido darme más detalles, pero no hay que ser un genio para comprender que esto es obra del mismo chalado responsable de todo lo demás.

—Sí, es ella —respondió Kenneth al fin con una serenidad heladora.

—¿A qué te refieres? ¿Tú sabes quién es? —Erik empezaba a gritar. ¿Acaso Kenneth sabía quién estaba detrás de aquello y no le había dicho nada? Si nadie se le adelantaba, él mismo lo mataría de una paliza.

—Y vendrá por nosotros también.

Era espeluznante lo impasible que sonaba y a Erik se le erizó el vello de los brazos. Se preguntó si Kenneth no se habría llevado también un golpe en la cabeza.

—¿Tendrías la bondad de hacerme partícipe de lo que sabes?

—Creo que a ti te reservará para el final.

Erik tuvo que contenerse para no estampar el móvil en la mesa de pura frustración.

—Ya, pero ¿quién es ella?

—¿De verdad que no lo has entendido todavía? ¿Has perjudicado y herido a tantas personas que no eres capaz de distinguirla a ella de la multitud? Para mí ha sido muy sencillo. Es la única persona a la que le he hecho daño en mi vida. No sé si Magnus sabía que iba detrás de él, pero sí sé que sufría. Tú, en cambio, no te has arrepentido nunca, ¿verdad, Erik? Tú jamás has sufrido ni has perdido el sueño por lo que hiciste. —Kenneth no estaba enojado ni lo estaba acusando, sino que seguía hablando impasible.

—¿De qué puñetas hablas? —le espetó Erik mientras pensaba febrilmente. Un recuerdo difuso, una imagen, una cara. Algo empezaba a despertar en su memoria. Algo que había enterrado en lo más hondo, como para que nunca más pudiera aparecer en la superficie de la conciencia.

Apretaba el teléfono con todas sus fuerzas. ¿Sería…?

Kenneth guardaba silencio y Erik no tuvo que decir que ya lo sabía. Su propio silencio hablaba por él. Apagó el teléfono sin despedirse, apagó el recuerdo a que lo habían obligado.

Después, abrió el correo y empezó a hacer lo que tenía previsto. Le corría mucha prisa.

Al ver el coche de Erica aparcado delante de la casa de la hermana de Sanna sintió en el estómago una inquietud terrible. Erica

326

tenía cierta tendencia a inmiscuirse en aquello que no le incumbía, y aunque a menudo admiraba a su mujer por su curiosidad y por su capacidad de transformarla en resultados, no le gustaba que se dedicase a algo tan parecido al trabajo policial. En realidad, querría proteger a Erica, a Maja y a los gemelos que estaban en camino de todo el mal que reinaba en el mundo, pero en el caso de su mujer, era misión imposible. Erica acababa siempre metida en el ajo, y Patrik comprendió que, seguramente, eso era lo que había ocurrido también en aquella investigación, aunque él aún no lo supiera.

—¿No es ese el coche de Erica? —preguntó Gösta lacónico cuando aparcaron detrás del Volvo color beis.

—Pues sí —respondió Patrik. Gösta no hizo más preguntas y se contentó con enarcar una ceja.

No tuvieron que llamar a la puerta. La hermana de Sanna ya les había abierto y los aguardaba con cara de preocupación.

—¿Ha ocurrido algo? —preguntó apretando la boca por la tensión.

—Queríamos hablar con Sanna —dijo Patrik sin responder a la pregunta. Habría querido tener allí a Paula también en esta ocasión, pero había salido cuando llamó y no quiso retrasar la visita a Sanna.

Su hermana se puso más nerviosa aún con la respuesta, pero se hizo a un lado y los invitó a pasar.

—Está en la terraza —dijo señalando el lugar.

—Gracias. —Patrik la miró—. ¿Podrías ocuparte de que los niños no anden por aquí cerca?

Tragó saliva.

—Sí, claro, yo me ocupo de ellos.

Los dos policías se encaminaron a la terraza y Sanna y Erica levantaron la vista cuando los oyeron llegar. Erica se sentía culpable y Patrik le indicó con un gesto que ya hablarían después. Se sentó al lado de Sanna.

—Por desgracia, te traigo una mala noticia —comenzó con serenidad—. Han encontrado a Christian muerto esta mañana.

Sanna se sobresaltó y enseguida se le llenaron los ojos de lágrimas.

—Todavía no sabemos gran cosa, pero estamos haciendo todo lo posible por averiguar qué ha sucedido —añadió.

—¿Cómo…? —Sanna empezó a temblar de pies a cabeza, incontroladamente.

Patrik vaciló un instante, no estaba seguro de cómo expresar lo que tenía que decir.

—Lo encontraron colgado del trampolín de Badholmen.

—¿Colgado? —Respiraba superficial y entrecortadamente y Patrik le puso la mano en el brazo para tranquilizarla.

—Es todo lo que sabemos, por ahora.

Sanna asintió, tenía la mirada vidriosa. Patrik se volvió hacia Erica y le dijo en voz baja.

—¿Podrías quedarte con los niños en lugar de su hermana y pedirle que venga mientras tú los cuidas?

Erica se levantó en el acto. Miró fugazmente a Sanna antes de dejar la terraza y, unos segundos después, oyeron sus pasos en la escalera. Cuando se dieron cuenta de que alguien bajaba, Gösta salió al pasillo para hablar con la hermana. Patrik le agradeció mentalmente que hubiese caído en la cuenta de no contárselo en presencia de Sanna, para que no tuviera que oírlo dos veces.

Al cabo de unos minutos, la hermana entró en la terraza, se sentó al lado de Sanna y la abrazó. Y así se quedaron mientras Patrik preguntaba si querían que llamara a alguien, si querían hablar con un pastor. Todas las preguntas amables a las que se aferraba en aquellos casos para no sucumbir a la idea de que en la primera planta había dos niños que acababan de perder a su padre.

Pero, finalmente, tuvo que irse y dejarlas solas. Tenía un trabajo que hacer, un trabajo que hacía por ellos. Sobre todo por ellos, por las víctimas y por los familiares de las víctimas, cuyo dolor tenía siempre presente durante las muchas horas que invertía en la comisaría intentando hallar la solución de casos más o menos complicados.

Sanna lloraba sin poder contenerse y Patrik cruzó una mirada con la hermana, que respondió a aquella pregunta no formulada con un gesto casi imperceptible. Patrik se levantó.

—¿Seguro que no queréis que llamemos a nadie?

—Llamaré a mis padres en cuanto pueda —dijo la hermana. Estaba pálida, pero lo bastante tranquila como para que Patrik se sintiera seguro dejándolas allí.

—Puedes llamarnos cuando quieras, Sanna —aseguró sin moverse de la puerta—. Y… —No estaba seguro de hasta dónde prometer, porque estaba a punto de ocurrirle lo peor que podía sucederle a un policía en plena investigación de asesinato, estaba perdiendo la esperanza de dar algún día con la persona que se hallaba detrás de todo.

—No olvides los dibujos —dijo Sanna entre sollozos señalando los papeles que había sobre la mesa.

—¿Qué es esto?

—Los ha traído Erica. Alguien se los envió a Christian a Gotemburgo, a la antigua dirección.

Patrik clavó la vista en los dibujos y los recogió despacio. ¿Qué se le había ocurrido a Erica esta vez? Tenía que hablar con su mujer cuanto antes, aquello precisaba una explicación con todas las de la ley. Al mismo tiempo, no podía negar que sintió cierta expectación al ver los dibujos. Si resultaban importantes para el caso, no sería la primera vez que Erica encontraba una pista decisiva por casualidad.

—Cuánto trabajo de canguro últimamente —dijo Dan cuando entró en casa de Erica y Patrik. Había llamado a Anna al móvil y, cuando ella le explicó dónde estaba, se dirigió a Sälvik.

—Pues sí, no sé muy bien en qué se ha metido Erica ni estoy segura de querer saberlo —dijo Anna acercándose a Dan y poniéndole la cara para que le diera un beso.

—No tendrán nada en contra de que me presente así, ¿verdad? —preguntó Dan. Maja se arrojó sobre él con tal ímpetu que estuvo a punto de derribarlo—. ¡Hola, chiquitina! ¿Cómo está mi chica? Porque tú eres mi chica, ¿sí? No habrás encontrado a un sustituto, ¿verdad? –dijo fingiendo estar enfurruñado. Maja reía entre hipidos y frotó la nariz con la de Dan, que lo interpretó como la confirmación de que aún era el primero de la lista.

–¿Te has enterado de lo que ha ocurrido? –preguntó Anna muy seria.

–Pues no, ¿qué ha pasado? –respondió Dan mientras subía y bajaba a Maja por los aires. Teniendo en cuenta lo alto que era, resultaba un viaje vertiginoso con el que Maja parecía encantada.

–No sé dónde andará Erica, pero Patrik iba a Badholmen. Esta mañana han encontrado allí a Christian Thydell colgado.

Dan se detuvo a medio camino, con Maja cabeza abajo. La pequeña creyó que era parte del juego y chillaba y reía más alto aún.

–¿Qué me dices? –preguntó Dan dejando a Maja en la alfombra.

–No sé más que lo que Patrik me dijo antes de salir de aquí a toda prisa, pero el caso es que Christian está muerto. –Anna no conocía mucho a Sanna Thydell, se la había cruzado alguna que otra vez, como suele suceder con quienes viven en Fjällbacka. En aquellos momentos, recordó a sus dos hijos.

Dan se sentó apesadumbrado a la mesa de la cocina y Anna intentó ahuyentar las imágenes de la retina.

–Maldita sea –dijo Dan mirando por la ventana–. Primero Magnus Kjellner y ahora Christian. Y Kenneth Bengtsson está en el hospital. Patrik debe de estar desbordado.

–Pues sí –confirmó Anna, que le estaba sirviendo a Maja un vaso de zumo.

–Bueno, pero hablemos de otra cosa, ¿de acuerdo? –Anna era muy sensible a las desgracias ajenas y era como si el embarazo lo agudizara. No soportaba oír que la gente sufría.

Dan lo comprendió enseguida y la atrajo hacia sí. Cerró los ojos, le puso la mano en la barriga y separó los dedos.

–Este pequeño no tardará, cariño. Ya no tardará en venir.

A Anna se le iluminó la cara. Cuando pensaba en el niño, sentía que nada podía afectarle. Quería tanto a Dan... y al pensar que en sus entrañas crecía un ser que los unía sentía que estallaba de felicidad. Le acarició la cabeza y le dijo al oído:

—Tienes que dejar de decir «el pequeño». De hecho, tengo el presentimiento de que lo que hay aquí dentro es una princesita. Son patadas de bailarina —le dijo para provocarlo.

Después de las tres hijas de su primer matrimonio, Dan prefería tener un niño. Aunque Anna sabía que sería inmensamente feliz con lo que viniera, por el simple hecho de que era el hijo de ellos dos.

Patrik dejó a Gösta en Badholmen. Tras reflexionar unos minutos, se fue a casa. Tenía que hablar con Erica. Averiguar lo que sabía.

Al llegar a casa, lanzó un suspiro. Anna seguía allí y no quería involucrarla en la discusión que mantuviera con Erica. Su mujer tenía la mala costumbre de hacer piña con su hermana y a Patrik no le atraía lo más mínimo la idea de tener a dos púgiles en el rincón opuesto del *ring*. Pero, tras darle las gracias a Anna —y a Dan, al que encontró también en casa, como refuerzo de la canguro—, intentó hacerles entender que quería estar a solas con Erica. Anna lo captó enseguida y se llevó a Dan, que antes tuvo que conseguir que Maja lo dejase marchar.

—Supongo que Maja no irá hoy a la guardería —dijo Erica en tono jovial, mirando el reloj.

—¿Qué hacías en casa de la hermana de Sanna Thydell? ¿Y qué fuiste a hacer ayer a Gotemburgo? —preguntó Patrik con voz severa.

—Ah, sí, verás… —Erica ladeó la cabeza y adoptó la expresión más encantadora que le fue posible. Al ver que Patrik no reaccionaba, dejó escapar un suspiro y comprendió que más le valía confesar. De todos modos, tenía pensado hacerlo, solo que Patrik se le adelantó.

Se sentaron en la cocina. Patrik cruzó las manos y le clavó la mirada. Erica reflexionó unos minutos, hasta que decidió por dónde empezar.

Y le contó que siempre le había extrañado que Christian fuese tan reservado con su pasado. Que había decidido investigarlo y que por eso fue a Gotemburgo, a la dirección que tenía antes de mudarse a Fjällbacka. Le habló del húngaro encantador al que había conocido, de las cartas que seguían llegando a nombre de Christian, pero que él nunca recibió, puesto que no dejó la nueva dirección. Y además, se armó de valor y le contó que había leído el material de la investigación y que no había podido resistir la tentación de oír la grabación. Que oyó algo que le llamó la atención y que sintió el impulso de indagar hasta el fondo. De ahí la visita a Sanna. Y le explicó lo que Sanna le había contado acerca del vestido azul y toda aquella historia demasiado horrenda como para poder comprenderla. Cuando terminó estaba sin aliento y apenas se atrevía a mirar a Patrik, que no se había movido ni un milímetro desde que ella empezó a hablar.

Pasó un buen rato sin decir nada, mientras Erica tragaba saliva y se preparaba mentalmente para el rapapolvo de su vida.

—Yo solo quería ayudarte —añadió—. Últimamente pareces agotado.

Patrik se puso de pie.

—Ya hablaremos de esto después. Ahora tengo que ir a la comisaría. Me llevo los dibujos.

Erica se lo quedó mirando mientras se alejaba. Era la primera vez, desde que se conocieron, que Patrik se marchaba de casa sin darle un beso.

No era propio de Patrik no llamar por teléfono. Annika lo había telefoneado varias veces desde el día anterior, pero solo le había dejado un mensaje pidiéndole que le devolviera la llamada: había encontrado algo que quería contarle personalmente.

Cuando por fin llegó a la comisaría parecía tan cansado que de nuevo le invadió la preocupación. Paula le dijo que le había dado órdenes de quedarse en casa y recuperarse un poco, y Annika aplaudió la idea sin comentarla. También ella había pensado hacer algo parecido muchas veces en las últimas semanas.

—Me habías llamado —dijo Patrik entrando en el despacho de Annika, detrás del mostrador de recepción. Annika hizo girar la silla de escritorio.

—Sí, y no puede decirse que hayas reaccionado como un rayo para devolverme la llamada —respondió mirándolo por encima de las gafas, aunque no en tono de reproche, sino solo de preocupación.

—Lo sé —respondió Patrik sentándose en la silla que había contra la pared—. He tenido demasiado jaleo.

—Deberías cuidarte. Tengo una amiga que llegó al límite hace unos años y aún no se ha recuperado del todo. Si abusas, cuesta mucho reponerse.

—Sí, lo sé —dijo Patrik—. Pero no es para tanto. Solo un montón de trabajo. —Se pasó la mano por el pelo y se inclinó y apoyó los codos en las rodillas—. ¿Qué querías?

—He terminado con mis indagaciones sobre Christian. —Guardó silencio. Acababa de caer en la cuenta de dónde había estado Patrik aquella mañana—. ¿Qué tal ha ido? —preguntó en voz baja—. ¿Cómo ha recibido Sanna la noticia?

—¿Cómo se puede recibir algo así? —repuso Patrik y asintió para indicarle que podía continuar, que no quería hablar de la noticia que acababa de dar.

Annika carraspeó antes de empezar.

—De acuerdo, para empezar, Christian no figura en nuestros registros. Nunca ha sufrido ninguna condena ni ha sido sospechoso de nada. Antes de mudarse a Fjällbacka, vivió varios años en Gotemburgo. Allí fue a la universidad y luego estudió a distancia para ser bibliotecario. Esa facultad está en Borås.

—Ajá… —respondió Patrik impaciente.

—Además, nunca había estado casado antes de conocer a Sanna y no tiene más hijos que los de este matrimonio.

Annika guardó silencio.

—¿Eso es todo? —preguntó Patrik sin poder ocultar la decepción.

—No, todavía no he llegado a lo más interesante. Descubrí enseguida que Christian se quedó huérfano a la edad de tres años. Por cierto que nació en Trollhättan, y allí vivía cuando su madre murió. Del padre no se supo nunca nada. Y decidí seguir indagando por ahí.

Sacó un papel y empezó a leer de carrerilla, mientras Patrik la escuchaba con vivo interés. Annika se dio cuenta de que Patrik le daba vueltas a todo tratando de relacionar la nueva información con lo poco que ya sabían.

—Es decir, que a los dieciocho años recuperó el apellido de su madre, Thydell —concluyó Patrik.

—Sí, también he encontrado bastante información sobre ella. —Le entregó el folio a Patrik, que lo leyó ansioso de respuestas.

—Hay varias pistas por las que empezar a desliar la madeja —dijo Annika al ver la tensión de Patrik. Le encantaba rebuscar en los registros e investigar acerca de detalles nimios, insignificantes, que terminaban componiendo una imagen global. La cual, en el mejor de los casos, les permitía avanzar en la investigación.

—Sí. Y ya sé por qué pista empezar —dijo Patrik poniéndose de pie—. Empezaré por un vestido azul.

Annika lo miraba atónita mientras él se alejaba. Por Dios bendito, ¿qué habría querido decir Patrik?

Cecilia no se extrañó al abrir la puerta y ver quién había al otro lado. En realidad, lo esperaba. Fjällbacka era un pueblo pequeño y los secretos siempre terminaban por salir a la luz.

—Pasa, Louise —le dijo haciéndose a un lado. Tuvo que contener el impulso de llevarse la mano a la barriga, tal y como había empezado a hacer cuando le confirmaron que estaba embarazada.

—Erik no estará aquí, espero —dijo Louise. Cecilia se dio cuenta de que estaba borracha y, por un instante, sintió un punto de compasión por ella. Ahora que la pasión del enamoramiento se había acabado comprendía el infierno que tenía que ser vivir con Erik. Seguramente, también ella habría terminado por darle a la botella.

—No, no está aquí, pasa —repitió encaminándose a la cocina. Louise la siguió. Como de costumbre, iba muy elegante, con ropa cara de corte clásico y joyas de oro, pero muy discretas. Cecilia se sintió como una andrajosa con la ropa de estar en casa. No recibiría a la primera cliente hasta la una de la tarde, de modo que se había permitido quedarse en casa tranquilamente aquella mañana. Además, sentía náuseas casi permanentes y no podía llevar el mismo ritmo de siempre.

—Han sido tantas. Al final, una termina cansándose.

Cecilia se dio la vuelta sorprendida. No era así como había imaginado que empezaría. Más bien se había preparado para un torrente de rabia y de acusaciones. Pero Louise solo parecía estar triste. Y cuando Cecilia se sentó a su lado, advirtió las grietas que surcaban aquella fachada elegante. Tenía el pelo sin brillo, las uñas mordidas y la laca desconchada. Llevaba la blusa mal abotonada y se le había salido un poco de la cinturilla del pantalón.

—Lo he mandado al infierno —dijo Cecilia, y se dio cuenta de lo aliviada que se sentía por ello.

—¿Por qué? —preguntó Louise en tono apático.

—Ya me ha dado lo que quería.

—¿El qué? —Louise tenía la mirada vacía y ausente.

Cecilia sintió de pronto una gratitud tan inmensa que respiró aliviada. Ella nunca sería como Louise, era más fuerte que ella. Aunque quizá Louise también hubiese sido fuerte en su día. Quizá también hubiese abrigado un sinfín de expectativas y hubiese tenido la firme voluntad de que todo saliera bien. Pero aquellas esperanzas se habían esfumado. Ya solo quedaba el vino y muchos años de mentiras.

Por un instante, Cecilia consideró la posibilidad de mentirle o, al menos, de ocultarle la verdad un tiempo. Llegado el momento, sería evidente. Pero comprendió que debía contárselo, que no podía mentirle a alguien que había perdido todo lo que valía la pena tener.

—Estoy embarazada. De Erik —dijo, y se impuso el silencio unos instantes—. Le dejé bien claro que lo único que quiero es que contribuya económicamente. Lo amenacé con contártelo todo.

Louise soltó una risita amarga. Luego, empezó a reír. Una risa cada vez más estentórea y chillona. Después, afluyó el llanto, mientras Cecilia la observaba fascinada. Aquella tampoco era la reacción que esperaba. Louise era, ciertamente, una caja de sorpresas.

—Gracias —dijo Louise cuando se hubo calmado.

—¿Por qué me las das? —preguntó Cecilia llena de curiosidad. Siempre le había gustado aquella mujer. Solo que no tanto como para no follarse a su marido.

—Porque acabas de darme una patada en el trasero. Y la necesitaba. Mira qué pinta tengo —dijo señalando la camisa mal abrochada, cuyos botones casi hizo saltar mientras intentaba colocarlos bien. Le temblaban los dedos.

—De nada —dijo Cecilia, incapaz de evitar la risa ante lo cómico de la situación—. ¿Qué piensas hacer?

—Lo que has hecho tú. Decirle que se vaya a la mierda —respondió Louise con vehemencia y ya sin la mirada ausente del principio. La sensación de que aún tenía poder sobre su vida había vencido a la resignación.

—Primero, procura no irte con las manos vacías —dijo Cecilia secamente—. Es verdad que Erik me gustaba mucho, pero sé qué clase de hombre es. Te pondrá de patitas en la calle y sin blanca si lo dejas. Los hombres como Erik no aceptan que los abandonen.

—No te preocupes. Procuraré sacar el máximo posible —aseguró Louise remetiendo la blusa, ya bien abotonada, por dentro de la cinturilla—. ¿Qué aspecto tengo? ¿Se me ha corrido el maquillaje?

—Un poco. Espera, te lo arreglo. —Cecilia se levantó, cogió un poco de papel de cocina, lo humedeció bajo el grifo y se colocó delante de Louise. Con mucho cuidado, fue retirando el rímel de las mejillas. Se detuvo de repente al sentir la mano de Louise en la barriga. Ninguna de las dos dijo nada, hasta que Louise le susurró:

—Ojalá sea un chico. Las niñas siempre han querido tener un hermano.

—Joder —dijo Paula—. Es lo más repugnante que he oído.

Patrik le había contado lo que Sanna le había dicho a Erica, y Paula le lanzó una mirada fugaz desde su puesto al volante. Después de la experiencia casi mortal del día anterior, no pensaba dejarlo conducir hasta que no hubiera descansado un poco.

—Pero ¿qué tiene que ver eso con la investigación? De eso hace muchos años.

—Pues sí, treinta y siete, para ser exactos. Y no sé si tiene algo que ver, pero todo parece girar en torno a la persona de Christian. Creo que hallaremos la respuesta en su pasado, que ahí está el vínculo con los demás. Si es que existe tal vínculo —añadió—. Puede que solo hayan sido espectadores inocentes y que hayan sufrido las consecuencias de encontrarse en el entorno de Christian. Pero eso es lo que debemos averiguar y más vale que empecemos por el principio.

Paula aceleró para adelantar a un camión y estuvo a punto de pasarse la salida de Trollhättan.

—¿Seguro que no quieres que conduzca yo? —preguntó Patrik angustiado, agarrándose bien.

—No, así te enterarás de lo que se siente —rio Paula—. Desde ayer, has perdido mi confianza. Por cierto, ¿has podido descansar algo? —Lo miró de reojo mientras aceleraba en una rotonda.

—Sí, la verdad —dijo Patrik—. Dormí un par de horas y luego pasé la tarde tranquilamente con Erica. Fue estupendo.

—Tienes que cuidarte.

—Sí, eso mismo me ha dicho Annika hace un momento. Ya podéis dejar de tratarme como si fuera un niño pequeño.

Paula miraba alternativamente entre los indicadores de la carretera y el plano de las páginas amarillas, y estuvo a punto de llevarse por delante a un ciclista que circulaba por el lado interior de la carretera.

—Deja que yo lea el plano. Lo de la capacidad femenina de ejecutar varias acciones simultáneas parece que no funciona —se burló Patrik.

—Tú ándate con cuidado —dijo Paula, aunque no parecía muy enojada.

337

—Si giras por aquí a la derecha, no tardaremos en llegar —señaló Patrik—. Esto va a ser de lo más interesante. Al parecer, aún conservan la documentación y la mujer con la que hablé por teléfono recordó el caso enseguida. Supongo que no es de los que caen en el olvido así como así.

—Qué bien que todo fuera tan fácil con el fiscal. A veces resulta complicado tener acceso a ese tipo de documentos.

—Pues sí —respondió Patrik, concentrado en el plano.

—Ahí —dijo Paula señalando la casa de los servicios sociales de Trollhättan.

Minutos después los recibía Eva-Lena Skog, la mujer con la que Patrik había hablado por teléfono.

—Pues sí, somos muchos los que recordamos aquella historia —aseguró dejando sobre la mesa una carpeta amarillenta—. Hace ya tantos años, pero un caso así no se olvida fácilmente —dijo apartando un mechón canoso. Parecía el estereotipo de maestra de escuela, con la larga melena recogida en un moño bajo perfecto.

—¿Se sabía lo mal que estaban las cosas? —preguntó Paula.

—Sí y no. Habíamos recibido algunas denuncias e hicimos… —abrió la carpeta y pasó el dedo por el primer documento—, hicimos dos visitas domiciliarias.

—Pero no visteis nada que exigiera la intervención de las autoridades, ¿no? —preguntó Patrik.

—Es difícil de explicar, pero entonces eran otros tiempos —dijo Eva-Lena Skog con un suspiro—. Hoy habríamos intervenido muy pronto, pero entonces… bueno, sencillamente, no se hacían las cosas como ahora. Al parecer, la cosa iba por épocas, y, seguramente, las visitas tuvieron lugar en momentos en que ella se encontraba mejor.

—¿Y no reaccionó nadie, ni familiares ni amigos? —intervino Paula. Costaba creer que algo así pudiera suceder sin que nadie lo advirtiese.

—No tenían familia. Ni amigos tampoco, diría yo. Creo que vivían bastante aislados, por eso pasó lo que pasó. De no haber sido por el olor… —Tragó saliva y bajó la vista—. Desde entonces hemos avanzado mucho y algo así sería hoy imposible.

—Sí, esperemos que sí —dijo Patrik.

—Comprendo que necesitáis consultar el material para la investigación de asesinato que tenéis entre manos —explicó Eva-Lena Skog, y empujó la carpeta hacia ellos—. Pero lo trataréis con prudencia, ¿verdad? Solo cedemos este tipo de información en circunstancias extraordinarias.

—Seremos extremadamente discretos, te lo prometo —aseguró Patrik—. Y estoy convencido de que estos documentos nos ayudarán a avanzar en la investigación del caso.

Eva-Lena Skog lo miró con curiosidad mal disimulada.

—¿Y qué relación puede haber? Han pasado tantos años...

—Eso no puedo decírtelo —dijo Patrik. Lo cierto era que no tenía la más remota idea, pero por algún sitio debían empezar.

–¿*M*amá? –*Trató de despabilarla otra vez, pero ella seguía allí tumbada, inmóvil. No sabía cuánto tiempo llevaba así. Solo tenía tres años y aún no sabía la hora. Pero había anochecido dos veces. A él no le gustaba la oscuridad y a mamá tampoco. Tenían la luz encendida por las noches, él mismo la encendió cuando ya no se veía en el apartamento. Luego se acurrucó a su lado. Así solían dormir, juntos, muy juntos. Apretaba la cara contra el cuerpo blando de su madre. No tenía aristas, nada duro o que pinchara. Solo dulzura, calidez y seguridad.*

Pero aquella noche ya no estaba caliente. Él la había llamado y se había apretado contra ella más aún, pero su madre no reaccionaba. Entonces fue a buscar la manta que guardaban en el armario, aunque tenía miedo de sacar los pies de la cama cuando estaba oscuro, tenía miedo de los monstruos que había debajo. Pero no quería ni pasar frío ni que lo pasara su madre. La tapó cuidadosamente con aquella manta de rayas de olor tan raro. Aun así, ella no entró en calor, y él tampoco. Se quedó toda la noche, tiritando, con la esperanza de despertarse, de que aquel sueño tan extraño se acabara de una vez.

Cuando empezó a clarear el día, se levantó. La tapó bien con la manta, que se había movido durante la noche. ¿Cómo dormía tanto? Su madre nunca dormía hasta tan tarde. A veces se pasaba un día entero en la cama, pero se despertaba de vez en cuando. Hablaba con él y le pedía agua o alguna otra cosa. Los días que se quedaba en la cama decía cosas raras a veces. Cosas que a él lo asustaban. Incluso era capaz de gritarle, pero él prefería aquello a verla así, tan quieta y tan fría.

Le rugía el estómago de hambre. Quizá mamá pensara que era un niño muy listo si al despertar veía que había preparado el desayuno. La idea lo animó un poco y se dirigió a la cocina. *A medio camino tuvo una idea y dio media vuelta. Lo acompañaría el osito de peluche, no quería estar solo. Arrastrando el osito por el suelo, se encaminó a la cocina de nuevo. Un bocadillo. Era lo que mamá solía hacerle. Bocadillos de mermelada.*

Abrió el frigorífico. Allí estaba el tarro de la mermelada, con la tapa roja y fresas en la etiqueta. Y allí estaba la mantequilla. Las sacó despacio del frigorífico y las colocó en la encimera. Aquello empezaba a parecerse a una aventura. Alargó la mano hacia la panera y sacó dos rebanadas de pan. Abrió el primer cajón del mueble de la cocina y encontró un cuchillo de madera para untar mantequilla. Su madre no lo dejaba usar cuchillos de verdad. Untó minuciosamente de mantequilla una rebanada y de mermelada la otra, las juntó y ya estaba listo el bocadillo.

Abrió de nuevo el frigorífico y encontró un cartón de zumo en uno de los apartados de la puerta. Lo sacó con esfuerzo y lo colocó en la mesa. Sabía dónde estaban los vasos, en el armario que había encima de la panera. De nuevo se subió a la silla, abrió el armario despacio y cogió un vaso. Debía tener cuidado de que no se le cayera al suelo. Su madre se enfadaría si rompía un vaso.

Lo dejó en la mesa, puso el bocadillo al lado y arrastró la silla a su lugar. Se subió encima y se puso de rodillas para poder servir el zumo. El cartón pesaba bastante y él se esforzaba por mantenerlo encima del vaso, pero cayó tanto dentro como fuera, así que pegó la boca al hule y sorbió lo que se había derramado.

El bocadillo estaba riquísimo. Era el primero que hacía solo y lo devoró con ansia de varios bocados. Entonces se dio cuenta de que había sitio para otro, y ahora ya sabía cómo se preparaban. Lo orgullosa que estaría su madre cuando, al despertar, descubriera que él podía prepararse solo los bocadillos.

–¿Alguien ha visto algo? –Patrik hablaba por teléfono con Martin–. Ya, bueno, tampoco lo esperaba. Pero seguid de todos modos, nunca se sabe.

Colgó y le hincó el diente a la Big Mac. Se habían parado en McDonald's para almorzar y disponer de unos minutos para hablar de lo que harían después.

–Nada, ¿no? –dijo Paula, que lo había oído hablar mientras iba cogiendo patatas.

–Por ahora, no. No hay mucha gente que viva en esa zona en invierno, así que no es de extrañar que el resultado sea tan pobre.

–¿Y cómo ha ido la cosa en Badholmen?

–Ya se han llevado el cadáver –explicó Patrik dando otro mordisco a la hamburguesa–. Así que Torbjörn y sus hombres terminarán dentro de nada. Me prometió que me llamaría si encontraba algo.

–¿Y qué hacemos ahora?

Antes de empezar a comer repasaron las copias de los documentos que les habían entregado en los servicios sociales. Todo parecía encajar con lo que Sanna le había contado a Erica.

–Seguir adelante. Sabemos que a Christian lo dieron en adopción muy poco después, a una pareja apellidada Lissander, aquí en Trollhättan.

–¿Tú crees que vivirán aquí todavía? –preguntó Paula.

Patrik se limpió las manos a conciencia, hojeó los documentos hasta dar con el que buscaba y memorizó unos datos. Luego, marcó el número del servicio de información telefónica.

—Hola, quería saber si viven en Trollhättan unas personas llamadas Ragnar e Iréne Lissander. De acuerdo, gracias. —Se le iluminó la cara y asintió, confirmándole a Paula que tenía buenas noticias—. ¿Podrías mandarme la dirección en un *sms?*

—Así que siguen viviendo aquí, ¿eh? —Paula seguía comiendo patatas fritas.

—Eso parece. ¿Y si vamos allí y hablamos con ellos? ¿Tú qué dices?

Patrik se levantó y miró a Paula impaciente.

—¿No deberíamos llamar primero?

—No, quiero ver cómo reaccionan sin que estén avisados. Debe existir una razón para que Christian recuperase el apellido de su madre biológica, y para que nunca le hablara a nadie de su existencia, ni siquiera a su mujer.

—Puede que no viviera con ellos mucho tiempo.

—Sí, claro, pudiera ser, pero aun así, yo no creo… —Patrik trataba de expresar por qué tenía la firme sensación de que aquella era una pista que valía la pena seguir—. Por ejemplo, no se cambió el apellido hasta los dieciocho años. ¿Por qué tan tarde? Y, además, ¿por qué llevar el nombre de unas personas con las que no había vivido tanto tiempo?

—Sí, claro, en eso tienes razón —dijo Paula, aunque sin mucha convicción.

Como quiera que fuese, iban a enterarse muy pronto. No pasarían muchos minutos antes de que apareciese y encajase en su lugar una de las piezas que faltaban en el rompecabezas de Christian Thydell. O de Christian Lissander.

Erica dudaba, teléfono en mano. ¿Debía llamar o no? Pero finalmente decidió que la noticia no tardaría en hacerse pública y que sería mucho mejor que Gaby se enterase por ella.

—Hola, soy Erica.

Cerró los ojos mientras Gaby la abrumaba con su habitual verborrea incontenible hasta que la interrumpió en medio del torrente.

343

—Gaby, Christian está muerto.

Se hizo el silencio en el auricular. Luego oyó jadear a Gaby.

—¿Qué? ¿Cómo? —balbució—. ¿Ha sido la misma persona que…?

—No lo sé. —Erica volvió a cerrar los ojos. Las palabras que iba a pronunciar eran terribles e irrevocables—: Lo encontraron esta mañana, colgado de una cuerda. La Policía no sabe más por ahora. Ignoran si lo hizo él mismo o si… —Dejó la frase inacabada.

—¿Colgado? —Gaby volvía a jadear—. ¡No puede ser!

Erica guardó silencio un instante. Sabía que la información debía asentarse despacio antes de convertirse en realidad. Ella misma lo experimentó así cuando Patrik le dio la noticia.

—Te llamaré si me entero de algo más —aseguró Erica—. Pero te agradecería que mantuvieras al margen a los medios tanto tiempo como sea posible. Su familia ya está sufriendo bastante.

—Por supuesto, por supuesto —dijo Gaby, y pareció que lo decía de verdad—. Pero mantenme al corriente de las novedades.

—Te lo prometo —dijo Erica antes de colgar. Sabía que, aunque Gaby se abstuviera de llamar a la prensa, la noticia de la muerte de Christian no tardaría en ocupar las primeras páginas de los diarios. Se había convertido en un personaje célebre de la noche a la mañana y los periódicos comprendieron enseguida que su nombre vendería muchos ejemplares. Su muerte dominaría todas las noticias de los próximos días, de eso estaba segura. Pobre Sanna, pobres niños.

Erica apenas fue capaz de mirarlos el rato que estuvo con ellos en casa de la hermana de Sanna. Estuvieron jugando en el suelo con una montaña de piezas de lego. Un juego sin tristeza, alegre, tan solo interrumpido por la riña habitual entre hermanos. No parecían ya afectados por la experiencia del día anterior, pero quizá la llevasen dentro. Quizá se les hubiese quebrado algo por dentro, aunque no se les notase por fuera. Y ahora habían perdido a su padre. ¿Cómo afectaría aquello a sus vidas?

Ella se había quedado todo el rato sentada en el sofá, sin moverse. Y al final se obligó a mirarlos, a ver cómo las dos cabezas discutían, muy juntas, dónde debía ir la sirena de la ambulancia.

Tan parecidos a Christian y también a Sanna. Ellos serían lo único que quedase de Christian. Ellos y el libro. *La sombra de la sirena.* Erica tuvo entonces el impulso de leer la historia una vez más, como un homenaje a Christian. Primero fue a ver a Maja, que estaba durmiendo. Con el jaleo de la mañana, no había llevado a la pequeña a la guardería. Le acarició la melena rubia que descansaba sobre el almohadón. Luego, fue a buscar el libro, se acomodó en el sillón y lo abrió por la primera página.

Enterrarían a Magnus dentro de dos días. Dentro de dos días quedaría bajo tierra. En un agujero.

Cia no había salido desde que recibió la noticia del hallazgo del cadáver. No soportaba que la gente se la quedase mirando, no soportaba las miradas que, con un toque de compasión, se preguntaban qué habría hecho Magnus para merecer aquella muerte. Ni las especulaciones de que tal vez hubiese buscado la desgracia por su propia mano.

Sabía lo que decían, llevaba muchos años oyendo ese tipo de habladurías. No era de las que contribuían activamente, desde luego, pero sí escuchaba sin protestar.

«No hay humo sin fuego.»

«A saber cómo pueden permitirse ir a Tailandia, seguro que trabaja sin cotizar.»

«Pues sí que ha empezado a ponerse camisetas escotadas, así, de repente, ¿a quién querrá impresionar?»

Cotilleos aislados, tomados fuera de contexto y ensamblados hasta formar una mezcla de realidad e invención. Hasta que al final cobraban carta de naturaleza.

Bien imaginaba ella qué historias contarían en el pueblo. Pero mientras pudiera quedarse en casa, no le importaba. Apenas era capaz de pensar en el vídeo que Ludvig le había enseñado a los policías el día anterior. No mintió cuando dijo que no sabía nada de aquella grabación. Pero, al mismo tiempo, la hizo recapacitar porque, claro que, de vez en cuando, había tenido la impresión de que había algo que Magnus no le contaba. ¿O sería una construcción mental posterior, ahora que se había removido todo de la forma más desconcertante? Pero creía recordar que, en ocasiones, una honda melancolía hacía presa en su marido, por lo general tan alegre. Lo abatía como una sombra, como un eclipse de sol. Alguna vez incluso le preguntó. Sí, claro que lo recordaba. Le acarició la mejilla y le preguntó en qué pensaba. Y él siempre reaccionaba igual, se iluminaba de nuevo. Ahuyentaba la sombra antes de que ella tuviese ocasión de ver demasiado.

—En ti, cariño, ¡qué preguntas haces! —respondía él inclinándose para darle un beso.

También había llegado a suceder que ella sintiera que algo lo apesadumbraba incluso cuando no se le notaba en la cara. Pero ella siempre desechaba aquellos presentimientos. Ocurría tan rara vez y, además, no tenía nada concreto en lo que basarse.

Pero desde el día anterior, no había podido dejar de pensar en ello. En la sombra. ¿Era esa sombra la causa de que él ya no estuviera con ella? ¿De dónde habría salido? ¿Por qué Magnus no le dijo nunca una palabra? Ella había vivido en la creencia de que se lo contaban todo, de que ella lo sabía todo de él, y viceversa. ¿Y nunca fue así? ¿Y si ella no tenía ni idea de nada?

La sombra crecía cada vez más en su conciencia. Veía la cara de Magnus ante sí. No el semblante alegre, cálido y cariñoso a cuyo lado Cia había tenido la fortuna de despertarse cada mañana de los últimos veinte años, sino la cara de la grabación de vídeo. Aquella cara distorsionada por la desesperación.

Cia se cubrió el rostro con las manos y se echó a llorar. Ya no estaba segura de nada. Era como si Magnus hubiera muerto por segunda vez, y Cia no podría sobrevivir a esa segunda pérdida.

Patrik tocó el timbre y, un instante después, se abrió la puerta. Un hombrecillo de piel reseca asomó la cara.

—¿Sí?

—Soy Patrik Hedström, de la Policía de Tanum. Y esta es mi colega Paula Morales.

El hombre los observaba con suma atención.

346

—Pues vienen de muy lejos. ¿En qué puedo ayudarlos? —preguntó con cierta reserva.

—¿Es usted Ragnar Lissander?

—El mismo.

—Pues querríamos entrar y charlar un rato. A ser posible, con su mujer, si es que está en casa —dijo Patrik. Le habló con amabilidad, pero no cabía pensar que fuese una pregunta.

El hombre pareció dudar un instante. Luego, se apartó y los invitó a pasar.

—Mi mujer no se encuentra bien y está descansando. Pero iré a ver si puede bajar un rato.

—Estaría bien —insistió Patrik, sin saber si Ragnar Lissander pretendía que aguardasen en el recibidor mientras él subía.

—Entren y pónganse cómodos, no tardaremos —dijo el hombre, como respondiendo a la pregunta que Patrik no había formulado.

Patrik y Paula se encaminaron en la dirección que señalaba el brazo del hombre y vieron que, a la izquierda, había una sala de estar. Echaron un vistazo mientras oían los pasos de Ragnar Lissander subiendo hacia la primera planta.

—Qué aspecto más poco acogedor —dijo Paula en un susurro.

Patrik no podía por menos de estar de acuerdo. La sala de estar parecía una sala de exposiciones más que una casa. Todo relucía y los habitantes de la casa parecían tener debilidad por las figuritas. El sofá era de piel marrón y tenía delante la consabida mesa de cristal, sobre la que no se veía una sola huella y Patrik se estremeció ante la idea del aspecto que habría tenido aquella mesa de haber estado en su casa, con Maja dejando pegotes por todas partes.

Lo más sorprendente era que no había en la habitación ningún objeto personal. Ni fotografías, ni dibujos de los nietos, ni postales de amigos o familiares.

Se sentó despacio en el sofá y Paula se acomodó a su lado. Oyeron voces procedentes del piso de arriba, una conversación agitada, aunque no pudieron distinguir qué decían. Al cabo de unos minutos más de espera, oyeron pasos en la escalera y, en esta ocasión, de dos pares de zapatillas.

Ragnar Lissander apareció en la puerta. Era el vejete por definición, pensó Patrik. Gris, encogido e invisible. No se podía decir lo mismo de la mujer que venía detrás. No caminaba hacia ellos, se deslizaba, enfundada en una bata toda de volantes color melocotón. Cuando le estrechó la mano a Patrik, dejó escapar un suspiro.

—Espero sinceramente que se trate de algo lo bastante importante como para interrumpir mi descanso.

Patrik se sentía como en una película muda de los años veinte.

—Tenemos unas preguntas que hacerle —dijo sentándose otra vez.

Iréne Lissander se repantigó en el sillón que había enfrente, sin molestarse en saludar a Paula.

—En fin... Ragnar me ha dicho que vienen de... —Se volvió hacia su marido—. ¿Era Tanumshede?

El hombre asintió con un murmullo y se sentó en el borde del sofá, con las manos colgando entre las piernas y la vista clavada en el cristal reluciente de la mesa.

—No comprendo qué quieren de nosotros —dijo Iréne Lissander con altivez.

Patrik no pudo evitar mirar fugazmente a Paula, que hizo un gesto de desidia.

—Estamos investigando un asesinato —comenzó Patrik—. Y hemos dado con una pista que nos ha llevado atrás en el tiempo, a un suceso que sucedió aquí, en Trollhättan, hace treinta y siete años.

Patrik vio con el rabillo del ojo que Ragnar daba un respingo.

—En esa fecha, ustedes se convierten en padres de acogida de un niño.

—Christian —confirmó Iréne dando zapatazos de impaciencia. Llevaba unas zapatillas de casa de tacón alto con el dedo descubierto. Llevaba las uñas pintadas de un rojo chillón que no casaba con la bata.

—Exacto. Christian Thydell, que luego llevó su apellido. Lissander.

—Pero después se lo volvió a cambiar —dijo Ragnar con una calma que le valió una mirada asesina de su mujer. El hombre guardó silencio y volvió a hundirse en el sofá.

—¿Lo adoptaron?

—No, desde luego que no. —Iréne se apartó de la cara un mechón oscuro, claramente teñido—. Solo vivía con nosotros. Lo del nombre fue para… para que fuera más sencillo.

Patrik se quedó estupefacto. ¿Cuántos años había pasado Christian en aquel hogar, donde lo trataban como a un inquilino no deseado, a juzgar por la frialdad con que su madre de acogida hablaba de él?

—Ya veo. Y ¿cuánto tiempo vivió con ustedes? —Patrik oyó el resonar displicente de sus propias palabras, pero Iréne Lissander no se dio por enterada.

—Pues… ¿cuánto tiempo fue, Ragnar? ¿Cuánto tiempo estuvo el chico con nosotros? —Ragnar no respondió, de modo que Iréne se volvió de nuevo hacia Patrik. A Paula no se había dignado dedicarle una sola mirada. Patrik tuvo la sensación de que, en el mundo de Iréne, no existían las demás mujeres.

»Digo yo que se podrá calcular, ¿no? Tenía algo más de tres años cuando llegó. ¿Y cuántos tenía cuando se fue, Ragnar? Dieciocho, ¿no? —sonrió como disculpándose—. Iba a buscar la felicidad en otro lugar. Y desde entonces no hemos sabido nada de él. ¿Verdad, Ragnar?

—Sí, así fue —contestó Ragnar Lissander en voz baja—. Simplemente… se marchó.

Patrik sentía compasión por aquel pobre hombre. ¿Habría sido siempre así? Sometido y menospreciado. ¿O fueron los años compartidos con Iréne lo que le minó las fuerzas?

—¿Y no tienen idea de adónde fue?

—Ni idea, ni la más remota idea. —Iréne volvía a repiquetear con el pie.

—¿A qué vienen todas estas preguntas? —quiso saber Ragnar—. ¿De qué modo está Christian implicado en esa investigación de asesinato?

Patrik vaciló un instante.

—Por desgracia, debo comunicarles que lo han encontrado muerto esta mañana.

Ragnar no pudo disimular la pena. Después de todo, alguien se había preocupado por Christian, él no lo había considerado un simple inquilino.

—¿Cómo ha muerto? —preguntó con un temblor en la voz.

—Lo encontraron ahorcado. Es cuanto sabemos por ahora.

—¿Tenía familia?

—Sí, dos hijos preciosos y su mujer, Sanna. Llevaba unos años viviendo en Fjällbacka y era bibliotecario. La semana pasada se publicó su primera novela, *La sombra de la sirena*. Ha tenido unas críticas excelentes.

—Así que era él… —dijo Ragnar—. Lo leí en el periódico y me resultó familiar el nombre, pero el Christian de la fotografía no se parecía en absoluto al que vivió con nosotros.

—Vaya, eso sí que resulta sorprendente; que aquel desastre llegara a ser algo en la vida —comentó Iréne con la expresión dura como una piedra.

Patrik tuvo que morderse la lengua para no replicarle. Debía portarse como un profesional y concentrarse en su objetivo. Notó que volvía a sudar en abundancia y se tiró un poco del jersey, como si le faltara el aire.

—Los primeros años de la vida de Christian fueron terribles. ¿Notaron algo en su comportamiento?

—Ya, pero era tan pequeño… Esas cosas se olvidan pronto —dijo Iréne quitándole importancia con un gesto de la mano.

—A veces tenía pesadillas —intervino Ragnar.

—Como todos los niños, ¿verdad? No, no notamos nada. Desde luego, era un niño de lo más extraño, pero con esos principios, claro…

—¿Qué saben de su madre biológica?

—Una fulana, clase baja. Estaba mal de la cabeza. —Iréne se golpeó la sien con el dedo índice y suspiró—. Pero, la verdad, no entiendo qué esperan que podamos aportar nosotros. Si han terminado, me gustaría volver a la cama. No me encuentro del todo bien.

—Solo un par de preguntas más —dijo Patrik—. ¿Hay algún otro dato de su infancia que puedan mencionar? Estamos buscando a una persona, seguramente una mujer, que ha estado enviando cartas de amenaza a Christian, entre otros.

—Pues desde luego, no puede decirse que las chicas anduviesen tras él —replicó Iréne concluyente.

—No me refería solo a enamoramientos y esas cosas. ¿Había alguna otra mujer en su entorno?

—Pero si solo nos tenía a nosotros. No se me ocurre quién pudiera ser.

Patrik estaba a punto de dar la conversación por terminada, cuando Paula intervino con otra pregunta.

—Un último detalle. En Fjällbacka hemos hallado también el cadáver de otro hombre, Magnus Kjellner, un amigo de Christian. Y parece ser que otros dos de sus amigos, Erik Lind y Kenneth Bengtsson, han recibido las mismas amenazas. ¿Les resultan familiares esos nombres?

—Como ya he dicho, no supimos una palabra de él desde que se mudó —dijo Iréne levantándose bruscamente—. Y ahora, tendrán que disculparme, pero tengo que irme a descansar. —Dicho esto, se retiró. Sus pasos resonaron en la escalera.

—¿Tienen alguna idea de quién puede ser? —preguntó Ragnar mirando hacia la puerta que su mujer había dejado entreabierta.

—No, por ahora no lo sabemos —respondió Patrik—. Pero yo creo que Christian es el protagonista de todo lo que ha ocurrido. Y no pienso rendirme hasta haber averiguado cómo y por qué. Hace unas horas le di a su mujer la noticia de su muerte.

—Comprendo —dijo Ragnar. Luego abrió la boca como si tuviera intención de añadir algo, pero guardó silencio. Se levantó y miró a Patrik y a Paula—. Los acompaño a la puerta.

Ya en la entrada, Patrik se detuvo con la sensación de que no debería marcharse aún. De que debería quedarse un rato más e instar a aquel hombre a decir lo que había callado hacía un instante. Pero lo único que hizo fue darle a Ragnar una tarjeta de visita antes de salir.

*A*l cabo de una semana se terminó la comida. Dos días antes se había acabado el pan y luego tuvo que comer cereales del paquete grande. Sin leche. Tanto la leche como el zumo se habían terminado, pero había agua en el grifo y, si ponía una silla delante del fregadero, podía beber directamente.

Sin embargo, ya no quedaba nada que comer. No es que hubiera mucho en el frigorífico, y en la despensa solo había unas latas que no podía abrir. Incluso había pensado salir a comprar comida él solo. Sabía dónde guardaba su madre el dinero, en el bolso que siempre tenía en la entrada. Pero no conseguía abrir la puerta. Imposible hacer girar la llave, por más que lo intentaba. De haberlo conseguido, su madre se habría sentido más orgullosa aún de él: no solo era capaz de hacerse los bocadillos, sino que además sabía ir a comprar solo mientras ella dormía.

Los últimos días, había empezado a pensar si no estaría enferma. Pero cuando uno estaba enfermo, le daba fiebre y se ponía muy caliente. Su madre, en cambio, estaba totalmente fría. Y olía raro. Él tenía que taparse la nariz por las noches cuando se acostaba a su lado. Además, tenía algo pringoso. No sabía qué era, pero si se había manchado, sería porque se había levantado mientras él dormía. Quizá se despertase otra vez.

Él se pasaba los días enteros jugando. Sentado en su habitación, con el suelo lleno de juguetes. Además, sabía cómo se ponía la tele. Había que pulsar el botón grande. A veces daban dibujos. Le gustaba verlos, después de haber pasado todo el día solo.

Pero su madre se enfadaría cuando viera lo desordenado que estaba todo. Tenía que arreglar aquello, pero tenía tanta hambre, tantísima hambre.

Había mirado de reojo el teléfono en varias ocasiones. E incluso había cogido el auricular y había oído el pi-pi-pi. Pero ¿a quién iba a llamar? No sabía el número de nadie. Y allí nadie llamaba nunca.

Además, mamá no tardaría en despertarse. Se levantaría y se bañaría y eliminaría aquel hedor extraño que lo mareaba. Y volvería a oler a mamá.

Con el estómago dando alaridos de hambre, subió a la cama y se acurrucó a su lado. El olor le picaba en la nariz, pero él siempre dormía al lado de su madre porque, si no, no conseguía conciliar el sueño.

Se tapó y tapó también a su madre con la manta. Al otro lado de la ventana caía la noche.

Gösta se levantó al oír que llegaban Patrik y Paula. En la comisaría reinaba el abatimiento. Todos se sentían impotentes. Necesitaban algo concreto a lo que aferrarse para seguir avanzando.

—Reunión en la cocina dentro de tres minutos —anunció Patrik antes de entrar en su despacho.

Gösta entró y se acomodó en su lugar favorito, junto a la ventana. Cinco minutos después, empezaron a llegar los demás. Patrik llegó el último. Se colocó de espaldas a la encimera y se cruzó de brazos.

—Como todos sabéis, han encontrado muerto a Christian esta mañana. En el punto en que nos encontramos, no podemos decir si estamos ante un asesinato o si se trata de un suicidio. Tendremos que esperar los resultados de la autopsia. He hablado con Torbjörn y, por desgracia, él tampoco tenía mucho que aportar. Sin embargo, creía poder afirmar que no se había producido ningún enfrentamiento.

Martin levantó la mano.

—¿Y huellas de pisadas? ¿Algo que indique que Christian no estaba solo cuando murió? Si había nieve en los peldaños, quizá podamos sacarlas.

—Sí, ya se lo pregunté —dijo Patrik—. Pero, por una parte, resultaría difícil decir cuándo se produjeron las pisadas; por otra, el viento había barrido la nieve de los peldaños. Pero han conseguido unas cuantas huellas dactilares, sobre todo, de la barandilla y, naturalmente, las analizarán. Tendremos que esperar unos días para tener esos resultados. —Se dio media vuelta, se sirvió un vaso de agua y bebió varios tragos–. ¿Alguna novedad durante la ronda por el vecindario?

–No –respondió Martin–. Hemos llamado prácticamente a todas las puertas de la parte baja del pueblo, pero parece que nadie ha visto nada.

–Tenemos que ir a casa de Christian, inspeccionarla a fondo y ver si encontramos algo que indique que se vio allí con el asesino.

–¿El asesino? –preguntó Gösta–. O sea que tú crees que es asesinato y no suicidio.

–Ahora mismo no sé qué creer –contestó Patrik pasándose la mano por la frente con gesto cansado–. Pero propongo que partamos de la base de que también a Christian lo asesinaron. Al menos, hasta que tengamos algo más. –Se volvió hacia Mellberg–: ¿Tú qué opinas, Bertil?

Siempre facilitaba las cosas fingir que interesaba la participación del jefe.

–Desde luego, es lo más sensato –respondió Mellberg.

–Otra cosa, tendremos que habérnoslas con la prensa. En cuanto se enteren de esto, se centrarán en ello. Y creo que lo más recomendable es que nadie hable directamente con la prensa, sino que debéis remitírmela.

–En ese punto, me temo que debo protestar –intervino Mellberg–. Como jefe de esta comisaría, debo hacerme cargo de una faceta tan importante como las relaciones con la prensa.

Patrik sopesó las alternativas. Dejar que Mellberg hablase sin ton ni son con la prensa era una pesadilla. Pero intentar convencerlo exigiría demasiada energía.

–Bien, entonces, tú te encargarás de los contactos con la prensa pero, si me permites un consejo, yo creo que habría que decir el mínimo indispensable, dadas las circunstancias.

–Claro, no te preocupes. Dada mi experiencia, soy capaz de manejarlos con el dedo meñique –dijo Mellberg repantigándose en la silla.

–Paula y yo hemos estado en Trollhättan, como seguramente sabréis.

—¿Habéis averiguado algo? —preguntó Annika con expectación.

—Todavía no lo sé, pero creo que vamos por buen camino, de modo que seguiremos indagando. —Tomó otro trago de agua. Había llegado el momento de contarles a los compañeros aquello que tanto le había costado digerir a él.

—Pero ¿qué habéis sacado en claro? —insistió Martin tamborileando con un bolígrafo en la mesa. Una mirada de Gösta y Martin paró enseguida.

—Según las investigaciones de Annika, Christian se quedó huérfano de pequeño. Vivía solo con su madre, Anita Thydell, y era hijo de padre desconocido. De acuerdo con los datos de los servicios sociales, vivían muy aislados, y había épocas en que a Anita le costaba mucho hacerse cargo del niño, a causa de una enfermedad psíquica combinada con consumo de alcohol y fármacos. Estaban pendientes de la familia, tras varias denuncias de los vecinos. Pero, al parecer, se las arreglaron siempre para ir a su casa cuando Anita tenía la situación bajo control. Al menos, esa fue la explicación que nos dieron sobre la inhibición de las autoridades. Y que eran otros tiempos —añadió sin poder evitar un tono irónico—. Un día, cuando Christian tenía tres años, uno de los inquilinos del edificio avisó al propietario de que salía un olor apestoso del apartamento de Anita. El propietario entró con la llave maestra y encontró a Christian solo, con la madre muerta. Probablemente llevaba muerta una semana, y Christian sobrevivió comiendo lo que había en casa y bebiendo agua del grifo. Pero al parecer, la comida se acabó al cabo de unos días, porque cuando llegaron la Policía y el personal sanitario, estaba muerto de hambre y exhausto. Lo encontraron tumbado, encogido junto al cuerpo de su madre, medio inconsciente.

—Por Dios bendito —dijo Annika con los ojos llenos de lágrimas. También Gösta parpadeaba intentando contener el llanto, y a Martin se le había demudado la cara y tragaba saliva para aplacar las náuseas.

—Pues sí. Y, por desgracia, los problemas de Christian no acabaron ahí. No tardaron en enviarlo a una casa de acogida, con un matrimonio llamado Lissander. Paula y yo hemos estado hablando con ellos hoy.

—Christian no pudo tenerlo fácil con ellos —continuó Paula serenamente—. Si he de ser sincera, tuve la impresión de que la señora Lissander no estaba del todo bien.

A Gösta se le encendió una bombilla. Lissander. ¿Dónde había oído antes ese nombre? Lo asociaba con Ernst Lundgren, el viejo colega al que despidieron de la comisaría. Gösta se esforzaba por recordar y se planteó si decir que el nombre le resultaba familiar, pero al final decidió esperar hasta que le viniera a la cabeza.

Patrik continuó.

—Aseguran que no han tenido ningún contacto con Christian desde que cumplió los dieciocho años. Entonces rompió toda relación con ellos y desapareció.

—¿Creéis que han dicho la verdad? —preguntó Annika.

Patrik miró a Paula, que asintió.

—Sí —dijo—. A menos que se les dé bien mentir.

—¿Y no conocían a ninguna mujer que hubiese representado algún papel en la vida de Christian? —dijo Gösta.

—No, o eso dijeron. Aunque ahí no estoy tan seguro de que dijeran la verdad.

—¿No tenía hermanos?

—Pues no dijeron nada de eso, pero podrías investigarlo, Annika. Debería ser fácil averiguarlo. Te daré los nombres completos y los demás datos, podrías comprobarlo lo antes posible, ¿no?

—Puedo ir a mirarlo ahora mismo, si quieres —aseguró Annika—. No tardaré.

—De acuerdo, pues adelante. Toda la información que necesitas está en un post-it amarillo que hay pegado en la carpeta, encima de mi mesa.

—Pues ahora vuelvo —dijo Annika al tiempo que se levantaba.

—¿No deberíamos mantener otra conversación con Kenneth? Ahora que Christian está muerto, quizá se decida a hablar —intervino Martin.

–Buena idea. En fin, veamos, esto es lo que tenemos que hacer: hablar con Kenneth e inspeccionar a fondo la casa de Christian. Tenemos que indagar hasta el último detalle sobre la vida de Christian antes de que llegara a Fjällbacka. Gösta y Martin, ¿os ocupáis vosotros de Kenneth? –Los dos policías asintieron y Patrik se volvió hacia Paula–. Entonces tú y yo nos vamos a casa de Christian. Si encontramos algo de interés, llamamos a los técnicos.

–Vale –respondió Paula.

–Mellberg, tú estarás en tu puesto para atender las preguntas de los medios de comunicación –prosiguió Patrik–. Y Annika investigará un poco más en el pasado de Christian. Ahora tenemos algo más de información con la que trabajar.

–Más de lo que crees –dijo Annika desde la puerta.

–¿Has encontrado algo? –preguntó Patrik.

–Pues sí –dijo mirando tensa a sus colegas–. El matrimonio Lissander tuvo una hija dos años después de que acogieran a Christian. Tiene una hermana. Alice Lissander.

–¿Louise? –La llamó desde la entrada. ¿Iba a tener la suerte de que Louise no estuviera en casa? En ese caso, se ahorraría la molestia de tener que buscar una excusa para que saliera de casa un rato, porque él tenía que hacer las maletas. Sentía como una fiebre, como si todo el cuerpo le gritase que tenía que irse de allí inmediatamente.

Ya lo tenía todo arreglado. En el aeropuerto de Landvetter tenía un billete reservado a su nombre para el día siguiente. No se había molestado en procurarse una identidad falsa. Era una gestión que exigía mucho tiempo y, la verdad, no sabía cómo llevarla a cabo. Pero no existía razón para creer que alguien fuese a impedirle salir del país. Y cuando llegase a su destino, sería demasiado tarde.

Erik vaciló un instante ante la puerta del cuarto de las niñas, en la primera planta. Le habría gustado entrar, echar un vistazo y despedirse. Pero no fue capaz. Resultaba más fácil ponerse la venda en los ojos y concentrarse en lo que tenía que hacer.

Colocó en la cama la maleta grande. La guardaban en el sótano y para cuando Louise descubriera que ya no estaba, él se encontraría muy lejos. Se iría aquella misma noche. Lo que Kenneth le había dicho lo dejó impresionado y no podía permanecer allí ni un minuto más. Le dejaría a Louise una nota diciéndole que había tenido que irse urgentemente de viaje de negocios, después cogería el coche hasta Landvetter y se alojaría en un hotel cercano al aeropuerto. Al día siguiente embarcaría en el avión, rumbo a latitudes más cálidas. Inalcanzable.

Erik fue llenando la maleta. No podía llevar demasiado. Si dejaba vacíos los cajones y los armarios, Louise lo descubriría en cuanto llegase a casa. Pero cogió todo lo que pudo. Ya compraría ropa nueva, el dinero no sería ningún problema.

Hacía la maleta en la más absoluta tensión, no quería que Louise lo sorprendiera. Si se presentaba de pronto, tendría que esconder la maleta debajo de la cama y fingir que la que hacía era la que usaba de equipaje de mano, la que guardaban en el dormitorio, la que siempre llevaba cuando iba de viaje de negocios.

Se detuvo un instante. Los recuerdos que se habían activado se negaban a caer de nuevo en el olvido. No es que se sintiera mal, todo el mundo cometía errores, errar era humano. Pero le fascinaba que hubiese gente tan obsesionada, hacía tanto tiempo de aquello…

Se llamó al orden. De nada servía pensar en todo aquello. Pasado mañana estaría a salvo.

Las ocas se le acercaron al verlo. A aquellas alturas, eran buenos amigos. Siempre se detenía allí, con una bolsa de pan duro en la mano. Allí estaban ahora, a su alrededor, ansiosas de que les diera lo que les llevaba.

Ragnar pensó en la conversación con los dos policías, en Christian. Y pensaba que debería haber hecho más. Era lo que él quería, lo que quiso entonces. Se había comportado toda la vida como un copiloto que, débilmente y en silencio, acompañaba sin actuar. El copiloto de ella. Así fue desde el principio. Ninguno de los dos habría podido romper con el modelo de conducta que habían creado.

Iréne solo se preocupaba de su belleza. Le gustaba vivir la vida, las fiestas, beber, los hombres que la admiraban. Él sabía todo eso. Que se hubiera escondido detrás de su insuficiencia no significaba que no estuviese al tanto de las aventuras que había tenido con otros hombres.

Y aquel pobre niño nunca tuvo una oportunidad. Nunca fue suficiente, nunca pudo darle lo que ella exigía. El chico creía seguramente que Iréne quería a Alice, pero se había equivocado, Iréne no era capaz de querer a nadie. Se miraba en la belleza de su hija. Habría querido decírselo al muchacho antes de que lo echaran como a un perro. Él nunca estuvo seguro de lo que había ocurrido, de cuál era la verdad. A diferencia de Iréne, que lo condenó y le administró el castigo sin pestañear.

La duda lo había corroído por dentro y aún lo atormentaba. Pero con los años fueron palideciendo los recuerdos. Continuaron viviendo su vida. Él, entre bastidores, e Iréne en la creencia de que seguía siendo guapa. Nadie le había dicho que ya no era así, de modo que aún vivía convencida de que podía volver a ser el centro de atención de cualquier fiesta. La más hermosa y atractiva.

Pero aquello tenía que terminar. Comprendió que había cometido un error en el preciso momento en que supo el motivo de la visita de los policías. Un error enorme y fatal. Y había llegado el momento de hacer las cosas bien.

Ragnar sacó la tarjeta del bolsillo, cogió el móvil y marcó el número.

—Pronto nos sabremos el camino de memoria –dijo Gösta mientras aceleraba dejando atrás Munkedal.

—Y que lo digas —respondió Martin. Miró extrañado a Gösta, que no había dicho una palabra desde que salieron de Tanumshede. Cierto que Gösta no era precisamente una cotorra en condiciones normales, pero tampoco solía estar así de callado—. ¿Te pasa algo? —preguntó al cabo de un rato, cuando no pudo soportar más aquella ausencia absoluta de conversación.

—¿Qué? Ah, no, nada —farfulló Gösta.

Martin no insistió. Sabía que no podría obligar a Gösta a contar algo que él no quisiera contar. Y que ya lo sacaría a relucir llegado el momento.

—Vaya historia, ¿no? Para que luego digan, menudo comienzo en la vida —comentó Martin. Pensaba en su hija y en lo que le ocurriría si se viera en una situación así. Era verdad lo que decían de cuando por fin eres padre, uno se vuelve mil veces más sensible a lo que les ocurre a los niños con problemas.

—Sí, pobre criatura —dijo Gösta, ya algo más participativo.

—¿No deberíamos esperar a hablar con Kenneth hasta que sepamos algo más de la tal Alice?

—Annika sigue investigando mientras estamos fuera. Para empezar, tendríamos que saber dónde está.

—Pues no hay más que preguntar a los Lissander, ¿no? —opinó Martin.

—Ya, pero puesto que ni siquiera mencionaron su existencia cuando Patrik y Paula estuvieron allí, seguro que Patrik piensa que hay algo raro en todo esto. Y nunca está de más tener toda la información posible.

Martin sabía que Gösta tenía razón. Se sentía ridículo por haber preguntado.

—¿Crees que podría ser ella?

—Ni idea. Es demasiado pronto para especular al respecto.

Guardaron silencio el resto del trayecto hasta el hospital. Aparcaron el coche y se fueron derechos a la sección en la que se encontraba Kenneth.

—Aquí estamos otra vez —dijo Gösta cuando entró en la habitación.

Kenneth no respondió y los miró de modo indiferente, como si le diera igual quién entraba o salía.

—¿Qué tal van las heridas? ¿Están curando bien? —preguntó Gösta al tiempo que se sentaba en la misma silla de la vez anterior.

—Bueno, esas cosas no van tan rápido —contestó Kenneth moviendo un poco los brazos vendados—. Me dan analgésicos, así que no me entero.

—¿Te has enterado de lo de Christian?

Kenneth asintió.

—Sí.

—No pareces muy afectado —dijo Gösta sin acritud.

—No todo puede apreciarse a simple vista.

Gösta lo observó extrañado un instante.

—¿Cómo está Sanna? —preguntó Kenneth y, por primera vez, le resplandeció en la mirada algo parecido a un destello. De compasión. Sabía lo que era perder a un ser querido.

—No demasiado bien —respondió Gösta meneando la cabeza—. Estuvimos allí esta mañana. Además, pobres niños.

—Sí, pobres —dijo Kenneth a punto de echarse a llorar.

Martin empezaba a sentirse un tanto superfluo. Aún estaba de pie, y cogió una silla que había al otro lado de la cama de Kenneth, enfrente de Gösta. Miró a su colega de más edad, que lo animó con un gesto a que empezara a preguntar.

—Creemos que todo lo que ha ocurrido últimamente guarda relación con Christian y hemos estado investigando su pasado. Entre otras cosas, hemos averiguado que, de joven, tenía otro apellido, Christian Lissander. Y que tiene una hermanastra, Alice Lissander. ¿Habías oído hablar de ella?

Kenneth tardó unos instantes en contestar.

—No, no me suena de nada el nombre.

Gösta le clavó la mirada con expresión de querer leerle el pensamiento y comprobar si decía la verdad.

—Te lo dije la vez anterior y te lo repito ahora: si sabes algo que no nos has contado, estás poniendo en peligro no solo tu vida, sino también la de Erik. Ahora que también ha muerto Christian, comprenderás la gravedad del asunto, ¿no?

—No sé nada —insistió Kenneth con total serenidad.

—Si estás ocultándonos algo, acabaremos averiguándolo tarde o temprano.

—Estoy convencido de que haréis un buen trabajo —dijo Kenneth. Se lo veía menudo y frágil en la cama, con los brazos extendidos sobre la manta azul del hospital.

Gösta y Martin se miraron. Los dos eran conscientes de que no le sacarían nada, pero ninguno confiaba en que Kenneth les hubiese dicho la verdad.

Erica cerró el libro. Llevaba varias horas leyendo, interrumpida tan solo por Maja, que iba a pedirle algo de vez en cuando. En ocasiones como aquella, se alegraba muchísimo de que su hija fuese capaz de jugar sola.

La novela le pareció mejor aún esta segunda vez. Era sensacional. No se trataba de un libro que levantase el ánimo, precisamente, más bien llenaba la cabeza de sombrías reflexiones. Sin embargo, no era una historia desagradable, trataba de asuntos sobre los que uno debía reflexionar y ante los que tenía que adoptar una postura para definirse como persona.

A su entender, el libro de Christian trataba de la culpa, de cómo puede devorar a un ser humano por dentro. Por primera vez, se preguntó qué habría querido contar Christian en realidad, qué pretendía comunicar con su historia.

Dejó el libro en el regazo con la sensación de que se le estuviera escapando algo que tenía delante de las narices. Algo que era demasiado absurdo y obvio como para verlo. Abrió la solapa posterior del libro. La fotografía de Christian en blanco y negro, la pose clásica del escritor tras las gafas de montura de acero. Christian era elegante de un modo un tanto inaccesible. Le empañaba los ojos una especie de soledad que hacía que uno lo sintiera siempre algo ausente. Nunca estaba con nadie, ni siquiera cuando se hallaba en compañía de otra persona. Vivía como en una burbuja. Paradójicamente, esa actitud ejercía una gran atracción sobre los demás. La gente siempre codiciaba aquello que no podía poseer. Y exactamente eso era lo que ocurría con Christian.

Erica se levantó del sillón. Sentía cierto remordimiento por haberse dejado absorber de aquel modo por la lectura y no haberle prestado atención a su hija. Con gran esfuerzo, logró sentarse en el suelo al lado de la pequeña, que se mostró encantada de que su madre fuese a jugar con ella.

Pero en la cabeza de Erica seguía vivo el recuerdo de *La sombra de la sirena,* que quería transmitir un mensaje. Christian quería transmitir un mensaje, Erica estaba segura de ello. Y le encantaría saber cuál era.

Patrik no podía evitar sacar el teléfono del bolsillo y mirar la pantalla.

—Déjalo ya —dijo Paula riendo—. Annika no llamará antes solo porque tú te dediques a mirar el teléfono. Lo oirás, estoy segura.

—Sí, ya lo sé —respondió Patrik sonriendo avergonzado—. Es que tengo la sensación de que estamos tan cerca. —Continuó abriendo cajones y armarios en casa de Christian y Sanna. Les habían dado la orden de registro sobre la marcha y sin problemas. El único inconveniente era que no sabía qué buscaban exactamente.

—No creo que tardemos mucho en localizar a Alice Lissander —lo consoló Paula—. Annika llamará en cualquier momento y nos dará la dirección.

—Sí, ya —dijo Patrik mirando en el fregadero, donde no halló indicios de que Christian hubiese recibido visita el día anterior. Y tampoco habían encontrado nada que indicase que se lo hubiesen llevado en contra de su voluntad o que hubiesen entrado por la fuerza—. Pero ¿por qué no nos dijeron que tenían una hija?

—Pronto lo averiguaremos. Aunque creo que será mejor que hagamos nuestras propias averiguaciones sobre Alice antes de volver a hablar con ellos.

—Sí, estoy de acuerdo, pero me temo que habrá un montón de preguntas a las que tendrán que responder.

Subieron al piso superior. También allí estaba todo como lo dejaron el día anterior. Salvo en la habitación de los niños, donde, en lugar del texto escrito en la pared con letras rojas como sangre, se veían ahora unos rectángulos de color negro.

Se quedaron los dos en el umbral.

—Seguramente, Christian pintó encima ayer —dijo Paula.

—Sí, y lo comprendo. Yo habría hecho lo mismo.

—Dime, ¿qué crees tú? —Paula entró en el dormitorio contiguo y paseó la mirada por la habitación antes de empezar a examinarla con detalle.

—¿De qué? —Patrik se unió a la búsqueda, se acercó al armario y abrió la puerta.

—¿Crees que se suicidó o que lo han asesinado?

—Ya lo dije en la reunión, aunque no descarto ninguna posibilidad. Christian era una persona compleja. Las pocas veces que hablamos con él, tuve la sensación de que por la cabeza le pasaban cosas que no comprendíamos. Pero, de todos modos, no parece haber dejado ninguna carta de despedida.

—Los suicidas no siempre dejan una carta, lo sabes tan bien como yo. —Paula abría los cajones con cuidado y tanteando la ropa con la mano.

—No, ya lo sé, pero si hubiéramos encontrado una carta, no tendríamos que plantearnos la duda. —Enderezó la espalda y se detuvo a recobrar el aliento. El corazón volvía a latirle acelerado y se secó el sudor de la frente.

—Aquí no parece haber nada digno de examen —dijo Paula cerrando el último cajón del escritorio—. ¿Nos vamos?

Patrik dudaba. Se resistía a darse por vencido, pero Paula tenía razón.

—Sí, volveremos a la comisaría, a ver si Annika descubre algo. Puede que Gösta y Martin hayan tenido más suerte con Kenneth.

—Sí, claro, la esperanza es lo último que se pierde —señaló Paula con tono escéptico.

Estaban a punto de salir cuando sonó el teléfono de Patrik. Lo cogió nervioso. Qué decepción. No era el número de la comisaría, sino uno desconocido.

—Aquí Patrik Hedström, de la Policía de Tanum —contestó con la esperanza de acabar cuanto antes con la conversación, para que la línea no estuviese ocupada si llamaba Annika. Al oír la voz, se puso tenso.

—Hola, Ragnar. —Le hizo un gesto a Paula, que se detuvo a medio camino en dirección al coche.

—¿Sí? Ajá. Pues sí, bueno, también nosotros hemos averiguado algún dato por nuestra cuenta… Claro, lo tratamos cuando nos veamos. Podemos ir ahora mismo. ¿Nos vemos en su casa? ¿No? Bueno, de acuerdo, sí, conocemos el sitio. Entonces, nos vemos allí. Desde luego, salimos ahora mismo. Hasta dentro de cuarenta y cinco minutos, más o menos.

Concluyó la conversación y miró a Paula.

—Era Ragnar Lissander. Dice que tiene algo que contarnos. Y algo que mostrarnos.

Fue dándole vueltas al apellido todo el trayecto hacia Uddevalla. Lissander. ¿Por qué tenía que ser tan difícil recordar dónde lo había oído antes? También le venía a la mente Ernst Lundgren, su antiguo colega. Aquel apellido guardaba algún tipo de relación con él. En la salida de Fjällbacka, tomó una decisión. Giró el volante a la derecha y accedió a la autovía.

—¿Qué haces? —preguntó Martin—. Creía que iríamos derechos a la comisaría.

—Antes vamos a hacer una visita.

—¿Una visita? ¿A quién, si puede saberse?

—Ernst Lundgren. —Gösta cambió de marcha y giró a la izquierda.

—¿Y qué vamos a hacer en su casa?

Gösta le refirió a Martin sus cavilaciones de las últimas horas.

—¿Y no tienes idea de en relación con qué has oído el nombre?

—De ser así, ya lo habría dicho —le espetó Gösta, sospechando que Martin pensaba que se había vuelto olvidadizo con la edad.

—Tranquilo, hombre, tranquilo —dijo Martin—. Vamos a casa de Ernst y le preguntamos si puede ayudarnos a recordar.

No estaría mal que pudiese contribuir con algo positivo, para variar.

—Sí, desde luego, eso sería una novedad. —Gösta no pudo por menos de esbozar una sonrisa. Al igual que el resto de los compañeros de la comisaría, tampoco él tenía muy buen concepto de la competencia profesional y de la personalidad de Ernst. Sin embargo, no podía detestarlo con el mismo encono que, salvo Mellberg, mostraban todos los demás. Habían sido muchos años trabajando juntos, y uno se acostumbra a casi todo. Asimismo, tampoco podía olvidar que habían compartido muchos buenos momentos y que habían reído juntos muchas veces a lo largo de los años. Ahora bien, Ernst metía la pata hasta el fondo constantemente. Y de forma escandalosa en la última investigación en la que trabajó antes de que lo despidieran. Aun así, quizá pudiera echarles una mano en este caso.

—Pues parece que está en casa —observó Martin cuando se detuvieron delante del edificio.

—Sí —respondió Gösta, que aparcó al lado del coche de Ernst.

El expolicía abrió la puerta antes de que llamaran al timbre. Debió de verlos por la ventana de la cocina.

—Hombre, una visita de las importantes —dijo antes de invitarlos a entrar.

Martin miró a su alrededor. A diferencia de Gösta, nunca había estado en casa de Ernst, pero no podía decirse que lo hubiese impresionado. Cierto que él mismo nunca había sido un modelo de orden mientras estuvo soltero, pero jamás tuvo la casa como aquella, ni de lejos. Platos sucios apilados en el fregadero, ropa por todas partes y, en la cocina, una mesa que parecía no haber visto nunca una bayeta.

—No tengo mucho que ofrecer —señaló Ernst—. Aunque siempre puedo serviros un trago. —Alargó el brazo en busca de una botella de aguardiente que había en la encimera.

—Tengo que conducir —respondió Gösta.

—¿Y tú? Te vendrá bien algo que te anime —ofreció Ernst sosteniendo la botella delante de Martin, que rechazó la oferta.

–Bueno, pues nada, vosotros os lo perdéis, par de abstemios. –Se sirvió un trago y lo apuró de golpe–. Estupendo. Y bien, ¿a qué habéis venido? –Se sentó en una silla de la cocina y sus antiguos colegas siguieron su ejemplo.

–Hay algo a lo que no paro de dar vueltas, y creo que tú puedes ayudarme –dijo Gösta.

–Vaya, ahora sí os viene bien.

–Se trata de un apellido. Me resulta familiar y lo recuerdo relacionado contigo.

–Claro, tú y yo trabajamos juntos un montón de años –recordó Ernst en un tono casi lastimero. Seguramente, no habría sido aquel el primer trago del día.

–Sí, muchos –afirmó Gösta asintiendo con la cabeza–. Y ahora necesito que me eches una mano. ¿Te vas a portar o no?

Ernst reflexionó un instante. Luego dejó escapar un suspiro y agitó en el aire el vaso vacío.

–Vale, dispara.

–¿Me das tu palabra de honor de que lo que te diga no saldrá de aquí? –Gösta preguntó clavando la vista en Ernst, que asintió renegando.

–Que sí, hombre. Pregunta de una vez.

–Bien, tenemos entre manos la investigación del asesinato de Magnus Kjellner, del que habrás oído hablar. E indagando en la vida de los implicados, nos hemos encontrado con el apellido Lissander. No sé por qué, pero me resulta muy familiar. Y, por alguna razón, lo relaciono contigo. ¿A ti te suena?

Ernst se balanceó ligeramente en la silla. Reinaba un silencio absoluto mientras él se esforzaba por recordar y tanto Martin como Gösta lo miraban expectantes.

Hasta que se le iluminó la cara con una sonrisa.

–Lissander. Claro que lo recuerdo. ¡Me cago en la mar!

Habían quedado en el único lugar de Trollhättan que Patrik y Paula conocían. El McDonald's, junto al puente, donde habían estado hacía tan solo unas horas.

Ragnar Lissander los esperaba dentro y Paula se sentó a su lado mientras que Patrik iba a pedir unos cafés. Ragnar parecía aún más invisible que en su casa. Un hombre menudo y calvo con un abrigo beis. Vieron que le temblaba la mano cuando cogió la taza y que le costaba mirarlos a la cara.

—Quería hablar con nosotros —comenzó Patrik.

—Es que... no les dijimos todo, todo lo que sabemos.

Patrik guardaba silencio. Tenía curiosidad por saber cómo explicaría aquel hombre el hecho de que hubiesen omitido el detalle de que tenían una hija.

—No siempre ha sido todo tan fácil, ¿saben? Tuvimos una hija. Alice. Christian tenía unos cinco años, y le resultó muy difícil encajarlo. Yo debería... —Se le ahogó la voz y tomó un poco de café antes de continuar—. Creo que le quedó un trauma para toda la vida a raíz de lo que sufrió. No sé cuánto habrán averiguado, pero Christian pasó más de una semana solo con su madre muerta. La mujer tenía problemas psíquicos y no siempre podía ocuparse de él, ni de sí misma, por cierto. Al final, murió en el apartamento y Christian no pudo comunicárselo a nadie. Creía que su madre estaba dormida.

—Sí, lo sabemos. Hemos estado hablando con los servicios sociales de Trollhättan y disponemos de toda la documentación relativa al caso. —Patrik se dio cuenta de lo formal que había sonado al referirse a aquella tragedia como «el caso», pero era el único modo de que no le afectase.

—¿Murió de sobredosis? —preguntó Paula. Aún no habían tenido tiempo de revisar todos los informes con detalle.

—No, no se drogaba. A veces, cuando entraba en uno de sus períodos más duros, bebía demasiado. Y, por supuesto, se medicaba. Fue el corazón, que dejó de latirle.

—¿Por qué? —preguntó Patrik, sin comprender del todo.

—No se cuidaba, y la mezcla de alcohol y fármacos fue fatal. Además, estaba muy obesa. Pesaba más de ciento cincuenta kilos.

Algo se estremeció en el subconsciente de Patrik. Había algo que no encajaba, pero ya cavilaría sobre ello más tarde.

—Y después, ustedes se hicieron cargo de Christian, ¿no? —preguntó Paula.

—Sí, luego nos hicimos cargo de él. Fue idea de Iréne que adoptáramos un niño, porque no parecía que pudiéramos tenerlos nosotros.

—Pero, al final, no llegaron a adoptarlo, ¿verdad? —intervino Patrik.

—Habríamos terminado adoptándolo si Iréne no se hubiese quedado embarazada poco después.

—Es muy frecuente, al parecer —observó Paula.

—Ya, eso mismo dijo el médico. Y cuando nació nuestra hija, Iréne se comportaba como si Christian ya no le interesara lo más mínimo. —Ragnar Lissander miró por la ventana, con la mano convulsamente aferrada a la taza de café—. Quizá habría sido mejor para él que hubiéramos hecho lo que ella quería.

—¿Y qué quería ella? —preguntó Patrik.

—Devolver al chico. Según decía, ya no le parecía necesario que nos lo quedáramos, puesto que había tenido una hija biológica. —El hombre sonrió con amargura—. Ya sé que suena horrible. Iréne tiene sus cosas y a veces pueden salir mal, pero su intención no siempre es tan mala como puede parecer.

¿Que pueden salir mal? Patrik por poco se ahoga. Estaban hablando de una mujer que pretendía devolver a un niño que había aceptado en acogida cuando le nació una hija, y aquel tipo se dedicaba a disculpar su conducta.

—Pero al final no lo devolvieron a los servicios sociales, ¿no? —dijo Patrik fríamente.

—No. Fue una de las pocas ocasiones en que me opuse. Ella no quería escucharme al principio, pero cuando le dije que quedaría fatal, aceptó que se quedara. Aunque yo no debería… —De nuevo se le quebró la voz. Era evidente que le resultaba muy duro hablar de aquello.

—¿Y qué relación tuvieron Christian y Alice de niños? —preguntó Paula. Pero Ragnar no la oyó, como si sus pensamientos lo hubiesen llevado muy lejos. Al cabo de un rato, dijo en voz muy baja:

—Yo debería haberla cuidado mejor. Pobre niño, no comprendía nada.

—¿Qué era lo que no comprendía? —dijo Patrik inclinándose hacia él.

Ragnar dio un respingo y salió del ensimismamiento. Miró a Patrik.

—¿Quieren ver a Alice? Tienen que conocerla para comprender...

—Sí, nos gustaría mucho conocerla —afirmó Patrik sin poder ocultar la expectación—. ¿Cuándo podría ser? ¿Dónde se encuentra?

—Pues vamos ahora mismo —dijo Ragnar poniéndose de pie.

Patrik y Paula intercambiaron una mirada mientras se dirigían al coche. ¿Sería Alice la mujer que estaban buscando? ¿Podrían poner fin a aquella pesadilla?

Estaba sentada de espaldas a ellos cuando llegaron. El pelo le llegaba por la cintura, moreno y bien cepillado.

—Hola, Alice. Papá ha venido a verte. —La voz de Ragnar resonó en la habitación de decoración espartana. Parecían haberse esforzado medianamente por que resultara agradable, pero no lo habían conseguido. Una planta mustia en la ventana, un póster de la película *El gran azul,* una cama estrecha con una colcha desgastada. Por lo demás, un pequeño escritorio con una silla. Y allí estaba ella sentada. Movía las manos, pero Patrik no pudo ver en qué las tenía ocupadas. No había reaccionado al oír la voz de su padre.

—Alice —la llamó Ragnar de nuevo, y esta vez, ella se volvió despacio.

Patrik dio un respingo. La mujer que tenía delante era de una belleza increíble. Calculó que rondaría los treinta y cinco, pero aparentaba diez años menos. Tenía la cara ovalada y muy tersa, casi como la de una niña. Unos ojos azules enormes y las cejas densas y oscuras. Se dio cuenta de que se había quedado embobado mirándola.

—Es guapa nuestra Alice —dijo Ragnar acercándose a la mujer. Le puso la mano en el hombro y ella apoyó la cabeza en la cintura de su padre. Como los cachorros se acurrucan junto a su dueño. Tenía las manos lánguidas en el regazo.

—Tenemos visita. Patrik y Paula. —Dudó un instante—. Son amigos de Christian.

Al oír el nombre del hermano se le iluminaron los ojos, y Ragnar le acarició el pelo con dulzura.

—Pues ya lo saben. Ya conocen a Alice.

—¿Cuánto tiempo…? —Patrik no podía dejar de mirarla. Desde un punto de vista objetivo, guardaba un parecido increíble con su madre. Aun así, era totalmente distinta. De toda aquella maldad que se leía grabada en la cara de la madre no había ni rastro en aquella… criatura mágica. Comprendió que era una descripción ridícula, pero no se le ocurría otra.

—Mucho tiempo. No vive con nosotros desde el verano que cumplió trece años. Esta es la cuarta residencia. No me gustaban las anteriores, pero aquí está muy bien. —Se inclinó y la besó en la coronilla. No advirtieron ninguna reacción en la expresión de la cara, pero se apretó un poco más contra su padre.

—¿Qué…? —Paula no sabía cómo formular la pregunta.

—¿Qué le pasa? —dijo Ragnar—. Si quiere que le diga mi parecer, no le pasa nada. Para mí es perfecta. Pero comprendo lo que quiere decir. Y se lo explicaré.

Se acuclilló delante de Alice y le habló dulcemente. Allí, con su hija, ya no era invisible. Se lo veía más erguido y tenía la mirada firme. Era alguien. Era el padre de Alice.

—Cariño, hoy no puedo quedarme mucho rato. Solo quería que conocieras a los amigos de Christian.

Alice lo miró. Luego se volvió y cogió algo que tenía encima de la mesa. Un dibujo. Se lo entregó a su padre con gesto apremiante.

—¿Es para mí?

Ella meneó la cabeza y Ragnar pareció un tanto abatido.

—¿Es para Christian? —dijo en voz baja.

Alice asintió y se lo puso delante otra vez.

—Se lo mandaré, te lo prometo.

El atisbo de una sonrisa. Después, se acomodó de nuevo en la silla y empezó a mover las manos otra vez. Iba a comenzar otro dibujo.

Patrik echó un vistazo al papel que Ragnar Lissander tenía en la mano. Reconocía aquel modo de dibujar.

—Ha cumplido su promesa. Le ha enviado los dibujos a Christian —dijo cuando hubieron salido de la habitación de Alice.

—No todos. Dibuja tantos... Pero los mando a veces, para que él sepa que Alice piensa en él. A pesar de todo.

—¿Cómo sabía adónde enviar los dibujos? Por lo que dijeron, interrumpió todo contacto con ustedes cuando tenía dieciocho años, ¿no? —observó Paula.

—Sí, y así fue. Pero Alice deseaba tanto que Christian recibiera sus dibujos, que averigüé dónde se encontraba. Yo también tenía curiosidad, claro. En primer lugar, intenté buscarlo por nuestro apellido, pero no di con él. Luego traté de localizarlo por el apellido de su madre, y encontré una dirección de Gotemburgo. Le perdí la pista un tiempo, se mudó y me devolvían las cartas, pero luego volví a localizarlo. En la calle Rosenhillsgatan. Aunque no sabía que se había mudado a Fjällbacka, pensaba que seguía en la última dirección, porque de allí nunca me devolvieron las cartas.

Ragnar se despidió de Alice y, por el pasillo de la residencia, Patrik le habló del hombre que había guardado las cartas para Christian. Se sentaron en una gran sala que hacía las veces de comedor y cafetería. Era una estancia impersonal, con grandes palmeras que, como la planta de la habitación de Alice, sufrían la falta de agua y cuidados. Todas las mesas estaban vacías.

—Lloraba mucho —explicó Ragnar pasando la mano por el mantel de color claro—. Seguramente por el cólico del lactante. Iréne empezó a perder el interés por Christian ya durante el embarazo, así que cuando Alice nació y empezó a exigirle tanto tiempo, no quedó ninguno para él. Y el pobre ya venía tan falto de atención...

—¿Y usted? —preguntó Patrik y, por la expresión de Ragnar, comprendió que había puesto el dedo en una llaga muy dolorosa.

—¿Yo? —Ragnar se señaló con la mano—. Yo cerraba los ojos, no quería ver. Iréne siempre ha llevado la voz cantante. Y yo se lo permití. Así era todo más sencillo.

—¿Quiere decir que Christian no quería a su hermana? —preguntó Patrik.

—Solía quedarse mirándola cuando la teníamos en la cuna. Y yo veía que se le ensombrecía la mirada, pero jamás pensé... Solo fui a abrir cuando llamaron a la puerta. —Ragnar parecía ausente y se quedó con la vista clavada en un punto lejano—. Solo me ausenté unos minutos.

Paula abrió la boca para decir algo, pero volvió a cerrarla. Debía permitir que terminara a su ritmo. Se notaba lo mucho que estaba esforzándose por formular aquellas palabras. Tenía el cuerpo tenso y los hombros como encogidos.

—Iréne se había echado a descansar un rato y, para variar, me dejó a cargo de Alice. Por lo general, nunca la dejaba sola. Era tan bonita, aunque llorase sin parar... Era como si a Iréne le hubieran regalado una muñeca nueva con la que jugar. Una muñeca que no quería prestarle a nadie.

Unos minutos de un nuevo silencio, Patrik tuvo que contenerse para no apremiar a Ragnar.

—Solo me ausenté unos minutos... —repitió. Era como si se atascara. Como si fuera imposible concretar el resto con palabras.

—¿Dónde estaba Christian? —preguntó Patrik con tono sereno, para animarlo.

—En el cuarto de baño. Con Alice. Se me ocurrió que podía bañarla. Teníamos una sillita en la que tumbar al bebé dentro de la bañera, de modo que uno tenía las manos libres para lavarlo. Acababa de ponerla en la bañera, que había llenado de agua, y allí estaba Alice.

Paula asintió. Ella tenía un invento parecido para lavar a Leo.

—Pero cuando volví al cuarto de baño... Alice... estaba tan quieta... Tenía la cabeza sumergida en el agua. Y los ojos... abiertos de par en par.

Ragnar se mecía ligeramente en la silla y parecía obligarse a continuar, a enfrentarse a los recuerdos y a las imágenes.

–Christian estaba allí, apoyado en la bañera, mirándola. –Ragnar fijó la vista en Paula y en Patrik, como si acabase de regresar al presente–. Estaba tan tranquilo, sonriendo.

–Pero usted la salvó, ¿no es eso? –Patrik tenía la carne de gallina.

–Sí, la salvé. Conseguí que empezara a respirar de nuevo. Y vi… –se aclaró la garganta–. Vi la decepción en la mirada de Christian.

–¿Se lo contó a Iréne?

–No, nunca se lo habría contado… ¡No!

–Christian intentó ahogar a su hermana pequeña, ¿y usted no le dijo nada a su mujer? –Paula lo miraba incrédula.

–Tenía la sensación de que le debía algo al chico, después de todo lo que había sufrido. Si se lo hubiese contado a Iréne, lo habría devuelto en el acto. Y Christian no lo habría superado. Además, el daño ya estaba hecho –aseguró en tono suplicante–. Entonces ignoraba la gravedad de las consecuencias. Pero, con independencia de ello, yo no podía hacer nada para cambiarlas. Echar a Christian de casa no habría resuelto nada.

–De modo que hizo como si nada hubiera ocurrido, ¿no es eso? –preguntó Patrik.

Ragnar suspiró y se hundió más aún en la silla.

–Sí, eso hice. Pero nunca más lo dejé solo con Alice. Nunca.

–¿Volvió a intentarlo? –preguntó Paula, que se había quedado pálida.

–No, la verdad, creo que no. Alice dejó de llorar tanto, pasaba los días tranquilamente y no exigía tanta atención.

–¿Cuándo se dieron cuenta de que algo no iba bien? –preguntó Patrik.

–Fue poco a poco. No aprendía al mismo ritmo que otros niños. Cuando por fin convencí a Iréne de que había que llevarla al médico… pues eso, entonces constataron que sufría algún tipo de lesión cerebral y que, intelectualmente, sería una niña el resto de su vida.

—¿Iréne no llegó a sospechar? —dijo Paula.

—No. El médico dijo incluso que, seguramente, Alice sufrió la lesión después del parto, aunque no hubiese empezado a notarse hasta que no empezó a crecer.

—¿Y cómo evolucionó la cosa cuando fueron creciendo?

—¿De cuánto tiempo disponen? —preguntó Ragnar con una sonrisa, aunque triste—. Iréne solo se preocupaba de Alice. Era la niña más bonita que yo había visto en mi vida, y no lo digo solo porque sea mi hija. Ya la han visto.

Patrik recordó aquellos ojos azules enormes. Desde luego, Ragnar tenía razón.

—Iréne siempre ha sentido debilidad por todo lo que es hermoso. Ella también era hermosa de joven y creo que veía en Alice la confirmación de ello. Dedicaba toda su atención a nuestra hija.

—¿Y Christian? —preguntó Patrik.

—¿Christian? Era como si no existiera.

—Pues debió de ser terrible para él —observó Paula.

—Sí —confirmó Ragnar—. Pero él hizo su pequeña revolución. Le gustaba mucho comer y engordaba fácilmente, tendencias que, seguramente, había heredado de su madre. Cuando se dio cuenta de que aquella afición por la comida irritaba a Iréne, empezó a comer más aún y se puso cada vez más gordo, solo para molestarla. Y lo conseguía. Entre ellos había siempre una lucha permanente por la comida, una lucha de la que Christian salió vencedor.

—¿Quieres decir que Christian estaba rellenito de niño? —preguntó Patrik, intentando recrear la imagen del Christian adulto y delgado que él había conocido, como un chico rechoncho, pero le fue imposible.

—No estaba rellenito, estaba obeso. Escandalosamente obeso.

—¿Cuál era la relación de Alice con Christian? —preguntó Paula.

Ragnar sonrió y, en esta ocasión, fue una sonrisa de verdad.

—Alice quería a Christian. Lo adoraba. Siempre iba pisándole los talones como un cachorrillo.

—¿Y cómo reaccionaba Christian? —preguntó Patrik.

Ragnar reflexionó un instante.

—No creo que le molestara, simplemente, no le hacía mucho caso. A veces parecía sorprendido de que lo quisiera tanto. Como si no comprendiera por qué.

—Y puede que así fuera —dijo Paula—. ¿Qué ocurrió después? ¿Cómo reaccionó Alice cuando Christian se marchó?

El semblante de Ragnar se ensombreció.

—La verdad, todo ocurrió al mismo tiempo. Christian se mudó y nosotros no podíamos darle a Alice los cuidados que necesitaba.

—¿Por qué no? ¿Por qué no podía seguir viviendo en casa?

—Había crecido tanto, necesitaba más ayuda de la que nosotros podíamos ofrecerle.

El estado de ánimo de Ragnar Lissander había cambiado, aunque Patrik no sabía decir cómo.

—¿Nunca aprendió a hablar? —continuó preguntando, puesto que Alice no había pronunciado una sola palabra mientras estuvieron allí.

—Sabe hablar, pero no quiere —explicó Ragnar con expresión hermética.

—¿Existe alguna razón para que esté resentida con Christian? ¿Sería capaz de hacerle daño? ¿A él o a la gente de su entorno? —Patrik se la imaginó de nuevo, aquella muchacha de larga melena oscura. Y las manos, que se movían sobre el folio en blanco creando dibujos propios de un niño de cinco años.

—No, Alice nunca ha matado una mosca —aseguró Ragnar—. Por eso les he traído aquí, para que la conocieran. Jamás le haría daño a nadie. Y Alice quiere… quería a Christian.

Ragnar sacó el dibujo que le había dado Alice y lo puso encima de la mesa. Un sol enorme arriba, una parcela de césped verde con flores en la parte inferior. Dos monigotes, uno grande y otro pequeño que sonreían cogidos de la mano.

—Ella quería a Christian —repitió Ragnar.

—Pero ¿tú crees que se acuerda de él? Hace muchísimos años que no se ven —observó Paula.

Ragnar no respondió, simplemente, señaló el dibujo. Dos monigotes. Alice y Christian.

—Si no me creen, pregunten al personal de la residencia. Alice no es la mujer que buscan. Ignoro quién querría hacerle daño a Christian. Desapareció de nuestras vidas a la edad de dieciocho años. Desde entonces han podido ocurrir muchas cosas, pero Alice lo quería. Y aún lo quiere.

Patrik observó a aquel hombre menudo que tenía delante. Pensaba hacer lo que le había dicho, desde luego, pensaba hablar con el personal de la residencia. Pero también sabía que lo que decía el padre de Alice era verdad. Ella no era la mujer que buscaban. De modo que se encontraban otra vez en la casilla número uno.

—Tengo algo importante que comunicaros. —Mellberg interrumpió a Patrik precisamente cuando este iba a dar cuenta de la nueva información—. Voy a pasar a trabajar media jornada durante un tiempo. Me he dado cuenta de que ejerzo mi liderazgo con tal maestría que ya puedo confiaros ciertas tareas. Mis conocimientos y mi experiencia son más necesarios en otros ámbitos.

Todos se quedaron mirándolo atónitos.

—Ha llegado la hora de que apueste por el principal recurso de este pueblo. La próxima generación. Aquellos que nos traerán el futuro —dijo Mellberg metiendo los dedos por los tirantes que sujetaban el pantalón.

—¿Piensa trabajar en un centro juvenil? —le susurró Martin a Gösta, que se encogió de hombros sin más respuesta.

—Además, también es importante dar una oportunidad a las mujeres. Y a la minoría extranjera. —Al decir esto, miró a Paula—. Sí, bueno, tú y Johanna lo habéis tenido bastante difícil para organizaros con la baja maternal. Y el chico necesita un modelo masculino potente desde el principio. Así que trabajaré media jornada, la dirección me ha dado permiso, y le dedicaré al muchacho el resto del tiempo.

Mellberg miró a su alrededor como si esperase una salva de aplausos, pero en torno a la mesa solo reinaban el silencio y la perplejidad. Y la más perpleja de todos era Paula. Para ella sí que era una novedad, pero cuanto más lo pensaba, mejor le parecía.

Johanna podría empezar a trabajar otra vez y ella podría combinar el trabajo con la baja maternal. Por otro lado, no podía negar que Mellberg tenía buena mano con Leo. Hasta el momento, se había portado como un excelente canguro, salvo quizá el día que le puso el pañal con cinta adhesiva.

Patrik no pudo por menos de estar de acuerdo, una vez que se hubieron recuperado del asombro. En realidad, aquello significaba que, en lo sucesivo, Mellberg pasaría en la comisaría la mitad del tiempo. Lo que no podía considerarse perjudicial, desde luego.

—Una iniciativa excelente, Mellberg. Sería estupendo que hubiera más personas que pensaran como tú —declaró con vehemencia—. Y, dicho esto, yo pensaba volver a la investigación. Ha habido novedades.

Informó sobre su segundo viaje con Paula a Trollhättan, sobre la conversación con Ragnar Lissander y su visita a Alice.

—¿No existe la menor duda de que es inocente? —preguntó Gösta.

—No. He estado hablando con el personal y tiene la capacidad de raciocinio de un niño.

—Figúrate, vivir toda tu vida sabiendo que le has hecho algo así a tu hermana —dijo Annika.

—Desde luego, y no debía de facilitarle las cosas el hecho de que su hermana sintiera adoración por él —apuntó Paula—. Debió de ser una carga insoportable para él. Si es que llegó a darse cuenta de lo que había hecho.

—Nosotros también tenemos algo que contar. —Gösta carraspeó un poco y miró a Martin de reojo—. Me resultaba familiar el nombre de Lissander, pero no lograba recordar en relación a qué lo había oído. Y tampoco estaba del todo seguro. Ya no puede uno confiar en esta cafetera que tengo por cabeza —dijo señalándose la sien.

—Ya, ¿y? —preguntó Patrik impaciente.

Gösta volvió a mirar a Martin de reojo.

—Pues sí, resulta que cuando volvíamos de ver a Kenneth Bengtsson, que, por cierto, se empeña en afirmar que no sabe nada y que nunca ha oído ese apellido, empecé a preguntarme por qué lo asociaba a Ernst. Así que fuimos a su casa.

—¿Que habéis ido a casa de Ernst? —preguntó Patrik—. Pero ¿por qué?

—Escucha a Gösta y ya verás —dijo Martin. Patrik guardó silencio.

—Pues sí, veréis, le expliqué el problema y Ernst cayó enseguida.

—¿En qué cayó? —preguntó Patrik con sumo interés.

—En dónde había oído yo el apellido Lissander —respondió Gösta—. Resulta que vivieron aquí un tiempo.

—¿Quiénes? —dijo Patrik desconcertado.

—El matrimonio Lissander, Iréne y Ragnar. Con los niños, Christian y Alice.

—Pero… eso es imposible —afirmó Patrik meneando la cabeza—. Entonces ¿cómo es que nadie reconoció a Christian? Eso no puede ser.

—Que sí, que nadie lo reconoció —dijo Martin—. Al parecer, su madre adoptiva había heredado; Christian era muy obeso de pequeño. Quítale sesenta kilos y añade veinte años y unas gafas, seguro que resulta difícil creer que se trate de la misma persona.

—¿De qué conocía Ernst a la familia? ¿Y de qué la conocías tú? —quiso saber Patrik.

—A Ernst le gustaba Iréne. Al parecer, se liaron en una fiesta y, a partir de entonces, aprovechaba cualquier ocasión para pasar por su casa. Así que fuimos allí más de una vez.

—¿Dónde vivían? —preguntó Paula.

—En una de las casas que hay al lado del salvamento marítimo.

—¿En Badholmen? —preguntó Patrik.

—Sí, muy cerca. La casa era de la madre de Iréne. Una verdadera arpía, por lo que he oído decir de ella. Madre e hija pasaron muchos años sin hablarse, pero cuando aquella murió, Iréne heredó la casa y la familia se mudó de Trollhättan.

—¿Y sabe Ernst por qué volvieron a mudarse? —preguntó Paula.

—No, no tenía ni idea. Pero al parecer, fue una decisión repentina.

—Ya, pues en ese caso, Ragnar no nos lo ha contado todo —dijo Patrik. Empezaba a estar harto de tantos secretos, de que todo el mundo se callase lo que sabía. Si todos hubiesen colaborado, ya hacía tiempo que habrían resuelto el caso.

—Buen trabajo —dijo mirando a Gösta y a Martin—. Mantendré otra charla con Ragnar Lissander. Debe de haber otra razón para que no mencionase que habían vivido en Fjällbacka. Debía de saber que era cuestión de tiempo que lo averiguáramos.

—Pero eso no responderá a la pregunta de quién es la mujer a la que buscamos. Me inclino a creer que es alguien de la época que Christian pasó en Gotemburgo, después de que se mudara de casa y hasta que volvió a Fjällbacka con Sanna. —Martin pensaba en voz alta.

—Me pregunto por qué volvió aquí —intervino Annika.

—Tenemos que indagar más a fondo el período que Christian pasó en Gotemburgo —asintió Patrik—. Por ahora, solo conocemos a tres mujeres que hayan tenido relación con él: su madre biológica, Iréne y Alice.

—¿Y no podría ser Iréne? Ella debería tener motivos para vengarse de Christian, teniendo en cuenta lo que le hizo a Alice —intervino Martin.

Patrik guardó silencio un instante, pero luego meneó la cabeza despacio.

—Sí, yo también había pensado en ella y todavía no podemos descartarla, pero no lo creo. Según Ragnar, ella nunca supo lo que había ocurrido. Y aunque lo supiera, ¿qué motivo tendría para atacar también a Magnus y a los demás?

Recordó el encuentro con aquella mujer tan desagradable en la casa de Trollhättan. Y el desprecio que destilaban sus comentarios sobre Christian y su madre. Y, de repente, se le ocurrió una idea. Eso era, sí, eso era lo que había estado rondándole por la cabeza desde la segunda vez que hablaron con Ragnar, eso era lo que no encajaba. Patrik cogió el móvil y se apresuró a marcar el número. Todos lo miraban perplejos, pero él levantó el dedo para indicarles que debían guardar silencio.

—Hola, soy Patrik Hedström, quería hablar con Sanna. De acuerdo, lo comprendo, pero ¿podrías ir a preguntarle una cosa? Es importante. Pregúntale si el vestido azul que encontró en el desván le habría estado bien a ella.

»Sí, ya sé que suena extraño, pero sería de gran ayuda si le preguntaras. Gracias.

Patrik aguardó y, al cabo de unos minutos, la hermana de Sanna volvió al auricular.

—Ajá… Bien, muchas gracias. Y saludos a Sanna. —Patrik colgó pensativo.

»El vestido azul es de la talla de Sanna.

—¿Y qué? —preguntó Martin, expresando lo que pensaban todos.

—Es un tanto extraño, teniendo en cuenta que su madre pesaba ciento cincuenta kilos. Ese vestido debía de pertenecer a otra persona. Christian le mintió a Sanna cuando le dijo que era de su madre.

—¿Podría ser de Alice? —preguntó Paula.

—Sí, podría ser, pero no lo creo. En la vida de Christian ha existido otra mujer.

Erica miraba el reloj. Al parecer, a Patrik se le había presentado un día complicado. No sabía nada de él desde que salió aquella mañana, pero no quería molestarlo llamando por teléfono. La muerte de Christian habría provocado un caos en la comisaría, seguramente. Bueno, ya llegaría.

Esperaba que no siguiera enfadado con ella. Nunca lo había estado de verdad hasta ahora, y lo último que quería era decepcionarlo o entristecerlo.

Erica se pasó la mano por la barriga. Parecía crecer sin control y a veces era tal la angustia que sentía ante todo lo que se le venía encima que se le cortaba la respiración. Al mismo tiempo, se moría de ganas. Eran tantos sentimientos encontrados. Alegría y preocupación, pánico y expectación, un lío fenomenal.

Y lo mismo debía de sentir Anna. Tenía remordimientos por no haber estado pendiente de cómo se encontraba su hermana. Estaba tan ocupada consigo misma... Después de todo lo que había ocurrido con Lucas, el que fue marido de Anna y padre de sus dos hijos, el embarazo de otro hombre debía de removerle un sinfín de sentimientos. Erica se avergonzaba de lo egoísta que había sido hablando solo de sí misma y de sus cosas, de sus miedos. Llamaría a Anna al día siguiente para proponerle que se tomaran un café o que salieran a dar un paseo. Así tendrían tiempo de hablar tranquilamente.

Maja se acercó y se le subió a las piernas. Parecía cansada, a pesar de que no eran más que las seis y hasta las ocho no era hora de acostarse.

—¿Y papá? —preguntó Maja pegando la mejilla a la barriga de Erica.

—Sí, papá no tardará en llegar —dijo Erica—. Pero tú y yo tenemos hambre, así que vamos a prepararnos algo de cenar. ¿O a ti qué te parece, cariño? ¿Vamos a cenar las chicas solas?

Maja asintió.

—¿Salchicha y macarrones? ¿Con montones de kétchup?

Maja asintió de nuevo. Desde luego, mamá sabía preparar una cena solo para chicas.

—¿Cómo debemos proceder? —dijo Patrik acercando su silla a la de Annika.

Fuera la noche estaba como boca de lobo y todos deberían haberse ido a casa hacía mucho, pero nadie hizo amago siquiera de dirigirse a la puerta. Salvo Mellberg, que se había marchado silbando hacía un cuarto de hora.

—Empezaremos por los registros libres. Pero dudo de que encontremos nada. Ya los revisé cuando estuve indagando sobre el pasado de Christian y me extrañaría mucho que se me hubiera pasado nada por alto. —Annika parecía estar disculpándose y Patrik le puso la mano en el hombro.

—Ya sé que eres la minuciosidad en persona, pero a veces se nos pasan las cosas. Si los miramos juntos, puede que veamos algo que nos haya pasado inadvertido antes. Creo que Christian debió de vivir con una mujer mientras estuvo en Gotemburgo o, al menos, tuvo una relación con ella. Y quizá podamos dar con algún dato que nos ponga sobre su pista.

—Sí, claro, la esperanza es lo último que se pierde —dijo Annika girando la pantalla para que Patrik también la viera—. Ningún matrimonio anterior, ¿lo ves?

—¿Hijos?

Annika tecleó rápidamente y señaló la pantalla.

—No, no figura como padre de más niños que Melker y Nils.

—Joder. —Patrik se pasó la mano por el pelo—. Bueno, puede que esto sea un absurdo. No sé por qué creo que se nos ha escapado algo. Pero seguramente las respuestas no están en estos registros.

Se levantó y se dirigió a su despacho, donde se quedó un buen rato absorto mirando la pared. El teléfono vino a sacarlo bruscamente de sus cavilaciones.

—Aquí Patrik Hedström. —Respondió sin entusiasmo alguno, pero cuando el hombre cuya voz resonó en el auricular se presentó y le explicó el motivo de su llamada, se irguió enseguida en la silla. Veinte minutos más tarde salía corriendo hacia la recepción y le gritaba a Annika:

—¡Maria Sjöström!

—¿Maria Sjöström?

—Christian tuvo una pareja en Gotemburgo. Maria Sjöström.

—¿Y cómo sabes…? —preguntó Annika, pero Patrik no le hizo el menor caso.

—Y hay un niño, Emil Sjöström. O lo había, mejor dicho.

—¿Qué quieres decir?

—Están muertos. Tanto Maria como Emil. Y hay una investigación de asesinato que se inició y está estancada.

—Pero ¿qué pasa? —Martin apareció apresuradamente al oír a Patrik, que lo llamó a gritos desde el puesto de Annika. También

384

Gösta apareció a una velocidad nunca vista. Todos se agolparon en la entrada de la recepción.

—Acabo de hablar con un hombre llamado Sture Bogh. Es comisario jubilado de Gotemburgo. —Patrik hizo una pausa artística antes de proseguir—. Había leído las noticias sobre Christian y las amenazas y reconoció el nombre de uno de los casos que él llevaba. Y cree que posee información que podría sernos de utilidad.

Patrik dio cuenta de la conversación con el viejo comisario. Habían transcurrido muchos años, pero Sture Bogh no había podido olvidar la tragedia y puso a su disposición todos los datos relevantes de la investigación.

Aquello causó impacto. Todos estaban boquiabiertos.

—¿Pueden enviarnos el material? —preguntó Martin ansioso.

—Bueno, ha pasado mucho tiempo. Yo creo que no será fácil —respondió Patrik.

—No perdemos nada por intentarlo —dijo Annika—. Aquí tengo el número de Gotemburgo.

Patrik lanzó un suspiro.

—Mi mujer se va a pensar que me he largado a Río de Janeiro con una rubia exuberante si no vuelvo pronto…

—Pues llama primero a Erica y luego intentamos localizar a alguien en la comisaría de Gotemburgo.

Patrik se rindió. Nadie parecía dispuesto a irse a casa y él tampoco quería dar el día por terminado hasta haber hecho todo lo posible.

—De acuerdo, pero ya podéis buscaros algo que hacer mientras llamo, no quiero tanto público.

Cogió el teléfono, entró en su despacho y cerró la puerta. Erica fue comprensiva. Maja y ella habían cenado solas y él casi se echa a llorar por lo mucho que las añoraba. No recordaba haber estado nunca tan cansado como ahora. Respiró hondo y marcó el número de Gotemburgo que le había dado Annika.

No se dio cuenta de que alguien le hablaba al otro lado del hilo telefónico. «¿Hola?», sonaba la voz, y Patrik se sobresaltó y comprendió que debía decir algo. Se presentó y explicó el motivo de la llamada y, ante su sorpresa, no lo despacharon de inmediato. El colega de Gotemburgo fue amable y solícito y se ofreció enseguida a buscar el material.

Concluyeron la conversación y Patrik cruzó los dedos. Al cabo de poco más de quince minutos, sonó el teléfono.

—¿En serio? —Patrik no podía creer que el colega hubiese encontrado el archivador con el material de la investigación. Le dio las gracias mil veces y le pidió que lo guardara. Intentaría que le hiciesen llegar parte de ese material a lo largo del día siguiente. En el peor de los casos, tendría que ir personalmente a Gotemburgo a recogerlo, o cargar al presupuesto de la comisaría el gasto de un mensajero.

Se quedó en la silla después de colgar. Sabía que los demás, cada uno en su despacho, esperaban a que él les dijese si era posible acceder al material de aquella antigua investigación. Pero él necesitaba ordenar sus pensamientos. No hacía más que dar vueltas y más vueltas a todos los detalles, a todas las piezas del rompecabezas. Sabía que todas estaban relacionadas, la cuestión era cómo.

Le resultaba extrañamente triste despedirse. Claro que era difícil decirles adiós a las niñas, darles un abrazo y fingir que volvería al cabo de unos días. Pero le sorprendió comprobar que también le costaba despedirse de la casa y de Louise, que estaba en el recibidor, observándolo con mirada insondable.

En un primer momento había pensado largarse dejando una nota. Pero luego sintió la necesidad de despedirse como es debido. Por si acaso, había metido ya la maleta grande en el coche, de modo que para Louise aquel no era sino otro más de los muchos viajes breves de negocios.

A pesar de aquella dificultad inesperada para despedirse, sabía que pronto se encontraría de perlas en su nueva existencia. No había más que mirar a Posener, que llevaba ya muchos años desaparecido sin que pudiera decirse que estuviera sufriendo demasiado tras abandonar a su hijo. Además, las niñas se estaban haciendo mayores y ya no lo necesitaban.

—¿Y cuál es el motivo del viaje? —preguntó Louise.

Algo en el tono de voz de su mujer lo puso en guardia. ¿Se habría enterado? Erik desechó la idea. Aunque sospechara, no tenía posibilidad de hacer nada.

—Una reunión con un nuevo proveedor —dijo tanteando las llaves del coche que llevaba en el bolsillo. La verdad, se había portado bien, porque se llevaba el coche pequeño y dejarle a ella el Mercedes… Y con el dinero que había en la cuenta, tendrían suficiente para vivir un año entero ella y las niñas, gastos de la casa incluidos. Así, Louise tendría tiempo de sobra para solucionar su situación.

Erik se irguió. Verdaderamente, no tenía ningún motivo para sentirse como un cerdo. Si alguien salía perjudicado con su escapada, no era su problema. Era su vida la que estaba en peligro y no podía quedarse allí a esperar que lo ocurrido antaño le pasara factura.

—Estaré de vuelta mañana —dijo brevemente con un gesto de asentimiento. Hacía mucho que no le daba un abrazo o un beso de despedida.

—Vuelve cuando quieras —contestó encogiéndose de hombros.

Una vez más, pensó que a su mujer le pasaba algo extraño, pero seguramente, se dijo, serían figuraciones suyas. Y pasado mañana, cuando ella esperase su regreso, él ya estaría a salvo.

—Adiós —se despidió dándole la espalda.

—Adiós —respondió Louise.

Cuando se metió en el coche y se alejó de allí, echó una última ojeada por el retrovisor. Luego puso la radio y empezó a tararear. Estaba en camino.

Erica miró horrorizada a Patrik cuando lo vio entrar por la puerta. Maja dormía desde hacía un rato y ella estaba tomándose un té en el sofá.

—Un día duro, ¿eh? —dijo discretamente antes de abrazarlo.

Patrik enterró la cara en el cuello de su mujer y se quedó inmóvil un momento.

—Necesito una copa de vino.

Se alejó y Erica volvió al sofá. Oyó el tintineo de una copa y el ruido al descorchar la botella. Pensó en lo mucho que le apetecía una copa de vino, pero tuvo que conformarse con el té. Era uno de los grandes inconvenientes de estar embarazada y, después, de dar el pecho, no poder tomarse un buen tinto de vez en cuando. Pero a veces tomaba un traguito de la copa de Patrik, y con eso se contentaba.

—Qué maravilla estar en casa —afirmó Patrik sentándose a su lado con un suspiro. Le rodeó los hombros con el brazo y puso los pies en la mesa.

—Es una maravilla que estés en casa —observó Erica acurrucándose más pegada a él. Guardaron silencio unos minutos. Patrik tomó un poco de vino.

—Christian tiene una hermana.

Erica dio un respingo.

—¿Una hermana? Jamás mencionó una palabra. Siempre decía que no tenía familia.

—Pues no era del todo cierto. Seguramente me arrepentiré de habértelo contado, pero es tal el cansancio que tengo… Todo lo que he oído y averiguado hoy me da vueltas en la cabeza y tengo que hablar con alguien. Pero debe quedar entre nosotros, ¿de acuerdo? —La miró con expresión severa.

—Te lo prometo. Venga, cuéntame.

Y Patrik le refirió todo lo que habían descubierto. Estaban en la penumbra de la sala de estar, a la sola luz del resplandor de la tele. Erica callaba y escuchaba y se quedó de piedra cuando Patrik le contó cómo sufrió Alice la lesión cerebral y cómo Christian había vivido con aquel secreto todos aquellos años, bajo la protección de Ragnar, pero también bajo su vigilancia. Cuando hubo terminado de hablar de Alice, de la frialdad con la que se crio Christian y de cómo abandonó a la familia Lissander, Erica meneó la cabeza asombrada.

—Pobre Christian.

—Pues no acaba ahí la cosa.

—¿A qué te refieres? —preguntó Erica antes de soltar un chillido al notar una patada fenomenal en los pulmones. Los gemelos estaban muy animados aquella noche.

—Christian se veía con una mujer mientras estuvo estudiando en Gotemburgo. Se llamaba Maria. Tenía un hijo, que era casi recién nacido cuando se conocieron. Ella no tenía ningún contacto con el padre. Christian y ella se fueron a vivir juntos muy pronto, a un apartamento de Partille. El niño, Emil, era como un hijo para Christian. Parece que fue una muy buena época en su vida.

—¿Y qué pasó? —En realidad, Erica no estaba segura de querer oírlo. Quizá fuera más fácil taparse los oídos y preservarse de aquello que sabía que solo podía ser trágico y penoso de oír. Pero preguntó de todos modos.

—Un miércoles del mes de abril, Christian llegó a casa de la facultad. —La voz de Patrik sonaba hueca y Erica le cogió la mano—. La puerta no estaba cerrada con llave y se inquietó al notarlo. Llamó a Maria y a Emil, pero no respondían. Los buscó por el apartamento. Todo estaba como siempre, y vio los abrigos colgados en la entrada, así que no parecía que hubieran salido. El carrito de Emil estaba en el rellano de la escalera.

—No sé si quiero seguir oyendo —le susurró Erica, pero Patrik se quedó absorto mirando al frente, sin darse cuenta.

—Al final los encontró. En el cuarto de baño. Se habían ahogado los dos.

—¡Por Dios santo! —Erica se tapó la boca con la mano.

—El niño estaba boca arriba en la bañera, y la madre tenía la cabeza dentro y el resto del cuerpo fuera. Según el informe de la autopsia, presentaba cardenales y marcas de dedos en el cuello. Alguien le sujetó la cabeza bajo el agua.

—¿Quién…?

—No lo sé. La Policía no logró dar con el asesino. Curiosamente, nunca sospecharon de Christian, pese a que era el familiar más próximo. Por eso no apareció su nombre cuando buscamos en el registro.

—¿Y cómo es posible?

—Pues tampoco lo sé. Todas las personas de su entorno aseguraron que era una pareja extraordinariamente feliz. La madre de Maria apoyó a Christian y, además, un vecino dijo haber visto a una mujer salir del apartamento aproximadamente a la hora en que el forense fijó la hora de la muerte.

—¿Una mujer? —preguntó Erica—. ¿La misma que…?

—Ya no sé qué creer, la verdad. Este caso me está volviendo loco. Todo lo que le ocurrió a Christian está relacionado con la investigación, sé que lo está de alguna manera. Alguien lo odiaba tanto que no lo olvidó con los años.

—¿Y no tenéis ni idea de quién puede ser? —En la mente de Erica surgió una idea, pero no lograba darle forma. Era una imagen borrosa. En cualquier caso, estaba segura de que Patrik tenía razón, todo guardaba relación.

—¿Te importa que me vaya a la cama? —preguntó Patrik poniéndole la mano en la rodilla.

—No, cariño, vete a dormir —dijo ausente—. Yo me quedaré aquí un rato más, pero voy enseguida.

—Vale. —Le dio un beso y Erica oyó el resonar de los pasos subiendo la escalera, hacia el dormitorio.

Y se quedó allí, en la semipenumbra. En la tele estaban dando las noticias, pero quitó el sonido para poder oír sus propios pensamientos. Alice. Maria y Emil. Había algo que debía ver, algo que debía comprender. Dirigió la mirada al libro que estaba en la mesa. Lo cogió despacio y miró la cubierta y el título. *La sombra de la sirena*. Pensó en el pesimismo y en la culpa, en lo que Christian había querido transmitir. Supo que la respuesta se encontraba allí, en las palabras y las frases que había dejado tras de sí. Y ella averiguaría cuál era.

Las pesadillas empezaron a acudir todas las noches. Era como si hubiesen estado esperando a que se le despabilara la conciencia. En realidad, resultaba muy curioso que hubiese ocurrido tan de repente. Él siempre lo supo, siempre recordó el día en que retiró la hamaquita y dejó que Alice se hundiera en el agua. Los espasmos de aquel cuerpecito que se debatía por respirar y cómo se quedó quieto después. Siempre tuvo presentes aquellos ojos tan azules que lo miraban sin verlo bajo la superficie. Siempre lo supo, aunque no lo comprendía.

Fue un suceso sin importancia, un detalle, el que lo hizo darse cuenta un día de aquel último verano. A aquellas alturas, él ya sabía que no podría quedarse. Nunca hubo en aquella familia un lugar para él, pero tomó conciencia poco a poco. Debía abandonarlos.

Eso mismo le decían las voces. Un día se presentaron allí, no eran desagradables ni terribles, sino más bien como amigos de confianza que le hablaban susurrantes.

Solo dudaba de su decisión cuando pensaba en Alice. Pero la duda no tardaba en esfumarse. Fortalecía las voces, y él tomó la decisión de quedarse el resto del verano. Luego, se marcharía sin volver la vista atrás. Dejaría para siempre cuanto guardase relación con su madre y con su padre.

Aquel día, Alice quería un helado. Alice siempre estaba dispuesta a comer helado y, cuando a él le apetecía, la acompañaba al quiosco de la plaza. Ella siempre tomaba lo mismo, un barquillo con tres bolas de fresa. A veces él le gastaba una broma, fingía no entenderla y le pedía helado de chocolate. Entonces ella meneaba con fuerza la cabeza, le tironeaba de la manga y balbucía: «fresa».

Alice solía sentirse como en el paraíso cuando le daban el helado. Se le iluminaba la cara y lo lamía con placer y metódicamente alrededor, para que no chorrease. Y así fue también en aquella ocasión. Le dieron el helado y empezó a caminar despacio mientras él cogía el suyo y pagaba. Cuando se dio la vuelta para seguirla, se quedó petrificado. Erik, Kenneth y Magnus. Allí estaban, mirándolo. Erik sonreía burlón.

Él notó que el helado empezaba a derretirse y chorreaba por el cucurucho, por la mano. Pero tenía que pasar por delante de ellos. Intentó mirar al frente, hacia el mar. Hacer caso omiso de sus miradas, del corazón que se le aceleraba en el pecho. Dio un paso, y uno más. Hasta que cayó de bruces en el suelo. Erik le había puesto la zancadilla justo cuando pasaba y, en el último segundo, logró poner las manos para amortiguar la caída. Le dolían las manos por el golpe. El helado salió volando y fue a parar al asfalto, entre la grava y la suciedad.

—Vaya —dijo Erik.

Kenneth se rio nervioso, pero Magnus miró a Erik con reprobación.

—¿De verdad tenías que hacerlo, joder?

Erik no le hizo caso. Le brillaban los ojos.

—De todos modos, no te hace falta comer más helados.

Se levantó con esfuerzo. Le dolían los brazos y tenía partículas de gravilla clavadas en la palma de las manos. Se sacudió el polvo y echó a andar. Caminaba lo más rápido que podía, pero la risa de Erik siguió resonándole en los oídos.

A unos metros de allí lo aguardaba Alice. Él pasó de largo sin prestarle atención. Vio con el rabillo del ojo que lo seguía medio corriendo, pero no se detuvo a recobrar el aliento hasta que no llegaron a casa. Alice también se paró. Al principio no dijo nada, se quedó allí oyéndolo jadear. Luego le ofreció el helado.

—Toma, Christian, te doy mi helado. Es de fresa.

Él se quedó mirando el brazo extendido, mirando el helado. Helado de fresa, con lo que le gustaba a Alice. Y en ese instante comprendió las consecuencias de lo que le había hecho. Las voces empezaron a gritar, casi le estalla la cabeza. Se arrodilló tapándose los oídos con las manos. Tenían que callar, él tenía que hacerlas callar. Y entonces notó cómo Alice lo rodeaba con sus brazos y se hizo el silencio.

Había dormido como un tronco toda la noche. Aun así, no se sentía descansado.

—¿Cariño? —Ni una palabra. Miró el reloj y lanzó una maldición. Las ocho y media. Ya podía darse prisa, tenían mucho que hacer.

—¿Erica? —Recorrió el piso de arriba, pero ni rastro de la madre ni de la hija. En la cocina había una cafetera lista y una nota de Erica en la mesa de la cocina.

«Cariño, he dejado a Maja en la guardería. He estado pensando en lo que me contaste anoche y tengo que comprobar una cosa. En cuanto sepa algo, te llamo. ¿Podrías mirar un par de cosas y decirme luego la respuesta? 1. ¿Le había puesto Christian algún apodo a Alice? 2. ¿Qué enfermedad psíquica tenía la madre biológica de Christian? Un beso, Erica. Posdata: No te enfades.»

¿Qué se le había metido ahora en la cabeza? Debería haber comprendido que no podría contenerse. Cogió el teléfono que estaba encima de la mesa y llamó al móvil de Erica. Después de varios tonos, saltó el contestador. Se calmó y comprendió que no podía hacer mucho más por el momento. Tenía que irse al trabajo cuanto antes, y no tenía ni idea de dónde estaba su mujer.

Además, las preguntas de la nota le habían despertado curiosidad. ¿Habría encontrado alguna pista? Erica era muy lista, de eso no cabía duda. Y en más de una ocasión había descubierto cosas que a él le habían pasado inadvertidas. Lo único que querría es que no se largase sola, así, de aquella manera.

Se tomó el café de pie y, tras unos minutos de vacilación, llenó la taza para el coche que Erica le había regalado por Navidad. Esta vez le vendría bien la cafeína y lo primero que hizo al llegar a la comisaría fue ir a la cocina y tomarse la tercera taza del día.

—Bueno, ¿y qué nos toca hacer ahora? —preguntó Martin cuando casi se chocan en el pasillo.

—Tenemos que revisar todo el material del asesinato de la pareja de Christian y de su hijo. Llamaré a Gotemburgo ahora y veré si podemos conseguir que nos lo envíen. Creo que les pediré que lo envíen por mensajero e intentaré camuflar el gasto para que no lo vea Mellberg. Luego tenemos que hablar con Ruud, por si el laboratorio ha enviado algún informe sobre la bayeta y la lata de pintura que había en el sótano de Christian. Seguro que aún no está listo, pero más vale apremiarlos un poco. Tú podrías encargarte, ¿de acuerdo?

—Claro, ahora mismo. ¿Algo más?

—Por ahora no —respondió Patrik—. Yo tengo que hablar otra vez con Ragnar Lissander, pero ya os contaré cuando sepa algo más.

—De acuerdo, avisa cuando me necesites —dijo Martin.

Patrik entró en su despacho. No se explicaba cómo podía estar tan cansado. Hoy ni siquiera le hacía efecto la cafeína. Respiró hondo para reunir fuerzas y marcó el número del padre de acogida de Christian.

—Ahora no puedo hablar mucho —le susurró Ragnar, y Patrik comprendió que Iréne debía de estar cerca.

—Solo tengo dos preguntas —dijo bajando la voz él también, aunque no era necesario. Sopesó brevemente si debía preguntarle a Ragnar por qué no había dicho nada de la época que la familia pasó en Fjällbacka, pero decidió esperar a que pudieran hablar tranquilamente. Además, tenía el presentimiento de que lo que Erica quería averiguar era más relevante en aquellos momentos.

—Vale —respondió Ragnar—, pero que sea rápido.

Patrik le hizo las preguntas de Erica. Las respuestas lo dejaron desconcertado. ¿Qué significaba aquello?

Le dio las gracias a Ragnar, colgó y volvió a llamar a Erica. Seguía saltando el contestador. Dejó un mensaje y se retrepó en la silla. ¿Cómo encajaba aquello? ¿Y dónde estaría Erica?

–¡Erica! –Thorvald Hamre se inclinó para abrazarla. Pese a que Erica medía más de un metro setenta y llevaba bastante peso de más, se sintió como una enana a su lado.

–¡Hola, Thorvald! Gracias por recibirme con tan poco margen –dijo correspondiendo a su abrazo.

–Tú siempre eres bienvenida, ya lo sabes. –Solo se oía un levísimo indicio de la melodía de la lengua noruega. Llevaba casi treinta años en Suecia y, después de tanto tiempo, se sentía más patriota que los propios gotemburgueses, como atestiguaba la gran bandera del equipo IFK Göteborg que tenía en la pared.

–¿En qué te puedo ayudar esta vez? ¿En qué historia apasionante estás trabajando ahora? –Se mesó el enorme bigote gris y se le iluminaron los ojos.

Se conocieron cuando Erica buscaba asesoramiento para los aspectos psicológicos de sus libros. Thorvald tenía una consulta privada muy próspera, pero dedicaba todo el tiempo libre a profundizar en el lado más oscuro del ser humano. Incluso había asistido a un curso del FBI. Erica no se atrevía siquiera a imaginar cómo habría entrado allí. Lo principal era que Erica contaba con el asesoramiento de un psiquiatra excelente que, además, estaba encantado de compartir sus conocimientos.

–Pues quería que me respondieras a algunas preguntas, aunque todavía no puedo decirte por qué, pero espero que puedas ayudarme de todos modos.

–Por supuesto, lo que necesites.

Erica lo miró agradecida y reflexionó un instante sobre por dónde debía empezar. Aún no había conseguido encajarlo todo. El monstruo cambiaba constantemente, como los colores y las formas de un caleidoscopio. Pero en algún lugar había una estructura y quizá Thorvald pudiera ayudarle a encontrarla. Había oído el mensaje de Patrik poco antes de llegar a Gotemburgo.

Oyó la llamada, pero prefirió no coger el teléfono para no tener que responder a sus preguntas. Lo que oyó en el mensaje no le causó la menor sorpresa, simplemente, confirmó sus sospechas.

Ordenó sus pensamientos un instante y empezó a hablar. Sin detenerse, sin una pausa, le expuso todo lo que sabía. Thorvald la escuchaba con suma atención, con los codos apoyados en la mesa y las yemas de los dedos enfrentadas. De vez en cuando, a Erica se le hacía un nudo en el estómago, cuando tomaba conciencia de lo terrible que era aquella historia.

Cuando hubo terminado, Thorvald se quedó en silencio. Erica se había quedado casi sin respiración, como si acabase de terminar una carrera. Uno de los bebés le daba patadas como para recordarle que había cosas agradables y amables en la vida.

—¿Y a ti qué te parece todo esto? —preguntó Thorvald.

Tras dudar un instante, le expuso su teoría. La fue desarrollando durante la noche, tumbada en la cama mirando al techo mientras Patrik dormía a pierna suelta a su lado. Y había ido perfilándola mientras el coche se deslizaba por la E6 hacia Gotemburgo. Y pronto comprendió que tenía que contársela a Thorvald. Él podría confirmarle si era tan absurda como parecía, él le diría si tenía una imaginación exacerbada.

Pero no fue así, sino que la miró y le dijo:

—Es perfectamente posible. Lo que dices es perfectamente posible.

Aquellas palabras la hicieron soltar el aire con una mezcla de miedo y alivio. Ahora estaba segura de que tenía razón. Pero las consecuencias eran casi imposibles de comprender.

Estuvieron hablando cerca de una hora. Erica le hizo las preguntas necesarias para tener una idea cabal de todo. Si quería exponer aquella teoría, debía disponer de todos los datos. De lo contrario, podía ser desastroso. Y aún le faltaban algunas piezas del rompecabezas. Había reunido las suficientes como para ver el dibujo, pero aquí y allá se advertían los huecos. Y antes de desvelar su hipótesis, debía rellenarlos.

De nuevo en el coche, apoyó la cabeza en el volante. Lo sintió fresco en la frente sudorosa. La siguiente visita no despertaba en ella el menor entusiasmo, ni las preguntas que debía hacer ni las respuestas que tendría que oír. Era una pieza que no estaba segura de querer poner en su lugar. Pero no tenía elección.

Puso el coche en marcha y emprendió el viaje a Uddevalla. Una ojeada al móvil le confirmó que tenía dos llamadas perdidas de Patrik. Su marido tendría que esperar.

Llamó tan pronto como abrió el banco. Erik siempre la subestimó, pero se le daba bien engatusar a la gente y averiguar cosas. Además, tenía toda la información necesaria para formular las preguntas adecuadas, el número de cuenta, el número de registro de la empresa. Y tenía la voz firme y exigente que convenció al señor del banco de que no debía cuestionar su derecho a comprobar los datos.

Cuando colgó el teléfono, se quedó sentada a la mesa de la cocina. Se lo había llevado todo. Bueno, todo no, había sido lo bastante generoso para dejar un poco, a fin de que se las arreglaran un tiempo. Pero por lo demás, había limpiado las cuentas, tanto la privada como la de la empresa.

La ira le arrasó las entrañas como un cataclismo. No pensaba permitir que se saliera con la suya. Era tan jodidamente imbécil… y claro, creía que ella era igual de tonta. Erik había reservado un billete a su nombre y Louise no tuvo que hacer muchas llamadas para saber exactamente qué vuelo tomaría y cuál era su destino.

Se levantó y cogió una copa del mueble, la puso debajo de la espita, lo giró y contempló cómo la llenaba aquel líquido rojo maravilloso. Hoy lo necesitaba más que nunca. Se llevó la copa a los labios, pero se detuvo al advertir el olor del vino. No era el momento adecuado. Le sorprendió que se le ocurriese siquiera la idea, porque llevaba años pensando que cualquier momento era el adecuado para una copa de vino. Pero ahora no. Ahora necesitaba estar despejada y fuerte. Ahora tenía que mostrarse firme.

Disponía de la información precisa, podía señalar con la varita y conseguir que todo hiciera «pof», como por arte de magia.

Soltó primero una risita, pero después empezó a reír en voz alta. Reía mientras dejaba la copa en la encimera, reía mientras contemplaba la imagen que le devolvía la superficie lisa de la puerta del frigorífico. Había recuperado el poder sobre su existencia. Y muy pronto todo haría «pof».

Todo estaba arreglado. El mensajero que traía el material de Gotemburgo estaba en camino. Patrik debería dar saltos de alegría, pero la alegría verdadera se resistía a hacerse presente. Seguía sin localizar a Erica y la idea de que anduviese por ahí en su estado haciendo Dios sabía qué lo llenaba de preocupación. Sabía que era muy capaz de cuidar de sí misma. Era una de las muchas razones por las que la quería. Pero no podía evitar la preocupación.

—Llegarán dentro de media hora —gritó desde la recepción Annika, que fue quien pidió el mensajero.

—¡Estupendo! —respondió él desde el despacho. Luego se levantó y se puso la cazadora. Murmuró algo ininteligible cuando pasó por delante de Annika al salir y se encaminó corriendo para protegerse del viento gélido en dirección a Hedemyrs. Estaba furioso consigo mismo. Debería haber hecho aquello mucho antes, pero no encajaba en su mundo cuadriculado. Para ser sincero, ni siquiera se le había pasado por la cabeza. Hasta que supo cómo llamaba Christian a su hermana. La sirena.

Los libros estaban en la planta baja de los grandes almacenes. Lo encontró enseguida. Siempre destacaban bien los títulos de los autores locales y Patrik sonrió al ver un expositor con los libros de Erica y un cartel con ella de cuerpo entero.

—Qué horror, pensar que iba a terminar de ese modo —dijo la cajera cuando fue a pagar el libro. Él asintió sin más, no estaba de humor para charlas. Se guardó el libro en el interior de la cazadora cuando salió corriendo de nuevo en dirección a la comisaría. Annika lo miró extrañada al verlo entrar otra vez, pero no dijo nada.

Cerró la puerta del despacho, se sentó ante el escritorio e intentó ponerse lo más cómodo posible. Abrió el libro y empezó a leer. En realidad, tenía montones de cosas que hacer, tareas de tipo práctico y trabajo policial, pero algo le decía que aquello era importante. De modo que, por primera vez a lo largo de toda su carrera profesional, Patrik Hedström se sentó a leer un libro en horario laboral.

Ignoraba cuándo le darían el alta, pero qué importaba. Podía quedarse allí o irse a casa. Ella lo encontraría dondequiera que estuviese.

Quizá sería mejor que lo encontrase en casa, donde aún flotaba en el aire la presencia de Lisbet. Y había varias cosas que quería dejar arregladas. El entierro de Lisbet, por ejemplo. Sería solo para los más allegados. Ropa clara, nada de música lúgubre y, además, llevaría el pañuelo amarillo. Así lo quería ella.

Unos golpecitos discretos en la puerta lo sacaron de su ensimismamiento. Volvió la cabeza. Erica Falck. ¿Qué querría?, se preguntó sin interés.

—¿Puedo pasar? —preguntó Erica. Como a todos los demás, también a ella se le fue la mirada a las vendas. Kenneth hizo un movimiento que podía interpretarse de cualquier manera. Entra, vete. Ni él mismo sabía qué había querido decir.

Pero ella entró, cogió una silla, se sentó a su lado y acercó la cabeza. Lo miró con amabilidad.

—Tú sabes quién era Christian, ¿verdad? No Christian Thydell, sino Christian Lissander.

Primero pensó mentirle, del mismo modo que, con toda tranquilidad, había mentido a los policías. Pero el tono de aquella mujer era diferente, al igual que su expresión. Ella lo sabía, ya tenía las respuestas o, al menos, parte de ellas.

—Sí, lo sé —respondió Kenneth—. Sé quién era.

—Háblame de él —le rogó como si lo tuviese amarrado a la cama con sus preguntas.

—No hay mucho que contar. Era el saco de los palos en la escuela. Y nosotros… nosotros éramos lo peor. Con Erik a la cabeza.

—¿Lo acosabais?

—Nosotros no lo habríamos llamado así, pero le amargábamos la vida en cuanto se nos presentaba la oportunidad.

—¿Por qué? —preguntó Erica. La pregunta quedó flotando en el aire.

—¿Por qué? Pues, quién sabe. Era diferente. Era de fuera. Estaba gordo. Supongo que el ser humano necesita a alguien a quien machacar, alguien que esté por debajo.

—Puedo comprender el papel de Erik en todo aquello, pero ¿tú y Magnus?

No sonó como un reproche, pero a Kenneth le dolió igual. Él se había hecho la misma pregunta tantas veces… A Erik le faltaba algo. Resultaba difícil decir qué exactamente, quizá compasión. No era una excusa, pero sí una explicación. Él y Magnus, en cambio, eran distintos. ¿Eso hacía sus pecados mayores o menores? No lo sabía.

—Éramos jóvenes y necios —dijo, aunque sabía que no bastaba. Él continuó secundando a Erik, se dejó dirigir por él, sí, incluso lo admiraba. Se trataba de necedad humana de lo más corriente. Miedo y cobardía.

—¿No lo reconocisteis cuando lo visteis de adulto? —preguntó.

—No, ni por asomo. Lo creas o no, pero jamás lo relacioné. Ni los otros dos tampoco. Christian era otra persona. No era solo el físico, era… bueno, no era la misma persona. Ni siquiera ahora que lo sé… —Kenneth meneó la cabeza.

—¿Y Alice? Háblame de Alice.

Kenneth esbozó una mueca. No quería. Hablar de Alice era como meter la mano en el fuego. Con el tiempo la había arrinconado de tal modo en la memoria que era como si nunca hubiera existido. Pero ya no era así. Si tenía que quemarse, lo haría, pero tenía que contarlo.

—Era tan guapa que al mirarla te quedabas sin respiración. Pero en cuanto se movía o empezaba a hablar, veías que algo fallaba. Y siempre andaba detrás de Christian. Nunca supimos si a él le gustaba o no aquella actitud. A veces se mostraba irritado con ella, pero otras casi parecía alegrarse de verla.

—¿Vosotros hablabais con Alice?

–No, salvo los improperios que le soltábamos. –Kenneth se avergonzaba. Lo recordaba perfectamente, todo lo que habían dicho, todo lo que habían hecho. Habría podido ser ayer, era ayer. No, fue hacía mucho tiempo. Empezó a sentirse algo desorientado. Era como si los recuerdos que él había tenido dormidos despertaran ahora abalanzándose con toda su fuerza y arrollando cuanto hallaban a su paso.

–Cuando Alice tenía trece años, la familia se mudó de Fjällbacka y Christian dejó a la familia. Algo sucedió, y yo creo que tú sabes qué. –Erica hablaba con voz serena, sin enjuiciarlo, y Kenneth se animó a hablar. De todos modos, ella no tardaría en llegar. Y él no tardaría en reunirse con Lisbet.

–Fue en julio –comenzó, y cerró los ojos.

*C*hristian notaba el desasosiego en el cuerpo. Una desazón que había ido creciendo y que le impedía dormir por las noches. Y que le hacía ver ojos bajo el agua.

Tenía que irse, sabía que tenía que irse. Si encontraba adónde, debía irse lejos. Lejos de su padre y de su madre, y de Alice. Y, curiosamente, separarse de Alice era lo que más le dolía.

—¡Eh, tú!

Se volvió sorprendido. Como de costumbre, había ido a Badholmen dando un paseo. Le gustaba sentarse allí a contemplar el mar y la vista de Fjällbacka.

—¡Aquí!

Christian no sabía qué pensar. Junto a los vestuarios de caballeros estaban Erik, Magnus y Kenneth. Y Erik lo estaba llamando. Christian los miró suspicaz. Fuera lo que fuera, no podían querer nada bueno. Pero era una tentación demasiado grande, de modo que, fingiendo indiferencia, se metió las manos en los bolsillos y se acercó hasta ellos.

—¿Quieres un cigarrillo? —dijo Erik ofreciéndole uno. Christian negó con la cabeza. Aún a la espera de que ocurriese la catástrofe, de que se abalanzaran sobre él al mismo tiempo. Cualquier cosa, todo menos... aquella amabilidad.

—Siéntate —le dijo Erik dando una palmadita en el suelo, a su lado.

Él se sentó, como si estuviera en un sueño. Todo se le antojaba irreal. Había acariciado aquella idea tantas veces, se lo había imaginado tal cual. Y ahora sucedía de verdad. Allí estaba él, sentado como uno más del grupo.

—¿Qué planes tienes para esta noche? —preguntó Erik intercambiando una mirada con Kenneth y Magnus.

—Ninguno en particular, ¿por qué?

—Estábamos pensando celebrar aquí una fiesta. Un rollo privado, por así decirlo. —Erik se rio.

—Ya —dijo Christian. Se movió un poco para encontrar una postura más cómoda.

—¿Quieres venir?

—¿Yo? —preguntó Christian. No estaba seguro de haber oído bien.

—Sí, tú. Pero necesitas una entrada —explicó Erik, intercambiando nuevas miradas con Kenneth y Magnus.

Así que había trampa. ¿Qué humillación habrían pensado proponerle?

—¿Cómo? —preguntó, aunque no habría debido hacerlo.

Los tres muchachos se dijeron algo entre susurros. Al final, Erik lo retó con la mirada y le dijo:

—Una botella de whisky.

Vaya, solo eso. Sintió un alivio inmenso. Podría cogerla de casa sin la menor dificultad.

—Claro, eso está hecho. ¿A qué hora vengo?

Erik dio un par de caladas. Se lo veía seguro con el cigarrillo en la mano. Adulto.

—Tenemos que asegurarnos de que no nos molestará nadie, así que después de medianoche. Sobre las doce y media, ¿no?

Christian se dio cuenta de que aceptó demasiado ansioso, pero asintió y dijo:

—Vale, a las doce y media. Aquí estaré.

—Bien —respondió Erik fríamente.

Christian se alejó aprisa. Sentía los pies más ligeros que nunca. Y si cambiaba su suerte y podía estar con ellos por fin...

El resto del día pasó muy lentamente. Por fin llegó la hora de acostarse, pero no se atrevía a cerrar los ojos por miedo a quedarse dormido. De modo que permaneció totalmente despabilado, mirando las manecillas que avanzaban con morosidad insufrible hacia la medianoche. A las doce y cuarto se levantó y se vistió procurando no hacer ruido. Bajó sigilosamente y se acercó al mueble bar. Había allí varias botellas de whisky y cogió la que estaba más llena. La botella chocó con otra al sacarla y se *oyó un tintineo. Christian se quedó inmóvil un instante. Pero no parecía que el ruido hubiese despertado a nadie.*

Cuando llegó a Badholmen, los oyó de lejos. Sonaba como si llevasen allí un rato, como si hubiesen empezado la fiesta sin él. Por un momento se planteó dar media vuelta. Desandar el camino hasta la casa, entrar de nuevo sin hacer ruido, dejar la botella en su sitio y meterse en la cama. Pero entonces oyó la risa de Erik y él quería participar de esa risa, ser uno de aquellos con los que Erik intercambiaba miradas. Así que siguió adelante con la botella de whisky bien apretada bajo el brazo.

—¡Hombre, hola! —farfulló Erik señalando a Christian—. Aquí llega el rey de la fiesta. —Soltó una risita que corearon Kenneth y Magnus. Este último parecía haber bebido más que ninguno, se tambaleaba y le costaba fijar la vista.

»¿Has traído la entrada? —preguntó Erik animándolo con un gesto para que se acercara.

Christian le dio la botella, aunque con desconfianza. ¿Habría llegado el momento de la humillación? ¿Lo echarían de allí una vez que hubieran conseguido lo que querían?

Pero no ocurrió nada. Nada, salvo que Erik quitó el tapón de la botella, bebió un buen trago y se la pasó a Christian. Él se quedó mirándola. Quería, pero no se atrevía del todo. Erik lo instó a beber y Christian comprendió que tenía que hacer lo que le decía si quería estar con ellos. Se sentó botella en mano y bebió. Y estuvo a punto de atragantarse con un sorbo demasiado grande que le bajó de golpe por la garganta.

—Eh, ¿qué pasa, muchacho? —Erik se echó a reír y le arreó unas palmadas en la espalda.

—Bien —respondió Christian antes de dar otro trago para demostrar que así era.

Pasaron la botella un par de rondas y Christian ya empezaba a notar una agradable calidez por todo el cuerpo. Empezó a ceder el desasosiego. El whisky inhibía todo aquello que últimamente lo mantenía despierto por las noches. Los ojos. El olor a carne en proceso de putrefacción. Tomó otro trago.

Magnus se había tumbado boca arriba y tenía la mirada perdida en el firmamento. Kenneth apenas hablaba. Simplemente asentía lleno de admiración ante todo lo que decía Erik. Pero a Christian le gustaba estar allí. Era alguien, era parte del grupo.

—¿Christian? —Se oyó una voz desde la entrada. Christian se giró. ¿Qué estaba haciendo ella allí? ¿Por qué tenía que presentarse en su fiesta y estropearlo todo? La furia de siempre despertó de nuevo.

—Lárgate —le espetó, y ella hizo un mohín.

—¿Christian? —repitió ella a punto de llorar.

Él se levantó para echarla de allí, pero Erik le puso la mano en el hombro.

—Deja que se quede —dijo. Christian lo miró atónito, pero se sentó otra vez. Obedeció.

»¡Ven! —Erik le hizo a Alice una seña para que se acercara.

Ella miró a Christian buscando su aprobación, y él se encogió de hombros.

—Siéntate —dijo Erik—. Estamos de fiesta.

—¡Fiesta! —exclamó Alice encantada.

—Qué suerte que hayas venido, así hay alguna chica guapa también. —Erik le rodeó los hombros con el brazo y le acarició un mechón. Alice se echó a reír. Le gustaba que le dijeran «guapa».

»Toma. Para participar en esta fiesta hay que beber. —Le quitó la botella a Kenneth, que acababa de tomar un trago, y se la dio a Alice.

Una vez más, ella miró a Christian, pero a él le daba igual lo que ella hiciera. Si iba detrás de él, tendría que hacer lo que tocara.

Alice empezó a toser y Erik le acarició la espalda.

—Eso es, buena chica. No pasa nada, ya verás, te acostumbrarás enseguida. Pero tienes que probar otra vez.

Aunque indecisa, Alice empinó la botella y tomó otro trago. Esta vez, la cosa fue mejor.

—Bien. Así me gusta, una chica guapa que sabe beber whisky —dijo Erik con una sonrisa que llenó de inquietud a Christian. Pensó que lo que en realidad quería era coger a Alice de la mano y llevarla a casa. Pero entonces Kenneth se sentó a su lado, le echó el brazo por los hombros y farfulló:

—Joder, Christian, y pensar que estamos aquí contigo y con tu hermana. A que no te lo imaginabas, ¿eh? Lo que pasa es que hemos comprendido que había un tío legal debajo de toda esa grasa. —Kenneth le

clavó un dedo en la barriga y Christian no sabía si tomárselo como un cumplido o no.

—La verdad es que tu hermana es muy guapa —observó Erik pegándose a Alice un poco más. Luego le ayudó a empinar la botella otra vez, consiguió que bebiera otro par de tragos. Alice sonreía y tenía los ojos achispados.

Christian notó de repente que todo le daba vueltas. Todo Badholmen daba vueltas. Vueltas y más vueltas, como el globo terráqueo. Sonrió y se tumbó boca arriba al lado de Magnus y se quedó mirando las estrellas, que también parecían girar en el cielo.

Un sonido procedente de Alice lo hizo incorporarse. Le costaba mantener firme la mirada, pero vio a Erik y a Alice. Y le pareció ver que Erik tenía la mano por dentro de la camiseta de su hermana. Pero no estaba seguro. Todo daba vueltas sin parar. Se tumbó otra vez.

—Chist… —La voz de Erik y el mismo gemido de Alice. Christian se tumbó de lado con la cabeza apoyada en el brazo extendido. Observaba a Erik y a su hermana. Ya no llevaba la camiseta. Tenía los pechos pequeños y perfectos. Fue lo primero que pensó. Que tenía los pechos perfectos. No se los había visto nunca.

—No pasa nada, solo quiero tocar un poco… —Erik le magreaba el pecho con una mano y empezó a respirar entrecortadamente. Kenneth miraba embobado el torso desnudo de Alice—. Ven a tocar —le dijo Erik.

Christian se dio cuenta de que estaba asustada, de que intentaba taparse el pecho con los brazos. Pero a él le pesaba tanto la cabeza, era imposible levantarla.

Kenneth se sentó al lado de Alice. A una señal de Erik, alzó la mano y empezó a tocarle el pecho izquierdo. Apretaba despacio al principio, luego cada vez más fuerte, y Christian notó que le crecía el bulto de debajo de los pantalones.

—¿Y el resto? ¿Estará igual de bien? —murmuró Erik—. ¿Tú qué dices, Alice? ¿Tienes el culo tan estupendo como las tetas?

Alice estaba aterrada y tenía los ojos desorbitados. Pero parecía que no supiera cómo oponer resistencia y, totalmente apática, dejó que Erik le quitase las bragas. La falda no se la quitó, solo se la levantó, para que Kenneth pudiera ver.

−¿A ti qué te parece? Seguro que ahí dentro no ha estado nunca nadie, ¿eh? −Le separó las piernas a Alice, que se dejaba hacer como petrificada, incapaz de protestar.

−Coño, mira, qué guay. ¡Magnus, despierta, que te lo estás perdiendo!

Pero Magnus respondió con un débil gemido de borracho.

Christian notó que le crecía un nudo en el estómago. Aquello no estaba bien. Vio que Alice lo miraba pidiéndole ayuda sin hablar, pero tenía los ojos como cuando lo miró desde debajo del agua y Christian no podía moverse, no podía ayudarle. Lo único que podía hacer era seguir allí tumbado y dejar que el mundo continuara dando vueltas.

−El primer turno es mío −dijo Erik desabrochándose las bermudas−. Si se resiste, la sujetas.

Kenneth asintió. Estaba pálido, pero no podía apartar la vista del pecho de Alice, que relucía blanco a la luz de la luna. Erik la obligó a tumbarse, la obligó a quedarse quieta y a mirar al cielo. Christian sintió alivio al no tener que ver aquellos ojos, al comprobar que ahora miraban las estrellas y no a él. Luego empezó a crecerle el nudo otra vez, hizo un esfuerzo y logró incorporarse. Las voces gritaban y sabía que debería hacer algo, pero no sabía qué. Además, Alice no protestaba. Seguía allí tumbada, y dejó que Erik le separase las piernas, dejó que se tumbara encima, que la penetrara.

Christian sollozó. ¿Por qué tenía que ir a estropearlo todo? ¿Por qué tenía que arrebatarle lo que era suyo? ¿Por qué tenía que ir tras él y quererlo? Él no le había pedido que lo quisiera. Él la odiaba. Y allí estaba, tumbada, sin oponer resistencia.

Erik se puso rígido y dejó escapar un gemido. Salió y se abrochó el pantalón. Encendió un cigarrillo protegiendo la llama con la mano y luego miró a Kenneth.

−Te toca.

−Pero… ¿yo? −balbució Kenneth.

−Sí, ahora te toca a ti −afirmó Erik. Su voz no admitía réplica.

Kenneth dudó un instante. Pero luego volvió a agarrarle aquellos pechos firmes de pezones rosados y duros a la brisa estival. Empezó a desabrocharse el pantalón muy despacio, luego cada vez con más prisa. Al final, prácticamente se tiró encima de Alice y la penetró embistiéndola

407

salvajemente. Tampoco él tardó mucho en soltar un hondo gemido, le temblaba todo el cuerpo, como si sufriera espasmos.

—Impresionante —dijo Erik y dio una calada—. Ahora le toca a Magnus. —Señaló con el cigarrillo al amigo, que estaba dormido, con un hilillo de saliva colgándole de la comisura de los labios.

—¿Magnus? Imposible, tiene una curda colosal. —Kenneth se echó a reír. Había dejado de mirar a Alice.

—Pues tendremos que ayudarle un poco —dijo Erik, y empezó a tirarle a Magnus del brazo—. Pero échame una mano —le dijo a Kenneth, que se apresuró a obedecer. Entre los dos consiguieron arrastrar a Magnus hasta donde estaba Alice, y Erik empezó a desabrocharle el pantalón.

»Bájale los calzoncillos —le ordenó a Kenneth, que hizo lo que le decía asqueado.

Magnus no estaba para nada y Erik se irritó. Le dio con el pie a Magnus, que se despabiló un poco.

—Tendremos que tumbarlo encima de ella, joder, él también se la tiene que follar.

Las voces habían enmudecido y ahora la cabeza le resonaba vacía. Christian tenía la impresión de estar viendo una película, algo que no estaba ocurriendo en realidad y de lo que no era partícipe. Vio cómo tendían a Magnus encima de Alice, cómo también él se despertaba lo suficiente como para empezar a moverse y a emitir sonidos salvajes, repugnantes. Nunca llegó tan lejos como los demás, sino que se durmió a medio camino, encima de Alice.

Pero Erik estaba satisfecho. Apartó a Magnus. Él estaba listo para otra ronda. El espectáculo de Alice allí tumbada, tan guapa y tan ausente, parecía excitarlo. La penetró una y otra vez, cada vez con más fuerza, se había enrollado en la mano un mechón de su melena y tiraba tanto que se lo arrancaba a puñados.

Entonces empezó a llorar. Un chillido raudo e inesperado que cortó la noche, y Erik paró en seco. La miró. Sintió el pánico. Tenía que hacerla callar, tenía que lograr que dejara de gritar.

Christian oyó que el grito se adentraba en su silencio. Se tapó los oídos con las manos, pero no sirvió de nada. Era el mismo llanto que cuando era pequeña, cuando se lo arrebató todo. Vio a Erik sentado a horcajadas sobre ella, vio que levantaba la mano y golpeaba, que él también trataba de conseguir que parase. *La cabeza de Alice se estrellaba contra la madera a cada golpe, se levantaba un poco al rebotar sobre la superficie y luego se oyó el ruido de algo que se quebraba, cuando el puño de Erik se estrelló contra los huesos de la cara de Alice. Vio que Kenneth, pálido y atónito, miraba a Erik. También Magnus se había despertado con los gritos. Se había incorporado medio dormido, miraba a Erik y a Alice y sus pantalones, que estaban desabrochados.*

Luego se hizo el silencio. Todo quedó en la calma más absoluta. Y Christian huyó. Se levantó y echó a correr lejos de Alice, lejos de Badholmen. Corrió a casa, cruzó el umbral, subió la escalera y corrió a su habitación. Y una vez allí, se tumbó en la cama y se tapó con el edredón, se cubrió la cabeza, cubrió las voces.

Y poco a poco, el mundo dejó de dar vueltas.

—La dejamos allí. —Kenneth no era capaz de mirar a Erica—. La dejamos allí, sin más.

—¿Qué ocurrió después? —preguntó Erica. Seguía sin hacer ningún reproche, por lo que Kenneth se sentía aún peor.

—Yo estaba aterrado. A la mañana siguiente, cuando me desperté, pensé que habría sido un mal sueño, pero al comprender que había ocurrido de verdad, al tomar conciencia de lo que habíamos hecho... —Se le quebró la voz—. Estuve todo el día temiendo que la Policía llamara a la puerta en cualquier momento.

—Pero no lo hicieron, ¿verdad?

—No. Y unos días después oí que los Lissander se habían mudado.

—¿Y vosotros? ¿No hablasteis del asunto?

—No, jamás. No porque lo hubiésemos acordado, simplemente nunca lo comentamos. Hasta que Magnus bebió de más aquel verano y lo sacó a relucir.

—¿Fue la primera vez en todos esos años? —preguntó Erica incrédula.

—Sí, fue la primera vez. Pero yo sabía cómo sufría Magnus. Él era el que peor lo llevaba. Yo conseguí no pensar en ello. Me centré en Lisbet y en mi vida. Elegí el olvido. Y Erik, bueno, no creo que tuviera ni que intentarlo. No creo que le preocupase nunca.

—De todos modos, os habéis mantenido juntos todos estos años.

—Sí, ni yo mismo lo entiendo. Pero nosotros... en fin, yo me merecía esto —dijo señalándose los brazos vendados—. Merezco algo peor, pero no Lisbet, ella era inocente. Lo peor es que debió de enterarse de todo, fue lo último que oyó antes de morir. Yo no era quien ella creía, nuestra vida fue una mentira. —Kenneth hacía lo posible por contener el llanto.

—Lo que hicisteis fue horrendo —respondió Erica—. No podría decir lo contrario. Pero tu vida con Lisbet no fue una mentira y yo creo que ella lo supo, oyera lo que oyera sobre ti.

—Intentaré explicárselo —dijo Kenneth—. Sé que pronto será mi turno, ella vendrá a verme a mí también, y entonces tendré la oportunidad de explicárselo. Tengo que creer que podré, de lo contrario, todo será... —se interrumpió y volvió la cabeza.

—¿Qué quieres decir? ¿Quién va a venir a verte?

—Alice, naturalmente. —Kenneth se preguntó si Erica no le había prestado atención mientras hablaba—. Ella es la responsable de todo.

Erica no dijo nada, solo se quedó mirándolo compasiva.

—No es Alice —respondió al cabo de unos instantes—. No es Alice.

Cerró el libro. No lo había entendido todo, era demasiado profundo para su gusto y el lenguaje resultaba a veces muy enrevesado, pero había podido seguir el hilo argumental. Y comprendió que debería haberlo leído antes, porque ahora empezaba a ver con más claridad algunas cosas.

Recordó algo. La imagen de un instante en el dormitorio de Cia y Magnus. Algo que había visto y a lo que no atribuyó demasiada importancia en aquel momento. ¿Cómo fijarse en aquello? Sabía que habría sido imposible. Aun así, era imposible no reprochárselo.

Marcó un número en el móvil.

—Hola, Ludvig, ¿está tu madre? —Aguardó mientras oía los pasos de Ludvig y un leve murmullo, hasta que se oyó en el auricular la voz de Cia.

—Hola, soy Patrik Hedström. Perdona que te moleste, pero me estaba preguntando… ¿qué hizo Magnus la noche antes de su desaparición? No, en realidad, no me refiero a la tarde, sino a la noche, cuando os fuisteis a la cama. ¿Ah, sí? ¿Toda la noche? De acuerdo, gracias.

Concluyó la conversación. Encajaba, todo encajaba. Pero Patrik sabía que no llegaría a ninguna parte con meras teorías infundadas. Necesitaba pruebas concluyentes. Y sin esas pruebas concretas, no quería desvelar nada a los demás. Existía el riesgo de que no lo creyeran, pero había alguien con quien sí podía hablar, alguien que podría ayudarle. Una vez más, cogió el teléfono.

«Cariño, ya sé que no te atreves a responder porque crees que estoy enfadado o que voy a intentar convencerte de que dejes lo que estás haciendo, pero acabo de leer *La sombra de la sirena* y creo que tú y yo vamos tras la misma pista. Necesito tu ayuda, llámame en cuanto oigas el mensaje. Un beso. Te quiero.»

—Acaba de llegar el material de Gotemburgo.

La voz de Annika resonó en el umbral y Patrik se sobresaltó.

—Vaya, ¿te he asustado? He llamado a la puerta, pero parece que no me has oído.

—No, tenía la cabeza en otra parte —se excusó.

—Pues yo creo que deberías ir al centro de salud y hacerte unos análisis —aseguró Annika—. Tienes mala cara.

—Es que estoy muy cansado, es solo eso —murmuró—. Bueno, estupendo que hayan llegado los documentos. Tengo que ir a casa un rato, así que me los llevo.

—Están en recepción —respondió Annika, aún preocupada.

Diez minutos después, salía con los documentos que Annika había impreso.

—¡Patrik! —resonó la voz de Gösta a su espalda.

—¿Sí? —dijo Patrik, más irritado de lo que pretendía, pues tenía prisa por marcharse.

—Acabo de hablar con Louise, la mujer de Erik Lind.

—¿Y qué? —dijo Patrik secamente, aún sin el menor entusiasmo.

—Según ella, Erik está a punto de dejar el país. Ha limpiado las cuentas bancarias, la privada y la de la empresa, y su vuelo sale a las cinco del aeropuerto de Landvetter.

—¿Seguro? –preguntó Patrik, ahora con todo el interés del mundo.

—Sí, lo he comprobado yo mismo. ¿Qué quieres que hagamos?

—Llévate a Martin y sal ahora mismo para Landvetter. Yo haré unas llamadas, pediré la licencia necesaria y avisaré a los colegas de Gotemburgo para que se reúnan con vosotros en el aeropuerto.

—Será un auténtico placer.

Patrik no pudo evitar la sonrisa mientras se encaminaba al coche. Gösta tenía razón. Era un verdadero placer entorpecer los planes de Erik Lind. Luego, pensó en el libro y se le apagó la sonrisa. Esperaba que Erica estuviese en casa cuando él llegara. Necesitaba su ayuda para poner fin a todo aquello.

Patrik había sacado la misma conclusión que ella. Lo supo en cuanto oyó el mensaje en el contestador. Pero él no estaba al corriente de todos los detalles. No había oído el relato de Kenneth.

Tuvo que detenerse a hacer un recado en Hamburgsund, pero en cuanto salió a la autovía, pisó el acelerador. En realidad, no había ninguna prisa, pero ella tenía la sensación de que era urgente. Ya era hora de que los secretos salieran a la luz.

Cuando aparcó delante de su casa, vio el coche de Patrik. Lo había llamado para decirle que iba de camino y le preguntó si quería que fuera a la comisaría, pero él ya estaba en casa esperándola. Esperando la última pieza del rompecabezas.

—Hola, cariño. –Erica entró en la cocina y le dio un beso.

—He leído el libro –dijo Patrik.

Erica asintió.

—Yo debería haberlo comprendido mucho antes, pero lo que leí la primera vez era un manuscrito inacabado y en varias veces. Aun así, no me explico cómo se me pudo pasar.

—Y yo debería haberlo leído antes –dijo Patrik–. Magnus se lo leyó la noche anterior a su desaparición. Que, seguramente, también fue la noche anterior a su muerte. Christian le había dejado el manuscrito. Acabo de hablar con Cia y me ha dicho que empezó a leer por la tarde y que luego la sorprendió quedándose despierto toda la noche, hasta que lo acabó. Dice que, por la mañana, le preguntó si era bueno. Pero él contestó que no quería decir nada hasta haber hablado con Christian. Lo peor es que si repasamos las notas, seguro que comprobamos que Cia lo había mencionado, pero entonces no le dimos importancia.

—Magnus debió de comprenderlo todo al leer el borrador –dijo Erica despacio–. Debió de comprender quién era Christian.

—Y esa debía de ser su intención, sin duda, que se enterara de quién era. De lo contrario, no se lo habría dado a leer. Pero ¿por qué a Magnus? ¿Por qué no a Kenneth o a Erik?

—Yo creo que Christian sentía la necesidad de volver a Fjällbacka y verlos a los tres –dijo Erica pensando en lo que le había dicho Thorvald–. Puede parecer extraño y, seguramente, ni él mismo podría explicarlo. Seguramente los odiaba, al menos, al principio. Luego supongo que Magnus empezó a caerle bien. Todo lo que he oído decir de él apunta a que era una persona muy agradable. Y también fue el único que participó en contra de su voluntad.

—¿Y tú cómo lo sabes? –preguntó Patrik extrañado–. En la novela solo dice que había tres chicos implicados, pero no ofrece un relato detallado del episodio.

—He estado hablando con Kenneth –respondió ella con calma–. Y me ha contado todo lo que pasó aquella noche. –Erica le refirió la historia de Kenneth mientras Patrik se ponía cada vez más pálido.

—Joder, joder. Y se libraron sin más. ¿Por qué los Lissander no denunciaron la violación? ¿Por qué se mudaron e internaron a Alice?

—No lo sé. Pero seguro que los padres de acogida de Christian pueden responder a esa pregunta.

—O sea que Erik, Kenneth y Magnus violaron a Alice mientras Christian miraba. ¿Y cómo es que no hizo nada? ¿Por qué no ayudó a Alice? ¿Quizá por eso recibió las amenazas, pese a que él no participó?

Patrik tenía mejor color y respiró hondo antes de proseguir:

—Alice es la única que tiene motivos para vengarse, pero ella no puede ser. Y tampoco sabemos quién es el culpable de esto —dijo empujando hacia Erica la carpeta con la documentación—. Aquí está todo lo que se averiguó sobre los asesinatos de Maria y Emil. Los ahogaron en la bañera de su casa. Alguien mantuvo bajo el agua a un niño de un año hasta que dejó de respirar, y luego hizo lo mismo con su madre. La única pista que tiene la Policía es que un vecino vio salir del apartamento a una mujer con el pelo largo y moreno, pero no puede ser Alice, desde luego, y tampoco me imagino a Iréne, aunque también ella tendría un móvil. Así que, ¿quién coño es esa mujer? —preguntó dando un puñetazo en la mesa de pura frustración.

Erica esperó a que se calmara. Luego le dijo, despacio:

—Yo creo que lo sé. Y creo que puedo demostrártelo.

Se cepilló los dientes a conciencia, se puso el traje y se anudó la corbata, que quedó perfecta. Se peinó y luego se despeinó el pelo un poco con los dedos. Se miró al espejo, satisfecho. Era un tipo atractivo, un hombre de éxito que tenía control sobre su propia vida.

Erik cogió la maleta grande con una mano y la pequeña con la otra. Había recogido los billetes en recepción y ahora los llevaba a buen recaudo en el bolsillo interior de la chaqueta, junto con el pasaporte. Una última ojeada al espejo, antes de salir de la habitación del hotel. Tendría tiempo de tomarse una cerveza en el aeropuerto antes de irse. Sentarse tranquilamente a observar a los suecos corriendo de un lado para otro, los mismos suecos con los que, muy pronto, él no volvería a tener nada que ver. A él nunca le había entusiasmado el talante sueco. Demasiado pensamiento colectivo, demasiada insistencia con el rollo de que la sociedad tenía que ser justa. La vida no era justa. Unos tenían mejores aptitudes que otros. Y, en otro país, él tendría muchas oportunidades de explotar esas aptitudes.

Pronto estaría en marcha. El miedo que ella le inspiraba lo había relegado a un rincón apartado del subconsciente. Y pronto no tendría la menor importancia. Dentro de muy poco no podría darle alcance.

–¿Y cómo vamos a entrar? –preguntó Patrik cuando llegaron a la puerta de la cabaña. Erica no había querido revelarle nada más sobre lo que sabía o sospechaba, e insistió en que Patrik debía acompañarla.

–Fui a casa de la hermana de Sanna a buscar la llave –explicó sacando del bolso un llavero muy abultado.

Patrik sonrió. Fuera como fuera, no podía negarse que Erica tenía iniciativa.

–¿Qué estamos buscando? –dijo entrando en la cabaña detrás de ella.

Erica no respondió enseguida, sino que dijo:

–Este es el único lugar que Christian podía considerar como propio.

–Pero… ¿no es de Sanna? –preguntó Patrik mientras trataba de habituarse a la penumbra.

–Sí, según las escrituras. Pero aquí era adonde venía Christian para estar solo y cuando quería escribir. Y sospecho que lo utilizaba como un refugio.

–¿Y? –dijo Patrik sentándose en un banco de cocina que había contra la pared. Estaba tan cansado que no podía tenerse en pie.

–No sé. –Erica miró desorientada a su alrededor–. Es que creo… bueno… creía…

–¿Qué creías? –la instó Patrik. Aquella cabaña no era buen escondite para lo que quiera que estuvieran buscando. Constaba de dos habitaciones diminutas de techo tan bajo que él tenía que agachar la cabeza para estar de pie. Estaba llena de artes de pesca antiguas y había una mesa abatible junto a la ventana. Desde allí, la vista era extraordinaria. El archipiélago de Fjällbacka. Y, más allá, Badholmen–. Pronto lo sabremos, espero –dijo Patrik mirando el trampolín, que se alzaba lúgubre hacia el cielo.

–¿El qué? –Erica se movía sin ton ni son por la angosta habitación.

–Si fue asesinato o suicidio.

–¿Lo de Christian? –preguntó Erica, aunque sin esperar respuesta–. Si consiguiera encontrar… qué mal, yo creía… habríamos podido… –Hablaba de forma inconexa y Patrik no pudo evitar la risa.

–Te aseguro que en estos momentos das una imagen de lo más confusa. Si me dices qué estamos buscando, quizá pueda ayudarte.

–Creo que fue aquí donde asesinaron a Magnus. Y esperaba encontrar algo… –Siguió examinando las paredes de madera sin lijar, pintadas de azul.

–¿Aquí? –Patrik se levantó y empezó también a inspeccionar las paredes, luego el suelo, y dijo de pronto–: La alfombra.

–¿Qué quieres decir? Si está limpísima.

–Pues por eso, precisamente. Está demasiado limpia, tanto que parece nueva. Ven, ayúdame a levantarla. –Cogió una esquina de la pesada alfombra mientras Erica se esforzaba por imitarlo desde el lado opuesto–. Perdona, cariño, ¿pesa mucho? No tires demasiado fuerte –dijo Patrik inquieto al oírla jadear por el esfuerzo mientras tiraba con aquella barriga enorme.

–No, está bien –respondió–. No seas pesado y ayúdame, anda.

Retiraron la alfombra y examinaron el suelo de madera. También parecía limpio.

–Puede que en la otra habitación, ¿no? –sugirió Erica.

Pero allí el suelo estaba igual de limpio y no había alfombra.

–Me pregunto…

–¿Qué? –dijo Erica ansiosa, pero Patrik no respondió, sino que se arrodilló en el suelo y empezó a examinar las grietas que había entre los tablones. Al cabo de un rato, se puso de pie otra vez.

417

—Habrá que llamar a los técnicos y esperar el resultado de sus análisis, pero creo que tienes razón. Esto está muy limpio, pero parece que por aquí haya chorreado sangre, entre los listones.

—Pero ¿no debería haber restos de sangre también en la superficie? —preguntó Erica.

—Sí, solo que no es fácil detectarla a simple vista, sobre todo si han fregado el suelo. —Patrik inspeccionaba la madera, que presentaba aquí y allá manchas de varios tonos.

—De modo que murió aquí. —Pese a lo convencida que estaba, Erica notó que se le aceleraba el corazón.

—Sí, creo que sí. Y está cerca del mar, donde pensaban arrojar el cuerpo después. ¿Por qué no me cuentas lo que sabes, eh?

—Primero vamos a echar otro vistazo —dijo sin prestar atención a la expresión de desencanto de Patrik—. Mira ahí arriba. —Señaló el *loft* que tenían encima, una planta diáfana a la que se accedía por una escala de cuerda.

—¿Estás de broma?

—Si no lo haces tú, tendré que hacerlo yo. —Erica se plantó las manos en la barriga, para que se hiciera una idea.

—Vale —replicó con un suspiro—. No me queda otro remedio. Y supongo que sigues sin poder decirme qué es lo que estoy buscando, ¿no?

—Pues es que no lo sé exactamente —dijo Erica con total sinceridad—. Es que tengo un presentimiento…

—¿Un presentimiento? ¿Y quieres que suba por aquí por un presentimiento?

—Anda, sube ya.

Patrik trepó por la escala y entró en el *loft*.

—¿Ves algo? —preguntó Erica empinándose.

—Pues claro que veo algo. Sobre todo cojines, colchonetas y unos tebeos. Supongo que es aquí donde juegan los niños.

—¿Nada más? —preguntó Erica desilusionada.

—Pues no, me parece que no.

Patrik empezó a bajar, pero se detuvo a medio camino.

—¿Qué es lo que hay ahí dentro?

—¿Dónde?

—Ahí —dijo señalando una portezuela que había enfrente del *loft* diáfano.

—Ahí es donde la gente que tiene cabaña suele guardar los trastos, pero tú echa un vistazo.

—Sí, cálmate, ya voy. —Trató de guardar el equilibrio en la escala, mientras abría el pestillo con la mano. El marco podía quitarse entero, así que lo sacó y se lo pasó a Erica. Luego se dio la vuelta y miró dentro.

»¡Qué coño! —exclamó asombrado. Pero entonces se soltó el tornillo del techo y Patrik cayó al suelo en medio de un gran estruendo.

Louise llenó una copa de vino con agua mineral. Y la alzó en un brindis. No tardarían en pararle los pies a Erik. El policía con el que había hablado comprendió enseguida la naturaleza del asunto. Tomarían medidas, le dijo. Y le dio las gracias por su llamada. De nada, le dijo ella. No las merecía.

¿Qué iban a hacer con él? No se lo había planteado hasta el momento. Lo único que tenía en mente era que debían detenerlo, impedirle que huyera como un cobarde asqueroso con el rabo entre las piernas. Pero ¿y si lo metían en la cárcel? ¿Le devolverían el dinero a ella? Empezó a preocuparse, pero se calmó enseguida. Por supuesto que se lo devolverían y ya se encargaría ella de fundirse hasta la última corona. Y él estaría en la cárcel sabiendo que ella se estaba gastando todo su dinero, el de los dos, pero no podría hacer nada por impedirlo.

Se le ocurrió de pronto. Quería verle la cara. Quería ver qué cara ponía cuando se diera cuenta de que todo estaba perdido.

—Lo que hay que ver —dijo Torbjörn, subido en la escalera metálica que les habían prestado en la cabaña contigua.

—Y que lo digas, esto es lo nunca visto. —Patrik se frotaba la zona lumbar, donde se había llevado un buen golpe, aunque también le dolía un poco el pecho.

—En cualquier caso, no cabe duda de que eso es sangre. Y mucha. —Torbjörn señalaba el suelo, que ahora brillaba con un extraño resplandor. El Luminol desvelaba todos los restos, por muy bien que hubiesen limpiado la zona—. Hemos tomado algunas muestras, el laboratorio las comparará con la sangre de la víctima.

—Estupendo, gracias.

—A ver, entonces, ¿esto pertenece a Christian Thydell? —preguntó Torbjörn—. El tipo que bajamos del trampolín, ¿no? —dijo metiéndose en el hueco. Patrik subió por la escalera y se coló también como pudo.

—Eso parece.

—¿Por qué…? —comenzó Torbjörn, pero calló enseguida. No era asunto suyo. Su misión consistía en obtener pruebas concluyentes, y pronto tendría todas las respuestas. Señaló.

—¿Es la carta de la que hablabas?

—Sí, y que nos permite estar seguros de que se suicidó.

—Algo es algo —dijo Torbjörn, aún sin poder dar crédito a lo que veía. Aquella especie de trastero estaba atestado de accesorios femeninos. Ropa, maquillaje, joyas, zapatos. Una peluca de pelo largo y moreno.

—Recogeremos todo esto. Nos llevará un buen rato. —Torbjörn retrocedió despacio para salir, hasta que llegó con los pies al borde del suelo del *loft*, donde estaba apoyada la escalera—. Desde luego, lo que hay que ver —murmuró otra vez.

—Yo vuelvo a la comisaría. Tengo un par de cosas que revisar antes de informar al resto de los compañeros —dijo Patrik—. Avísame cuando terminéis aquí. —Se dio la vuelta hacia Paula, que había acudido a su llamada y que seguía con vivo interés el trabajo de los técnicos—. ¿Tú te quedas?

—Faltaría más —respondió Paula.

Patrik salió de la cabaña y los pulmones se le llenaron del fresco aire invernal. Lo que Erica le había contado cuando dieron con el escondite de Christian sumado a lo que decía la carta hizo que las piezas encajaran en su sitio una tras otra. Se le antojaba incomprensible, pero sabía que todo era verdad. Ahora lo entendía. Y cuando Gösta y Martin volvieran de Gotemburgo, los pondría al corriente de aquella trágica historia.

—Casi dos horas para que salga el vuelo. No tendríamos que haber salido tan pronto. —Martin miró el reloj cuando ya se acercaban a Landvetter.

—Ya, pero no tenemos por qué pasarlas esperando, ¿no? —Gösta giró y entró en el aparcamiento que había enfrente de la terminal—. Entramos, damos una vuelta y, cuando encontremos al elemento, lo detenemos.

—Tenemos que esperar a que lleguen los refuerzos de Gotemburgo —le recordó Martin, que se angustiaba siempre que las cosas no sucedían conforme a la normativa.

—Bah, a ese lo cogemos tú y yo sin problemas —opinó Gösta.

—Vale —respondió Martin dudando.

Salieron del coche y entraron en el aeropuerto.

—Bueno, ¿y qué hacemos ahora? —preguntó mirando a su alrededor.

—Pues podemos sentarnos a tomar un café. Y estar ojo avizor mientras tanto.

—¿No íbamos a recorrer la terminal a ver si lo localizamos?

—¿Y qué acabo de decir? —replicó Gösta—. Pues que tenemos que estar ojo avizor mientras tanto. Si nos sentamos ahí —señaló una cafetería que había en medio del vestíbulo de salidas—, tendremos un panorama estupendo de toda la zona. Y tendrá que pasar por delante de nosotros cuando llegue.

—Sí, en eso tienes razón. —Martin se dio por vencido. Sabía que no valía la pena discutir cuando a Gösta se le ponía a tiro una cafetería.

Se sentaron a una mesa después de haber pedido café y un dulce de mazapán. A Gösta se le iluminó la cara al primer bocado.

—Esto sí que es un alimento para el espíritu.

Martin no se molestó en señalar que el dulce de mazapán no podía clasificarse como alimento, precisamente. Y, además,

421

no podía negar que estaba buenísimo. Acababa de tomarse el último bocado cuando atisbó algo con el rabillo del ojo.

—Mira, ¿no es él?

Gösta se dio la vuelta enseguida.

—Pues sí, tienes razón. Venga, vamos a por él. —Se levantó con una rapidez inusitada y Martin se apresuró a seguirlo. Erik se alejaba de ellos a buen paso, con el equipaje de mano y una maleta enorme. Llevaba un traje impecable, corbata y una camisa blanca.

Gösta y Martin aceleraron el paso para darle alcance y, como Gösta llevaba ventaja, llegó primero. Le puso a Erik una mano en el hombro y dijo:

—¿Erik Lind? Me temo que tienes que acompañarnos.

Erik se volvió con la perplejidad pintada en la cara. Por un instante, pareció sopesar la posibilidad de echar a correr, pero se conformó con librarse de la mano de Gösta.

—Tiene que tratarse de un error. Salgo ahora mismo en viaje de negocios —respondió Erik—. No sé qué está pasando, pero tengo que coger un avión, es una reunión muy importante. —Tenía la frente llena de sudor.

—Sí, eso está muy bien, pero ya tendrás oportunidad de explicarlo todo después —dijo Gösta empujando a Erik hacia la salida. La gente de alrededor se había detenido y miraba llena de curiosidad.

—Os aseguro que tengo que coger ese avión.

—Lo comprendo —afirmó Gösta tranquilamente. Luego se volvió hacia Martin—. ¿Quieres hacer el favor de coger su equipaje?

Martin asintió, pero soltó un taco para sus adentros. A él nunca le tocaba la parte divertida del trabajo.

—¿Me estás diciendo que era Christian? —Anna estaba boquiabierta.

—Sí y no —respondió Erica—. Estuve hablando con Thorvald y, la verdad, nunca lo sabremos con certeza, pero todo indica que es así.

—O sea que Christian tenía dos personalidades que no se conocían, ¿no? –Anna sonaba escéptica. Cuando Erica la llamó después de la visita a la cabaña de Sanna, Anna se presentó enseguida. Patrik había vuelto a la comisaría y Erica no quería estar sola. Y Anna era la única persona con la que le apetecía hablar.

—Bueno… Thorvald supone que Christian era esquizofrénico y que, además, del tipo que padece lo que se llama trastorno de personalidad disociativo. Y eso fue lo que causó la división de su persona. Puede desencadenarse cuando se está bajo una gran presión, como un medio para enfrentarse a la realidad. Y Christian sufría unos traumas atroces. Primero, la muerte de su madre y la semana que él pasó con el cadáver. Luego, lo que a mis ojos es maltrato infantil, aunque psíquico, con Iréne Lissander. La forma en que los padres de acogida lo relegaron tras el nacimiento de Alice debió de surtir el mismo efecto que otra separación. Y él culpó al bebé, o sea a Alice.

—Y por eso intentó ahogarla, ¿no? –Anna se pasó la mano por la barriga, con gesto protector.

—Exacto. Su padre la salvó, pero sufrió lesiones cerebrales graves por la falta de oxígeno. El padre encubrió a Christian y calló sobre lo sucedido. Seguramente, creería que le estaba haciendo un favor, pero yo no estaría tan segura. Imagínate, vivir siempre sabiéndolo, vivir con esa culpa… Y supongo que según iba haciéndose mayor, fue tomando conciencia de lo que había hecho. Y seguro que no le aplacaba los remordimientos el hecho de que Alice lo adorase.

—A pesar de lo que le había hecho.

—Ya, pero ella no lo sabía. Nadie lo sabía, salvo Ragnar y el propio Christian.

—Y luego, la violación…

—Pues eso, luego, la violación –dijo Erica conmovida.

Enumeraba todos los acontecimientos de la vida de Christian como si se tratara de una ecuación que al final se soluciona. Pero en realidad, era una tragedia.

Sonó el teléfono y lo cogió.

—Erica Falck. ¿Sí? No, no quiero hacer ningún comentario. Y no volváis a llamar. —Colgó furibunda el auricular.

—¿Quién era? —preguntó Anna.

—Uno de los diarios vespertinos. Querían que hiciera unas declaraciones sobre la muerte de Christian. Ya empiezan otra vez. Y eso que no lo saben todo. —Dejó escapar un suspiro—. Pobre Sanna, me da una pena...

—Pero, entonces, ¿cuándo enfermó Christian? —Anna seguía desconcertada y, desde luego, Erica la comprendía. También ella acribilló a preguntas a Thorvald, que las respondió con mucha paciencia.

—Su madre era esquizofrénica. Y es una enfermedad hereditaria. Suele aparecer en la adolescencia y, seguramente, Christian empezó a notarlo entonces, sin saber en realidad de qué se trataba. Los síntomas son muy variados: nerviosismo, pesadillas, voces, alucinaciones. No creo que los Lissander se dieran cuenta, porque Christian se mudó por entonces. O lo echaron, más bien.

—¿Que lo echaron?

—Sí, eso decía la carta que Christian dejó en la cabaña. Los Lissander dieron por hecho, sin preguntar siquiera, que fue él quien violó a Alice. Y él no protestó. Lo más probable es que se sintiera tan culpable por no haber intervenido para protegerla que pensó que tanto daba. Pero eso son especulaciones mías —confesó Erica.

—Así que lo echaron de la casa, ¿no?

—Sí, y no sé decirte en qué medida eso influyó en el desarrollo de su enfermedad, pero Patrik iba a buscar informes médicos y esas cosas. Si Christian recibió algún tipo de atención médica cuando llegó a Gotemburgo, debería figurar registrado en alguna parte. Se trata de dar con la información.

Erica hizo una pausa. Le resultaba tan duro pensar en todo lo que había sufrido Christian. Y en todo lo que había hecho.

—Patrik cree que retomarán el caso de los asesinatos de la pareja de Christian y su hijo —continuó—. Después de todo lo que hemos averiguado...

—¿Cree que Christian los mató a ellos también? ¿Por qué?

—Existe el riesgo de que nunca lo sepamos —dijo Erica—. Ni tampoco por qué lo hizo. Si la otra mitad de su personalidad, la sirena o Alice, como queramos llamarla, estaba enfadada con la mitad de Christian, quizá no soportara verlo feliz. Esa es la teoría de Thorvald, y puede que tenga razón. Es posible que la felicidad de Christian fuese el detonante. Pero ya te digo, no creo que lleguemos a saberlo nunca con certeza.

En realidad, ella no tenía nada en contra ni de la mujer ni del niño. No quería causarles ningún daño. Pero no podían seguir existiendo. Habían conseguido algo que nadie consiguió jamás: hacían feliz a Christian.

Ahora se reía más a menudo. Una risa liviana, sentida, que nacía de las entrañas y que subía burbujeante. Y ella odiaba aquella risa. Además, ella ya no era capaz de reír, se sentía vacía y fría y muerta por dentro. Él también había estado muerto, pero volvió a la vida gracias a la mujer y al niño.

A veces Christian los observaba a escondidas. A la mujer con el niño en brazos. Bailaban y él sonreía cuando veía reír al niño. Era feliz, pero no merecía serlo. Él le había arrebatado todo, la había hundido en el agua hasta que casi le estallan los pulmones, hasta que el cerebro se quedó sin oxígeno y, lo que era ella, se apagó despacio mientras el agua le envolvía la cara.

A pesar de todo, ella lo quería, lo era todo para ella. A los demás no les prestaba atención, ni se preocupaba por cómo lo veían. Para ella, él fue el más guapo y el mejor del mundo entero. Su héroe.

Pero la había abandonado. Había permitido que ellos la tocaran, la mancillaran y la golpearan hasta quebrarle los huesos de la cara. La dejó allí, con las piernas abiertas y los ojos clavados en el cielo estrellado. Y después huyó.

Ahora ya no lo quería y ella se encargaría de que nadie más lo quisiera. Ni él tampoco podría querer a nadie. No como quería a la mujer del vestido azul, con aquel niño que ni siquiera era suyo.

El día anterior habían hablado de tener otro hijo. De uno que fuera de los dos. Christian y la mujer hicieron planes, rieron y luego hicieron el amor. Ella lo oyó todo. Con los puños cerrados, los oyó planificando una vida en común, una de esas vidas que a ella le estaban negadas.

Ahora él no estaba en casa. La llave no estaba echada, como de costumbre. La mujer no era muy cuidadosa. Él solía reprenderla por ello cariñosamente, le decía que debía echar la llave, que nunca se sabía quién podría meterse en casa.

Con sumo cuidado, empujó el picaporte y abrió la puerta. Oyó a la mujer tarareando en la cocina. Y el chapoteo en el cuarto de baño. El niño estaba en la bañera y lo más seguro era que la mujer no tardase en entrar en el baño también. Con eso sí era muy cuidadosa. Nunca dejaba al niño solo en el baño demasiado tiempo.

Entró en el cuarto de baño. Al niño se le iluminó la cara al verla.

—Chist —le dijo con los ojos muy abiertos, como si se tratara de un juego. El niño se reía. Mientras ella aguzaba el oído por si se oían los pasos, se acercó a la bañera y contempló al niño desnudo. No era culpa suya, pero hacía feliz a Christian. Y eso no podía permitirlo.

Cogió al niño y lo levantó un poco para tumbarlo boca arriba en la bañera. El niño seguía riendo. Tranquilo y alegre, en la creencia de que nada malo podía ocurrirle en el mundo. Cuando el agua le cubrió la cara, dejó de reír y empezó a agitar brazos y piernas, pero no fue difícil mantenerlo debajo del agua. Ella no tuvo más que presionar ligeramente el pecho hacia abajo. El niño se movía cada vez más angustiado, hasta que los movimientos empezaron a debilitarse y se quedó inmóvil.

Entonces oyó los pasos de la mujer. Ella miró al niño. Se lo veía tan plácido y tranquilo allí tumbado. Se colocó pegada a la pared, a la derecha de la puerta. La mujer entró en el cuarto de baño. Al ver al niño, se quedó petrificada. Luego se acercó corriendo y gritando.

Fue casi tan fácil como con el niño. Ella la abordó en silencio por la espalda, la agarró por el cuello, que tenía inclinado sobre el borde de la bañera. Utilizó su peso para mantenerle la cabeza bajo el agua. Todo sucedió con una rapidez sorprendente.

Ni siquiera miró atrás cuando se marchó. Solo sintió la satisfacción que la embargaba entera. Christian ya no podría ser feliz.

Patrik miraba los dibujos. Y, de pronto, los comprendió perfectamente. El monigote grande y el monigote pequeño, Christian y Alice. Y las figuras negras de uno de ellos, que eran mucho más siniestras que las demás.

Christian cargó con la culpa. Patrik acababa de hablar con Ragnar, que se lo confirmó. Cuando Alice llegó a casa aquella noche, dieron por sentado que Christian la había violado. Los despertaron los gritos y, cuando bajaron a ver lo que ocurría, vieron a Alice tumbada en el suelo del recibidor. No llevaba más que la falda y tenía la cara ensangrentada e inflamada. Los dos se le acercaron corriendo y ella les susurró una sola palabra:

—Christian.

Iréne subió hecha una furia a su habitación, lo sacó de la cama, notó el olor a alcohol y sacó sus conclusiones. Y, a decir verdad, Ragnar creyó exactamente lo mismo. Pero siempre abrigó una sombra de duda. Y quizá por esa razón continuó enviando los dibujos de Alice. Porque nunca estuvo seguro.

Gösta y Martin consiguieron detener a Erik a tiempo. Acababan de informar a Patrik de que ya habían salido de Landvetter. Ya tenían por dónde empezar. Luego verían lo que podían hacer, después de pasado tanto tiempo. Desde luego, Kenneth no pensaba seguir callando, de eso podía dar fe Erica. Y, por otro lado, Erik les debía unas cuantas explicaciones de sus trapicheos económicos. Se vería entre rejas, seguro, al menos un tiempo, aunque a Patrik se le antojara un flaco consuelo.

—¡Ya han empezado a llamar los periódicos! —Mellberg hizo su entrada triunfal, sonriendo de oreja a oreja—. Menudo jaleo se armará con todo esto. Una publicidad estupenda para la comisaría.

—Sí, supongo que sí. —Patrik seguía mirando los dibujos.

—¡Hemos hecho un buen trabajo, Hedström! Lo reconozco. Bueno, habéis tardado un poco en arrancar, pero en cuanto os habéis empleado de lleno y habéis puesto en práctica las tácticas policiales de toda la vida, nos ha salido redondo.

—Desde luego —dijo Patrik. No tenía fuerzas ni para irritarse con Mellberg. Se frotó el pecho con la mano. Seguía doliéndole. Debió de llevarse un golpe mayor de lo que pensaba con la caída.

—Será mejor que vuelva a mi despacho —afirmó Mellberg—. El *Aftonbladet* acaba de llamar y será cuestión de tiempo que llamen del *Expressen* también.

—Ya... —dijo Patrik sin dejar de frotarse con la mano. Joder, pues sí que le dolía. Quizá se le pasara si se movía un poco. Se levantó y se fue a la cocina. Típico. Cuando él decidía tomarse una taza de café, ya no quedaba ni una gota. En ese momento llegó Paula.

—Allí ya hemos terminado. No tengo palabras. Jamás habría podido imaginar nada así.

—Ya —respondió Patrik. Era consciente de que no sonaba muy agradable, pero estaba tan cansado... No se sentía con fuerzas para hablar del caso, ni para pensar en Alice y en Christian, en el niño que cuidó del cadáver de su madre mientras se descomponía en el calor estival.

Sin apartar la vista de la cafetera, contó unas cucharadas de café. ¿Cuántas llevaba? ¿Dos o tres? No lo recordaba. Intentó concentrarse, pero la siguiente cucharada cayó fuera del colador. Llenó otra, pero notó una punzada en el pecho y empezó a jadear.

—¡Patrik! ¿Estás bien? ¿Patrik? —Oía la voz de Paula, pero sonaba lejos, muy lejos. Decidió no hacerle caso y fue a llenar otra cucharada, pero la mano no obedecía. Vio una luz como un rayo

429

y el dolor del pecho se multiplicó por mil. Alcanzó a pensar que algo no andaba bien, que le estaba pasando algo.

Y entonces se desmayó.

—¡¿Se enviaba las amenazas él mismo?! —Anna se revolvió en la silla. El bebé le apretaba la vejiga y, en realidad, tendría que ir a hacer pis, pero la curiosidad podía con ella.

—Sí. Y a los demás también —dijo Erica—. No sabemos si Magnus llegó a recibir alguna. Seguramente no.

—¿Y por qué empezó cuando comenzó a escribir el libro?

—Pues, una vez más, es solo una teoría, pero según Thorvald, cabe la posibilidad de que no pudiera tomar la medicación para la esquizofrenia y trabajar en el libro. Al parecer, esos fármacos producen una serie de efectos secundarios entre los que se cuenta el cansancio, y puede que eso le impidiera concentrarse. Yo estoy por pensar que dejó de tomar las pastillas y que la enfermedad afloró con toda su fuerza, tras llevar muchos años controlada. Y el trastorno de personalidad se hizo patente. El blanco principal del odio de Christian era él mismo, y seguramente no supo enfrentarse al sentimiento de culpa que había crecido con el tiempo. De modo que se dividió en dos: Christian, que intentaba olvidar y llevar una vida normal, y la sirena, o Alice, que odiaba a Christian y que le ayudaba a soportar la culpa.

Erica volvió a explicárselo con paciencia. No era fácil de comprender; a decir verdad, resultaba imposible. Thorvald le había asegurado que era muy poco frecuente que la enfermedad derivase en manifestaciones tan extremas. El de Christian no era un caso común, desde luego, pero claro, su vida tampoco lo fue. Y tuvo que vivir experiencias que habrían acabado con el más fuerte.

—Por eso se quitó la vida —explicó Erica—. En la carta que dejó dice que tenía que salvarlos a todos de ella. Que la única manera de hacerlo era darle lo que quería: a sí mismo.

—Pero… fue él quien pintó la pared de los niños, él era la amenaza.

—Sí, exactamente. Cuando se dio cuenta de lo mucho que quería a sus hijos, comprendió que la única manera de protegerlos era matar a la persona que era la causa de que ella quisiera hacerles daño. Es decir, a sí mismo. En su mundo, la sirena era real, no un monstruo imaginario. Existía de verdad y quería matar a su familia. Igual que había matado a Maria y a Emil. De modo que los salvó quitándose la vida.

Anna se secó una lágrima.

—Es todo tan terrible.

—Sí —dijo Erica—. Es terrible.

En ese momento, sonó chillón el timbre del teléfono y Erica lo cogió irritada.

—Si es otro maldito periodista le diré… Hola, Erica Falck. —A Erica se le iluminó la cara—. ¡Hola, Annika! —Pero le cambió enseguida y empezó a respirar con dificultad—. ¡Qué dices! ¿Adónde lo llevan? No puede ser. ¿A Uddevalla?

Anna miraba a Erica preocupada. A su hermana mayor le temblaba la mano que sostenía el teléfono.

—Pero ¿qué pasa? —preguntó Anna cuando Erica hubo colgado.

Erica tragó saliva y tenía los ojos empañados de lágrimas.

—Patrik se ha desmayado —dijo con un hilo de voz—. Creen que puede ser un infarto. Va en una ambulancia camino de Uddevalla.

Anna se quedó petrificada con la noticia en un primer momento, pero su pragmatismo tomó el mando enseguida. Se levantó y se dirigió a la puerta. Las llaves del coche estaban en el mueble de la entrada y las cogió al pasar.

—Nos vamos a Uddevalla. Venga, conduzco yo.

Erica la siguió sin pronunciar palabra. Se sentía como si el mundo se estuviera derrumbando a su alrededor.

Pisó tanto el acelerador, que la gravilla salió despedida por los aires. Tenía prisa. El avión de Erik saldría al cabo de dos horas y ella quería estar allí cuando lo cogieran.

Conducía a gran velocidad. No le quedaba otro remedio si pretendía llegar a tiempo. Pero a la altura de la gasolinera se dio cuenta de que se había olvidado en casa el monedero. No tenía gasolina suficiente para llegar a Gotemburgo, así que soltó una maldición para sus adentros e hizo un giro de ciento ochenta grados en pleno cruce. Perdería un montón de tiempo volviendo a recogerlo, pero no tenía otra opción.

En cualquier caso, era una sensación magnífica la de haber tomado el control, se dijo mientras volaba cruzando Fjällbacka. Se sentía una mujer nueva. Se sentía relajada, la sensación de poder la convertía en un ser hermoso y fuerte. El mundo era un lugar maravilloso en el que vivir y, por primera vez en muchos años, era suyo.

Erik se quedaría sorprendido. Seguramente, nunca creyó que ella averiguase lo que se traía entre manos y mucho menos que se le ocurriera llamar a la Policía. Iba riendo en el coche mientras sobrevolaba la cima de la pendiente de Galärbacken. Ahora era libre. No tendría que soportar aquel juego humillante al que llevaban años entregándose. No tendría que soportar las mentiras ni los comentarios ultrajantes, no tendría que soportarlo a él. Louise pisó aún más el acelerador, hasta el fondo. El coche iba como un proyectil derecho a su nueva existencia. Ella era la dueña de la velocidad, la dueña de todo. La dueña de su vida.

Lo vio tarde. Apartó la vista un segundo, miró hacia el mar, admirada de la belleza del hielo que lo cubría. Fue solo un segundo, pero eso bastó. Se dio cuenta de que se había pasado al otro carril y alcanzó a registrar que, en el asiento delantero, iban dos mujeres. Y las dos mujeres abrían la boca y gritaban con todas sus fuerzas.

Luego solo se oyó el estruendo del choque de un coche contra otro, un ruido que resonó al rebotar contra la pared de roca maciza. Después, solo el silencio.

Agradecimientos

Ante todo quiero darle las gracias a mi querido Martin. Porque me quieres y siempre encuentras nuevas formas de demostrármelo.

Como de costumbre, hay una persona imprescindible para mis libros: mi editora, esa mujer maravillosa que es Karin Linge Nordh. Exigente y comprensiva a un tiempo, una combinación maravillosa, ¡y consigue que mis libros sean mejores! Para la edición del presente volumen hemos contado también con la colaboración de Matilda Lund, cuya contribución ha sido muy valiosa. Te estoy muy agradecida. Y los demás de la editorial: vosotros sabéis a quién me refiero. ¡Es increíble lo bien que trabajáis! También merece aquí una mención la agencia de publicidad, creadora de unas campañas fantásticas, aunque algo morbosas. Lo que más gratitud me inspira es la implicación de la editorial en la publicación del libro *Snöstorm och mandeldoft,* en beneficio de la organización MinStoraDag.

Bengt Nordin es, como siempre, una persona muy importante para mí, tanto desde un punto de vista personal como en lo profesional. Gracias también a los genios de la nueva agencia Nordin Agency: Joakim, Hanserik, Sofia y Anna. Por vuestro entusiasmo y por vuestro trabajo desde que le disteis el relevo a Bengt, que se ha ganado poder disfrutar de su tiempo libre. Solo tú sabes, Bengt, lo mucho que significas para mí. En todos los ámbitos.

Gracias a mi madre, entre otras cosas, por quedarse con los niños, y a Anders Torevi, por la rapidez con la que leyó el borrador y porque siempre puedo recurrir a tus conocimientos sobre Fjällbacka. Por cierto, quiero dar las gracias también a todos los habitantes de Fjällbacka, porque habéis acogido mis libros en vuestro corazón, por vuestra lealtad y porque siempre me apoyáis al máximo. A pesar de los muchos años que llevo en Estocolmo, me hacéis sentir como una «chica de Fjällbacka».

Gracias también a los policías de la comisaría de Tanumshede, si no menciono a ninguno, no se me olvidará nadie. Hacéis un trabajo estupendo y tenéis una paciencia increíble permitiendo que yo —y el equipo de televisión— ocupemos la comisaría. Jonas Lindgren, del departamento forense de Gotemburgo, gracias por estar siempre dispuesto a ayudarme y por corregir mis errores forenses.

Debo dar las gracias a mis amigos, por supuesto, que, haciendo gala de la mayor paciencia, siguen ahí, a pesar de los largos períodos en que ni siquiera los llamo. Gracias a Mona, que fue mi suegra, a la que he conseguido sobornar para que siga enviándome las albóndigas más ricas del mundo, a cambio de poder leer el libro en cuanto lo termino. Y también a Micke, el padre de los niños, le mando mi agradecimiento por ser siempre tan bueno y tan comprensivo. Y al abuelo paterno, Hasse Eriksson. No sé cómo podría explicarte lo importante que eres para nosotros. Este año nos hemos visto privados de ti, demasiado pronto y demasiado rápido, pero el mejor abuelo del mundo no puede desaparecer. Sigues viviendo en tus hijos y en tus nietos, y en el recuerdo. Y sí, sé cocinar…

Gracias a Sandra, que lleva dos años haciendo de canguro de los niños y acudiendo siempre que ha sido necesario. Es la mejor canguro del mundo, sin competencia posible. Incluso nos pregunta si la dejamos venir a jugar con los niños si pasa mucho tiempo sin que necesitemos sus servicios. Se preocupa por ellos y, por esa razón, le estoy eternamente agradecida.

Gracias también a mis fieles seguidores en el blog. Y a mis amigas escritoras, sobre todo a Denise Rudberg, que siempre está dispuesta a escuchar y que es la persona más inteligente y más leal que conozco.

Y, por último, aunque no por ello menos importantes: a Caroline y a Johan Engvall, que seguramente son las personas más buenas del mundo y que, entre otras cosas, me ayudaron en Tailandia, cuando me naufragó el ordenador mientras escribía los últimos capítulos de *La sombra de la sirena*. Os tengo muchísimo cariño. Y Maj-Britt y Ulf: sois increíbles, siempre estáis cuando hace falta.

Camilla Läckberg
www.camillalackberg.com
www.laprincesadehielo.es

Otros títulos de Camilla Läckberg:

LA PRINCESA DE HIELO

Misterios y secretos familiares en una emocionante novela de suspense.

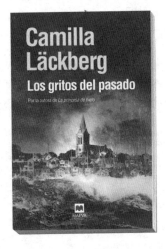

LOS GRITOS DEL PASADO

Misterio, fanatismo religioso y complejas relaciones humanas en una trama escalofriante.

LAS HIJAS DEL FRÍO

Venganzas que resurgen del pasado en un terrible suceso que siembra el pánico en Fjällbacka.